Titre de l'édition originale : *Porn star*

Première publication : 2016, EverAfter Romance

Collection New Romance® dirigée par Hugues de Saint Vincent
Ouvrage dirigé par Franck Spengler
Traduit de l'américain par Sylvie Del Cotto
Photo de couverture : © Fotolia
Couverture : Christophe Petit

Pour la présente édition

34-36 rue la Pérouse 75116 Paris
www.hugoetcie.fr

ISBN : 9782846285766
Dépôt légal : octobre 2017

NEW ROMANCE®

LAURELIN PAIGE
&
SIERRA SIMONE

LOVE
En direct

Roman

Traduit de l'américain par Sylvie Del Cotto

Hugo Roman
BLANCHE

PROLOGUE

Vous me connaissez.

Allez, vous savez bien.

Peut-être prétendez-vous le contraire. Peut-être videz-vous régulièrement l'historique de votre navigateur Internet, ou faites-vous semblant de vous offusquer dès qu'on prononce le mot «porno». Peut-être même que vous préféreriez ne jamais avoir entendu parler de moi, ni avoir ce lubrifiant et ce jouet dans le petit tiroir.

Eh oui, je suis au courant pour le tiroir.

Quoi qu'il en soit, je suis certain que vous me connaissez. Vous connaissez la façon dont mes mains saisissent les hanches d'une femme, mon air enfiévré lorsque je relève les yeux de l'entrejambe d'une femme. Vous connaissez la forme de mon sexe, sa longueur, son épaisseur. Aussi mes cheveux blond foncé et mes yeux vert clair, et mes cris de jouissance.

Je rafle tous les prix. Je comptabilise des centaines de milliers d'abonnés sur les réseaux sociaux, et mon nom apparaît partout, aussi bien dans *Cosmopolitan* que sur les chaînes d'infos, tard le soir et tôt le matin, dans cette série avec les deux bourgeoises qui picolent dès neuf heures.

Tout le monde connaît Logan O'Toole, star mondiale du porno.

Du moins, tout le monde croit me connaître. Pour un pays qui affiche le taux le plus élevé de consommation de porno de la planète, un nombre étonnant d'individus s'imagine que ma vie ressemble à celle du personnage de Mark Wahlberg dans *Boogie Nights*, ou de Hugh Hefner[1], ou à un étrange mélange des deux. Que mon quotidien n'est fait que de sexe, de paillettes et de fric, comme si je vivais dans une bulle d'amusement éternel, une sorte de Studio 54 permanent, en peignoir de soie et bijoux en or, harcelé par des blondes à la libido bouillonnante.

Mais c'est faux.

Oui, je gagne ma vie en couchant avec des femmes, et oui, j'adore mon boulot. Qui ne l'aimerait pas ? Je suis doué pour faire jouir mes partenaires, et pour une raison ou pour une autre, les gens aiment me voir à l'œuvre.

De ce côté-là, je suis le type le plus chanceux du monde. Mais il n'y a pas des montagnes de cocaïne comme dans *Scarface*, pas de brochettes de bimbos en pâmoison. Pas de mine d'or, à cause du piratage en ligne et de l'essor du porno amateur.

En vérité, je travaille sept jours sur sept pour de maigres revenus, avec des tas de gens compliqués, brillants, parfois déglingués ou charmants. À vrai dire, j'aime résolument ce milieu, et je suis dingue de sexe, même s'il m'arrive de vouloir *plus*, quelque chose de plus vaste, de plus réel et de plus profond.

En vérité, être une star du porno, c'est génial par certains côtés et atrocement monotone par d'autres ; parfois, c'est aussi tellement magique que je n'en reviens pas. Et, malgré

1. Fondateur du magazine *Playboy*.

des problèmes d'argent qui me donnent la migraine, les drames de l'industrie et un gouvernement déterminé à saboter notre gagne-pain, je suis amoureux de mon métier. Je suis amoureux de la vie de Logan O'Toole, de mon statut de star du porno, et quoi qu'il arrive, je continuerai jusqu'à ce que mes poils pubiens grisonnent.

Alors vous pouvez continuer à faire comme si vous ne me connaissiez pas mais à vrai dire, je n'ai pas l'intention de changer de vie.

1

La lumière est merdique.

En temps normal, ça ne me dérangerait pas. Il en faut beaucoup plus pour me perturber, surtout sur un tournage et encore plus quand j'ai pour mission de baiser deux belles femmes comme celles d'aujourd'hui.

Seul problème, c'est *mon* tournage. Et mes deux partenaires sont des amies, rémunérées certes mais tout de même. Elles pourraient être ailleurs, à faire un job plus lucratif, et au lieu de ça, elles ont choisi de me donner de leur temps. Donc, en tant que réalisateur et ami, j'ai des responsabilités envers elles.

Je tiens à ce que cette scène soit parfaite.

Ne nous méprenons pas, le décor est bon parce que nous tournons chez moi, et ma maison est magnifique. Perchée sur les Hills, pleine de baies vitrées avec un grand espace de vie. Ça a été mon premier achat quand j'ai commencé à gagner correctement ma vie, et bien que je pourrais déménager dans un endroit plus smart, à Bel-Air ou dans le Nord du Montana, je reste ici. J'aime vivre à Laurel Canyon, et j'adore cette baraque. Mais pour l'instant, la lumière nous inonde comme si Dieu se tenait dans le jardin, si bien que tout est surexposé et trop vif. On dirait une pub pour une agence matrimoniale pour chrétiens célibataires, éblouissante et criante d'espoir.

Il n'y a pas de place pour les chrétiens célibataires sur le plateau, même si je dois m'accorder un petit sourire pour la blague. Je lance un regard à Tanner, le génial caméraman de vingt-quatre ans que j'ai convaincu de travailler pour ma boîte.

– C'est comment ?

Tanner hausse les épaules sans détacher les yeux de la caméra qu'il est occupé à régler. Ginger et Lexi se trouvent dans le champ, toutes deux en lingerie, en train de pianoter sur leurs téléphones comme des clientes qui s'ennuient dans la file d'attente d'un bureau de poste – si l'on omet leurs soutiens-gorge transparents et les suçons dans leurs cous.

– On pourrait un peu trafiquer la lumière en post-prod, propose Tanner en observant les filles, mais l'ambiance de pub pour lessive, c'est pas top.

Je me mordille la lèvre une demi-seconde. L'essence de ce métier tient en deux mots : rapidité et quantité. Plus précisément la vitesse à laquelle on produit de la quantité. Il faut donc souvent sacrifier la qualité. La plupart des réalisateurs ne perdraient pas leur temps avec l'éclairage – en fait, la lumière crue est une sorte de tradition. Ce qui a commencé comme la rencontre accidentelle de la médiocrité et d'un manque de moyens s'est imposé comme l'esthétique du genre.

Après tout, qui s'intéresse à l'atmosphère d'une scène ? L'atmosphère, c'est le sexe. Toujours le sexe. Et tant qu'on prend son pied en la matant, le pari est gagné.

Mais ce n'est pas mon but. En montant O'Toole Films, mon objectif était de trouver un compromis entre les films gentillets haut de gamme que les couples des banlieues chics louent pour leur anniversaire de mariage et le donjon crado des pornos trash. Il doit bien exister un juste milieu, non ? Un style qui séduirait les dépravés accros au porno qui auraient également du goût ?

Je prends une décision éclair.

– Nous allons terminer de nous embrasser ici. Ensuite je les emmène toutes les deux jusqu'à ma chambre. Les fenêtres sont orientées au nord, la lumière sera peut-être moins…

– … sitcom des années 1970 ? termine Tanner.

– J'allais dire *agressive*.

– OK.

Dans un soupir, je retourne auprès des filles au pas de course.

– Je me disais qu'après les baisers – la partie où je vous pousse à vous embrasser – nous continuerions dans ma chambre.

– Tu devrais nous traîner par les cheveux, suggère Ginger, baissant son téléphone et plissant les yeux en direction de la porte de ma chambre par-dessus mon épaule, comme si elle calait mentalement la scène. Ça serait chaud.

– Très chaud, reprend Lexi, sans lâcher Instagram des yeux.

Un truc à savoir dans ce métier. Dans une heure, j'aurais enfoncé ma queue dans l'une et l'autre, mais pour l'instant, elles évitent de me regarder dans les yeux. Non pas qu'elles aient honte d'être ici. Plutôt comme si je n'existais pas en dehors des scènes de cul.

Rien qu'à cette idée, je me sens seul.

Vraiment très seul.

Et j'ai envie de me gifler. Je suis sur le point de me taper deux bonnes partenaires, et nous allons tous être payés pour ça. Depuis quand je broie du noir pour si peu ?

Raven. Voilà comment ça a commencé.

C'est un bon jour. Et je le finirai sobre. Alors je refuse de laisser Raven contaminer mes pensées. Je préfère me concentrer sur l'agréable courbe des fesses de Lexi et ses hanches de gamine, sur ses cheveux blond brillant qui réclament d'être emmêlés et malmenés.

Tanner fait signe qu'il est prêt, et nous nous déplaçons sur mon canapé. Les téléphones disparaissent.

Ginger ajuste ses bas et nous reprenons la scène des baisers, l'un des moments que je préfère pendant un tournage.

Enfin, j'aime tous les moments mais celui-ci est particulier. Ginger – rousse, tatouée, dix ans d'expérience comme moi – rampe dans ma direction à quatre pattes, ses seins ronds menaçant de jaillir de son soutien-gorge, son joli visage trop maquillé prenant une moue convaincante. Blottie de l'autre côté, Lexi, petite et menue, me caresse la queue à travers mon jean pendant que j'attrape impatiemment Ginger pour l'amener sur moi.

– Viens ici, je gronde, ravi par le petit cri qu'elle pousse quand je la tire sur mes genoux. Ginger est une pro aguerrie, alors je me suis donné un but : lui arracher un maximum de réactions authentiques. J'aime l'authenticité. J'aime la brutalité.

J'aime que ce soit réel.

Avec des mouvements fluides, Lexi se met à caresser les fesses de Ginger, tirant sur son string et la fessant juste en face de la deuxième caméra de Tanner, installée devant le canapé. Il reste derrière celle qui nous filme de côté afin de varier les angles ou de filmer en gros plan. Plus tard, nous combinerons les prises pour optimiser chaque séquence. Si Tanner est là, c'est avant tout pour m'éviter d'avoir à me soucier de ces détails pendant que je joue – j'explique ce que je veux et nous calons l'ensemble avant de tourner. Plus tard, nous monterons la scène à deux, mais pour l'instant, je peux me concentrer sur ce que j'aime, dévorer l'intérieur de la bouche de Ginger.

J'écrase mes lèvres sur les siennes, elle a un goût de chewing-gum à la cannelle explosive. Nous nous embrassons plusieurs fois avant j'agrippe sa nuque à pleine main pour maintenir son visage près du mien. J'écarte ses lèvres avec les miennes pour lécher sa langue. Elle résiste un peu car, comme beaucoup de filles, elle préfère faire semblant d'embrasser. Mais pas moi. Je l'embrasse plus profondément, ma langue caressant la sienne, puis je suçote et aspire sa lèvre inférieure. Quand je la mordille, elle émet un petit bruit – de protestation ou d'appréciation. Je ne suis pas certain, mais je continue. Comme nous l'avons prévu avant de commencer, si elle se sent mal à l'aise, émotionnellement ou physiquement, elle n'a qu'à me tapoter le bras pour que j'arrête immédiatement. Sinon, elle est toute à moi.

Tant qu'elle ne donne pas le signal, je suis intraitable.

Ginger halète et je tourne la tête vers Lexi. Je décide dans l'instant que je vais prévoir mille autres scènes avec elle parce qu'elle n'a pas peur de mettre la langue, et quand je glisse la main vers sa chatte, elle est trempée.

– Gentille fille, je murmure contre sa bouche. Elle se tortille sur ma main, et je lui fais un grand sourire. Quelque chose te ferait plaisir ?

– Je veux que tu me baises.

Elle susurre avec l'intonation mécanique de l'actrice expérimentée. Je presse les doigts sur son clitoris, massant en petits cercles. Elle retient son souffle.

– Je ne te crois pas, dis-je calmement, juste avant de la fesser avec force.

Sincèrement surprise, elle exhale.

– Tu ferais mieux de me convaincre, sinon je ne te baiserai pas du tout. Ou peut-être que je ne te laisserai pas jouir. Alors ?

Elle me regarde en clignant des yeux, et entrouvre les lèvres quand je la caresse plus franchement. Elle gémit et son sexe inonde ma main.

– Je t'en prie, murmure-t-elle dans un feulement.

Le voilà, le moment que j'adore, quand le jeu glisse vers la réalité, quand son corps crie *oui, oui, oui, tu as envie de lui*, et qu'il n'est plus question ni d'argent ni de film. Il ne s'agit plus que de soulager un besoin que j'ai créé. (J'aime que mes filles rentrent chez elle comblées. C'est du bon boulot, et je suis accro à la sensation d'une fille qui jouit sur ma queue.)

Je donne un dernier long baiser à Lexi, puis je guide mes filles l'une vers l'autre. Elles commencent à s'embrasser, Ginger se frottant sur mon érection, les petites mains de Lexi pétrissant les seins de Ginger, et quand je baisse les yeux, je constate qu'elle a laissé une tache humide sur mon jean.

– Putain. Putain, oui, je grogne.

Elles se lèchent et se mordillent la bouche, Ginger prenant l'initiative de passer la main dans la nuque de Lexi et baissant la tête pour l'embrasser dans le cou, avant de remonter vers ses lèvres. J'aperçois leurs langues roses et leurs dents blanches, et j'imagine mon engin entre leurs visages, glissant entre leurs lèvres et sur leurs langues. Je le vois plonger dans la bouche de l'une et de l'autre et si Ginger n'arrête pas de frotter son minou sur moi, je vais la retourner et la prendre par-derrière.

Cette idée en amène une autre – un souvenir, plus précisément. Autre lieu, autre moment, autres filles. Je le repousse parce qu'il s'agit de Raven… mais pas vraiment, parce que même si elle était présente, c'est à l'autre que j'ai envie de penser. C'est l'autre fille que je me tape en cachette depuis trois ans.

C'est à Devi Dare que Logan O'Toole pense lorsqu'il veut prendre son pied en solo.

Du coin de l'œil, je vois Tanner lever un doigt pour signifier que nous avons suffisamment de préliminaires en boîte et qu'il est temps de passer à la suite. Je suis peu disposé à interrompre les filles qui s'embrassent en se frottant délicieusement sur moi, pendant que les fesses parfaitement dessinées de Devi hante mes pensées.

Dans un râle, j'empoigne les cheveux de feu de Ginger d'une main, et de l'autre, les soyeuses mèches blondes de Lexi, et je me lève, les tirant à ma suite, les forçant à se mettre à quatre pattes pour ramper comme les petites chiennes qu'elles sont.

Je desserre mon emprise et pars à reculons vers ma chambre, assez lentement pour que Tanner me suive avec sa caméra et que les filles ne s'éraflent pas les genoux sur le parquet.

Ni Ginger ni Lexi ne s'éclatent dans des scènes de franche soumission, mais ce n'est pas grave. Elles savent simuler pour la caméra, remuant des fesses et battant des cils pendant qu'elles se dandinent comme deux chattes en direction de ma chambre. Ça aussi, ça me va parce que j'ai tout fait pour éviter les scènes de soumission hardcore pendant un bon moment (trois mois) pour une multitude de raisons (Raven, Raven, Raven) et les jeux de fausse domination sont exactement le genre de travail facile et simple dans lequel je me suis replongé dernièrement.

– Bon, c'est bien. Vous me donnez un quart d'heure pour installer ?

Sans attendre de réponse, Tanner retourne chercher son matériel au salon. J'entre dans ma chambre pour vérifier qu'il n'y a rien d'embarrassant qui traîne. Il n'y a que du linge sale, des piles interminables de disques durs externes, des feuilles d'imposition glissées au petit bonheur dans un classeur. Je remonte le duvet sur le lit déjà fait (je le fais tous les matins, comme ma mère me l'a appris) et mon pied évite de justesse les boîtiers de DVD empilés sur le sol. Je saisis le premier.

Désormais, je réussis presque à lire le nom de Raven sans tressaillir. *Les vrais rencards de Raven* est un long-métrage que nous avons tourné au tout début de notre relation, au bout d'à peine deux mois. Si habituellement je donne volontiers les DVD de mes films pour qu'ils soient offerts en récompenses dans des concours, celui-là je le garde. Je retourne le boîtier et regarde la photo de Raven qui se fait lécher, allongée sur le dos, par une autre fille, souriante, à quatre pattes, avec de longs cheveux châtains et une peau dorée, elle lui donne du plaisir.

Je bande déjà, mais l'image de Devi Dare avec ses fesses nues a de quoi rendre un homme fou. En particulier si cet homme ne se souvient que trop bien de ce que ça fait de la toucher, d'avoir sa queue dans sa bouche gourmande.

– Tout va bien? demandai-je avant de commencer la scène alors qu'elle, Raven et moi grimpions sur le lit.

– Ouais, mais c'est ma première vraie scène, alors... murmura-t-elle.

– Vas-y doucement?

Un rire lumineux.

– J'allais plutôt dire: rends-la mémorable.

Mémorable, elle l'a été, au moins pour moi. Je me suis tellement masturbé en me la remémorant et en la visionnant que j'en connais chaque souffle, chaque gémissement. Et rien que d'y penser aujourd'hui, je pourrais jouir.

Il me faut une fille. Que fabrique Tanner avec ses caméras?

Le temps que j'envoie valser mes boxers sales et mes DVD sous le lit, et que je ressorte de la chambre, Tanner est toujours occupé à démonter le matériel et les filles ont repris leurs téléphones. Ginger tweete des selfies de ses seins, pendant que Lexi glousse devant son écran.

Conscient de devoir patienter, je réajuste mon érection et aide Tanner à déplacer les trépieds et le panneau réflecteur.

– Tu vas à la soirée de Vida, ce soir? me demande-t-il. Tu devrais, tu sais. Le réseautage et toutes ces conneries...

– Honnêtement, je n'y ai pas réfléchi.

Mensonge. J'y ai longuement pensé. Vida Gines est la grande prêtresse de la scène porno, une ancienne star devenue productrice, et ce soir, elle fête le rachat de Lelie, un célèbre studio de porno féministe hollandais. C'est là tout le problème.

Ne nous méprenons pas, j'adore le porno féministe. L'authenticité, les vraies femmes, les vrais orgasmes, et je suis fasciné par les talents créatifs et visuels des réalisatrices. De plus, la fée de mes érections, Devi Dare, n'a fait que du commerce équitable, des trucs entre filles ou pro-lesbiens depuis *Les vrais rencards de Raven*, et je mets un point d'honneur à tous les regarder.

Par ailleurs, la fête de Vida va être gigantesque, et même si O'Toole Films se porte bien, ça ne fait jamais de mal de serrer la pince de managers, distributeurs et nouveaux talents.

Non, le problème est que toute la bande du porno féministe sera là. Mais aussi les art porn, les alt porn… Et le point commun à ces trois groupes…

Raven.

Mes pensées se figent brusquement, et je fixe le panneau que je viens de poser par terre en clignant des yeux.

Tanner lit dans mes pensées.

– Elle ne sera peut-être pas là, tu sais.

– Je sais, dis-je sur la défensive, comme si mille souvenirs foudroyants et délicieux venaient me brûler le cerveau.

– Et même si elle vient, il est peut-être temps que tu lui montres que tu as tiré un trait sur… sur je ne sais pas quoi. Tu es l'un des plus gros bonnets de l'industrie en ce moment. C'est aussi ton terrain de jeux. Tu ne peux pas te cacher éternellement.

Je prends mon temps pour répondre, triturant inutilement le pied du panneau. Mais ma réponse tient en trois mots.

– Tu as raison.

Tanner est satisfait.

– Évidemment. J'ai toujours raison. J'avais raison de proposer des tacos au petit-déjeuner ce matin, et j'ai raison pour la soirée de Vida. Tu y vas, tu impressionnes tout le monde avec ton sourire et ton engin, et tu fais regretter à Raven de t'avoir quitté.

Dans la bouche de Tanner, ça semble si facile, si direct, et brièvement, j'imagine de quelle façon je filmerais l'instant. Un plan d'ensemble de la demeure contemporaine de Vida, luxueusement éclairée, avec une musique en sourdine, discrète mais captivante. Moi qui ris et fais rire les convives. Raven, seule, la mine sombre, le regard plongé dans un verre de vin blanc quelconque. À un moment donné – en plan rapproché, avec une bande-son soignée – je passerais devant elle en me rendant quelque part, sur le balcon peut-être. Et quand elle lèverait les yeux vers moi, elle verrait uniquement l'assurance naturelle qui m'a rendu célèbre. Rien d'autre. Elle ne verrait pas les bouteilles de whisky vides ni la nuit où j'ai regardé *Goldfinger* trois fois d'affilée dans un petit cinéma parce que je ne supportais pas l'idée de rentrer dans une maison vide. Non, elle verrait le vrai Logan, le nouveau Logan. Le Logan qui va toutes se les faire.

L'adrénaline m'inonde. Durant trois mois, ma vie n'a été faite que sexe, de tournages et de montage. Je n'ai vu mes amis que s'ils faisaient partie de mon cycle infernal. Mais ce soir, tout va changer. Ce soir, je vais retrouver ma vie d'avant.

– Va chercher les filles. Je suis prêt, j'annonce à Tanner avec un grand sourire en déboutonnant mon jean.

Ce soir, Logan O'Toole va enfin rentrer du pays des cœurs brisés.

2

Je n'y arrive pas.

Pas seulement parce que ma mère fait son yoga nue devant moi. Je suis passée à l'improviste, donc c'est moi qui interromps sa routine et en temps normal, ses exercices rituels de méditation ne me déroutent pas. J'ai l'habitude. C'est ma mère, après tout.

Par contre, j'ai du mal à me concentrer sur l'avis de paiement envoyé par le service des prêts étudiants alors qu'elle fait le chien tête en bas, son intimité m'arrivant juste au niveau des yeux. En particulier avec une touffe comme la sienne. Je respecte le mode de vie hippie libéral de ma mère et je soutiens entièrement la féminité dans son état naturel, mais je ne suis pas certaine qu'Ève n'ait pas débroussaillé son buisson juste après avoir jeté le trognon de la pomme.

C'est parce que je suis fière d'être une femme que je passe autant de temps à m'épiler. Je sais, chacun son truc.

Dans l'immédiat, c'est perturbant d'être face à son anus alors que la vie m'envoie un tas d'emmerdements.

Adieu, le nouvel appartement à El Segundo. Même ça, je n'y arrive pas. C'est horrible.

J'ai dû bougonner tout haut puisque ma mère interrompt ses « ôm ».

– Qu'est-ce qui est horrible, Dev ? demande-t-elle.

– Tout. Tout est horrible.

– « *Peu importe les mots que nous prononçons, ils doivent être choisis avec soin pour les gens qui vont les entendre et qui seront influencés par eux de manière positive ou négative.* »

Elle cite Bouddha. Je jure que depuis ma naissance, moins de la moitié de tout ce qu'elle m'a dit était d'elle.

J'aimerais qu'elle renonce à sa routine et m'explique comment me sortir de ce cauchemar financier. Et d'ailleurs, pourquoi suis-je passée prendre mon courrier aujourd'hui ? J'aurais pu attendre la fin de la semaine et vivre heureuse en ignorant que l'un de mes semestres à l'UCLA reviendrait me hanter.

Je hausse le regard quand ma mère passe en posture de « l'Enfant étiré » et je le regrette immédiatement. Me cachant les yeux, je grogne.

– Mâmân, fais attention !

Pendant qu'elle glisse dans la position suivante, elle me jette un regard et ce qu'elle voit la fait hurler – ironique, sachant que c'est moi qui ai sous les yeux une quinquagénaire qui fait son yoga à poil.

– Devi ! s'écrie-t-elle. Ton aura est tellement sombre qu'elle est presque noire ! Assieds-toi. Je vais te servir un jus de curcuma et après je te ferai un soin Reiki.

– Merci, mais je crois que j'ai seulement besoin de bavarder.

J'ai gagné son attention. C'est comme ça avec ma mère : soit elle m'ignore soit elle devient mère poule. Il n'y a pas de juste milieu.

Elle me remplit déjà un verre de son élixir préféré.

– Ne dis pas n'importe quoi. Si tu voyais ce que je vois, tu saurais à quel point ton énergie vitale a besoin de soin.

– C'est plutôt mon compte en banque qui a besoin d'un traitement.

– «*Le contentement est la plus grande richesse*», déclare mon père en sortant de la cuisine, les perles de verre du rideau cliquetant en retombant derrière lui.

Je me retiens de lever les yeux au ciel.

– Je parie que Bouddha n'aurait pas vu les choses sous cet angle s'il avait eu un emprunt étudiant sur le dos, je marmonne.

– Un emprunt étudiant? répète ma mère en posant le jus de curcuma devant moi, une note d'espoir dans la voix.

– Tu reprends tes études?

Le ton de mon père est assorti à celui de ma mère. Ils me gonfleraient si je ne savais pas qu'ils ne souhaitent que mon bien. En réalité, si quelqu'un m'exaspère, c'est moi. Ça ne devrait pas être un tel casse-tête de choisir une filière et pourtant je n'y arrive pas. Ce n'est pas que rien ne m'intéresse – tout un tas de sujets me plaisent vraiment. Seulement, me consacrer à un seul domaine et faire carrière en fonction de ce choix, c'est… intimidant.

– Pas encore, Bâbâ. Bientôt. Mais pas encore.

Bientôt. J'espère que ce n'est pas un mensonge.

– Tu trouveras la réponse, affirme-t-il avec un sourire rassurant qui me fait presque oublier le courrier que je tiens dans la main. Tu as toute la vie pour décider.

J'ai des parents formidables, qui me soutiennent entièrement dans tout ce que j'entreprends. Même quand ils n'approuvent pas mes choix, ils sourient et me félicitent sincèrement. Tant que je fais ce qui me rend heureuse, ils applaudissent.

Ma mère m'invite à m'asseoir à la table de la cuisine, et se place dans mon dos. Même sans la voir, je sais qu'elle caresse l'air au-dessus de moi, chassant les énergies négatives de mon aura. Pendant ce temps, mon père pose la main sur mon épaule, et diffuse des ondes positives dans mon corps.

J'inspire à fond et soupire. Ce n'est pas ce dont j'ai le plus besoin mais c'est leur manière d'exprimer leur amour, et je n'ai pas trouvé d'autre moyen pour capter leur attention.

– Respire profondément, et raconte-nous ce qui te perturbe.

L'accent de mon père ressort, comme à chaque fois qu'il pratique la médecine holistique, même s'il a quitté l'Iran à l'âge de dix ans. J'aime l'entendre autant que j'aime tous les petits bouts d'héritage perse qu'il m'a transmis, y compris sa carnation – ses cheveux noirs, ses yeux ambrés et sa peau mate. Le « style ethnique », comme l'appelle mon agent, me rapporte une quantité non négligeable de contrats en tant que mannequin érotique. Enfin, ça et la facilité avec laquelle je me déshabille devant une caméra comme si ce n'était rien – un autre de mes atouts hérités de mes parents. Aussi loin que ma mémoire remonte, ils ont instillé en moi l'idée que les corps sont plus beaux à l'état naturel. Bien que je reste plus conservatrice qu'eux, je peux me dénuder sans la moindre gêne.

Comme mon père me l'a demandé, j'emplis mes poumons d'oxygène puis je libère mon souffle.

– C'est mon prêt étudiant. Le report a expiré.

– Ah, font mes parents d'une même voix.

Autre élément incroyable, ils sont toujours en accord. Peut-être parce qu'ils font tout ensemble, vraiment tout. Ils travaillent ensemble, cuisinent ensemble, font le ménage ensemble. Si mon père ne se rétablissait pas d'un claquage à l'aine, il aurait fait son yoga nu avec ma mère. Je les taquine souvent à ce sujet mais dans le fond, j'espère connaître un jour une relation comme la leur. Peut-être en plus habillée.

Mon père pose la main à la base de ma nuque.

– Si tu reprenais tes études, le remboursement ne serait pas reporté ?

– Si, mais je ne sais toujours pas quoi étudier. Et puis je ne peux pas me permettre ce genre de dépenses (je brandis la facture). Pas en plus de mon appartement.

Je n'ai pu déménager qu'il y a six mois. Mon boulot de modèle paye bien, mais pas suffisamment pour la Californie.

– Tu sais que tu as toujours ta chambre ici.

Ma mère serait ravie que je vive avec elle jusqu'à la fin de ses jours. J'ai beau aimer mes parents, le moment venu, un enfant doit savoir quitter le nid.

– Je ne crois vraiment pas que revenir à la maison soit la solution.

Sans compter que vivre avec eux a de sérieuses conséquences sur ma vie sociale. À chaque fois que j'invite un garçon à prendre un dernier verre, mes parents s'empressent de lui servir une tisane aux champignons, des brownies à l'herbe et une ribambelle de conseils pour atteindre le meilleur orgasme. Ils se considèrent experts en sexe tantrique et partager leurs expériences intimes ne les gêne pas. Le moins qu'on puisse dire, c'est que ça me met mal à l'aise.

Il faut dire que je n'ai pas eu envie de rentrer avec un garçon depuis longtemps. Depuis un an, ma main m'a donné la plupart de mes orgasmes, devant un porno de Logan O'Toole. J'imagine brièvement sa réaction s'il rencontrait mes parents. Si quelqu'un était capable de ne pas s'offusquer devant leurs récits charnels, ce serait bien lui. Il pourrait même surenchérir.

Est-ce anormal que je pense autant à Logan ? Nous avons tourné une scène ensemble – une seule – un truc à trois dans lequel je jouais « l'extra ». Ça remonte à plus de trois ans, et cette expérience alimente toujours mes fantasmes. C'est probablement le signe que je ne suis pas faite pour faire du vrai porno. Une scène avec un homme devant une caméra – sans relation sexuelle, en plus – et je suis attachée. Depuis, j'ai refusé tous les boulots qui sortent de mon habituel schéma à deux filles.

Ce serait sympa si j'avais de nouvelles offres de ce genre. Ça allégerait l'emprunt étudiant.

– Revenir à la maison *pourrait* être la solution, insiste ma mère en douceur. Comment se fait-il que tu rejettes aussi rapidement cette option ?

– Est-ce par orgueil, Devi ?

Je sens de la contrariété dans la voix de mon père. Mais jamais il ne me fait la leçon plus ouvertement que ça.

– Tu sais ce que dit Bouddha à propos de l'orgueil : « *Libère-toi de…*

– *… ta colère. Libère-toi de ton orgueil. Quand tu n'es attaché à rien, tu dépasses le chagrin.* », je termine en même temps que lui. J'ai seulement besoin de trouver une solution.

Mâmân est visiblement déçue. Je suis son unique enfant, et je lui manque.

– Tu sais quoi ? Tirons le tarot. L'univers te dira quoi faire, décide-t-elle.

Enthousiaste, elle envoie mon père chercher les cartes dans la panière – tout le monde garde un jeu de tarot dans les placards de sa cuisine, non ? – et s'installe à côté de moi.

J'expire profondément, refusant de montrer mon agacement. J'ai été élevée dans l'idée que les cartes étaient la clé de tout, mais je suis moins convaincue par leurs pouvoirs divinatoires que par le fait que mes parents s'en servent pour me transmettre les messages forts que j'ai besoin d'entendre, selon leur point de vue. Pendant que ma mère pose la première carte, je me prépare à ce que son interprétation soit : « Reviens vivre à la maison, reprends tes études et tu seras heureuse. »

Et pour elle, ce serait si simple. *Si seulement.*

– Nous allons tirer trois cartes, précise-t-elle, sentant probablement ma réticence à accorder du crédit à la séance. Ton chemin de vie : la Roue de la Fortune.

Mon père grimace discrètement par-dessus son épaule.

– Pas ma carte préférée.

– N'écoute pas ton Bâbâ. C'est une carte fantastique. Elle te rappelle que tout arrive par cycle. Tu es peut-être dans une mauvaise passe, mais la roue tourne. La descente n'est pas une fatalité.

– Ensuite, quand elle remontera la pente, il ne lui restera qu'à attendre la prochaine descente…

Ce pessimisme est inhabituel chez mon père mais je l'ai déjà entendu ; chaque fois que cette carte est apparue ces vingt-et-une dernières années.

Je lève la main pour couper court à une chamaillerie sur les aspects négatifs et positifs de la Roue de la Fortune.

– Mais en quoi ça m'aide en tant que chemin de vie ? Je dois m'accrocher jusqu'à ce que les choses s'arrangent ?

Ma mère secoue la tête.

– Non, bien sûr que non. Cette carte suggère exactement le contraire. Ne reste pas immobile, et laisse la roue t'entraîner au fond du trou. Une fois en bas, tu pourras travailler activement à la solution.

Je hoche la tête, faisant semblant d'assimiler la leçon.

– Réfléchir à un moyen de gagner plus d'argent ?

Comme j'y ai pensé avant de tirer ces fichues cartes….

– Oui. Tu pourrais revenir vivre à la maison, par exemple. Temporairement.

Les voilà les mots qu'elle veut que j'entende. Je grommelle intérieurement.

– Carte suivante, s'il te plaît, dis-je agacée.

– Le plus grand obstacle, annonce-t-elle en retournant la carte suivante. Ah, l'Amoureux !

– Mon Dieu, je marmonne. Franchement, c'est la dernière chose dont j'ai besoin en ce moment.

Une histoire d'amour serait un réel obstacle.

– L'Amoureux ne représente pas qu'une histoire d'amour, précise mon père. Il peut symboliser quelque chose de plus basique, indiquer qu'il est temps que tu développes ta propre philosophie ou ton propre système de croyances. Il est temps que tu décides qui tu es. En quoi tu crois.

– Ce que tu veux faire de ta vie…

– Mâmân !

– Ne t'en prends pas à moi. Je ne suis que la messagère de l'univers. (Elle semble interpréter correctement mon scepticisme.) Je continue. Le dénouement.

Elle s'apprête à abattre la troisième carte quand la sonnerie du téléphone de mon père, *Family Guy* de Peter Griffin, retentit.

– Tiens, qui m'envoie un message ?

Je souris comme à chaque fois que j'entends la sonnerie que j'ai réglée pour lui, et ricane parce qu'il ne doit pas savoir comment la changer. Mes parents, hostiles à la technologie, n'ont qu'un portable afin que leurs clientes les alertent dès les premières contractions. Aussi ont-ils l'air anxieux pendant la lecture du message.

– C'est Astrid, annonce-t-il le regard animé. Elle a des contractions toutes les deux minutes. Dépêchons-nous !

Ma mère pousse un cri de joie.

– Je ne suis même pas habillée !

Elle se lève d'un bond, abandonnant le jeu sur la table pour enfiler son uniforme de doula. Je la suis des yeux en me demandant ce que ça fait d'avoir un travail qu'on aime à ce point.

Mon père pose une main ferme sur mon bras. Il partage son énergie.

– Tiens bon, ma fille. Tu vas t'en sortir. Et tu as raison : revenir vivre à la maison n'est pas la meilleure solution.

Je suis un peu surprise qu'il ne se range pas à l'avis de ma mère. Et reconnaissante. C'est agréable de ne pas subir la même pression des deux côtés.

Il m'embrasse sur la tête et je m'imprègne de son affection en lui renvoyant la mienne. C'est peut-être nunuche mais ça lui fait du bien, et il me réconforte.

– Merci, Bâbâ. *Asheghetam,* dis-je en passant au perse pour lui dire que je l'aime.

Il me presse le bras et me répond du même mot. Ma mère revient en maillot de bain. Un accouchement dans l'eau, probablement.

– Bonne chance !

Je les salue d'un geste, et promets de fermer à clé en partant.

En récupérant le courrier, une enveloppe à mon nom de la taille d'un flyer attire mon attention. Je déchire l'enveloppe et trouve une invitation à une soirée professionnelle donnée par Vida Gines. Ce soir. Je réfléchis un instant. J'assiste rarement à ces fêtes – les siennes réunissent son entourage, franchement porno – mais si je veux décrocher des contrats, ne serait-ce que pour des films lesbiens, c'est l'occasion idéale de rencontrer du beau monde.

N'est-ce pas le message de la Roue de la Fortune ? Rechercher de nouvelles opportunités ? Bien sûr, je ne crois pas en la divination. Pas aveuglément en tout cas.

Par simple curiosité, je retourne la carte suivante, celle qui est censée symboliser la solution à ma situation actuelle. C'est l'Étoile, ma carte préférée. Enfant, wje l'appréciais beaucoup parce que j'ai toujours aimé les étoiles. Peu importe l'interprétation des voyants, pour moi, ce sont ces pierres précieuses qui scintillent dans le ciel nocturne. Pendant des heures, j'observais les points lumineux dans le télescope que j'avais reçu pour mes dix ans, tout en écoutant mes parents m'expliquer les mythes des dieux grecs à l'origine des constellations. Petite déjà, mes interrogations dépassaient leurs fables, et je me demandais quels éléments constituaient ces boules de feu, ce qui les faisait brûler, briller et filer dans le ciel.

Bien entendu, ce n'est pas le message de la carte. En l'absence de mes parents, j'essaie de déchiffrer sa symbolique. *Espoir,* je pense. Oui, c'est ça.

C'est un message universel qui pourrait s'appliquer à tout le monde, à tout moment. Mais pendant que je récupère ma facture et l'invitation de Vida, et que je rentre me préparer pour la soirée, je suis tellement vibrante d'espoir que je ne peux pas m'empêcher de trouver la carte particulièrement pertinente.

3

Je suppose qu'il en faut peu pour briser un homme.

Moi, par exemple. Ma vie satisfait de nombreux critères. Enfance équilibrée : OK. Réussite professionnelle : OK.

Santé ? Physique agréable ? Sexe incroyable ?

OK. OK. OK.

J'ai eu une vie merveilleuse. Et je croyais avoir la copine qui allait avec. Pendant trois ans, j'ai eu à mes côtés une beauté brune à la peau blanche, créative, intelligente et passionnée. Elle était tellement sexy que je la touchais sans cesse, même après une longue journée passée à coucher avec d'autres filles. Nous avions un Yorkshire pure race baptisé Prior (d'après le personnage d'*Angels in America*, sur une idée de Raven). Nous choisissions nos serviettes de toilette et notre vaisselle ensemble. Et elle a joué un rôle essentiel dans le lancement de O'Toole Films, m'aidant à rédiger le business plan, à remplir les demandes de crédit et à tourner des scènes qui ne nous rapporteraient rien tant que l'entreprise n'aurait pas pris son essor.

Et un soir, en rentrant, j'ai trouvé la maison vide.

Pas d'avertissement.

Pas d'au revoir.

Un matin, je l'ai laissée devant son quinoa et son café équitable, et le soir elle avait disparu. Ses vêtements, son maquillage, ses godemichés – elle a emmené tout ce qui lui appartenait. Même Prior, la petite boule de poils à la jolie petite bouille qui me léchait les orteils pendant que je montais mes films dans mon bureau.

Ça n'avait aucun sens. Nous étions heureux, non ? Nous nous amusions bien. Je ne vais pas prétendre que la jalousie ne me poignardait pas les côtes lorsque je voyais des scènes d'elle avec d'autres partenaires, mais ça faisait partie du métier. Je n'avais pas arrêté de baiser d'autres filles tout comme elle n'avait pas arrêté de coucher avec d'autres types. Dès le début, nous étions d'accord pour que notre relation n'affecte pas notre vie professionnelle, mais pour mon bien, j'avais posé une simple règle de base : en dehors des tournages, je ne touchais personne d'autre.

Simple, efficace.

Mais quand elle est partie, il s'est révélé que ce n'était pas aussi évident. Non seulement elle s'était retirée brusquement de tous nos projets en préparation – embarrassant, puisque la plupart des films étaient réalisés par des studios qui ont dû trouver des remplaçantes au pied levé. Mais quand un grand Italien apparut dans tous ses posts Instagram la semaine suivante je compris que j'avais loupé les signaux. Raven s'était détachée de notre couple bien avant qu'elle se fasse la malle, ses sex toys et notre toutou sous le bras.

J'aimerais pouvoir dire que je l'ai pris dignement. Que je n'ai pas traqué l'Italien sur Google (un gros producteur européen), que je n'ai pas écouté en boucle les chansons de Damien Rice, que ce clébard ne me manquait pas tant que tous les matins je me rendais à la fourrière pour caresser des chiens.

Que je ne buvais pas l'équivalent de mon poids en whisky chaque semaine.

Que je n'ai pas pris mes distances avec ma famille et mes amis.

Que je ne m'endormais pas roulé en boule sur le sol de la cuisine parce que je ne supportais pas de voir le lit vide, et encore moins de dormir dedans.

Ce n'est pas le genre de choses que fait Logan O'Toole. Logan est drôle, amical et rompu aux usages du monde, trop sage dans son cœur pour subir un immense chagrin. Logan aurait dû encaisser le départ (et l'infidélité probable) de sa petite amie de longue date avec sérénité, et lui souhaiter de poursuivre en paix son nouveau voyage ou ce genre de conneries.

Tout ça pour dire que je suis cet homme ce soir. Mondain et zen, séducteur et réservé. Mes blessures ont commencé à cicatriser, et je tiens à prouver que j'ai tourné la page. C'est pourquoi j'entre chez Vida comme si j'étais chez moi, le dos bien droit, un grand sourire aux lèvres, le regard franc pour montrer que je ne scrute pas la pièce à la recherche d'un indice de la présence de Raven.

Tanner se trouve dans la pièce principale – un vaste espace ponctué de canapés bas et de méridiennes sur lesquelles je déconseille de braquer une lumière noire. Il vient à ma rencontre avec un verre à la main.

– Je t'ai pris un whisky, dit-il.

Je renifle le verre. Un arôme tourbé, probablement un Islay, et bien que je préfère le Speyside, je ne suis pas moins impressionné par le single malt. Vida a dû sortir le grand jeu.

Pendant que je sirote une première gorgée, j'évalue les invités. Comme je le pensais, la foule est majoritairement féministe – tatouages, piercings et lunettes. Je tourne beaucoup de scènes avec ce genre de filles pour O'Toole Films parce que nos philosophies se rejoignent en termes de consentement et de plaisir féminin.

En plus, je trouve les filles tatouées très sexy.

Mais il y a aussi des stars traditionnelles qui travaillent fréquemment pour la société de Vida, le milieu indé, les BDSM plus clandestins avec leurs corsets et leurs cuissardes en vinyle. Vida trône au milieu de tout ce monde – dans les quarante-cinq ans, le bronzage forcé, les cheveux platine coupés courts. Elle ressemble exactement à l'idée qu'on se fait d'une star du porno vieillissante – des marques d'affaissement retravaillées au bistouri, un visage rongé par les soucis, un excès de maquillage – mais il faudrait être idiot pour sous-estimer son sens des affaires ou son intelligence à cause de ce physique. Ce n'est pas pour rien que même les Américains les plus isolés et traditionalistes ont entendu parler de Vida : elle est douée pour le marketing, pour développer le contenu et saturer les plateformes de téléchargement.

Quand je serai grand, je veux être comme elle.

– J'aime bien ces fêtes, observe Tanner en buvant une gorgée de gin. Je ne suis pas le seul Noir ici.

Il a raison, la population est plus ouverte d'esprit qu'ailleurs, même si les Blancs dominent.

– Nous allons nous arranger pour que toutes les fêtes soient comme celle-là, mais en mieux, lui dis-je.

Quand j'ai engagé Tanner, il y a deux ans, il a directement évoqué ses réticences vis-à-vis du milieu, en particulier le racisme ancré dans les bases du porno classique. J'ai répondu que s'il venait travailler pour moi, nous changerions cela. Nous cultiverions la diversité, loin des tabous étranges et du fétichisme trop présent dans les scènes de sexe interracial. C'est comme ça que j'ai gagné un réalisateur doué, fraîchement sorti de l'école de cinéma, et qu'il m'a donné un but.

Il hausse les épaules, et me lance ce regard que j'observe chez lui au moins une fois par semaine : celui qui se fiche de ma culpabilité de Blanc.

– On est à L.A., dit-il avec désinvolture. Je savais à quoi m'attendre en venant ici.

Je m'apprête à répondre, probablement quelque chose d'idiot, inadéquat et inutile, quand je *la* vois.

Elle est ici.

Mes doigts se resserrent autour de mon verre, et mon estomac virevolte comme un gymnaste sur des barres asymétriques.

– Respire, me conseille Tanner. Un jour ou l'autre, on revoit tous son ex pour la première fois. Tu es en train de franchir ce cap.

Mais ce n'est pas Raven qui rit au bord de la piscine. Ce n'est pas Raven qui tient un verre de whisky, avec de longs cheveux châtains et un sourire qui pourrait illuminer toute la Vallée.

C'est Devi Dare.

Sur la terrasse éclairée, la piscine projette des reflets bleutés sur son visage. Son bustier doré, drapé sous ses seins, expose la peau hâlée de son ventre. La courbe de sa poitrine et son dos presque entièrement dénudé m'aguichent.

Avec son petit short noir et ses spartiates montantes à talons, elle n'est pas seulement désirable, elle est belle et j'aimerais avoir une caméra sur moi. J'ai envie de la filmer là, joyeuse et éblouissante, les lumières de la ville en toile de fond, et ensuite je l'emmènerais sur une plage pour voir comme elle serait belle devant la mer assombrie par la nuit. Après cela, nous pourrions rouler vers le nord, trouver un tronçon d'autoroute désert, et je la filmerais pendant qu'elle marcherait sur l'asphalte, dans l'obscurité. Avec ce haut brillant et ses escarpins aguicheurs, le contraste avec une autoroute déserte serait saisissant, sublime et suggestif. Le genre d'images reprises en gif sur Tumblr.

Elle se retourne et m'aperçoit à travers les baies vitrées. Elle plisse les yeux comme si elle essayait de distinguer mes traits dans le salon faiblement éclairé, puis son visage s'illumine d'un sourire qui me donne envie de déposer tout ce que je possède à ses pieds. Une tornade me soulève l'estomac, emportant des débris émotionnels, réveillant le désir et les fantasmes qu'elle m'inspire, et juste à temps, je me souviens que je suis supposé être mondain et zen et je lui rends un sourire enjôleur.

Alors qu'elle se retourne vers ses amis, je comprends que tourner au bord de l'autoroute serait une erreur. Devi est l'antithèse vivante du bitume. Devi n'est qu'énergie, santé et vitalité. Elle est le soleil, les pétales jaunes, l'odeur sucrée et épicée de la cannelle et des clous de girofle. L'idée de l'océan était bonne, mais ça pourrait aussi se passer dans le désert, la nuit, quand les fleurs nocturnes sont écloses…

– Tu penses à ta prochaine victime ?

Une voix sévère m'arrache à mes rêveries cinématographiques. Clignant des yeux, je découvre que Vida Gines a remplacé Tanner, un verre rose vif à la main. Elle arque un sourcil en se tordant la tête en direction des larges baies vitrées, et indique le balcon d'un geste.

– J'ai vu que tu regardais Devi.

Mondain et zen. Vida n'a pas besoin de savoir que je compare Devi aux fleurs du désert. *Reste naturel.*

– Devi est séduisante, dis-je en gardant un air décontracté. Il y a beaucoup de jolies filles ici.

Pour faire bonne mesure, je bois une gorgée et balaie la salle d'un regard tranquille. Logan alias le prince de la décontraction, c'est moi.

Vida boit à son tour, mais à son sourcil toujours haussé, je devine que je ne trompe personne.

– Super soirée, dis-je pour détourner la conversation de mes œillades à Devi.

Après ma rupture ridiculement publique avec Raven, la dernière chose dont j'ai besoin, c'est de rumeurs sur une nouvelle toquade.

– Au fait, félicitations pour l'achat de Lelie !

Vida hoche la tête.

– Lelie est un excellent studio. Ils ont une vision et une philosophie incroyables. Un énorme potentiel financier. C'est pour ça qu'il faut qu'on parle.

Je l'entends, mais l'espace d'un instant, je ne vois plus que son vernis à ongles parfaitement assorti à son cocktail. Ongles roses, boisson rose, lèvres roses – comme si tout avait été planifié par un réalisateur. Je note dans un coin de ma tête de reprendre cette idée dans une de mes scènes. Ça ne devrait pas déranger les filles que je choisisse la couleur de leur rouge à lèvres, si ? Pour l'art ?

– Logan ?

Je redescends sur terre.

– Désolé. Tu disais ?

Son sourcil rejoint presque ses cheveux.

– J'ai dit que nous devrions discuter.

– Je suis toujours heureux d'entendre ce qu'une femme intelligente a à dire. (Je pose la main dans le creux de ses reins, et lui murmure à l'oreille.) Tu veux qu'on cherche un coin moins bruyant ?

Malgré notre différence d'âge, et même si elle ne veut parler qu'affaires, ma proximité la trouble. Elle frissonne et rit, me repoussant avec amusement.

– Tu sais y faire pour qu'une femme se sente jeune, Logan. Suis-moi.

– Bien Madame, dis-je d'une voix faussement soumise.

Elle lève les yeux au ciel mais j'aperçois son petit sourire en passant. Je vide mon verre, le pose sur une table et lui emboîte le pas.

Nous descendons un escalier ouvert tout en métal corroyé et bois foncé, et débouchons dans le centre des opérations de Vida. En longeant le couloir sombre qui mène à son bureau, je passe devant différentes pièces, certaines remplies de croix de Saint-André, d'autres meublées comme des salles de classe, ou se résumant à des murs blancs et des lits. Et elles ne sont pas toutes vides. Dans celle du fond, un petit groupe profite du lit. Dans cet enchevêtrement de corps nus et de bouches, les cocktails clapotent. Je referme automatiquement leur porte avant d'entrer dans le bureau de Vida. Au début de ma carrière, j'aurais saisi l'occasion. Mais ce soir, peut-être à cause de mon plan à trois de la matinée ou de ma curiosité pour la proposition de Vida, je ne suis pas d'humeur.

En revanche, si Devi y avait participé…

Je me laisse tomber dans un fauteuil, et croise mes longues jambes pendant qu'elle s'installe. Je sens qu'elle me jauge et étrangement, cela me rend un peu nerveux. Son regard est trop perspicace… trop *bienveillant*. Ses yeux bleu clair expriment une certaine compréhension. C'est vrai qu'elle a divorcé deux fois, et qu'elle est dans le métier depuis vingt-cinq ans. Son studio a été parmi les plus touchés par la célèbre séparation de Logan et Raven.

– C'est normal d'avoir besoin de temps, dit-elle, en lançant un coup d'œil vers la porte que je viens de refermer. Nous sommes tous passés par-là.

– Je vais bien.

Je mens, sûrement avec trop de conviction puisqu'elle hausse les épaules comme pour changer de sujet. Une infime partie de moi préférerait qu'elle insiste. Je cache ma peine de cœur depuis si longtemps, enfouie tout au fond, et je me demande si en parler ne l'allégerait pas. Au lieu de ça, j'ai enfermé la douleur à double tour, et ce loup affamé me dévore le cœur et me mordille les côtes, menaçant et hurlant dans mon torse vide.

Mais Vida reprend rapidement son rôle de femme d'affaires.

– Sinfully Vida a bien résisté l'an passé. Autant qu'on pouvait l'espérer, se lance-t-elle en faisant allusion à sa maison de production. Mais l'affaire du viol nous a nui. Je ne vais pas te mentir. Ça a été un coup dur, et le business s'en ressent.

L'affaire du viol. Une sale affaire pour toute la côte ouest. Les accusations de viol à l'encontre de l'une de nos vedettes ont, évidemment, été suivies d'allégations sur la culture du viol soi-disant encouragée par le porno. Les studios s'étaient dépêchés de remanier les contrats des acteurs, de bloquer les projets dans lesquels l'accusé était impliqué, et de publier des démentis sur leurs sites. Même moi j'avais été touché, recevant des tas de messages haineux du monde entier, alors que je connaissais à peine cet acteur, et que le consentement est essentiel dans mon travail.

Ça avait été pénible, et ça l'était toujours.

– Sinfully Vida proposait plus de contenus avec lui que n'importe quel autre studio, reprend Vida avec un accent de trahison dans la voix. Donc non seulement cela crée un vide, mais nous devons redorer le blason du studio.

– D'où l'achat de Lelie.

Elle hoche la tête, tapotant ses faux ongles sur le bureau.

– Exact. Ce rachat est bon pour les affaires. Nous avons besoin de plus de porno *féministe*, et encore, nous avons un train de retard.

Elle mime des parenthèses en prononçant le mot «féministe», comme si c'était un concept imaginaire absurde. Si Tanner était là, il brandirait son étendard de justicier au service de la société civile. Je ravale un sourire alors que j'imagine la scène, et Vida interprète mal ma réaction.

– Alors je peux compter sur toi ?

De quoi ?

– Pardon ? dis-je poliment.

– Logan, c'est évident, tu es le favori pour *le* remplacer chez Sinfully Vida.

Je remarque qu'elle évite de prononcer son nom, comme s'il s'agissait de Voldemort ou du Nain Tracassin.

– Tu es séduisant, extrêmement célèbre et tu as cette image de défenseur des femmes.

– Tu me demandes de tourner pour Lelie ?

Elle se penche vers moi.

– Plus que ça. Je te veux toi. Nous pouvons nous associer à O'Toole Films, bien sûr, trouver un arrangement qui soit aussi profitable à toi qu'à moi, mais je recherche le long terme. Et je veux quelque chose d'énorme, du jamais-vu, un projet qui nous ramène tous les abonnés que nous avons perdus l'an dernier.

J'aime l'idée d'un gros projet inédit et différent. J'aime les engagements, mais à long terme, je ne sais pas. Mon dernier engagement m'a laissé seul, en larmes sous la douche pendant que mon ex couchait avec un Italien à l'autre bout du monde.

D'un autre côté, ne me suis-je pas promis ce matin que Raven ne dicterait plus mes choix ? Qu'il était temps que Logan O'Toole déchire et atteigne des sommets de célébrité ?

– Qu'as-tu en tête ?

Vida soupire et tourne sa chaise vers la fenêtre. Le ciel violet domine la ville et les lumières étendent leurs faisceaux sur des kilomètres. Soudain, je me sens de nouveau seul, sans savoir précisément pourquoi – peut-être est-ce dû à la ville si imposante, bondée et égocentrique, ou à Vida Gines, Sa Majesté Royale du Porno, visiblement très seule elle aussi.

Vais-je être comme elle dans quinze ans ? Seul ? Avec mes affaires pour unique compagnie ?

– Je ne sais pas trop, admet-elle, et je comprends que cet aveu l'attriste. Le porno est en train de changer. Je me suis toujours adaptée aux désirs des fans, ceux qui paient les visionnages comme ceux qui piratent mais ces gros obstacles…

Perdue dans ses pensées, elle scrute le panorama urbain.

– Il nous faut du neuf, reprend-elle au bout d'un moment en se retournant vers moi. Je ne sais pas quoi, et c'est pour ça que j'ai besoin de toi. Tu es jeune, sexy et surtout, les hommes et les femmes se retrouvent dans tes scènes. Ils ne passent pas directement aux scènes de sexe pour se masturber, ils regardent tes films en entier, ils y reviennent et les visionnent encore. Ton taux d'abonnement crève le plafond et tu es le chouchou des réseaux sociaux. Logan, Lelie a besoin de toi pour faire autre chose que du porno arty. J'ai besoin de toi.

Je réfléchis un instant. Lelie est tourné vers l'avenir. M'associer avec eux me permettrait de réaliser des films uniques et artistiques. Et Vida me donne carte blanche tant que ça redore son image dans le porno respectueux des femmes et que ça rapporte de l'argent. Je n'ai pas de raison de refuser, hormis…

– Vida, j'aimerais beaucoup travailler avec Lelie.

Elle sourit.

– Mais je n'ai aucune idée de ce que je dois faire.

Elle rejette cette idée d'un geste, ses ongles traçant des traînées roses dans le vide.

– Tu n'as pas besoin de le savoir, pour le moment. Promets-moi juste d'y réfléchir. Et quand tu seras prêt (elle tapote l'écran de son smartphone) contacte Marieke de Vries. C'est la directrice de Lelie, elle te donnera le nécessaire.

Le message de Vida arrive sur mon téléphone.

– Merci, Vida.

– J'ai hâte de commencer. Maintenant, retourne vider mon bar.

* * *

Comme souvent dans ces soirées, l'ambiance a changé mais seule une partie des invités s'en rend compte. Quand je remonte, une moitié inconsciente rit, boit et danse, mais dans la pièce commune, la foule s'est considérablement réduit. Un attroupement encombre le couloir de l'étage – autour de l'orgie qui doit se dérouler dans l'une des nombreuses chambres – et je perçois l'odeur reconnaissable d'herbe et de sexe. En ce qui me concerne, il est temps de rentrer.

Et c'est très bien ainsi, parce que j'ai besoin de réfléchir à la proposition de Vida. Elle m'enthousiasme, me rend nerveux, m'obsède déjà si bien que dans ma tête, il n'y a pas de place pour une partouze avec des drogués.

Mais alors j'entends une voix.

Pas celle de Vida. Ni de Devi.

La sienne. Mon Voldemort à moi.

Elle me fait l'effet d'un hématome qu'on ne cesserait de cogner. Ou des lèvres gercées qu'on lèche sans arrêt alors que ça ne fait qu'aggraver la douleur. C'est une impulsion, une fascination maladive qui pousse à souffrir, à être à la fois celui qui provoque et celui qui subit le supplice. Je ne vois pas d'autres façons d'expliquer pourquoi je me dirige vers le couloir, me frayant un chemin dans la foule jusqu'à la chambre.

La scène ne me choque pas. J'en ai vu des centaines comme celles-ci, peut-être des milliers, devant et hors caméra. Cinq personnes s'agitent sur le lit, et des couples sont éparpillés dans la chambre, dans différents scénarios. Des sexes féminins et masculins, des bouches. Des jambes écartées, la sueur qui brille. Ce soir, il y a davantage de tatouages et de piercings que d'ordinaire, des chevelures bleues et rouges à la place des mèches blondes mais c'est pareil.

Toutefois, ce n'est pas eux que je regarde. J'observe la brune à la peau laiteuse qui trône au milieu du lit, chevauchant un homme pendant qu'un autre la sodomise sans préservatif. La tête rejetée en arrière, elle ferme les yeux, gémit et pantèle au moment où son ventre se crispe de plaisir.

Raven a toujours aimé la double pénétration.

Je n'ai pas besoin d'assister à ça. Si je voulais voir mon ex se faire baiser par un autre homme – ou deux – j'allumerais mon ordinateur. Je n'ai pas à assister à ce spectacle, dans une chambre sombre et enfumée avec la voix de Lana Del Rey en fond sonore.

Mais il semblerait que je n'arrive pas à bouger. Ma queue me trahit et se dresse lorsqu'elle crie et jouit violemment, que ses cuisses lisses se tendent et que ses ongles s'enfoncent dans les épaules du type qu'elle chevauche. Elle est magnifique au lit, avec sa fine musculature agile et son teint pâle. L'époque où je la pénétrais ne remonte qu'à trois mois ? Il y a peu, j'étais celui qui la tirait par les cheveux, l'embrassait dans le cou, me disputait les couvertures avec elle la nuit. Ça ne fait vraiment que trois mois qu'elle m'a brisé le cœur ?

Son orgasme se calme dans un gémissement essoufflé. Elle tourne timidement la tête vers le type qui la prend par-derrière, bat des cils et lui offre un sourire que je ne connais que trop bien. Son sourire d'actrice, celui qu'elle réserve aux hommes pour qu'ils se sentent grands et forts, et qu'elle ne s'embête pas à composer en privé.

Elle joue la comédie. Elle joue bien qu'il n'y ait pas de caméra, bien que les participants soient préoccupés par la drogue et leurs propres plaisirs. Je le comprends clairement quand elle croise mon regard, et que son sourire enjoué s'élargit.

Elle joue pour moi.

Merde.

Je recule en titubant, sa noirceur m'écrasant plus lourdement que tout le reste – plus que les deux mecs qui la baisent, que sa nudité ou son sourire. Ça vient de ses yeux alourdis. Par quoi ? La vengeance ? Les remords ? Le mépris ?

Soudain je trouve le mot juste.

La *satisfaction.* Elle voulait que je la voie, et elle est satisfaite pour une raison perverse ou pour une autre.

Bringuebalé par la foule agitée, je renverse des verres et interromps des baisers mais ça m'est égal. Ses yeux me transpercent la peau, dissolvent la carapace derrière laquelle je me cache depuis trois mois, révélant la confusion et le vide en moi. Oppressé, je me force à tourner la tête, même si son image est gravée sur ma rétine, et je joue des coudes pour détaler, m'éloigner, et trouver un verre.

J'ai besoin d'oublier.

4

Je sens encore le regard pénétrant de Raven pendant que je fends la foule agglutinée devant la porte et que j'émerge dans le corridor, le cœur battant comme si je venais d'être témoin d'un meurtre sauvage. Comme si je venais d'affronter mon ennemi juré.

Abasourdi, je longe le couloir, mes pensées s'entrechoquent dans ma tête. Elle devait savoir que j'étais là. Elle voulait que je la voie baiser sans vergogne, et je suis tombé dans le panneau.

Hébété, je m'empare d'une bouteille de whisky entamée et me dirige vers le jardin tout en dévissant le bouchon.

La piscine se trouve au niveau du rez-de-chaussée, mais la demeure est bâtie sur un terrain en pente. La terrasse de la piscine se prolonge en une corniche dominant la ville. Je traverse l'esplanade désertée, avec sa piscine qui scintille et son cabanon en toile, et me rapproche du muret qui la borde. Je bois au goulot tout en observant la ville – *ma* ville – puis je grimace.

– Putain, je siffle.

Du Laphroaig. Je déteste.

J'avale une longue gorgée. Je ne mérite pas un whisky à mon goût – ou peut-être que si mais je ne peux pas imaginer un seul moment agréable dans cette soirée. Impossible, avec mon ex en pleine partouze à quelques mètres.

Non, je veux que mon whisky ait mauvais goût. Je veux avoir un goût de vieux cendrier dans la bouche. Et je veux me saouler au point d'avoir le tournis, de vomir, de me dégoûter. Ivre, je n'aurai pas à assimiler les petits jeux tordus de Raven, je ne serai pas tenté d'éplucher son Instagram pour découvrir la date de son retour à L.A., et si elle est toujours avec l'Italien, et je ne serai surtout pas tenté de lui envoyer un SMS.

Je prends mon téléphone, buvant une autre goulée d'alcool tourbé, et j'ouvre mes messages. J'ai effacé son numéro depuis longtemps mais je l'ai toujours en mémoire. Et si je lui envoyais un message ? Rien qu'un. Je pourrais la traiter de salope et l'envoyer au diable. Lui montrer que j'ai vu clair dans son jeu.

Ou je pourrais la supplier de venir chez moi pour enfin *parler*. Nous n'avons pas échangé un mot depuis son départ, et tout ce que je demande depuis trois mois, c'est une explication, éventuellement des excuses, ou au moins de quoi boucler l'histoire.

Je tape son numéro et m'apprête à composer un nouveau message. Mon pouce survole le clavier, le whisky commence à atténuer ma colère. Et si je lui proposais de bavarder – c'est ce que font les adultes, non ? Et si je dois ensuite coucher avec elle pour lui faire payer ses mensonges et sa tromperie…

Putain. Je ressemble à un loup-garou qu'on doit enchaîner à un radiateur les soirs de pleine lune. Évidemment, je ne peux pas la contacter. Tout ce qu'elle veut, c'est provoquer ce genre de réactions et je ne vais sûrement pas lui donner ce plaisir.

Je pivote sur moi-même et de toutes mes forces, je balance le téléphone dans la piscine.

Il atterrit dans une petite gerbe d'eau, et coule au fond comme une pierre. Ma satisfaction momentanée est éclipsée par un immense regret. Un téléphone tout neuf. Pas grave, je le remplacerai demain. Si c'est le prix à payer pour me tenir à l'écart de Raven, je l'accepte.

J'avale quelques longues gorgées de Laphroaig.

– J'espère que tu as une bonne garantie, dit joyeusement une femme près de moi.

Malgré l'arôme corsé du whisky, je la sens. Cannelle et soleil.

J'avale le whisky qui me reste dans la bouche avec un certain manque d'élégance, et me tourne vers elle.

– Devi.

Avec un sourire lumineux, elle me donne un coup d'épaule dans le bras. Mon biceps s'échauffe aussitôt. La chaleur émane du point de contact avec sa peau nue et se diffuse lentement dans mon torse, tandis que le sang afflue vers mon bas-ventre.

J'ai une conscience aiguë du fait que je ne me suis jamais retrouvé *seul* avec Devi. Bizarre, quand on sait que nous nous sommes donné des orgasmes. Toutefois, *Les vrais rencards de Raven* a été notre unique collaboration, et il y a tellement de monde sur le tournage d'un porno qu'il est impossible de créer la moindre intimité, même lorsqu'on regarde dans les yeux une partenaire qui vous suce. Et même si nous nous sommes revus à l'occasion de soirées et d'événements, nous nous sommes cantonnés à « Salut ! » ou « Ça va ? » Ou encore « Tu sais où est le bar ? » Mauvaise base pour une bonne compréhension mutuelle.

Je devrais probablement expliquer pourquoi je viens de catapulter mon téléphone flambant neuf dans l'eau, en omettant de préciser que j'ai le béguin pour elle.

J'essaie de retrouver ma charmante attitude décontractée du début de soirée.

– Devi, je…

Je me branle devant toi presque tous les jours.

– … je, euh, ne savais pas qu'il y avait quelqu'un. Sinon, je n'aurais pas… tu sais.

Je mime mon lancer de téléphone.

Elle rit puis se penche pour détacher ses escarpins à lanières.

– S'il a un bon étui, il n'est peut-être pas fichu.

Subjugué, je la regarde se déchausser, se trémousser pour ôter son short, et marcher vers le bassin. Sa tenue mérite à peine le nom de sous-vêtements.

Ai-je mentionné les fesses de Devi Dare ? Dommage. Elle a l'un des plus beaux culs du monde. Rebondi, sculpté et délicieux, le genre que l'on a envie de mordre et de presser. La courbe qui remonte vers sa taille fine est de la poésie à l'état pur. Et ses jambes – malgré ses cuisses et ses mollets musclés – restent souples quand elle marche, comme ses fesses. Et il y a quelque chose de *sain* dans ce mouvement, de tellement alléchant dans son corps aux hanches larges, au ventre légèrement mou, à ses seins pleins. Elle est sexy d'une manière viscérale et biologique qui crie *Fais des bébés avec moi* ! Ma verge se tend pendant que je l'observe, des dizaines de milliers d'années d'évolution m'intimant de l'emporter au loin pour la féconder.

Les mains sur les hanches, elle se retourne.

– Tu viens avec moi ?

– J'admirais la vue, dis-je d'une voix trop éraillée, trop franche, mais je ponctue ma réponse d'un petit sourire.

Elle rit et saute dans la piscine. Après une dernière rasade de whisky, je rebouche la bouteille et me jette à l'eau tout habillé.

L'eau fraîche contraste agréablement avec la chaleur sèche de la nuit et la brûlure de l'alcool dans mon ventre, mais aussi avec le feu qui se consume dans ma poitrine. Des sensations ardentes étouffent ma colère et mon chagrin d'amour. Cela a commencé à l'instant où Devi a frôlé mon bras.

Quand mes pieds touchent le fond, je le repousse pour rejoindre la surface. Je ressors à l'air libre en crachotant et nage maladroitement vers Devi, tenant toujours la bouteille d'une main. Elle fend l'eau avec l'aisance et la grâce d'une nymphe aquatique, ses longs cheveux flottent autour de ses épaules. Son haut doré se détache de sa peau et me laisse entrapercevoir un mamelon rose foncé et contracté. Des gouttes d'eau s'accrochent sur l'épaisse frange de ses cils.

– Tu n'es pas un très bon nageur, fait-elle remarquer.

– Jamais été mon truc, dis-je en la dépassant pour me diriger du côté où j'ai pied.

Dans un soupir de soulagement, je pose le talon, vérifie si l'eau chlorée ne s'est pas immiscée dans la bouteille de whisky puis je bois longuement. Je ne vais pas tarder à être ivre, et j'ai l'intention d'aller jusque bout. Que puis-je dire ? Dans tout ce que j'entreprends, j'aime aller au bout.

Devi se laisse flotter jusqu'à moi, un objet à la main. Après un moment, je reconnais mon téléphone, la raison pour laquelle nous avons spontanément plongé dans la piscine. Et comme par miracle, l'étui onéreux que la vendeuse m'a convaincu d'acheter a sauvé l'engin. L'écran affiche toujours la page du message vide.

À un instant ou à un autre, entre la piscine, l'alcool et Devi Dare dénudée, le besoin de parler à Raven a disparu.

Je m'empare du téléphone et le pose négligemment sur le béton avant de me retourner vers Devi.

– Par contre, toi, tu nages très bien, dis-je en souriant.

Je lui tends la bouteille et elle la porte à ses lèvres.

– J'ai grandi en Californie, tu sais, répond-elle avant de boire.

– Moi aussi, mais mes parents sont de Boston, alors j'imagine qu'ils n'ont jamais cru bon de m'apprendre à nager.

Elle me rend la bouteille.

– J'ai dû avoir des bouées avant d'avoir un vélo. Mes parents sont très, euh… (Elle cherche ses mots.) naturels. Pour eux, c'est important de se purifier régulièrement de l'énergie négative, et l'eau est excellente pour ça. Nous allions nager au moins une fois par semaine.

Ses pommettes rosissent comme si les convictions de ses parents l'embarrassaient. À moins qu'elle ne soit gênée parce qu'elle y croit un peu, elle aussi.

Sa façon de rougir est tellement attirante que j'ai envie de lui lécher le visage. Et ensuite, de la clouer au sol avant de la lécher partout.

Elle tend son visage vers le ciel.

– On voit Cassiopée ce soir.

Je suis son regard, mais je ne vois rien d'autre que le halo doré au-dessus de la ville et l'éclat d'une poignée d'étoiles.

– Cassiopée est une constellation ? dis-je prudemment.

Elle rit et opine, puis prend ma tête entre ses mains. Mon pouls s'accélère, et un incendie fait rage dans mon torse. Je veux qu'elle m'embrasse mais avant que j'aie tourné la tête vers elle, elle incline mon visage vers le ciel, dans la bonne direction.

– Tu la vois ? demande-t-elle, sa bouche près de mon cou, et je me demande comment ce serait si elle me mordait. Elle forme la lettre M.

Elle la suit du bout du doigt jusqu'à ce que je la distingue – une bouleversante réunion d'étoiles fatiguées.

– On ne la voit pas toujours aussi près de la ville, continue-t-elle.

– Cassiopée, on dirait un nom porno, dis-je franchement.

Elle rit de nouveau.

– C'est Ptolémée qui l'a baptisée.

Je la regarde d'un air interdit. J'avais d'assez bonnes notes à l'école mais j'en suis sorti il y a plus de dix ans, et tout ce qui n'est pas intimement lié au cinéma ou aux mathématiques utiles en affaires s'est évaporé de ma mémoire.

– Ptolémée était un astronome grec, explique-t-elle avec un petit regard amusé. Il lui a donné le nom d'une célèbre reine de la mythologie grecque. Elle était belle, vaniteuse et vantarde et elle a mis Poséidon dans une telle colère qu'il a ravagé son royaume.

Belle, vaniteuse et vantarde. Je pense soudain à Raven, probablement toujours dans cette maison, à se faire baiser avec ce sourire malfaisant. *Où est Poséidon quand on a besoin de lui ?*

Non. Je ne laisserai pas Raven assombrir ce moment heureux et alcoolisé avec Devi et la bouteille. Je parle autant pour chasser mon ex de mes pensées que pour sonder les connaissances en astronomie de Devi.

– Tu connais bien le sujet, lui dis-je en me plaçant face à elle.

Elle rougit pour de bon.

– J'aime beaucoup l'astronomie. Les étoiles, les galaxies, tout ça. Ça me donne une impression… d'*immensité*… tu vois ?

Je connais ce sentiment. Je ressens de la grandeur à chaque fois que je regarde un film formidable, que j'imagine mes films avec le bon décor, la bonne approche et le bon résultat.

– Je n'ai jamais rencontré d'actrice qui parle comme ça, dis-je.

C'est vrai. Pas une seule fois, une actrice de films pour adultes ne m'a confié sa passion pour un autre domaine, son attirance pour quoi que ce soit qui rende la vie magique.

Elle cligne des yeux, et je suis subjugué par l'ombre de ses cils sur ses joues mouillées.

– Vraiment ?

– Vraiment. Devi Dare, je crois bien que tu es la première.

– Aucun homme ne m'a jamais dit ça, taquine-t-elle alors que je me rapproche. Je ne sais pas vraiment pourquoi je fais ce pas car nous nous tenons déjà très près l'un de l'autre. Mais l'eau claire est envoûtante, et le monde adouci par le whisky. En cet instant, tout ce que je souhaite c'est compter les gouttelettes sur ses cils.

Devi bouge un peu et son haut s'ouvre presque entièrement, exposant ses jolis seins et leurs pointes encore plus charmantes. Je suis soudain très heureux d'être dans une piscine où ma douloureuse érection n'est pas visible. Toutefois, ça ne dissimule pas mes yeux braqués sur ses nichons, ni la façon dont je me mords la lèvre pour me retenir d'aspirer sa bouche.

Ses lèvres s'entrouvrent, et elle ne prend pas la peine de refermer son haut. Nous nous tenons si près l'un de l'autre que je sens ses pieds nus frotter le bout de mes chaussures. Ses yeux sont comme de l'ambre pur, de l'or liquide et chaud, et ils fouillent les miens. Quand j'ai fait ce pas vers elle, quelque chose a changé, et j'ai l'impression que je vais me consumer, me transformer en une colonne de flammes au milieu de ce bassin scintillant.

J'ai envie de l'embrasser.

Je n'ai jamais rien désiré aussi ardemment.

Voilà le problème. Je sais que sa langue est douce et humide, que ses lèvres pulpeuses sont chaudes, et je me souviens de ses halètements, quand nous nous sommes embrassés sur le tournage, des années plus tôt. Je sais précisément que ce baiser serait délicieux et gratifiant. Son visage est à présent incliné vers le mien, avec une expression engageante. Ses mains parcourent mon torse et empoignent mon tee-shirt détrempé. Je laisse la bouteille scellée et presque vide s'éloigner de nous en tressautant dans l'eau.

– Logan, chuchote-t-elle en me scrutant, agrippée à mon tee-shirt.

Embrasse-la, connard ! Qu'est-ce que tu attends ?

Mais tout est confus. Ma colère contre Raven, ma détermination à aller de l'avant, mon désir pour Devi, la proposition de Vida – tout cela s'embrouille dans ma tête et je n'y vois plus clair. Je n'arrive pas à distinguer mon besoin de me venger de Raven de celui d'embrasser Devi. Les affaires se mêlent au plaisir, le plaisir se teinte de souffrance, et brièvement, je regrette que Raven ne soit pas là. J'aimerais qu'elle nous regarde. Qu'elle me voie avec Devi et que la jalousie et la fureur la poignardent comme quand je l'ai découverte dans ce lit. Et je veux voir sa tête quand elle nous verra…

Je suis un crétin. Comment pourrais-je embrasser cette fille que j'apprécie depuis des années, que j'ai idéalisée et qui alimente mes fantasmes, comment la toucher alors que Raven parasite mes pensées ? Et surtout, veux-je vraiment que Raven gâche ce moment que je désire depuis si longtemps ? Lui accorder la mainmise sur le premier baiser intime que Devi et moi partagerons ?

Non. Quand j'embrasserai Devi, si toutefois ça arrive un jour, ce sera sans le fantôme de la trahison de Raven au-dessus de nous. De plus, si j'embrasse Devi maintenant, rien ne sera plus comme avant. Il se peut que nous fassions les fous, ou même que nous couchions ensemble, et alors cette nuit ne sera plus celle où elle m'a montré les étoiles dans la piscine, mais celle où nous avons fait comme tous les autres dans ces soirées. Ce sera la nuit où nous avons galvaudé notre alchimie à un acte purement physique, et cela m'attriste.

Je veux que ce soit notre nuit étoilée. Et peut-être, si j'ai de la chance et que j'arrive à me reprendre en main, le soir de notre premier baiser arrivera-t-il plus tard.

Magne-toi, exige mon érection.

– Logan ? répète Devi plus franchement, sur un ton presque implorant.

Je la prends par les coudes. Je ne veux pas lui parler de Raven – je ne veux pas qu'elle se sente utilisée ou comparée à elle. Et je ne peux pas expliquer ma peur de l'embrasser sans révéler mon gigantesque béguin pour elle et passer pour un détraqué qui la désire en douce.

– Je crois que je devrais y aller, dis-je à la place.

Elle plisse le front d'une manière adorable.

– Tu devrais ?

– Ouais, je marmonne en me dirigeant vers le bord du bassin.

Dès que je m'éloigne d'elle et de ses grands yeux noisette, je me sens plus vide encore… sur le point de faire volte-face pour l'embrasser. Je suis à un cheveu de me retourner, de l'attraper et de l'embrasser sauvagement, et de chasser ce fatras de pensées sombres qui m'encrassent le cœur.

Mais je ne le fais pas.

Je récupère la bouteille dans l'eau et me hisse hors de la piscine. Je me retourne et lui tends la main. Elle l'ignore et les muscles fins de ses bras se tendent alors qu'elle se soulève hors de l'eau et se redresse sur le béton. Les joues empourprées, elle évite mon regard.

– Devi…

Je ne sais ni quoi dire, ni ce que je veux, ni quelle explication donner.

Elle secoue la tête mais je ne renonce pas.

– Je… je peux avoir ton numéro ?

Putain. D'où ça sort ?

Elle hésite, toujours sans croiser mon regard. Puis elle ramasse mon téléphone et s'envoie un message vide.

– C'est fait, dit-elle sur un ton qui me donne mauvaise conscience. J'entends sa fierté, son désir contrarié et sa confusion. Mais comment expliquer ce qui m'échappe ?

Je suis plus confus que jamais.

– Merci, dis-je maladroitement.

Elle me répond d'un bref hochement de tête, toujours sans me regarder.

– Bonne nuit, Logan, marmonne-t-elle en récupérant ses chaussures et son short. Sans prendre la peine de se rhabiller, elle marche pieds nus, trempée, et visiblement vexée vers la maison.

Merde.

5

Je me réveille les lèvres gonflées de désir, l'entrejambe douloureux – deux effets secondaires de la soirée de Vida. La main sur les yeux, je presse mes cuisses l'une contre l'autre et essaie de me rendormir mais la brûlure du désir est trop vive.

Résignée et excitée, je roule sur le côté et attrape mon ordinateur portable sur le côté du lit. J'ouvre *Les vrais rencards de Raven,* épisode 203. Je lance la lecture de la scène inscrite dans mes favoris et pose l'ordinateur au pied du lit, face à moi. Je baisse mon shorty, m'allonge, la tête contre les oreillers, et écarte les genoux de façon à voir l'écran pendant que je revis le tournage – mon fantasme de prédilection, mon invitation à la masturbation qui me garantit un certain soulagement solitaire.

La scène commence à la fin des préliminaires, après que les personnages se soient embrassés, sucés et caressés. Autoritaire et dominante, Raven dirige l'action. Elle ordonne à l'autre fille – moi – de sucer l'homme. Sur l'écran, Devi est nue, et bien que je l'ai déjà visionnée un million de fois, je suis subjuguée lorsqu'elle s'agenouille devant Logan O'Toole, déboutonne son jean, et abaisse son caleçon pour libérer son membre. Je n'ai jamais tourné avec d'autres hommes mais j'ai assisté à suffisamment de prises de vues pour savoir à quoi m'attendre. Et je ne pensais pas qu'il banderait déjà. Je m'étais attendue à ce qu'il ait besoin de quelques jeux, de marques d'attention, comme dans la réalité.

Mais son érection était déjà puissante. Entre mes mains, sa queue épaisse et lourde pulsait. Je m'en souviens clairement de son poids dans ma paume pendant que je regarde mes mains le saisir à l'écran, ma langue le lécher sur toute sa longueur, ma bouche se poser sur son gland. Elle lève les yeux vers lui, ses grands yeux bruns cherchant son approbation.

Le regard qu'il lui lance me fait mouiller. À tous les coups, ça marche. Il paraît très excité alors que c'est le début de la scène, qu'elle n'a pas encore ouvert la bouche ni pris son gland entre ses lèvres pour l'aspirer.

Si je rejouais cette scène dans ma tête, je passerais directement au moment où Logan lèche mon clitoris, presque tendrement, ses doigts enfoncés dans mon vagin pendant que Raven le caresse.

Mais je n'ai pas besoin de regarder cette séquence pour me souvenir des sensations, et presque à chaque fois que je me touche, les yeux fermés, je me rappelle le plaisir qu'il m'a donné avec ses doigts et sa langue.

Au lieu de ça, j'aime revenir à cet instant précis. Je bouillonne quand je constate à quel point je l'ai excité ce jour-là. Quand je le vois se ruer contre mon visage en me tirant par les cheveux pendant que ma bouche le savourait.

C'est *moi* qui ai provoqué ces réactions.

Devant l'écran, mon doigt dessine de petits cercles sur mon clito. Avec davantage de pression je jouirais, mais je veux aller chercher loin l'orgasme. Je veux attendre qu'il enfonce sa queue dans la bouche de la Devi du film, si profondément qu'elle a du mal à respirer et que ses yeux s'humidifient. Si profondément que son gland chatouille ses amygdales – je garde un souvenir vif de la sensation – et que sa gorge le comprime. Quand elle lève les yeux, elle veut lui faire comprendre qu'il doit relâcher son emprise. Mais avant cela, ils échangent un regard et pendant une poignée de secondes, elle se perd dans ses yeux, tellement emportée par l'extase qui tend ses traits qu'elle manque de jouir sans stimulation manuelle.

C'est le moment que j'attendais. J'appuie sur mon clitoris, insinuant les doigts de mon autre main entre mes lèvres. Je les recourbe pour qu'ils frottent mes zones les plus érogènes.

Ça vient. Je ne suis plus que ces sensations qui suscitent une explosion massive de plaisir et de soulagement, les soubresauts intérieurs qui se répercutent le long de mon dos. C'est extraordinaire, et cela se poursuit quand je retombe, détendue, les membres en coton.

Je soupire de bien-être.

Mais je me souviens aussitôt de Logan à la fête de Vida, et la frustration me gagne. Il était tellement adorable, ses vêtements mouillés collés sur sa peau. Je revois son regard pénétrant mon corps presque nu. Son attitude séductrice, son badinage.

Pourtant je suis rentrée seule.

Va au diable, Logan O'Toole avec ton charme renversant.

Sincèrement, je croyais l'avoir idéalisé avec le temps. Je m'étais convaincue qu'il ne pouvait pas être aussi engageant, attirant et sexy que dans mes souvenirs.

J'avais tort. Il était tout cela et plus encore. Bien plus.

Et puis nous nous sommes bien entendus. Hier soir, nous avons bavardé pour la première fois, et je sais que l'étincelle était bien réelle. Elle dépassait la simple attirance physique. Il m'a écouté parler. Il a contemplé mes yeux, ma bouche, pas mes seins et mes fesses. Enfin, pas seulement mes seins et mes fesses. À deux reprises, j'ai cru qu'il allait m'embrasser. Il m'a prise par le menton pour que je relève la tête, j'ai ouvert la bouche, léché mes lèvres. N'a-t-il pas compris le message ?

Impossible qu'il l'ait mal interprété, avec son expérience.

Donc je ne l'intéresse pas.

Je soupire en me lamentant, et me redresse pour fermer l'ordinateur. Si je ne l'intéresse pas, pourquoi a-t-il demandé mon numéro ?

Ça veut forcément dire qu'il espère avoir de mes nouvelles. Non ?

Dans un élan d'optimisme, je m'empare de mon téléphone et compose un message. En quelques secondes, je prends conscience que A : je ne sais pas quoi dire ; et B : je n'ai pas le courage de lui écrire. C'est Logan O'Toole ! Une star. Il peut séduire qui il veut, quand il veut. Il n'a pas besoin qu'une ancienne collègue en pince pour lui, et encore moi que je lui donne des nouvelles en direct depuis mon petit nuage, juste après avoir joui.

De toute façon, il m'a demandé mon numéro par politesse. Ou parce que je peux être utile pour un casting de femmes de différentes ethnies, sujet auquel il est sensible. Et je n'ai pas de raison de mal le prendre parce que A : je suis pour la diversité ethnique dans le porno ; et B : je suis allée à cette soirée pour trouver du travail.

En réalité, je devrais être fière de moi. Je suis sortie de ma zone de confort et j'ai parlé avec deux producteurs, dont l'un m'a promis de me contacter prochainement pour me proposer un projet.

Lorsque le téléphone vibre dans ma main, je consulte le message avec la certitude qu'il provient d'un employeur potentiel, ignorant l'espoir fugace que ce soit Logan.

Tu sais sûrement qu'en Perse, Cassiopée chevauche un chameau à deux bosses. Et je ne dis pas ça seulement pour écrire « chevauche » dans le premier message que je t'envoie.

Avant que j'aie le temps de répondre, je reçois un second message.

Bon, d'accord, c'est peut-être pour ça que je te parle du chameau.

Je glousse encore lorsque le troisième message arrive.

Tu n'es pas fière que j'aie bien écrit Cassiopée même si c'est évidemment grâce au correcteur automatique ?

Il est tellement craquant.

Et en plus il m'écrit !

Je me lève d'un bond, si nerveuse que je fais les cent pas. Logan O'Toole, l'homme de mes rêves, celui qui ne m'a pas embrassée alors qu'il m'a léchée devant la caméra trois ans plus tôt, m'envoie des SMS.

Je ne sais pas ce que je dois en penser. Ni ce que je dois ressentir.

Je l'intéresse finalement ? Son ton semble séducteur, mais ce n'est peut-être qu'une question d'interprétation. Il est toujours un peu aguicheur. Ça fait partie de son métier.

Mais il s'est souvenu de Cassiopée.

Je l'ai suffisamment marqué pour qu'il y pense encore. Pour qu'il fasse des recherches et me contacte. Ce n'est pas rien. Mais comment le prendre, je l'ignore.

Pour l'instant, je dois trouver une réponse.

Que dire ?

Tout en arpentant la pièce, je compose plusieurs réponses dans ma tête avant de répondre avec anxiété : *Tu as dit « chevauche »*. J'ajoute un émoticône qui rougit.

Même deux fois. Tu sais pourquoi ?

Je dois être trop excitée pour jouer aux devinettes. *Non, pourquoi ?*

Pour aller avec les bosses.

Je glousse. Sa réponse est puérile et ridicule, mais que signifie-t-elle ? Qu'il a envie de sexe en général ou qu'il a envie de moi ?

Je retrouve mes esprits. Bien sûr, ce n'est pas personnel. Si je lui plaisais, il l'aurait montré la nuit dernière. Certaine qu'il n'y a pas de sous-entendu, je réponds : *C'est parce qu'il y a deux bosses dans la constellation que Cassiopée chevauche. Une pensée par bosse.*

Sa réponse tarde, et je patiente en me mordant la lèvre, les jambes encore ramollies par l'orgasme. Repenser à mon fantasme m'excite de nouveau mais un autre message arrive, et mon cœur bat la chamade avant même que je le lise.

Oui. C'est vrai. Mais s'il y avait un chameau hier soir, je ne m'en souviens pas. Je n'ai vu que Cassiopée.

Pendant une demi-seconde, j'envisage de laisser libre cours à mon fantasme, de prendre mes désirs pour la réalité, et j'imagine qu'il veut dire que je suis aussi belle que la mythique Cassiopée et qu'il n'avait d'yeux que pour moi.

Mais évidemment, il fait allusion aux étoiles, et il est aussi loin de moi que la reine et son chameau à deux bosses dans le ciel.

* * *

Dans la soirée, il envoie un SMS d'un autre ton.

Après que Stanley Tucci ait donné l'injection à Captain America et qu'il soit devenu tout en muscles, plus Captain America que jamais, tu crois qu'il pouvait encore coucher avec un être normal ? Ou son membre était trop puissant *pour de simples mortels ?*

Je suis déjà couchée parce qu'il est plus d'une heure. *C'est le milieu de la nuit et il pense à moi.*

Non. Stop. Je ne dois pas m'emballer. Il envoie sûrement des messages à toutes les filles de son répertoire parce qu'il a trop bu. Je devrais éteindre mon téléphone et continuer à le chasser de mon esprit.

Sauf que je n'y arrive pas plus qu'au cours de la journée. Je me suis interdit de répondre à son dernier message troublant du matin, et de penser à lui. Ce qui signifie que j'ai souvent pensé à lui. Pendant que je récurais ma baignoire. Pendant que je parcourais la jetée de Santa Monica en rollers. Pendant ma séance photo pour Tommy's Toys, un site de photos érotiques pour lequel je pose régulièrement.

– Tu es splendide aujourd'hui, trésor, m'a dit Tommy après m'avoir photographiée en rafales. Radieuse et excitante. Tu es en cloque ou quoi ?

– Euh, non. Ça doit être ma nouvelle lotion démaquillante.

Je n'ai pas changé de lotion, mais j'ai préféré mentir pour esquiver la vraie raison de mon éclat : Logan O'Toole.

Plus tard, sous la douche, j'ai de nouveau joui en pensant à lui. Et j'ai passé les vingt minutes suivantes à me promettre de l'oublier dès le lendemain.

À présent, je suis fatiguée et vulnérable, et lorsque son message sur Captain America arrive, j'entre dans son jeu, quel qu'en soit l'objectif. *Un membre peut-il vraiment être TROP dur* ? Je m'inquiète plutôt *de son endurance. Sa force de pénétration. Il faudrait qu'il se contrôle pour avoir une vie sexuelle.*

Et le moment où il exploserait ? Tu vois, je crois qu'il jouirait trop fort pour qu'elle le supporte. Son sperme la transpercerait comme une balle.

Le sourire jusqu'aux oreilles, je m'allonge sur le ventre pour répondre.

Mais non. Vous les hommes, vous croyez que votre sperme est plus impressionnant qu'il ne l'est. En réalité, ce n'est qu'un petit jet de rien du tout. Même avec une force accrue, ça ne ferait mal à personne.

Nous ne parlons pas de mes éjaculations – qui SONT impressionnantes, par ailleurs. Nous parlons de Captain America.

Je m'échauffe tant que je dois respirer longuement avant de répondre.

Cette idée t'excite ? Jouir si fort dans une femme que ça la tue ?

Ouais, en quelque sorte.

J'éclate de rire.

Espèce de malade.

Coupable. Immédiatement suivi de : *Bonne nuit, Cass.*

Pour la deuxième fois d'affilée, je me couche avec une douleur lancinante entre les cuisses à cause de Logan O'Toole.

***

Les jours suivants, nos échanges se poursuivent. J'ai renoncé à interpréter ses motivations, préférant apprécier ses plaisanteries. Nos blagues me mettent de bonne humeur, malgré mes soucis financiers, et le mercredi matin, je trouve même le courage de me rendre sur le site de l'UCLA pour la première fois depuis plusieurs mois.

– Tu en es capable, me dis-je à voix haute. Consulte la liste et choisis quelque chose. N'importe quel domaine qui t'intéresse.

Beaucoup de choses m'intéressent. Ça ne devrait pas être compliqué.

Mais après quelques clics, j'arrive sur la présentation des cinq départements du campus : Lettres et sciences, École d'arts et d'architecture, École d'ingénieurs et de sciences appliquées, École d'infirmiers et École de théâtre, cinéma et télévision.

Je me fige. Tous ces départements m'attirent autant les uns que les autres. Sciences ? J'adore. Architecture ? Tentant. Infirmière ? Mes parents sont des doulas – je sais prendre soin des autres. Cinéma ? C'est mon métier, pour autant que le porno soit du cinéma, et c'est le cas à mon sens. Alors comment pourrais-je choisir une seule voie alors que je ne suis incapable de sélectionner une école ?

Paniquée, j'éteins l'ordinateur et tends l'oreille en entendant le téléphone vibrer sur le plan de travail de la cuisine. Espérant que ce soit un message de Logan, je me hâte de vérifier.

Mais ce n'est pas Logan, et ce n'est pas un SMS. C'est un appel du producteur que j'ai rencontré à la fête – LaRue Hagen.

En temps normal, je ne répondrais pas à un appel de LaRue Hagen. Il travaille pour Sinner's Playpen, un site porno hétéro hardcore. Pas mon genre. Cependant, les cartes de tarot m'ayant suggéré d'être ouverte aux nouvelles opportunités, je lui ai donné mon numéro.

Je réponds en espérant ne pas perdre mon temps.

– Devi Dare ! Je suis content de réussir à te joindre, dit LaRue comme s'il essayait de me contacter depuis des jours. Tu as une minute ?

– Pas beaucoup plus, dis-je bien que je n'ai rien de prévu pour la soirée. J'espère que votre argumentaire est prêt.

– Ah, une femme dure en affaires ! Ça me plaît.

LaRue n'est pas dans le milieu depuis aussi longtemps que d'autres producteurs de la vieille école, mais ce n'est pas non plus un petit nouveau. C'est un homme d'affaires avisé qui innove tout en restant politiquement correct. Si je décidais de poursuivre mon exploration du monde du porno, il est l'un des rares producteurs en qui j'aurais confiance.

– Par chance, j'ai préparé mon argumentaire parce que c'est en réalité très concret, dit-il habilement. À Sinner's Playpen, nous avons suivi de près l'évolution de ta carrière dans le porno lesbien. Si tu penses que personne n'a remarqué qu'elle décollait, tu te trompes. Nous croyons sincèrement que dans le porno hétéro, tu produirais un raz-de-marée.

Stupéfaite, je me retiens de rire. Depuis un an, ma percée dans le milieu me satisfaisait mais il exagère. Mes finances ne reflètent aucune espèce de « décollage ».

Toutefois, les mannequins et les lesbiennes ne gagnent pas lourd, même quand elles ont du succès.

Je change de pied d'appui.

– C'est horriblement présomptueux. Vous ne trouvez pas, Monsieur Hagen ?

– Appelle-moi LaRue. Pas présomptueux – perspicace. Je suis dans ce milieu depuis dix ans, Devi. J'ai vu de nombreuses stars monter au firmament et disparaître aussi vite. Je sais quelle trajectoire ta carrière va emprunter.

Je m'appuie contre l'embrasure de la cuisine.

– Je suis flattée, LaRue. Mais je dois être honnête avec vous. Même si j'envisage de m'essayer au porno hétéro soft, je préfère consacrer l'essentiel de mon temps aux histoires de filles. Et je n'ai certainement pas l'intention de devenir une star.

– On ne décide pas de devenir une star.

L'image de l'Étoile dans le jeu de tarot de mes parents me traverse l'esprit. J'en reste sans voix.

LaRue saisit l'occasion pour reprendre.

– Écoute, notre site publie peu de porno féminin mais je crois que je peux te trouver quelques contrats.

Je reste sceptique.

– Pourquoi feriez-vous ça ?

Je ne veux pas me sentir obligée de travailler pour lui à l'avenir parce qu'il m'aura donné un coup de pouce.

– Devi Dare, même si tu n'es pas prête, tu vas passer au hard. Et nous voulons être là le moment venu.

Et si c'était vrai ? Et si j'étais destinée à devenir la prochaine Jenna Jameson ou Tori Black ? Est-ce la direction que m'indique la Roue de la Fortune ?

De crainte de laisser passer une occasion unique, je lui donne les coordonnées de mon agent et accepte un shooting avec Sinner's Playpen dans les prochaines semaines.

Cela me laisse le temps de réfléchir à sa proposition. Elle pourrait être la solution à tous mes problèmes d'argent si je franchissais ce dernier pas. Je ne sais même pas ce qui me retient. Mes parents me soutiendraient et je n'ai rien contre l'idée de coucher avec des inconnus.

Seulement, si je m'investissais pleinement dans cette carrière, les chances de reprendre les cours faibliraient nettement. Et bien que je n'arrive pas à trouver ma voie, je ne suis pas disposée à tirer un trait sur mes études.

Mais avec l'argent qu'on me réclame, je vais devoir me décider très vite.

J'ai désespérément besoin d'en parler avec quelqu'un du milieu. Un acteur ou une actrice, peut-être. La seule personne qui me vienne à l'esprit est Logan.

Je déverrouille mon écran et écris : *Besoin d'un conseil. Tu es dispo ?*

Alors que je m'apprête à l'envoyer, les doutes m'assaillent. Nous ne sommes pas assez proches pour que je le consulte sur ma carrière, et sûrement pas par SMS.

Toutefois, je ne désire en parler avec personne d'autre.

Je remplace par : *Crois-tu que Dieu/une force supérieure/l'univers répond aux prières/requêtes/besoins par la voie du porno/érotique/et autres cochonneries ?*

C'est la première fois que je démarre une conversation et mon cœur s'emballe lorsque je reçois sa réponse, presque aussitôt. *Devi, la bonne* réponse est toujours le porno.

Je ris, et bien que rien ne soit résolu ni décidé, je me sens mieux. Je n'ai pas besoin d'arrêter mon choix dans l'immédiat. LaRue va me proposer des petits boulots faciles et s'ils ne sont pas assez lucratifs, j'ai encore d'autres options.

Toutefois, si l'univers n'essaie pas réellement de me guider, je reconnais que la chance tourne. Peut-être que l'enthousiasme de LaRue est contagieux, mais j'ai l'impression que les gens et les situations me sont favorables. Il se pourrait même que Logan soit entré dans ma vie et que son amitié conforte ma place dans le milieu.

Je ne m'attends pas à ce que le destin ait d'autres projets pour nous. Malgré tout, je n'oublie pas l'Étoile et j'*espère* qu'il nous réserve autre chose.

6

Maintenant que vous me connaissez un peu mieux, vous devez vous demander *comment un garçon aussi gentil que Logan O'Toole a atterri dans l'industrie pornographique ?*

Sur ce point, j'ai trois choses à dire :

Premièrement, je n'ai pas toujours été Logan O'Toole.

Deuxièmement, pourquoi pas ?

Troisièmement, je comprends pourquoi vous vous interrogez. Mes parents sont tous deux chercheurs en pharmacie. Je suis allé dans les « bonnes » écoles du quartier, j'ai grandi dans une maison avec une belle piscine et une cuisine équipée dernier cri, avec le câble mais sans HBO, des dîners en famille presque tous les soirs et des vacances plusieurs fois par an. Nous fréquentions plus ou moins régulièrement une église épiscopale gentiment moralisatrice, et deux fois par mois, nous participions bénévolement à la banque alimentaire de la ville. Je ne me suis jamais drogué, je n'ai couché qu'avec deux filles au lycée, et ma seule entorse à la loi est une amende pour excès de vitesse, un matin où j'étais en retard à un cours.

Non, rien ne me destinait au porno. Après le lycée, j'avais prévu d'intégrer une école de cinéma, et de mener la même vie que mes parents avant moi, et leurs parents avant eux, hormis que j'envisageais de travailler avec une caméra au lieu d'un microscope.

Une série d'accidents a modifié ma trajectoire, me projetant hors de mon orbite et droit dans le champ gravitationnel de la planète porno.

Tout a commencé le jour où mon prof de théâtre est venu me trouver après le cours au début de ma dernière année. Il m'a suggéré de contacter l'un de ses amis qui tournait une pub pour un collège universitaire de la région. Selon lui, c'était un travail facile, qui devait être la première expérience marquante de mon CV inconsistant. Je désirais devenir réalisateur, mais explorer le métier d'acteur ne pouvait pas faire de mal.

J'ai tourné ce spot. Puis un second, pour un site de rencontres entre étudiants, ce qui m'a amené à jouer dans une pub pour une ligne téléphonique de « rencontres éphémères », un service à l'agonie en 2005 mais apparemment encore assez vivace pour s'offrir un spot télé. Je n'ai jamais caché mes activités à mes parents, et je dois reconnaître qu'ils n'ont pas essayé de m'en dissuader malgré la gêne qu'ils devaient éprouver lorsque mes pubs pour le téléphone rose passaient entre deux rediffusions de leur série policière.

Et c'est ainsi que je suis accidentellement tombé dans le milieu de la pub.

Ça a duré trois mois, et dès le lendemain de la remise des diplômes, pendant que j'essayais de décrypter l'email d'orientation de l'UCLA, j'ai reçu un appel du réalisateur de l'annonce pour la ligne rose.

– Hé, gamin, ton visage plaît à l'un de mes amis et il lui manque un jeune homme pour tourner un petit film la semaine prochaine. Tu empocherais cinquante dollars par jour, plus le déjeuner. Ça t'intéresse ?

Mon unique projet pour l'été se résumait à un boulot de vendeur de matériel électronique à mi-temps, et honnêtement, être payé pour passer la journée sur un tournage me séduisait davantage. La semaine suivante, j'ai démissionné de mon job et je me suis rendu sur le plateau en imaginant que le « petit film » était une œuvre indépendante ou un nanard destiné au câble.

Ce n'était ni l'un ni l'autre. Après m'avoir présenté au directeur de casting – également script – on m'a conduit vers la piscine, où une femme gémissait, allongée sur le dos, la main glissée dans sa petite culotte en dentelle. Je me souviens de l'avoir observée, hypnotisé, pendant que le réalisateur criait ses instructions – plus axés sur sa façon de se masturber que sur son jeu d'actrice.

– Écarte un peu plus les cuisses, Tara. Il y a une ombre.

– Bon, maintenant, utilise les deux mains.

– Masse-toi les seins, s'il te plaît. Bien.

J'ai posé les yeux sur le mince scénario que l'on m'avait remis. Je ne l'avais pas encore lu parce que je n'avais pas de dialogue, mais à ce moment-là, je l'ai parcouru avec une fascination avide. « Femme au foyer se sent seule. Séduisant jardinier. » Et moi, « Invité n° 2 de la fête au bord de la piscine », qui devait traîner dans le fond avec gobelet rouge et une mine de gai luron.

C'est comme ça que j'ai commencé dans le porno soft.

De là, j'ai lentement grimpé – ou descendu, selon le point de vue – les échelons. Le réalisateur m'aimait bien, et je suis revenu la semaine suivante pour un film avec une pom-pom girl coquine, amoureuse de son professeur. Je jouais le rôle du petit ami plaqué. Il impliquait qu'elle me suce, et cela m'inspirait quelque réticence. D'un côté, aucun garçon de dix-huit ans n'avait jamais sombré dans le désespoir à l'idée d'une fellation, mais de l'autre, jouir dans la bouche d'une fille en échange d'un chèque me troublait.

Je ne trouvais pas cela mal, mais juste étrange.

Je me souviens peu de la scène – ma toute première – mais je n'ai pas oublié l'actrice, Traci Aliss, aujourd'hui mariée à un podologue, quelque part en Arizona. Elle était d'origine asiatique, avec de longs cheveux lisses et une peau parfaite, et malgré tout le maquillage superflu, c'était la plus belle fille que je n'avais jamais vue. Comme c'était la première fois qu'on me toucherait en public, je craignais de débander. Mais lorsque Traci a levé les yeux vers moi, se léchant les lèvres pendant qu'elle me débraguettait, mon appréhension a disparu. J'ai éprouvé une sensation nouvelle, plus profonde que le désir physique, presque essentielle, proche de ce que je ressentais en visionnant mes films préférés.

Je suppose que Devi parlerait d'« immensité ». Un instant, j'ai expérimenté toute l'ampleur du monde, du visage radieux de Traci, du soleil qui entrait en abondance par la fenêtre, des énergies subtiles qui nous reliaient. Je n'étais plus un jeune homme sans avenir, déjà limité par la voie sur laquelle il était à peine engagé.

J'étais un homme. J'ai enfoncé mes doigts dans les cheveux de Traci, et murmuré tout ce que je ressentais. Je lui ai dit ce que j'attendais d'elle et ce que je voulais lui faire, et brièvement, j'ai vu qu'elle se donnait autant que moi. Que malgré les caméras – ou grâce à elles – ces sensations étaient galvanisées, devenues quelque chose d'exaltant et d'enivrant, et nous avons terminé la scène dans une atmosphère magique.

Le réalisateur a tellement apprécié mon jeu qu'il m'a proposé un autre film, puis un suivant, et à la fin de l'été, j'avais empoché cinq mille dollars en couchant avec des filles, et la promesse de toucher davantage si j'étais prêt à bifurquer vers la pornographie hardcore.

Je l'étais.

Après avoir signé avec une agence de comédiens, j'ai annulé mes cours à l'UCLA, annoncé mon choix à mes parents, choqués mais compréhensifs, et loué un appartement à Burbank.

C'est ainsi que je suis accidentellement devenu star du porno.

Tu as raison. Le porno est toujours la bonne réponse. Pas étonnant qu'il y ait autant de perdants dans Une famille en or.

Son SMS est ma première découverte au réveil. C'est fou comme s'endormir sans boire une demi-bouteille redonne de l'énergie, et depuis une semaine, le besoin de m'abrutir à coups de verres de whisky a lentement diminué. C'est en partie dû à la proposition de Vida, pour laquelle je n'ai toujours pas trouvé d'idée.

L'autre raison, c'est Devi, ma Cassiopée, ma reine perse à moi. La simple évocation de ces mots suffit à produire d'étranges frissons le long de mon échine, des éclairs chauds et froids de désir et d'excitation, et aussi de peur. Et si elle ne ressentait pas la même chose que moi ? Si j'étais juste un mec sympa avec qui elle avait tourné une fois ?

Ou pire, le type qui a repoussé ses avances un soir ?

Merde.

Je réponds, toujours au lit.

Ne suis-je pas de bon conseil ? Comment ai-je pu être viré de mon boulot de rédacteur de maximes pour l'usine de biscuits chinois ?

Pas de réponse. Pour la énième fois de la semaine, je me demande si mes SMS l'agacent, envahissant sa vie que j'imagine bien ordonnée, saine, au bord de la mer.

Peut-être me tolère-t-elle par politesse ? Peut-être me trouve-t-elle minable – un type qui écrit comme un collégien, trop lâche pour l'embrasser chez Vida ?

Je lâche le téléphone en grognant. Je ferais mieux de la laisser tranquille. Je devrais dissimuler mon béguin qui dure depuis des années, et la laisser respirer.

Mais dès qu'elle me répond, je récupère fébrilement mon téléphone.

Dis-moi, ô Grand Sage, j'envisage de jouer dans des scènes traditionnelles. Tu sais, avec des garçons. Qu'en penses-tu ?

Ce que j'en pense ? J'ai envie de foncer chez elle et de veiller à être le premier acteur de la liste ! Mais non, je dois penser comme un ami et mentor, pas comme un type qui se masturbe devant elle tous les soirs.

Hardcore ? je demande.

Beaucoup imaginent que le hardcore est du porno extrême – BDSM, brutal et tout ça, mais en réalité, c'est explicite. Dans le hardcore, on voit toutes les bonnes actions, les langues lécher des sexes féminins, les éjaculations et les pénétrations. La plupart des scènes lesbiennes de Devi pourraient être considérées comme hardcore, puisqu'elle fait parfois des cunnilingus et en reçoit.

Oui, répond-elle. *Mais rien de trop sauvage. Pas de perversion ni de partouze. Pour la sodomie, je me tâte.*

Tu te tâtes ? Non, ce n'est pas à toi de faire ça !

C'est plus fort que moi. Je ne suis qu'un humain, après tout.

Ah, ah. Je n'ai rien contre le sexe anal mais je ne sais pas si je pourrais le faire avec n'importe quel acteur, tu vois ? J'ai besoin de faire confiance pour ça.

Je grogne de nouveau, le visage enfoui dans l'oreiller. Avec Devi qui me parle de sodomie, mon sexe s'agite et j'aimerais tant être cet acteur en qui elle a confiance. Je lui ferais tellement de bien, en prenant mon temps. Je la préparerais en lui donnant tous les orgasmes dont elle aurait besoin pour se détendre, et ensuite, je ferais tout pour qu'elle se sente comme une déesse éclatante. Je commencerais avec mes doigts, lentement, tout en embrassant et en léchant sa chatte, puis je l'ouvrirais progressivement, suçant son clito jusqu'à ce que ses orteils s'enroulent. Je la ferais jouir en la pénétrant, et juste après, je la roulerais sur le côté, je m'agenouillerais et je m'enfoncerais délicatement. Et là, je la ferais jouir en la sodomisant.

Trop dur pour te donner une réponse claire, Cass.

Très drôle, Logan. Sérieusement, que dois-je faire ?

Croit-elle vraiment que je blague ? Ne se rend-elle pas compte de l'effet qu'elle me fait ?

« Bien sûr que non, Captain Petite-Bite ! » Son seul indice est ton rejet dans la piscine.

Je m'oblige à me concentrer sur sa question.

Tu me connais, ma reine à dos de chameau. Je conseille toujours de faire plus de porno. Mais ne fais rien qui te mette mal à l'aise. Tu dois te sentir en sécurité, et être heureuse de le faire. Travaille avec des gens en qui tu as confiance.

C'est étonnamment sérieux de ma part, et au moment d'envoyer le message, je doute. Elle ne répond pas, et j'espère qu'elle réfléchit et non que mon ton prétentieux et paternaliste l'exaspère.

Toutefois, ça ne règle pas mon problème d'érection. Je me languis de savourer Devi – sa peau, ses lèvres, son sexe. Je saisis mon pénis d'une main, et mes parties douloureusement lourdes de l'autre.

Je vérifie rapidement l'heure : huit heures. Ginger arrive dans quelques heures pour tourner une scène, et même si j'ai un besoin urgent de me soulager, ce sera meilleur entre ses cuisses. Je presse délicatement mon érection, imaginant que je pénètre Ginger ligotée et impuissante.

Malgré tout, je donnerais un bras pour que ce soit Devi.

Dans un râle tendu, je m'extirpe du lit. Je me douche à l'eau froide pour me calmer, et me brosse les dents. Une fois que je suis propre, l'haleine fraîche, j'enfile un jean avant de me préparer un café en attendant Tanner. Nous avons beaucoup de choses à mettre au point pour la scène d'aujourd'hui que Ginger a voulu plus brusque, plus perverse. Nous avons besoin de matériel, et je ferai quelques allusions dans le monologue que j'ajouterai en post-prod.

Pendant que la cafetière chauffe, j'ouvre un nouveau document Word. Je tape le nom de Ginger en titre, avec la date et le genre de scène au programme.

Je filme toutes sortes de scènes – mignonnes, crasses, publiques, scénarisées – et j'adapte toujours mon monologue. Ces soliloques me valent une certaine notoriété, et j'ai surpris tout le monde quand j'ai commencé à les écrire il y a quelques années. Qui a envie de regarder un type soliloquer dix minutes avant une scène de sexe ? Qui veut attendre le moment de la pénétration pour le plaisir de m'écouter parler de la fille, et de ce que j'aime lui faire ?

Des tas de gens, en réalité.

Moi aussi, j'aime mes monologues. Franchement. D'accord, le porno peut se cantonner à stimuler les amateurs de branlette. Mais c'est également une provocation psychologique qui joue avec les fantasmes masculins aussi bien que féminins. Ça, c'est le porno que l'on revoit plusieurs fois, le site auquel on s'abonne. Ce qui m'excite, ce qui excite une fille, ce qui rend un porno sexy ou sordide, je pourrais en parler pendant des heures.

Mais je me restreins à ces dix minutes.

Je rédigerai le monologue intégral après la scène, mais je note déjà quelques idées. Que Ginger a envie d'explorer une facette plus coquine et que cela m'inspire plus de bestialité que d'ordinaire. Que ses fantasmes de soumission et mes penchants dominateurs s'accordent parfaitement, et que lorsque nous baisons, j'aime avoir des pensées grossières, presque cruelles.

Je ne dirai pas que j'imagine Devi pendant que je suis avec Ginger, ni que tous ces fantasmes avilissants me viennent à l'esprit quand je suis seul au lit, ma main sous les draps, avec une scène lesbienne de Devi sur l'écran de l'ordinateur posé à côté de moi. Cela tuerait le fantasme que j'essaie de transmettre avec mes monologues, celui de tomber amoureux de toutes mes partenaires. Il n'en reste pas moins que c'est à Devi que je songe pendant que je tire la table de bondage de son coin du sous-sol vers le centre de la salle au sol bétonné que j'ai construite pour tourner mes films.

Elle n'est pas aussi sophistiquée que celles de Vida, mais elle fait l'affaire. Un sol nu (facile à nettoyer, une ambiance donjon que les gens apprécient), des étagères d'accessoires et d'entraves, des chaînes et des crochets suspendus au plafond.

Devi serait si belle ici, attachée, toute à moi. Ses bras fermes tendus vers le plafond…

Lorsque Tanner et Ginger arrivent, je suis de nouveau en érection, plus prêt que jamais.

***

Une demi-heure plus tard, après que nous ayons posé les limites de Ginger et vérifié qu'elle acceptait notre programme, elle est allongée sur le dos, dans le lit de bondage. J'installe les menottes à ses poignets et m'assure qu'elles ne lui coupent pas la circulation. J'ai une vaste expérience dans ce domaine – la plupart avec elle – et je lui souris affectueusement. Quoi de mieux pour une belle journée qu'un super boulot avec une vieille amie ? Du coin de l'œil, je vois mon téléphone s'allumer sur la table, et mon cœur reçoit une décharge électrique à l'idée que ce soit Devi.

Cette journée est décidément fantastique.

– Nous allons passer un excellent moment, dis-je à Ginger, fredonnant presque alors que j'entrave ses chevilles.

Tanner filme en retrait, et deux assistants sont venus nous prêter main-forte. Ginger incline la tête pour offrir son sourire aguicheur à la caméra.

– Je sais. J'ai hâte que tu me baises.

Je devrais répondre sur le même ton, peut-être grogner quelques mots durs et vicieux, mais je suis toujours dans ma bulle bienveillante et joyeuse, l'esprit empli de Devi et d'étoiles.

– Tu vas te sentir aussi belle que Cassiopée aujourd'hui, dis-je à la place.

Ginger me lance un regard déconcerté et un peu perdu aussi, peut-être même vaguement humilié. *Elle n'imagine pas tout ce que ça signifie.* Aussi je m'empresse d'ajouter :

– Cassiopée est une reine grecque de l'Antiquité.

Elle semble prise de court, elle ne trouve rien à répondre somme si la mythologie grecque n'avait pas sa place dans le BDSM. Au bout de quelques secondes, elle arque le dos.

– Mais tu ne peux pas me traiter comme une reine. Je suis bien trop vilaine pour ça, ronronne-t-elle.

Puis elle se tortille, tirant sur ses liens avec une petite moue déçue.

– Tais-toi et punis-moi, Maître.

Ma petite bulle de bonheur se dégonfle.

C'est sûr, la mythologie grecque est déplacée sur un tournage porno. Évidemment, Ginger n'a pas envie de papoter, ni de badiner ni d'écouter mes inepties. Elle est là pour être malmenée et comblée, et bien que nos rapports soient amicaux, nous ne sommes pas amis au sens classique du terme. Nous sommes collègues, et Ginger est comme la fille dans le bureau voisin d'un open space. Même si nous papotons pendant les réunions, il n'y aura jamais rien entre nous.

Ça ne s'applique pas qu'à Ginger. Puis-je honnêtement affirmer que les autres actrices ne sont pas que des collègues sympathiques ? Qu'elles ne s'impatienteraient pas si je déblatérais sur les constellations au lieu de passer à l'action pour que nous puissions rapidement retourner à nos vies ?

Devi, elle, n'est pas comme ça.

Vraiment ? s'inquiète une petite voix dans ma tête.

Tanner s'agite dans mon dos, me sortant de ma rêverie. *Concentre-toi, Logan.* L'heure n'est pas aux questions existentielles.

Je reporte toute mon attention sur Ginger et passe une main experte sur son ventre nu. Elle frémit, et je vais décrocher un martinet du mur.

– Alors comme ça, tu as été vilaine ? dis-je d'un ton menaçant que je maîtrise bien.

Elle hoche la tête en se mordant la lèvre. Un éclairagiste suit Tanner autour de la table, et l'ombre du martinet se dessine sur son ventre. Malgré mes réserves, mon sexe réagit correctement, et tend mon pantalon.

– Commençons.

Dès que je me mets à la fouetter légèrement, elle gesticule. Comme c'est sa première véritable scène de bondage, j'insiste subtilement sur l'humiliation, sur le jeu de pouvoirs, plutôt que sur la douleur. Elle a peu de limites, mais la douleur extrême en est une, et je vais faire de mon mieux pour qu'elle se sente en sécurité, comme je l'ai conseillé à Devi ce matin.

Je la flagelle sans forcer. Les lanières claquent juste assez pour que sa peau recouverte de taches de son rosisse. Je me penche pour pincer ses mamelons et enfoncer les doigts dans sa bouche, et au bout de dix ou quinze minutes, son entrejambe est gonflé et humide.

– Regarde-moi, lui dis-je.

Le désir rend son regard vitreux et ses hanches se soulèvent sur la table. Elle geint lorsque ma main quitte son sexe, et je sais que nous avons franchi la frontière entre le jeu et la réalité, là où les caméras et les contrats sont oblitérés par le besoin qui bourdonne au fond d'elle et la consume.

C'est parfait, car je suis dur comme un roc et l'envie de plonger en elle – en n'importe quelle femme, pour être honnête – et de soulager ce tiraillement devient insupportable.

Je pourrais continuer à m'amuser. Changer de fouet, la retourner et la châtier avec une tapette. M'enfoncer dans sa bouche au point de lui arracher des larmes. Mais l'envie de posséder Devi m'accapare tant que je perds patience. Ce besoin brut et impératif me déchire et Ginger est tellement attirante, avec ses taches de rousseur, sa bouche haletante, et son con mouillé et rose.

Je détache rapidement les menottes, lui interdisant le plus sévèrement possible de bouger tant qu'elle n'y est pas autorisée, puis je vais décrocher la barre d'écartement du mur. Je pourrais faire des centaines de choses originales – je devrais même sur cette scène plus longue que la normale – mais il me reste à peine assez de sang-froid pour la retourner à quatre pattes et fixer la barre d'écartement à ses chevilles. Je ligote également ses poignets à la barre, ce qui l'oblige à avancer la tête sur la table, ses bras étirés sous elle pour rejoindre la barre. Je fais le tour de la table. Je donne l'impression d'admirer mon ouvrage, et c'est le cas dans une certaine mesure. Je passe la main sur ses fesses tendues, me mordillant la lèvre alors que je vois son sillon luire malgré le faible éclairage. En même temps, je vérifie qu'elle respire librement, que la répartition de son poids reste confortable. Pour elle, c'est l'occasion de claquer des doigts – notre signal, si elle veut faire une pause ou que j'arrête tout.

Elle est bien installée, et ne me donne pas le signal ; elle m'adresse même un clin d'œil aguicheur quand je passe près de son visage. Je lui donne une tape sur les fesses, et m'agenouille sur la table. Aussi exalté qu'un adolescent, je dégrafe mon jean et le baisse pour libérer l'érection qui est comprimée depuis tout ce temps.

J'enfile un préservatif, cale mon gland à l'entrée de son sexe et m'enfonce en la fessant. Elle est mouillée, chaude et ouverte, tout ce dont j'ai besoin, et à mon insu, mes pensées dérivent vers Devi – Devi coincée sous moi pendant que mes doigts fouillent son anus et que je la prends par-devant.

Ce sont de basses pensées mais, après tout, je suis un cochon.

J'y vais à fond maintenant, m'engouffrant au maximum puis ressortant violemment. Oui, c'est bon. Très bon.

– Tu es délicieuse autour de ma queue, bébé, lui dis-je, penché vers son oreille.

J'ignore si la caméra capture nos voix mais ça m'est égal parce que je parle toujours à mes filles, surtout quand elles sont sur le point de venir, comme Ginger maintenant.

– On dirait que tu es faite pour avoir une grosse queue dans la chatte, hein ? Tu dois être gentille avec les hommes bien membrés comme moi. Compris ?

Elle hoche la tête et gémit alors que je masse son clitoris sans répit, au point de la forcer à jouir. Son orgasme est si violent que ses jambes tremblent et qu'elle pousse un petit cri aigu.

– Encore, je gronde en la pénétrant plus fort, la pétrissant pour lui arracher un second orgasme. Sous mes assauts débridés, elle hurle de plaisir.

Ma vision dérive à plusieurs reprises, me montrant tout à tour les fesses blanches de Ginger et le corps hâlé de Devi se tortillant sous moi, parfois les deux ensemble. Je mugis et me retire juste à temps pour arracher le préservatif et déverser des jets de sperme sur la croupe de Ginger. Je pompe pour éjaculer jusqu'à la dernière goutte, mais la jouissance continue de déferler par vagues, et quand la tempête se calme, j'arrive à peine à tenir droit.

Lessivé, je m'assois sur mes talons en me félicitant d'avoir résisté à l'envie de me masturber ce matin. Ça valait la peine de me réserver, même si j'aurais préféré partager ça avec Devi.

– Hmm…, fait Ginger avec un rire indolent. Je crois que j'ai besoin de lingettes.

Son rire contagieux passe de moi à Tanner, puis au caméraman. Je la détache et l'aide à s'essuyer.

* * *

Dans l'après-midi, la maison est vide et je monte mon monologue dans le bureau.

Le Logan de l'écran regarde hors-champ, se passe les doigts dans ses cheveux châtain clair et parle de Ginger avec un grand sourire.

«… toujours un nouveau fantasme. Dans celui d'aujourd'hui, nous venons de nous rencontrer dans un club BDSM, et elle est une nouvelle soumise que je dois initier – doucement au début, puis de moins en moins gentiment.»

Mon double numérisé poursuit l'explication du fantasme: «Pour un maître expérimenté, rencontrer une nouvelle soumise dans un club est exaltant, et il tire son plaisir de celui qu'il donne à une inconnue, des sensations sur son sexe.»

Pour la première fois, je regrette réellement que la scène ne soit pas le reflet de mon monologue. En temps normal, mes mots complètent les images, comme un adjuvant stimulant, et le sexe reste la principale source de plaisir. Mais aujourd'hui, quelque chose cloche, et au moment d'enregistrer le montage, j'éprouve une certaine nostalgie, un amer sentiment de perte. C'est si soudain et inattendu que je suis stupéfait.

Dès l'instant où Traci Aliss a pris ma bite dans sa bouche, j'ai su que j'avais trouvé ma vocation. J'ai su que j'aimais le sexe, mais pas seulement. J'ai su que j'aimais coucher devant un public. Je ne l'oublie jamais pendant que je filme ce que des milliers d'hommes et de femmes regardent chez eux – les femmes qui aimeraient m'avoir entre leurs jambes à la place de leur vibromasseur, les hommes qui aimeraient être moi, celui qui baise le joli minou, la bouche mouillée ou le petit cul serré. Tout ce désir et toute cette jalousie sont mon carburant. Ce n'est pas seulement excitant ; c'est une *raison d'être*.

Alors que m'arrive-t-il ? Pourquoi je ne ressens pas le pic d'adrénaline qui suit les tournages ? Bien sûr, certains jours, la baise n'a rien de magique, et j'ai juste l'impression de bosser. Ça arrive, quand le courant ne passe pas avec la fille ou que je suis fatigué, peu motivé ou je ne sais quoi. Mais je n'ai jamais été dans cet état. Je n'ai jamais ressenti ce vide, cette déception bizarre, surtout après une fabuleuse scène comme celle-ci.

Pourquoi suis-je déçu ?

Aucune idée.

Je fais tourner ma chaise plusieurs fois, massant mes pieds nus sur le tapis molletonné de mon bureau, celui que j'ai acheté contre l'avis de Raven. Je tapote les doigts sur mes genoux. Je triture une agrafe et finalement, plus contrarié que jamais, je me lève et sors dans l'espace qui donne sur mon salon.

La pièce est vide, à l'exception de quelques sièges bas et de la cascade dorée de rayons de soleil. Un salon vide. Une maison vide.

Dans ma tête, j'arrange le décor. J'ajoute le grattement des pattes de Prior sur le parquet quand il cherche de son jouet qui couine. J'ajoute la musique furieuse goth punk que Raven passait quand elle était là. Puis Raven elle-même, en tenue noire moulante, son téléphone coincé entre sa tête et son épaule tandis qu'elle touille du chou kale ou une autre chose aussi répugnante sur la gazinière.

Pour la première fois en trois mois, je me demande sérieusement si je n'étais pas moins amoureux de Raven que de l'idée d'être en couple. Si c'était bien elle qui me manquait durant ces jours sombres que je passais au cinéma ou sur le sol de ma cuisine, ou plutôt cette *vie*. Cette vie emplie de bruits, d'affection et de contacts.

Cette prise de conscience me fait un choc, aussi rédempteur que terrifiant. J'aimais Raven, je le sais, mais c'était essentiellement parce qu'elle comblait un vide. Un vide dont j'ignorais l'existence avant qu'il resurgisse, après trois mois d'absence. Elle m'a permis de vivre un fantasme, et je commence à comprendre que c'est celui qui sous-tend tous ceux de mes films.

Le fantasme d'être amoureux.

Je me frotte le visage. Je me sens libéré, mais toujours aussi misérable. Qui dans cette ville pleine d'égocentriques complaisants au bronzage factice aurait pu deviner que Logan O'Toole avait le cœur tendre ? Que sous ses airs de grand baiseur se cachait un homme en quête d'amour ?

C'est ridicule. Et mauvais pour les affaires. Je suis le type qui pense avec son sexe, pas avec son cœur, et il se peut que ma particularité soit d'être un peu des deux, mais je ne peux pas céder à cet appel mièvre. Les hommes comme moi n'ont peut-être pas droit à l'amour. Pas à l'amour profond, réel, entier auquel j'aspire. Nous avons droit à des passades, à des amitiés et à quelques fellations de la part de filles défoncées, et les plus chanceux rencontrent une fille dont la vie suit momentanément la même trajectoire que la nôtre. Mais nos chemins se séparent un jour ou l'autre, et nous restons seuls. Une fois de plus.

Ton stupide besoin d'amour n'est pas seulement mauvais pour les affaires, Logan, il l'est aussi pour toi, me souffle une petite voix. Et je suis d'accord.

Je laisse s'évanouir la vision de Raven, jusqu'à ce qu'il ne reste plus que mon rez-de-chaussée. Le moindre espace, bout de parquet ou recoin du plafond me renvoie au vide de ma maison. J'agrippe la rambarde et desserre mes doigts à mesure que je renonce aux souvenirs d'une vie pleine d'amour, et que je me détache de ce fantasme.

Mais ces images continuent de s'entrechoquer dans ma tête. Elles tournoient comme dans le tambour d'un sèche-linge, se mêlant aux SMS de Devi que je relis souvent et à mon étrange déception qui mine ma dernière scène. Et le tout fusionne avec la proposition de Vida jusqu'à ce qu'une pensée surgisse, informe et bancale comme toutes les idées nouvelles. Mais dès l'instant où mon esprit s'en empare, je ne peux plus la lâcher.

Étourdi, je m'attarde un peu avant de me précipiter à mon bureau. Je compose le numéro, et soulagé, j'entends la voix à l'accent hollandais après trois courtes sonneries.

– Marieke, c'est Logan. J'ai une idée pour Lelie. J'aimerais qu'on en discute.

7

Je fais la queue à la poste quand mon téléphone se met à jouer «Pussy Monster» de Lil Wayne. Je n'avais pas imaginé qu'il retentir sonner dans ce genre d'endroits quand j'ai attribué des sonneries à chacun de mes contacts, hier soir. Sur le moment, j'ai dédié cette chanson à Logan dans une sorte de blague secrète. Mais maintenant que «I'm the *pussy monster / And you better feed me pussy pussy pussy pussy*», résonne dans ce lieu public, je comprends que c'était une mauvaise idée.

Honteuse et agitée (Logan m'appelle !), je quitte la file d'attente en fouillant mon sac. Le souffle court, je réponds à l'écart.

– Allô ?

– Devi ?

– Salut ! Logan, je…

… n'arrive pas à croire que tu m'appelles, et oh mon Dieu, tu m'appelles, c'est fou, même si tu m'envoies des SMS pratiquement tous les jours.

– Bonjour. Salut, dis-je bêtement.

Je suis une idiote.

Logan est si adorable qu'il me met à l'aise, même s'il rit.

– Pour les bonjours, c'est fait. On passe à la suite ?

Je me cache derrière ma main.

– Oui. Désolée. J'étais... distraite... quand tu as appelé.

– Distraite ? Ça m'intrigue. Raconte-moi.

Il ignore que j'en pince pour lui, mais parfois, je me demande s'il devine quelque chose.

Question ridicule. Il doit aborder toutes les femmes comme si elles étaient folles de lui. Elles ont d'ailleurs toutes de bonnes raisons de l'être. Alors bien sûr, il sait que moi aussi, je lui voue une certaine affection. Comme tout le monde, non ?

Mais il est hors de question que j'avoue quelle sonnerie j'ai associé à son nom.

Je soupire le temps de me ressaisir.

– Je faisais la queue à la poste, et j'ai oublié de mettre mon téléphone en mode silencieux. J'ai été surprise.

– Ah, je vois.

Je suppose que ma minable explication le déçoit. Il doit déjà regretter son appel.

– Mais par chance, il a sonné. Sinon je t'aurais complètement raté.

Yep ! Totalement transparente...

Et j'ai envie de disparaître sous terre.

Toutefois, j'ai peu de chances de devenir invisible, et surtout son appel m'intrigue.

– Enfin bref, quoi de neuf ?

C'est la première fois qu'il me téléphone, et mille raisons me viennent à l'esprit. La principale : et s'il voulait sortir avec moi ? Mon optimisme l'emporte toujours.

– En fait, je...

Il hésite, comme s'il était aussi nerveux que moi.

C'est improbable, bien entendu, mais ne serait-ce pas merveilleux que je le déstabilise moi aussi ?

Dans ce silence, l'espoir devient insupportable.

– Oui ?

– Je me demandais si tu étais libre dans la journée, dit-il précipitamment – avec anxiété, peut-être. J'ai besoin de te voir.

– Ah, bon ? Enfin, non, je ne le suis pas. Attends… tu veux savoir si je suis libre ou prise ?

– Eh bien, je ne sais plus.

Je glousse comme une gamine.

– Bon, je suis libre. On peut se voir. Si tu veux.

Quelle nonchalance, Devi !

– J'aimerais bien.

Sa voix est si faible que je ne suis pas sûre d'avoir bien entendu.

– Formidable. J'ai une réunion. Mais vers trois heures, ça t'irait ? ajoute-t-il d'une voix assurée.

Malgré mon émoi, je réussis à préciser le rendez-vous avec une certaine intelligence. Je raccroche, et le téléphone contre ma poitrine, je pousse un petit cri inhabituel.

Deux joggeuses me lancent un regard curieux, mais je m'en moque. Je dois trouver un autre bureau de poste à déranger et j'ai rendez-vous avec Logan O'Toole.

* * *

Quand j'arrive au café, il fait déjà la queue. J'en profite pour l'observer à son insu. Il est vêtu d'un jean et d'un tee-shirt blanc, pas très moulant mais assez fin pour révéler son dos musclé. Des souvenirs sensuels m'assaillent – son odeur, ses doigts sur ma joue, sa langue picotant ma peau et mes lèvres.

Je frémis. Ça remonte à trois ans mais ce souvenir est encore vivace.

Je me glisse derrière lui, et donne un coup d'épaule dans son bras.

– Tiens, te voilà.

Il se retourne pour m'enlacer, à la mode européenne et hollywoodienne, et je me retiens de soupirer ou de m'accrocher à lui.

Il me manque dès qu'il s'écarte, mais il me couve du regard. Ça ne me dérange pas qu'il ne me touche plus jamais, tant qu'il me dévore des yeux avec cette insistance chaleureuse où il me sonde intimement.

Je m'étonne d'être aussi intimidée. Il m'a déjà vue nue, et pourtant je ne me suis jamais sentie aussi exposée. Ma tenue est décontractée – un petit short marron et un bustier beige. J'ai eu du mal à la choisir, et je cherche une lueur d'approbation dans son expression. Je ne suis pas plus avancée. Je ne doute pas de mes atouts mais je n'ai rien de plus que les femmes qu'il côtoie quotidiennement.

Alors pourquoi me dévisage-t-il comme s'il n'en revenait pas ? D'où me vient cette conviction que personne d'autre que lui ne verra jamais celle que je suis réellement ?

– Je suis en retard ? dis-je pour rompre cette délicieuse tension.

– Non, j'étais en avance.

Il continue de m'examiner comme s'il allait me croquer. Autour de nous, l'air devient étouffant, et mes vêtements sont lourds et oppressants. Je me demande comment je vais tenir une minute de plus, et pire encore, l'après-midi entière. Une fois à la caisse, il détourne la tête et je respire enfin.

Il commande et m'invite à faire de même. Je demande un café allongé, et donne mon nom au vendeur. Logan paie et nous nous écartons de concert pour attendre nos boissons.

Les mains dans les poches, il me lance un drôle de regard.

– Tout le monde t'appelle Devi ?

– Eh bien, c'est mon nom.

– Vraiment ? Tu as fait modifier ton état civil ou… ?

– C'est le nom que mes parents m'ont donné. Ce sont des hippies, en quelque sorte.

C'est peu dire, mais je ne vais pas l'effrayer dès le premier rendez-vous. En même temps, autant être franche.

– Bon, ce sont de vrais hippies. Ils croient que les prophéties s'exaucent, ils nomment les choses selon ce qu'ils veulent qu'elles soient.

– Ils voulaient que tu fasses du porno ?

– Ils voulaient que je sois une déesse.

Il me laisse rire avant de poursuivre.

– Oui mais Dare, ce n'est pas ton nom de famille.

Je secoue la tête.

– Non, c'est le diminutif de Daryani. Mon nom complet est Devi Arezu Daryani.

Mon nom d'origine perse m'inspire tour à tour fierté et honte, selon l'âge. J'aime sa sonorité unique et exotique, mais pas les stéréotypes qui vont avec. J'ai essuyé des blagues racistes, me faisant traiter de chamelier ou de poseur de bombes en boîtes de nuit. À l'aéroport, les agents de sécurité ne me ratent jamais. Je dois figurer sur leur liste rouge puisqu'à chaque fois, j'ai le droit à la fouille au corps.

Mais à Logan, je révèle dignement mon nom entier. Avec lui, je me sens respectée. Même si ses yeux se baladent sur d'autres parties de mon corps, il paraît sincèrement intéressé par ce que je dis.

– Que signifie Arezu ?

Il le prononce assez bien pour un novice – ah-REH-Zaw – et ça me donne des frissons car personne ne se donne jamais cette peine. J'aimerais qu'il le répète en boucle. Qu'il le susurre dans un cadre plus intime. Qu'il le gémisse et le grogne, se l'approprie.

– Désirée.

– Ça te va bien, dit-il tranquillement.

Il ignore les difficultés que mes parents ont surmontées pour m'avoir, les fausses couches et les rituels de fertilité. Donc il me drague. J'ai si chaud, tout à coup, que je détourne le regard.

– Tu sais pourquoi j'ai choisi le nom d'O'Toole[2] ?

Je me retourne vers lui.

– Pourquoi ?

– Parce que je suis bien outillé.

– Ça te va bien, dis-je parce que c'est drôle et surtout pour montrer que j'ai bien saisi son compliment.

Son sourire éveille des sensations indécentes que je préfère ignorer.

– Logan, c'est ton vrai prénom ?

– Non.

– Comment t'appelles-tu ?

Il récupère nos cafés des mains du vendeur.

– Je ne le dirai jamais.

Je comprends qu'il est sérieux lorsqu'il s'empresse de changer de sujet et me guide vers une table dans le fond de la salle.

– Des hippies, alors ? Ils acceptent tes choix professionnels ?

Je m'installe dans une chaise en osier.

2. *Tool* signifie outil.

– Mieux que ça. Ils me soutiennent dans tout ce que je fais « tant que je suis heureuse et épanouie ». C'est agréable.

Mon ton semble indiquer le contraire, et je me sens obligée de développer.

– Des fois, je préférerais qu'ils me guident, me disent quoi faire comme la majorité des parents.

Logan hausse les sourcils en s'asseyant face à moi, et pose les boissons sur la table entre nous.

– Quoi faire dans quel domaine ?

– Je ne sais pas. Tout. Ma carrière. Mes études. Ma vie.

Mon discours doit sembler puéril pour Logan, et soudain je me sens gênée et immature.

– Peut-être que je ne suis pas douée pour le monde des adultes.

– Être adulte, c'est horrible. Je ne le recommande qu'en cas d'absolue nécessité. Pour faire la lessive ou enfiler un préservatif. Sinon, laisse les adultes s'en charger.

Avec un grand sourire, je le dévisage, la tête inclinée sur le côté.

– Étonnant qu'avec ta philosophie, tu aies choisi le monde du porno.

– Simple erreur de dénomination. Le porno est l'art le moins adulte, sauf peut-être le métier de clown.

– Quel respect envers ton travail ! Tu aimes ce que tu fais, au moins ? dis-je amusée.

– Tu veux rire ? J'adore.

Je bois mon café, ravie que la conversation soit si fluide. J'ai regardé toutes les vidéos de Logan disponibles – ses interviews, ses entretiens spontanés et tous ses films. Si son charme me frappe, de visu, c'est différent. Il me procure une étrange impression d'intimité, plus intense encore que si ses lèvres effleuraient mes zones érogènes. Je veux explorer cette complicité tant qu'il me le permettra.

– Qu'est-ce qui te plaît dans ce métier ? À part le sexe, évidemment.

Il réfléchit brièvement, sourcils froncés.

– Les horaires souples. Les revenus corrects. Les fêtes après les tournages sont extras et coucher avec des collègues n'a quasiment aucune conséquence.

Il me fait un clin d'œil, et mon cœur bondit. Il reprend.

– Et toi ? Je ne t'ai vue que dans des films lesbiens, à part celui que nous avons tourné ensemble.

Il évite mon regard. Est-ce par politesse ou parce qu'il pense à Raven ? Leur rupture est récente, et je la soupçonne d'être la raison de son comportement lors de la soirée de Vida.

Pour éviter que Raven occupe ses pensées, j'élude la référence à notre scène, mais il n'en reste pas moins qu'il a vu mon travail. Ça ne devrait pas me surprendre car beaucoup d'autres gens aussi, et il est forcément au fait de l'actualité.

Mais tout de même, *il m'a regardée*. Pourquoi n'y ai-je pas pensé plus tôt, et pourquoi ça m'excite autant ?

Conscient de m'avoir déroutée, il sourit largement.

– Tu envisages de tourner des films plus traditionnels ? Tu as pris ta décision ? Tu vas *t'ouvrir* à des nouvelles possibilités ? Note le jeu de mots, lance-t-il d'un air espiègle.

– Peut-être. Si on me fait une offre intéressante.

Note le sous-entendu.

Il avance le buste et pose les coudes sur la table.

– Intéressante ? Tu peux préciser ?

Précisément, ce serait toi. Nous flirtons, et si j'étais courageuse, ce serait ma réponse. Ou, pour être plus suggestive, je dirais : *Propose-moi quelque chose et je te dirais si tu chauffes.* D'ordinaire, je ne manque pas de répartie mais j'ignore la raison de ce rendez-vous, la nature de ses intentions, et cette incertitude m'invite à la prudence.

– Je ne sais pas vraiment ce que je recherche quand je tourne. Mais tu as raison sur un point : sans même parler de pénétration anale, je tiens à me sentir en sécurité. C'est important pour moi. Je suis à l'aise avec la nudité et le sexe avec des inconnus mais je veux avoir mon mot à dire quand il s'agit de mon corps, en tournage comme en privé.

– Bien sûr.

Je me détends car Logan n'est pas sur la défensive alors que j'insinue que certains tournages n'offrent pas cette garantie, en particulier aux femmes. Trop souvent, le consentement est une nuance floue et un homme excité ne modifie pas son comportement sous prétexte qu'il y a une caméra. Cet aspect du métier n'est pas reluisant, mais ce n'est pas nouveau, et en réalité, de nombreux professionnels essaient faire évoluer les choses.

– À part ça… Je crois que j'aimerais avoir l'impression de faire quelque chose d'important ou de novateur. Les scènes lesbiennes comptent parce que je ne travaille qu'avec des productrices féministes, d'ethnies variées. Elles sont directes. Progressistes.

Il hoche la tête.

– C'est plus rare dans le milieu hétéro.

– Oui, vraiment.

Je grimace intérieurement. S'aventurer sur le terrain politique lors d'un premier rendez-vous n'est pas propice à la séduction. Je ne cacherais pas mes convictions pour impressionner un garçon, mais je dois rester prudente car c'est son monde.

– Enfin, ça évolue dans le bon sens. Je crois. J'espère.

– Je pense, oui. Même s'il reste beaucoup à faire, dit-il ; et je suis soulagée qu'il paraisse sincère. On peut toujours progresser, mais je constate des changements ces dix dernières années. J'y ai participé et je tiens à poursuivre sur cette voie. Pas seulement en termes de diversité et de sécurité, mais aussi de qualité artistique.

La qualité artiste n'est pas une expression à la mode chez les producteurs. Il est vrai que les films de Logan restent tendance mais ils sont d'une autre trempe et ont un grand charme esthétique.

– Tu fais partie des nostalgiques de la vieille école ?

– Oui et non. C'est énervant que le premier venu puisse tourner un porno avec son téléphone. Il y a tellement de mauvaises vidéos artisanales, comment le public en quête de qualité peut s'y retrouver ? Mais le gonzo n'a pas que des mauvais côtés, poursuit-il en faisant référence aux acteurs qui sont aussi réalisateurs et producteurs. Il a plein de qualités. Les plans rapprochés, l'intimité, la spontanéité – ce sont des progrès, et ils rendent le porno plus accessible à l'abonné moyen. Qu'est-ce qui a été perdu dans le porno actuel et qu'il faudrait retrouver ? Pas les coûts de production. Ni le mauvais jeu d'acteur. Le scénario ? John Stagliano raconte des histoires, même s'il fait du gonzo. Pourtant on dirait des films d'une autre époque. L'intrigue est faible et peu crédible, et je sais qu'ils sont censés faire fantasmer mais dis-moi, tu connais quelqu'un qui ait *Debbie Does Dallas* pour fantasme ?

Il se tait le temps de me laisser secouer la tête avant de reprendre :

– Exactement. Alors nous devons garder les techniques cinématographiques, l'ambiance intime, et le budget réduit, mais choisir de bons acteurs et des intrigues solides.

Subjuguée, je l'écoute parler avec une passion évidente, et pendant que je suis pendue à ses lèvres, je ne pense plus à moi devant cet homme exalté, séduisant, très différent de la star du porno « typique ». Il n'a même pas le physique d'une tête d'affiche. Il est musclé mais mince, sans la carrure imposante d'un Rocco Siffredi ou d'un Bruce Venture, ou celle hyper masculine d'un Manuel Ferrara. L'allure de Logan est soignée. Sans tatouage, il a un visage d'ange et c'est peut-être la raison pour laquelle il est sur le devant de la scène – il est rafraîchissant, différent et réel.

Ça, et sa générosité.

Parmi tous ses charmes, cet aspect de sa personnalité, que je découvre, prend le pas sur les autres. Son travail ne l'intéresse pas uniquement pour le sexe. Il n'est pas uniquement axé sur le physique, mais aussi sur les émotions et le cœur.

– Tu aimerais que ton travail soit plus scénarisé ?

Les films produits par Logan jouent sur ces registres – l'écrit et l'improvisé. Si les scènes de sexe sont charnelles, elles commencent toujours par un monologue qu'il écrit lui-même. C'est sa marque de fabrique.

– Un bon scénariste coûte trop cher, ce n'est pas la bonne voie. Mais la téléréalité a prouvé qu'une histoire n'a pas besoin d'être écrite à l'avance pour se révéler intéressante.

– Ces situations ne sont pas *réelles*.

Je me demande si c'est une étrange conversation pour un premier rencard. Je ne suis jamais sortie avec quelqu'un du milieu, et je manque d'expérience.

– Ces émissions sont montées de toutes pièces, j'ajoute.

Enthousiaste, il se penche vers moi.

– Exact ! Les producteurs bricolent des personnages selon l'alchimie qu'ils recherchent parce qu'ils savent que, en se basant simplement sur la psychologie et le comportement humain, les « acteurs » réagiront les uns avec les autres d'une manière divertissante pour le spectateur.

Il s'adosse de nouveau dans son fauteuil et poursuit.

– Prends le *Bachelor* et la *Bachelorette*, par exemple. Les gens adorent regarder des hommes et des femmes « tomber amoureux » en direct. (Il met l'expression entre guillemets, croyant comme moi que peu de chose sont authentiques dans les reality show.) Imagine qu'on réussisse à capturer cette essence.

Les yeux plissés, je réfléchis.

– Tu suggères d'inventer un genre de porno dans la lignée du *Bachelor* ?

– Oui mais sans le jeu. Une caméra suit un homme et une femme sur plusieurs rendez-vous. L'activité sexuelle serait encouragée à progresser à un rythme naturel et se déroulerait à découvert. De manière explicite. Érotique. Mais avec sensualité, et s'ils développent des sentiments, tant mieux.

– Quelle idée brillante !

Je n'ai jamais trop réfléchi à l'avenir du porno, mais les projets de Logan m'inspirent.

– C'est avant-gardiste tout en allant dans le sens des tendances actuelles.

– C'est aussi mon avis.

Il me regarde dans les yeux et je dois me concentrer pour ne pas me tortiller sur ma chaise. Son regard est chaleureux, intense et exigeant. J'ai l'impression qu'il attend quelque chose de moi, et si je savais quoi, je lui donnerais sans poser de questions.

– Alors qu'en penses-tu ? demande-t-il au bout d'un moment.

– Ce que j'en pense… attends. (Je commence à comprendre.) Tu me proposes ce projet ?

– Oui.

– À moi ?

– Tout à fait.

Donc ce n'est pas un rendez-vous galant.

Et la conversation n'était ni innocente ni sincère. C'était le préambule à cette offre.

Je suis stupéfaite. Sans voix. Et surtout déçue.

– Je te demande si tu aimerais participer à une révolution, un raz-de-marée qui bouleverserait l'industrie porno, ajoute-t-il.

Et ma déception s'estompe parce que, même si ce n'est pas un rencard, c'est une aubaine. Une occasion de prendre part au porno hétéro. De gagner de l'argent. De retravailler avec Logan.

De coucher avec Logan.

Un raz-de-marée. Est-ce un hasard s'il utilise la même expression que LaRue ? Je suis flattée et vexée. C'est si surréaliste que je ne sais pas comment réagir.

– Devi, donne-moi ton point de vue.

Avant de répondre, j'ai besoin de savoir.

– Pourquoi ne pas t'adresser à quelqu'un de plus expérimenté ? Je n'ai tourné aucune scène hétéro depuis la nôtre. Pourquoi moi ?

Je suppose que mon manque d'expérience est la raison de son choix. Pour ce projet, il vaut mieux choisir une novice facile à diriger. Mes origines doivent être un avantage supplémentaire. S'il tient à se poser comme un précurseur, un casting regroupant diverses origines ethniques s'impose.

Et si LaRue Hagen a vu juste, ma carrière est sur le point « d'exploser ». Naturellement, d'autres réalisateurs me remarqueraient.

Mais il ne fournit aucune de ces raisons. Au lieu de ça, il se rembrunit.

– Je veux que ce soit authentique.

– Quoi ? dis-je trop abasourdie pour réfléchir.

– Je veux que ce soit réel. Autant que possible, dit-il timidement.

Je ne sais pas quoi dire. Je crains d'abîmer ce moment incroyable, merveilleux, étrange et surréaliste. Bien sûr, je suis partante. Comment refuser ? Mais je suis tellement estomaquée que ma réponse tarde.

Puis il me fait son charmant sourire en coin, celui qui fait trembler mes genoux, même quand je suis assise.

– Allez, Devi Dare, ronronne-t-il presque. Fais du porno avec moi.

C'est comme ça que ma carrière balbutiante a pris le chemin de la téléréalité artistique et dévergondée, en compagnie d'une star du porno.

8

UNE SEMAINE PLUS TARD

Devi habite à El Segundo, dans une maisonnette maladroitement divisée en deux appartements. Et malgré la propreté du quartier et la peinture refaite, elle ferme quatre verrous avant de descendre l'allée vers ma voiture. Je savais que le porno lesbien était moins lucratif, mais pas à ce point. Je suis gêné d'avoir une immense villa à Laurel Canyon et même cette voiture. C'est une Shelby Mustang Super Snake, et si elle n'est pas aussi luxueuse que certains véhicules qui arpentent les Hills, pour elle, elle représente sûrement quelques années de loyer.

La mine détendue, Devi se glisse sur le siège passager.

– Jolie voiture, dit-elle avec un ravissement sincère, en caressant l'élégant tableau de bord.

Ses longues boucles naturelles retombent sur ses épaules, jusqu'à sa taille, et son short minuscule met en valeur ses longues jambes bronzées. Mon regard remonte de ses sandales plates à son short, s'attardant sur ses chevilles gracieuses, ses cuisses fermes, et s'arrête sur ses fesses attrayantes – à peine dissimulées.

Elle rougit légèrement lorsqu'elle surprend mon regard admiratif, mais je poursuis vers sa poitrine, son fin débardeur orange drapé sous ses seins. Elle porte un soutien-gorge bleu clair, typique d'un premier rendez-vous, qui n'anticipe pas le sexe mais n'y fait pas obstacle non plus.

Elle incarne la joie de vivre, l'été et le sexe, une fille comme les autres et celle de mes rêves. J'ai envie de l'attirer sur mes genoux et de l'embrasser dans le cou pendant qu'elle me chevauche. Je veux enfoncer mes doigts dans ses cheveux, et laisser des marques de son cou à ses seins, avant de la pénétrer jusqu'à ce que le besoin de jouir la fasse trembler. Je veux la faire jouir… autant qu'elle veut. Je me décale dans mon siège, le sexe résolument dur, et je lutte contre l'impulsion de le masser à travers mon jean.

– Tu vois quelque chose d'intéressant ? taquine-t-elle.

– Oh, oui, dis-je honnêtement.

Je croise son regard avec le plus grand sérieux, et elle s'empourpre violemment cette fois. Soudain, comme dans la piscine de Vida, je réprime l'envie de l'embrasser car ce serait idiot d'y succomber.

Reprends-toi, Logan. Ça reste *une scène, même si le sexe n'est pas au programme du jour, alors comporte-toi en professionnel.* Depuis que j'ai présenté mon projet à Marieke, je me suis longuement interrogé sur mes réelles motivations. C'est supposé être une scène, un fantasme, un faux rendez-vous, et le courant doit passer entre ma partenaire et moi pour que ça fonctionne.

Mais finalement, est-ce que ce n'est pas pour me rapprocher de Devi ?

Parce que je meurs d'envie d'être près d'elle.

Comment m'assurer que je suis prêt, que Devi n'est pas qu'une étape m'aider à tourner la page ? Elle mérite mieux que ça. Elle mérite d'être courtisée parce qu'elle est parfaite, par parce que je déteste mon ex et ma vie solitaire. Je veux donner à Devi ce qu'elle mérite. Seulement, j'ignore si j'en suis capable pour le moment.

Concentre-toi, bordel! Pour ce projet, tu as besoin qu'elle soit fabuleuse, ne l'effraie pas.

Ce soir, c'est notre premier jour de tournage, notre premier faux rendez-vous, et tout doit être parfait. Je veux donner l'impression que tout est réel, mais je ne vais pas terroriser Devi en avouant que mes émotions sont authentiques. Mais quand même. Le simple fait de savoir que notre projet va aboutir au sexe, que dans le courant de la semaine prochaine, ou de la suivante, je *vais* coucher avec Devi Dare – ma peau s'enflamme presque.

Concentre-toi.

J'attrape sa ceinture de sécurité, et en la déroulant devant elle pour l'attacher, mes doigts frôlent ses seins.

Elle frémit.

– Nous n'avons pas encore commencé à filmer, et tu attaques déjà les préliminaires, plaisante-t-elle en caressant ses bras frissonnants.

– Je suis toujours en avance, je blague sans conviction, espérant qu'elle ne sente pas le désir conflictuel qui fait bouillir mes veines.

Je me tourne vers la route, démarre, et passe la marche arrière. Rapidement, nous nous dirigeons vers le nord, traversant la ville en direction de Pasadena.

– Où allons-nous ? demande Devi en allumant la radio.

– Au parc, voir un film, dis-je, fier de mon idée. Ou deux films de zombies : *La Nuit des morts vivants* et *Shaun of the Dead.*

Elle fronce le nez.

– *La Nuit des morts vivants*, ce n'est pas un peu vieux ?

– Vieux ? je bredouille. Tu veux dire classique !

Mon indignation l'amuse, et ça fait longtemps que je n'ai pas fait rire une femme. Pourquoi ai-je dit que nous ne coucherions pas ensemble ce soir ? Comment vais-je réussir à m'y tenir ?

Je parle des films pour éviter de dire ou de faire quelque chose d'insensé (à savoir, confesser qu'elle me rend dingue depuis des années et que je prends mon pied devant ses films presque tous les soirs.)

Nous arrivons au parc après quarante-cinq minutes de conférence sur le genre zombie, de Romero à James Bond, et même sur une perle intitulée *Zombie Strippers*.

– Tu devrais ouvrir une école de cinéma, suggère Devi pendant que je me gare et attrape ma caméra sur la banquette arrière.

– Je ne m'y connais pas assez. Je devrais plutôt étudier dans une école de cinéma.

– Pourquoi pas ? demande-t-elle avec un étonnement adorable.

En réalité, je n'ai pas de réponse. Hormis l'argent, l'organisation, la peur d'échouer, et le fait qu'il est difficile de se détacher d'une passion une fois qu'on est lancé. Je marmonne que c'est par manque de temps, et je me réjouis qu'elle ne distingue pas mon visage.

– Bon, je vais commencer à filmer, mais reste naturelle. J'ai prévu que la soirée se termine par notre premier baiser, mais ce n'est pas indispensable. C'est mieux de laisser les choses se faire à leur rythme, sans forcer. Et n'oublie pas que je peux couper autant de scènes que nécessaires. Si la première fois n'est pas la bonne, ça ne fait rien.

– Tu dis ça pour qu'on se revoie, rit-elle.

J'espère ne pas être aussi transparent parce qu'en effet, je désire l'inviter de nouveau à sortir. J'ai envie de l'emmener chez moi, de la présenter à ma famille, mais si elle le savait, elle me prendrait pour un détraqué.

Je me contente de lui sourire.

– Je parie que je saurais t'amuser.

J'appuie sur quelques boutons, tente quelques réglages et descends de voiture. Je la contourne pour ouvrir sa portière. Je lui prends la main et l'aide à descendre. Elle est si belle dans la lumière du crépuscule, gorgée de soleil et joyeuse. Mon sexe, qui s'était calmé pendant mon cours improvisé sur les zombies, se réveille subitement lorsque son débardeur remonte juste au-dessus de la taille de son short, exposant une bande de peau dorée. Ses cuisses sainement musclées par le surf et la marche, et ses seins ronds et haut perchés. *Mon Dieu.*

Brusquement, je prends conscience qu'elle est jeune, seulement vingt-et-un ans, à peine sortie de l'adolescence. Il y a quelque chose de tellement frais et pur en elle. Je m'étais fait la même réflexion quand elle m'avait sucée alors qu'elle n'avait que dix-huit ans. Je m'étais dit que nos dix ans d'écart devraient m'embarrasser, que c'était mal qu'un homme de mon âge tienne le visage d'une fille à peine majeure et emplisse sa bouche de son sexe, mais j'avoue que ça n'en avait été que meilleur.

Quand je me décide à parler, ma voix est légèrement éraillée.

– Devi, tu veux bien dire bonjour ?

Devi fait salut de la main, timidement. C'est parfait, et je tourne la caméra vers moi.

– Je suis Logan O'Toole, et ce soir, j'ai invité cette charmante fille à sortir. Nous nous sommes rencontrés il y a quelques années, pour le travail, et nous nous sommes recroisés… c'était où, Devi ?

Elle joue le jeu.

– À une fête, il y a quelques semaines. Tu as sauté dans la piscine tout habillée.

– Bon, j'avais trop bu.

– Tu étais complètement ivre. Je t'ai parlé d'une constellation et tu ne t'es même pas endormi. Comme je t'ai trouvé sympa, je t'ai donné mon numéro.

J'aime sa version de notre rencontre. Il ne fait pas allusion à Raven ni à notre baiser avorté. Elle nous présente comme deux personnes normales avec des métiers normaux qui sortent normalement.

Nous échangeons des plaisanteries pendant je sors les couvertures et la glacière du coffre, et nous allons chercher une bonne place, avec vue sur l'écran, mais à l'écart et loin des abeilles. Je suis allergique mais j'omets de le dire à Devi. D'expérience, dès qu'on mentionne une allergie aux piqûres, les gens revoient la scène de *My Girl*, et c'est mauvais pour mon potentiel de séduction.

Je lui demande de me filmer allongé sur la couverture. J'arrange les coussins, et quand le film commence, j'éteins la caméra.

– Tu veux du champagne ?

– Volontiers, répond-elle.

Je sors la bouteille et nous sers. C'est un instant irréel, si parfait qu'on a l'impression d'être dans un film. Le *pop* du bouchon de champagne et le faible tintement des verres en plastique quand nous trinquons, presque noyé sous les murmures des cinéphiles et le vent qui agite les branches des palmiers et des buissons rabougris. Le film en noir et blanc dans lequel une fille blonde court sur un sentier pour échapper à un zombie en costume. Les cuivres de la bande-son qui font vibrer les enceintes, et la douce brise du soir chaude sur la peau. La main de Devi suspendue dans sa chevelure alors qu'elle s'apprête à prendre son verre, son visage tendu vers l'écran et ses yeux écarquillés, ses lèvres entrouvertes tant elle est absorbée par le film.

Je la regarde en train de regarder le film, un petit sourire aux lèvres. Elle pousse un petit cri de surprise au moment où un zombie cogne à la fenêtre de la ferme dans laquelle la fille se cache, puis elle rit d'elle-même en me lançant un regard embarrassé.

– Ne sois pas gênée, dis-je en lui passant son verre. Ce n'est qu'un vieux film qui a au moins cinquante ans, et tu es assise dans un parc sous le soleil couchant au beau milieu de cinq cents inconnus. N'importe quelle personne saine d'esprit aurait peur à ta place.

Elle me tire la langue, joueuse et toujours aussi excitante parce que je me souviens encore de l'effet qu'elle avait produit sur ma verge.

– Tu ne devrais pas montrer ta langue ici, dis-je d'un ton moqueur. Quelqu'un pourrait en faire bon usage.

Elle dégonfle bruyamment ses joues, et reporte son attention sur l'écran en avalant une autre gorgée de champagne. Un instant plus tard, elle retient son souffle durant une scène d'épouvante misant sur la surprise. Ces procédés sont maladroits et dépassés, et n'effraient plus personne depuis 1968 – s'ils ont toutefois fonctionné un jour.

Mais Devi est accaparée par le film. Elle se mord la lèvre pendant que les protagonistes fortifient la ferme, frissonne dès qu'un zombie traverse le champ. J'ai dû voir ce film cinquante fois, mais avec elle, j'ai l'impression de le redécouvrir. Je me souviens l'avoir vu à dix-huit ans, tard le soir alors que mes parents avaient invité des amis à jouer aux cartes et m'avaient laissé au sous-sol regarder ce que je voulais. Je me rappelle la peur, l'angoisse, la question lancinante de savoir si je survivrais aux zombies s'ils encerclaient ma maison.

– Tu sais que le faux sang est fabriqué avec du sirop de chocolat ?

Elle tape le sol et me fait signe de me taire. Et soudain de nouveaux zombies surgissent et elle bondit à côté de moi, et me griffe la cuisse. Amusé, j'enroule un bras autour de ses épaules, et elle se détend progressivement mais sa main reste sur ma jambe, et sa tête sur mon épaule. Le soleil et l'odeur de cannelle embaument l'air. Elle est entièrement concentrée sur le film, le dos et les bras crispés, et moi, je suis rivé à elle. À la manière dont le soleil rougeoyant se reflète dans ses cheveux châtains. À nos corps parfaitement emboîtés, le yin et le yang réunis.

De quoi me souciais-je tout à l'heure ? Devi me plaît. Je l'aime bien. En fait, je me demande si je ne serais pas en train de tomber amoureux, assis devant ce film de zombies dans un parc public, le champagne pétillant sur nos langues, ses cheveux retombant en cascade dans son dos et sur mon bras, chatouillant mon cou et mon visage au gré du vent.

Je n'ai jamais ressenti ça, ce mélange de bien-être, d'excitation, de nervosité et de vertige, même quand j'ai commencé à fréquenter Raven. Cette seule pensée m'enlève un poids des épaules. Il y a tout un monde entre ce que je ressens pour Devi et ce que j'éprouvais pour Raven… et avec Devi, c'est tellement mieux.

Tous mes doutes – que mon cœur ne serait pas assez sincère pour entreprendre une relation avec Devi, que ce ne serait pas professionnel pendant un *faux* premier rendez-vous pour une émission porno – tout est balayé par le vent.

Je reste avec cette chaude certitude qui gonfle comme un ballon dans ma poitrine. L'impression d'être dans un film reste présente. Elle est douloureuse et purifiante, et la seule suite envisageable, celle qui s'impose, c'est que je l'embrasse. Amener sa tête vers moi, toucher ses lèvres, l'embrasser avec l'écran en toile de fond.

J'oublie la caméra, la séquence à tourner, ce projet que je lui ai proposé soi-disant pour qu'il y ait de l'alchimie dans notre premier baiser filmé. Tout a disparu, et il ne reste que le contact de sa peau quand ma main longe sa nuque.

Je la sens déglutir sous ma main. Elle tourne lentement la tête vers moi, et plonge ses yeux noisette dans les miens tandis que je touche sa joue. Ses pupilles sont dilatées, deux mares noires bordées d'or, et elle entrouvre les lèvres.

– Logan…, souffle-t-elle.

Le cœur battant, je rapproche mon visage du sien.

– Oui ?

Sa réponse est chassée par son téléphone qui se met à vibrer bruyamment sur le couvercle en plastique de la glacière, et par la voix lointaine de Rihanna qui entonne le début de « Work ».

Devi pique un fard en se saisissant de son téléphone. En s'écartant de moi, elle laisse mon corps meurtri par sa soudaine absence. Quelques personnes la regardent de travers pendant qu'elle coupe la sonnerie d'une main fébrile.

– « Work » ? dis-je, sourcils arqués lorsqu'elle réussit à faire taire l'engin. L'écran est encore allumé et j'aperçois le nom Sinner's Playpen dessus quand elle me répond.

– Oui, travail. C'est ma sonnerie pour les appels professionnels. Mon agent, d'autres actrices, ce genre de contacts. Hé, ça va ?

Elle me dévisage, son téléphone toujours éclairé sur ses genoux. Je hoche la tête et me racle la gorge. Je m'éloigne en prétextant lui resservir du champagne, mais en réalité, j'ai besoin de prendre mes distances.

Sinner's Playpen est l'un des plus gros studios de production de vidéos pour le web du marché. S'ils appellent Devi, ça signifie qu'ils s'intéressent à elle ou que son agent leur a fait part de son désir de travailler avec eux. C'est logique. Sinner's Playpen est spécialisé dans le hardcore. Hardcore hétéro. Et elle envisage d'élargir ses horizons, pas seulement avec moi.

Devi va bientôt coucher avec d'autres hommes.

Dès que j'ai vu ce nom s'afficher, une immense vague de jalousie m'a submergé, une jalousie acide qui ronge les veines. Et dès que j'identifie la jalousie, le regret, la honte et la logique m'assaillent. Qui suis-je pour m'immiscer dans ses projets ? Je savais déjà qu'elle voulait sortir du porno lesbien, c'est même pour ça que je lui ai proposé ce projet. Il serait déraisonnable – et même malsain – d'assumer que je suis le seul à la solliciter. Après tout, elle a des factures à payer, et même si nous nous fréquentions, nous ne devrions jamais nous attendre à ce que l'autre arrête le porno. Raven et moi n'avons jamais freiné notre carrière parce que nous sortions ensemble. Dans ce genre de couples, un respect réciproque s'impose. Je ne prétends pas que c'est facile, mais comment faire autrement ? Abandonner la carrière qu'on aime et qui nous fait vivre ? Je ne sais toujours pas si une histoire d'amour en vaudra un jour la peine.

Sauf.

Sauf, sauf.

Sauf maintenant, alors que je n'arrive pas à faire taire ma colère chargée d'adrénaline, ni à retrouver une respiration normale… enfin un état moins primaire. Si la jalousie m'a envahi, c'est uniquement parce qu'il est possible qu'elle tourne un porno. Dans l'immédiat, tout ce que je souhaite, c'est l'emmener dans une bicoque sur la plage, y passer ma vie avec elle sans que nous ne touchions plus jamais un autre être humain… *Ressaisis-toi, O'Toole !*

J'inspire profondément. Je suis le parfait hypocrite. Mon agenda de la semaine est rempli de tournages. Comment puis-je être jaloux des activités de Devi alors que je prévois de coucher avec sept femmes différentes dans les cinq prochains jours ?

Je m'éclaircis la voix.

– Très bien, dis-je en lui tendant son verre plein. J'ai soif, c'est tout.

– D'accord.

Ses yeux et sa voix expriment une confiance que je ne mérite pas. Et ça, putain, c'est un coup au cœur.

Qu'est-ce qui m'arrive ? J'ai besoin de remettre de l'ordre dans mes pensées, mes émotions mais aussi sur le plan spirituel. Oui, spirituel, car c'est le seul mot qui définisse exactement le niveau auquel Devi Dare me touche.

Je m'empare de ma caméra, certain de me recaler dans la réalité. Mais pendant que je l'allume, elle pose la main sur mon épaule.

– Logan. Je voulais juste te dire… c'est le meilleur faux rendez-vous de toute ma vie.

Derrière elle, le soleil couchant la peint en orange et violet. Je ne peux pas lutter contre les mots qui me viennent, ma douloureuse érection et ma jalousie.

– Moi aussi, mais… je crois que je regrette que ce ne soit pas un vrai rendez-vous.

Je ne sais pas si c'est la note d'amertume dans ma voix ou mon désir flagrant, mais elle écarquille les yeux. Je comprends alors que je viens de commettre une erreur monumentale. Elle pensait être venue en tant que pair, collègue, amie éventuellement et je viens de lui avouer que j'ai des sentiments pour elle. C'est si peu professionnel, peut-être même crétin.

– Logan ?

J'ai trois options. M'enfuir – en prétextant une envie pressante – ou l'ignorer et continuer à jouer avec la caméra. Ou bien je peux l'affronter et m'excuser. Et bien que fuir soit tentant, je me tourne vers elle.

– Je suis désolé. Je n'aurais pas dû dire ça. Oublie. Tu crois que tu peux l'effacer ?

Elle s'apprête à répondre mais se ravise. Elle détourne le regard, et je ne m'en veux que davantage. De nouvelles foutaises peu professionnelles sortent de ma bouche.

– Tu te souviens de notre scène, il y a trois ans ?

Son expression change, et une lueur d'espoir est immédiatement éteinte par un air prudent et fermé. Elle hoche la tête d'un coup sec.

Je sais ce que j'aimerais dire. *J'y pense en permanence. Je pense à toi tout le temps. J'ai craqué pour toi il y a trois ans, et ce soir, en deux heures, je suis tombé amoureux de toi.*

Mais l'instinct de conservation reprend le dessus, et je contourne la vérité.

– J'ai envie de tourner un autre film avec toi depuis cette époque.

Au moins, ça, c'est vrai, même si ce n'est qu'une partie de la vérité.

– Tu es tellement sexy, Devi, tu es la seule qui puisse participer à ce projet. Ça fait trois ans que je veux te filmer.

Si j'espérais lui faire oublier *Je regrette que ce ne soit pas un vrai rendez-vous*, je me suis trompé. Je ne réponds pas à ses questions, je le vois dans ses yeux, à sa façon de hocher de nouveau la tête en pinçant les lèvres.

Elle m'adresse un sourire contrit avant de se replonger vers le grand écran.

– Moi aussi, je suis contente de tourner avec toi, dit-elle, sans même me regarder.

Deux bons mètres de vide nous séparent. Elle serre ses genoux contre sa poitrine, fermée comme une huître.

Elle paraît de nouveau si jeune et vulnérable. Et je me sens plus minable que jamais.

– Tant mieux, dis-je inutilement.

J'essaie de me concentrer sur les zombies moi aussi. Mais il y a cette nouvelle distance entre nous, comme entre deux étrangers. Je ne sais pas si sa colère est due à mon manque d'honnêteté ou de professionnalisme. Pour ce que j'en sais, il se peut que je ne représente qu'un job comme un autre, et que mes sentiments la dérangent. Pour elle, je ne vaux pas mieux qu'un patron des années 1950 qui reluque sa secrétaire.

Merde.

J'allume la caméra et passe le restant de la soirée à filmer. Et si elle est manifestement vexée et distante, elle joue le jeu devant la caméra, souriant et plaisantant aux moments opportuns. Je la filme quand elle sursaute durant les passages effrayants, quand elle trinque avec moi allongée sur le dos pendant que je lui masse les pieds d'une main. *La Nuit des morts vivants* s'achève et *Shaun of The Dead* commence. Je fais quelques bonnes prises d'elle riant, les yeux tournés vers l'écran, la tête sur mes genoux.

Mais ce n'est que pour la caméra, pour le projet.

Contrairement à ce que j'avais prévu, notre premier baiser n'est pas pour ce soir. Je ne veux même pas que ça se produise, à cause de cette étrange tension entre nous… il va falloir patienter. Un autre jour, quand elle aura oublié mes avances inappropriées.

Vers minuit, le film se termine et les projecteurs nous bombardent de lumière, éclairant chaque centimètre carré de pelouse et sculptant les contours aiguisés des troncs d'arbre. Nous remballons les affaires, et je les porte jusqu'à la voiture en veillant à lui ouvrir sa portière.

Le trajet de retour jusqu'à El Segundo se déroule sans un mot. Devi sélectionne des morceaux d'Halsey sur mon téléphone, et les passe sur la stéréo de la voiture. L'autoroute est large et fluide, les phares blancs inondent le bitume, et le ciel est délicatement violacé. Nous traversons la ville et arrivons dans son quartier, encore animé malgré l'heure tardive.

Nous ne parlons pas.

Je recule dans son allée, et me gare dans un silence pesant.

– Je, euh, résonne ma voix dans l'habitacle. Je dois nous filmer en train de nous dire au revoir.

– Bien sûr, dit-elle d'une petite voix.

J'allume la caméra.

– J'aimerais savoir à quoi tu penses, dis-je soudain, mon doigt survolant le bouton d'enregistrement. J'ai l'impression de m'être ridiculisé ce soir, et j'aimerais arranger les choses. Mais je ne sais pas comment m'y prendre. Puis-je répéter que je suis désolé ?

Elle se tourne face à moi. Ses yeux sont illisibles dans le noir.

– Logan, tu m'as dit que tu me trouvais sexy, et que tu avais envie de travailler avec moi depuis trois ans. Tu n'as pas de raison de t'excuser.

– Ce n'était pas très professionnel de ma part, et je ne veux pas donner l'impression d'être un malade qui drague pendant le boulot. Si ça te gêne qu'on s'embrasse ce soir, ou même de continuer…

– Logan.

Sa voix grave et sérieuse lui ressemble si peu qu'elle m'interpelle.

– Arrête. Tu n'as rien fait de mal. Et je ne veux pas laisser tomber ce projet.

– D'accord, dis-je dans un soupir de soulagement. Mais je persiste à croire que nous devrions reporter le baiser. Je ne voudrais pas qu'il soit… forcé. Juste un au revoir pour ce soir, peut-être ?– Comme tu voudras, murmure-t-elle.

Est-ce de la contrariété dans sa voix ? Pour ma part, je suis déçu, même si c'est pour le mieux. Toutefois, c'est notre second baiser avorté, et je ne sais pas combien de temps je vais pouvoir me retenir de l'embrasser.

J'active l'enregistrement et dispose l'appareil sur le tableau de bord de façon à nous avoir tous les deux dans le champ.

– Devi, je suis très heureux que tu sois sorti avec moi ce soir. Tu es experte en films de zombie maintenant ?

Elle a un petit rire.

– Je crois qu'on peut le dire, même si d'un point de vue biologique, je trouve le scénario peu crédible. Les zombies sont des cadavres et leurs estomacs en décomposition ne pourraient pas métaboliser de la nourriture… et puis les muscles ont besoin de nutriments pour fonctionner.

Même si un corps pouvait être ranimé, il ne pourrait pas avoir de mouvements dirigés à long terme.

Je cligne des yeux.

– Ouah…

Elle hausse les épaules, comme si c'était normal qu'elle en sache aussi long sur le métabolisme et la réanimation.

– Tu n'as rien dit de tout ça pendant la projection.

– Eh bien, pendant le film, j'étais un peu terrifiée, admet-elle.

– J'espère que tu n'as pas eu peur au point de refuser de me revoir, dis-je en la regardant par en dessous (j'ai de très longs cils pour un homme). J'ai vraiment passé une excellente soirée, et j'aimerais te revoir. Si tu es d'accord.

J'essaie de tout exprimer à travers mon regard, de lui montrer que je suis sincère, que ce n'est pas pour la caméra. Si c'était réellement notre premier rendez-vous…

Elle lève vers moi ses yeux sombres et dorés.

– Avec plaisir, répond-elle timidement.

Mon cœur bondit puis je me souviens qu'elle joue la comédie.

– Très bien.

– Très bien, répond-elle avec un sourire.

Elle détache sa ceinture, pose la main sur la poignée et se retourne vers moi. La douce lumière jaune du patio projette une nuance de bronze sur sa peau hâlée.

– Juste pour dire, j'aurais tout de même souhaité qu'on s'embrasse ce soir, chuchote-t-elle.

Elle ouvre la portière et disparaît. Ébahi, je regarde droit devant moi. Sur le côté, le voyant rouge de l'enregistreur clignote comme une récrimination silencieuse, l'indicateur criant de chaque seconde où je laisse Devi s'éloigner, ses derniers mots s'étirant dans le silence.

Parce qu'elle n'avait pas le ton enjoué d'une actrice de porno, ni la voix affectueuse d'une amie. C'était réel, intime.

Évidemment, imbécile. Elle voulait t'embrasser chez Vida, tu te souviens ?En proie à la frustration, je frappe le volant du plat de la main. Moi aussi, j'avais envie de l'embrasser dans la piscine, et ce soir encore. Et rien ne m'empêche de la rattraper pour lui montrer ce que je ressens. À moins qu'au contraire…Je donne trois coups sur le volant, un grognement se forme dans ma poitrine. J'en ai assez d'être trop correct, parce que je n'ai qu'une seule envie, et Devi aussi.

Je détache ma ceinture et ouvre ma portière en un temps record avant de la claquer, je crie le nom de Devi et m'élance vers elle. Déjà sur le seuil de sa porte, elle se retourne.

– Qu'est-ce qu'il y a ? demande-t-elle en faisant un petit pas vers moi.

À mon tour, j'avance un peu. Désœuvré, je lui tends la main. Elle la regarde, relève les yeux vers moi. Elle doit voir ma confusion – le désir, l'incertitude, l'inquiétude et l'attirance bestiale mêlés. Une veine bat dans son cou, et ses lèvres s'entrouvrent. Elle se rapproche et glisse sa main dans la mienne.

Je la tire délicatement contre moi.

– J'ai eu envie de t'embrasser toute la soirée.

Je pose les lèvres sur les siennes.

Sa main tremble et ses lèvres s'abandonnent. Et pendant un moment parfait, suspendu dans le temps, nous échangeons un baiser chaste comme dans les séries historiques du câble ou de Disney Channel. Les mains jointes, nos bouches se rencontrent vertueusement.

C'est de la romance pure. Et je me sens délicat et distingué lorsque je m'écarte. Elle me regarde en battant des cils, un sourire déconcerté aux lèvres.

– On se revoit bientôt, dit-elle un peu essoufflée.

Aussi étourdi qu'elle, je réponds d'un «oui» très éloquent. Elle me presse la main et rentre chez elle.

Je reste planté là comme un idiot, à côté de ma voiture, les lèvres brûlantes, le corps réclamant son contact, enivré par cette soirée, ses yeux ambrés, et la scène que nous avons tournée il y a trois ans. Ce baiser ne suffit pas, loin de là. Et en quelques enjambées, je me retrouve devant son entrée: elle cherche encore sa clé dans son trousseau. Je la prends par l'épaule, la tourne vers moi et la plaque contre la porte. Je l'embrasse avec une férocité qui terrifierait la plupart des femmes.

Devi a le souffle coupé. Je me colle contre elle, mes mains sillonnent agressivement son cou, ses seins, et enfin ses fesses que je prends en coupe. Elle enroule les jambes autour de ma taille, et je la repousse brutalement contre la porte. Nous gémissons lorsque mon érection se presse contre son entrecuisse. Ma langue force le passage de ses lèvres et enfin, je la savoure. Elle a le même goût sucré que dans mes souvenirs, relevé d'une pointe de champagne.

Elle me tire les cheveux, et subitement, elle rabat ma tête sur le côté et me mord dans le cou comme un vampire, embrasant un sillon de mon cou à ma joue. Je bandais déjà, mais maintenant mon pénis en granit tente de forer mon jean.

À mon tour, je mords et suce son cou. Elle se frotte si vigoureusement sur mon entrejambe que je vais avoir des marques de brûlure. Je suis prêt à payer ce prix, et plus encore, pourvu que je la garde contre cette porte.

Elle répète en boucle: «Logan, Logan, Logan»; et une seconde, je regrette qu'elle ne connaisse pas mon vrai prénom.

Je remonte vers sa bouche mais cette fois, je prends mon temps, gravant chaque détail et chaque sensation dans ma mémoire. La douceur de ses lèvres, sa langue satinée, sa façon d'aspirer l'air entre deux baisers. Ses doigts dans mes cheveux, ses talons plantés dans mon dos, et partout, tout autour de moi, son parfum de cannelle et ses cheveux qui me caressent. J'ai couché avec des centaines de femmes, littéralement des centaines, mais jamais je n'ai partagé un baiser comme celui-ci. Je n'ai jamais eu l'impression qu'une femme aspirait mon âme par ma bouche, sondant mon esprit d'un simple baiser.

Mais c'est ce que je ressens, comme si Devi avait aimanté quelque chose au fond de moi, et que chaque atome de mon corps était attiré vers elle, une attraction ionisée contre laquelle je ne peux pas lutter, à laquelle je ne peux qu'assister.

Alors je m'observe, tenant son sein parfait à pleine main, mon tee-shirt remonté sur mon torse pendant que ses doigts explorent le bas de mon ventre. Et je me rends compte qu'elle est autant emportée que moi dans l'action. Aussi affamée, désespérée, excitée et ce constat est un appel aux instincts les plus primaires. J'ondule des hanches contre elle. Elle reserre les cuisses en criant, et ferme les yeux.

Je pourrais la faire jouir comme ça. Moi aussi, je pourrais jouir, tel un adolescent en chaleur qui se frotte sur une fille tout habillée, grognant et haletant. Et je suis tellement dans le feu de l'action que je manque de céder, mes parties pulsant du besoin de libération, mon esprit brûlant du désir de voir son visage quand elle jouira.

J'ignore où je puise la force de me contrôler, de la reposer délicatement sur ses pieds, et de lui donner un dernier baiser langoureux. Je crois qu'avant tout, je ne veux ni me servir d'elle ni la forcer. Ce baiser dépasse déjà le cadre du convenable, d'un point de vue professionnel et émotionnel, et même si je sens que j'arriverai à la toucher sans que le fantôme vengeur de Raven ne vienne me hanter, je ne veux pas brûler les étapes. C'est le problème avec ce métier. J'oublie d'y aller doucement. Dans une scène, il peut arriver que je prenne mon temps… deux heures durant. Mais je n'ai pas attendu des jours ou des semaines pour passer à l'action depuis… le lycée.

Je tiens à ce que Devi soit à l'aise avec ça – avec nous – avant d'aller plus loin. Et quand j'aurai son feu vert, je ferai tout pour rendre chaque seconde inoubliable et délicieuse.

Nous nous écartons lentement, et elle rouvre les yeux, les paupières encore alourdies par l'excitation et le besoin inassouvi.

– Mon Dieu, souffle-t-elle. Tu embrasses vraiment bien.

J'essaie de ne pas m'enorgueillir mais ça me touche.

– Je sais, dis-je avec un grand sourire.

– Je le pense vraiment. Si je meurs maintenant, je mourrai heureuse. *Ci-gît Devi Dare, Assassinée par un baiser.*

Moi aussi, je mourrais heureux en cet instant, et je lui dis. Puis j'ajoute :

– Mais sur ma tombe, on lirait simplement : *Ci-gît Logan O'Toole* avec sept émojis d'aubergine en dessous.

Elle rit, d'un rire léger et joyeux qui n'atténue pas la pression dans ma poitrine et dans mon aine. Cette fille me bouleverse tant que je suis fichu.

Complètement foutu.

Je me penche en avant, et pose les mains sur la porte, de part et d'autre de sa tête. De cette façon, je la piège sans la toucher. Puis je l'embrasse le plus légèrement possible – un frôlement de lèvres, en réalité.

Elle frissonne et sa respiration s'accélère.

– À bientôt, c'est promis, je murmure au bord de ses lèvres.

– D'accord. Bonne nuit, Logan, chuchote-t-elle.

Je redresse le buste et glisse une mèche de cheveux derrière son oreille.

– Bonne nuit, Devi.

Et malgré la douleur physique, je fais volte-face et la laisse sur le perron.

En démarrant, je remarque que le voyant de l'enregistrement clignote encore, et que l'objectif est dirigé vers l'arrière, le porche de Devi.

Je rembobine la vidéo. Avec un immense sourire, je constate que tout ce moment – du premier baiser chaste à moi qui la rattrape – a été filmé. C'est peut-être un peu lointain, un peu flou à cause de la vitre, mais cela ne rend la scène que plus réelle, à la façon du *cinéma vérité*.

Mon sourire ne me quitte pendant tout le trajet. J'ai embrassé une fille qui me plaît beaucoup et filmé une scène géniale. Que peut-il espérer de mieux ?

9

Je sens encore la puissance de notre baiser le lendemain. Et même le soir.

Le jour suivant, mes lèvres sont encore gonflées, et mes jambes semblent prêtes à flancher dès que je pense à la bouche de Logan dévorant la mienne, son corps pressé contre moi, emporté par un désir flagrant et brutal. Je l'aurais bien invité à entrer – et même à me prendre contre la porte – et j'ai failli le faire.

Mais il y a l'émission.

Un contrat. Et s'il n'interdit pas le sexe debout contre une porte dès le premier épisode, certaines clauses stipulent que ce ne serait pas bénéfique au projet. Or c'est important pour Logan. Il a passé des jours à le peaufiner avec mon agent et l'accord final me satisfait. Il comporte sept épisodes au total, de quarante à soixante minutes, devant retracer une progression sexuelle et romantique. L'histoire d'un jeune couple de L.A. sera improvisée mais le réalisateur/scénariste/caméraman (Logan) expliquera brièvement les contours et ses attentes avant chaque prise. Et si j'ai des objections, je dois lui en faire part.

La série, qui doit être tournée intégralement avant sa diffusion sur le site de Vida Gine, sera peut-être classée en hardcore – à moins que les scènes n'entrent pas dans cette catégorie. Mais elles le mériteront, si Logan ou moi avons notre mot à dire. Il n'y aura pas ou peu de perversion ou de fétichisme, et tout acte sexuel doit se dérouler uniquement entre nous deux. Les clauses de sécurité habituelles ont été rédigées de manière à nous protéger l'un et l'autre (mais surtout moi – dans le milieu, les femmes sont les premières victimes d'agressions non consenties), et nous avons tous déjà soumis et approuvé nos limites mutuelles. Les miennes détaillent les sécrétions que je considère acceptables, les siennes proscrivent les chatouilles, en particulier aux pieds. Apparemment, Logan O'Toole pleure quand on le chatouille.

Quand j'ai lu cette ligne, je lui ai immédiatement écrit. *Je n'ai jamais fantasmé que je te chatouillais. Et maintenant je ne pense plus qu'à ça.*

Sa réponse avait été : *Au moins, tu penses à moi.*

Et c'est nouveau ?

Ainsi, après tous ces sous-entendus et ces messages et à sa façon de me dévorer des yeux pendant la projection, j'étais à peu près certaine qu'il me désirait. Même quand il a failli me laisser partir, je savais qu'il se mettait des barrières.

Et ensuite, ce baiser…

Ouah ! Si inespéré et si vrai ! Ce n'était pas un faux baiser même si la soirée avait tourné autour de la série. Même si au parc, nos gestes et notre conversation étaient dictés par le voyant rouge. Mais quand j'étais descendue de sa voiture, il m'avait couru après, sans sa caméra. Le tournage était terminé, mais il avait voulu m'embrasser.

Il avait laissé son projet de côté et obéi à un désir personnel. Pas pour Vida, Lelie ou au nom de l'art, mais pour lui.

Putain, je mouille rien que d'y penser.

J'aurais pu lui demander de rester. Ça n'aurait pas nécessairement interféré avec le synopsis. Nous aurions pu passer la nuit ensemble, hors caméra, puis filmer l'épisode suivant comme si rien ne s'était passé. Après tout, ça finira par arriver ; et puisque le baiser n'a pas été enregistré, nous devons encore tourner un faux premier baiser pour la série.

Bien que le premier baiser ait été reporté et que le faux reste encore à filmer, il est convenu que la relation doit se développer *devant les spectateurs.* Et je raffole du concept, et de la volonté de Logan de créer des images authentiques.

Il est même probable que j'ai un peu flashé sur Logan lui-même. Ou beaucoup.

C'est pour cela que je l'ai laissé partir. Me dire au revoir. Me laisser avec la promesse de le revoir bientôt. Depuis, je n'ai pas arrêté de penser à lui.

Alors quand il m'envoie le premier montage, deux jours après m'avoir abandonnée sur le perron, je n'ai pas besoin de le visionner pour savoir que notre soirée a été extraordinaire et incroyable, mais je me dépêche quand même.

Et c'est fantastique. Plus que ça – stupéfiant ! C'est de l'art.

Trop impatiente pour allumer l'ordinateur, je fixe, émerveillée, le petit écran de mon téléphone, et je le repasse une seconde fois. C'est bon. Très, très bon. Je sais que je ne suis pas objective parce que j'ai vécu ces scènes, mais il n'y a pas que ça. Les angles choisis, le montage – c'est beau, captivant et différent de tous les autres films. Je savais que ça serait bon, mais la qualité m'étonne.

Je suis également surprise qu'il ait aussi bien capturé la tension entre nous. Elle est dense, palpable, et je suis certaine que si j'étais un étranger regardant ces deux personnages à l'écran, j'aurais hâte qu'ils passent à l'acte. De la même manière que j'ai hâte que nous couchions ensemble. Je le désire si fort que c'est une torture.

Mais le résultat est excellent, et je fais partie de cette aventure artistique et novatrice. Et sur un plan personnel, ce qui se passe entre nous me fait vibrer. Je suis tellement excitée que j'ai les joues en feu à force de sourire quand arrive le moment où je descends de la voiture.

La dernière scène, normalement.

Mais ça ne s'arrête pas là. Elle continue, et je vois Logan me rattraper – pas une fois, mais deux – puis me donner le baiser le plus enfiévré du cinéma.

La déception m'enserre le cœur – pas à la vitesse d'une comète ou d'une étoile filante, mais comme une lente descente en montgolfière. Il me faut une minute pour assimiler le fait que le moment le plus assourdissant de ma vie a été terni par son enregistrement. Parce que maintenant, je ne sais plus s'il m'a couru après pour moi, ou pour sa série.

Je m'affale sur une chaise de la salle à manger. Il n'a pas pu jouer ce baiser. *Impossible, non ?* Il était réellement excité – c'est un fait. Sa queue déformait son pantalon.

Mais c'est son métier. Il sait embrasser. Et son sexe a appris à réagir en conséquence.

Et si ce n'était pas réel, en quoi est-ce important ? Il a l'air réel. C'est tout ce qui compte.

Logan doit supposer que je visionne déjà la séquence, parce que moins deux minutes après la fin de la vidéo, il m'envoie *Alors ???* Je n'ai pas encore retrouvé mon calme, et je ne peux que répondre honnêtement. *J'ignorais que tu avais filmé le baiser.*

J'avais laissé la caméra allumée dans la voiture. L'image aurait pu être merdique à cause de la vitre, mais ça déchire, non? Il est satisfait du résultat–et il a toutes les raisons de l'être. J'avais juste oublié que nous n'étions pas ensemble; c'est de la fiction. Tout le reste n'est qu'un malentendu de ma part.

Je réponds ce que j'aurais dû dire dès le départ. *C'est génial, Logan. Tout est excellent. Tu as beaucoup de talent. Même moi j'ai été convaincue par le déroulement de l'histoire.*

Je cherche Halsey sur Spotify, connecte les haut-parleurs en Bluetooth, et pose mon téléphone à l'envers, pour ne pas voir les messages et les appels entrants. Si Logan veut d'autres commentaires ou simplement bavarder, il devra attendre. J'ai des lessives et de la vaisselle en retard, et tout un tas de «réalités» à affronter.

* * *

Ce soir, essayons de viser sexe oral.

Je relis plusieurs fois le SMS en me préparant pour notre prochain rendez-vous. J'ai des papillons dans le ventre comme si j'étais dans un avion en plein décollage, et j'ai la chair de poule. Je ne devrais probablement pas être aussi excitée, mais j'attends cette fellation depuis, eh bien, la dernière fois. Malgré ma déception, je suis dans tous mes états.

Toutefois, alors que je sors de la douche et tamponne mes cheveux, une petite voix intérieure m'interroge: *Tu es sûre que c'est une bonne idée, toute cette excitation?*

J'essuie la buée sur le miroir et scrute mon reflet.

–Il n'y a rien de mal à aimer son travail, me dis-je. Surtout quand il s'agit de baise. «Tu n'as qu'à redéfinir tes attentes.»

Ce soir, je me prépare à ce que tout soit filmé, montré, et tant que je ne l'oublie pas, ce sera amusant.

Après cette nécessaire mise au point, je choisis la tenue adaptée. Comme il fait trop chaud pour être en pantalon, j'opte pour une jupe courte, plissée et noire, un top ample à bretelles spaghetti et décolleté plongeant. Logan aura une vue plongeante sur mes seins lorsque je serai à genoux devant lui. Je risque de déchirer mes bas en m'accroupissant mais tant pis – ce sont les risques du métier.

Ce n'est qu'au moment de me maquiller, quand je me rends compte que je souris depuis une heure, que je commence à réévaluer mes attentes. Le problème est qu'il ne s'agissait pas que de sexe. Ni de travail. C'est Logan. J'ai hâte de le voir. Et de le revoir souvent.

– Ce n'est rien, dis-je à mon reflet dans le miroir. C'est tout à fait normal de craquer pour le premier homme avec qui tu vas coucher devant une caméra. Le seul homme. Et la solution est là: j'ai besoin d'autres expériences de porno hétéro.

Le projet de Logan m'a garanti une avance confortable, mais c'est une bonne idée d'anticiper la suite.

Aussi, lorsque mon agent me téléphone quelques minutes plus tard pour me donner des informations sur un prochain tournage lesbien, j'annonce que je suis prête à m'essayer au cinéma hétéro avec Hagen.– Tu veux bien vérifier qu'il est d'accord avec mes limites et restrictions ?– Je lui donne les mêmes directives qu'à Logan ?

La réponse est non bien sûr. Avec lui, j'ai envie de choses que je ne ferais avec personne d'autre.– Oui, je réponds parce que j'ai besoin de placer Logan sur le même plan que les autres, et pour cela, je dois traiter les autres projets comme le sien.

***

Logan est déjà en train de filmer quand j'ouvre la portière de sa voiture, vingt minutes plus tard. La caméra est calée sur le tableau de bord. Dès que je me faufile dans l'habitacle, il glisse la main dans ma nuque et m'attire vers lui. Son baiser chaud et salé me fait tourner la tête.

– Salut, dit-il contre ma bouche. Je crois que je vais devoir refaire ça souvent, ce soir.C'est pour la caméra, mais je fonds.

– Dire bonjour ?

Avec un grand sourire, il hoche la tête et pose les lèvres sur ma lèvre inférieure.

– Salut, dis-je, essoufflée, lorsqu'il s'écarte.

Soudain, je ne veux plus savoir si c'est simulé parce que, quoi qu'il en soit, il me fait un effet incroyable.– J'ai apporté un pique-nique. C'est tellement difficile d'obtenir une autorisation pour tourner dans les lieux publics. D'autant que je n'ai pas l'intention de bien me tenir.

– Ça me va.

De toute façon, il est tout ce que je veux dévorer.

Pendant que nous roulons, il me prend la main.

– Le pique-nique ? Ou mal se tenir ?

Je hausse les épaules et souris timidement, un peu pour la caméra, mais essentiellement parce que si j'ouvre la bouche, je crains de seulement vouloir lui dire bonjour des dizaines d'autres fois.

Logan me cache notre destination, mais il roule vers le nord-est, et deux heures plus tard, nous quittons Templin Highway, après Angeles National Forest, pour emprunter un large accotement.

– Bien. Nous sommes seuls.

Après un petit baiser, il coupe le moteur et me fait signe de descendre.

Il installe le pique-nique sur le capot de sa voiture, et malgré la caméra, notre repas de sushis et de tsukemono, arrosé d'un vin riche, est absolument parfait. Entre deux California rolls, nous nous embrassons et nous tripotons comme deux personnes normales attirées l'une par l'autre, qui viennent tout juste de se rencontrer.

Est-ce ce que nous sommes ? Des gens normaux ? Dans ces moments partagés, quand il me touche, que mon sang bout dans mes veines, j'y crois.

Une fois le soleil couché, alors que nous avons terminé le repas et la bouteille de vin, je comprends pourquoi il m'a conduite ici.

– Les étoiles, dis-je en retenant mon souffle. On les voit si bien.

– Impressionnée ? Un indice : la réponse est oui.

Je souris si largement que je dois avoir l'air d'une écervelée.

– Oui.

Sans retenue, je contemple le ciel en cherchant les constellations que je connais le mieux, identifiant en silence les astres. *L'étoile Polaire, Orion, Rigel, Bételgeuse, Antarès…*

– Ne bouge pas.

Logan descend du capot et disparaît derrière la voiture. J'entends le coffre s'ouvrir, puis il revient avec un trépied. Il le déplie, le place sur le sol, face au capot. Consciente de ce qui va suivre, je sens ma température grimper en flèche.

Je m'assieds et, les genoux sur les coudes, je l'observe.

Il sent mon regard, j'en suis sûre. Mais sans réagir, il fixe la caméra au trépied, lance un regard vers l'horizon, derrière lui, et hoche la tête.

– Comment s'appellent ces étoiles ?

Je suis son doigt braqué sur les deux astres les plus brillants.

– En fait, ce ne sont pas du tout des étoiles. Là, c'est Jupiter (j'indique la plus haute dans le ciel, puis celle en dessous) et ça, Vénus.

– Des planètes, alors. Sont-elles toujours aussi proches l'une de l'autre ?

– Elles ne sont pas si près que ça. C'est une illusion. Vénus est notre voisine la plus proche, et elle est plus ou moins de la même taille que la Terre. Jupiter est très éloignée, mais elle est tellement grosse qu'elle semble avoir la même taille à cette distance. En fonction de la rotation de la Terre, et de l'alignement de l'horizon, elles paraissent plus ou moins proches.

Mon explication scientifique est probablement trop sérieuse et insipide, aussi j'ajoute :

– Mon père dit que ces deux planètes sont Laylà et Majnûn, les amoureux, immortalisés pour l'éternité dans le ciel. Depuis un mois, elles se sont rapprochées en dansant. Dans quelque temps, elles seront si proches qu'on aura l'impression qu'elles s'embrassent.

Il cesse de bidouiller la caméra, se redresse et vient me rejoindre.

– S'embrasser… ça me plaît, dit-il.

Il se penche et embrasse l'arrière de mon genou.

Des décharges électriques me traversent avec la puissance d'un éclair.

– Oui, dis-je d'une petite voix. D'autant que Laylà et Majnûn ne se sont jamais touchés sur Terre.

– Tragique.

Ses doigts caressent le point qu'il vient d'embrasser, et remontent le long de ma cuisse.

Je frémis.

– Très.

– Parle-moi d'eux.

J'inspire profondément, me raccrochant au ciel pour me concentrer sur ce que je dis au lieu de m'embraser à son contact.

– L'histoire remonte au septième siècle, en Perse. Qays est le fils d'un riche et puissant descendant de Mahomet du nom de Sayyid. Alors qu'il n'est encore qu'un enfant, il rencontre Laylà à l'école, et ils tombent aussitôt amoureux.

– Comme tous les garçons.

– Comme tous les garçons.

Des frissons parcourent mes bras alors que j'essaie d'ignorer ce que me fait ce garçon-là. J'ai du mal à réfléchir avec ses mains – les deux maintenant – qui caressent l'intérieur de mes cuisses.

Mais il me presse de poursuivre, alors j'obtempère.

– Qays est tellement inspiré par son amour qu'il lui écrit de longues lettres, des poèmes et des chansons. Il les déclame à tous les coins de rue pour les faire entendre à tous les passants. Rapidement, la communauté lui donne le nom de *majnûn*, le « fou », car sa passion pour Laylà est telle qu'on le croyait dément.

À cet instant, je suis sur le point de prendre ma propre passion pour de la démence. La main de Logan est remontée jusqu'à ma petite culotte, tout près du point le plus sensible de mon corps, et ses caresses *me* rendent folles. Ses doigts agrippent l'élastique, et je soulève le bassin pour qu'il puisse faire glisser la lingerie le long de mes jambes.

Avec un sourire satisfait, il enfonce ma culotte dans la poche de son jean.

– Il est fou de désir ?

– Oui, dis-je dans un souffle.

– Je crois que je connais ça.

Il remonte ma jupe, et mes jambes s'ouvrent automatiquement pour exposer mon sexe. Le regard intense, il effleure mon fin buisson, le visage marqué par le désir.

– Continue, dit-il en longeant ma fente.

Je suis si trempée, si excitée.

– Euh… Majnûn trouve le courage d'aller rencontrer le père de Laylà. Il lui demande la main de sa fille, mais il refuse. Comment un père pourrait-il autoriser sa fille à s'unir à un fou ? Cela ruinerait la réputation de la famille. Elle finit par épouser un homme âgé d'un village voisin.

– Elle a épousé un autre homme ? C'est horrible.

Logan plonge un doigt entre mes lèvres et peint mon clitoris avec son doigt mouillé.

– Dévastateur, je gémis.

– Que fait Majnûn ensuite ?

– Il est… euh… (Mon corps se contracte déjà pendant que Logan dessine des constellations du bout du doigt sur mon clitoris.) Il est bouleversé. Dévasté par le chagrin. Il passe le restant de sa vie à pleurer la perte de son amour. Il erre dans la campagne, seul. Il compose des poèmes pour Laylà. S'il n'était pas fou avant, il le devient tant il a le cœur brisé.

Logan aussi me rend folle, avec ses caresses d'une douceur maîtrisée sous lesquelles je me tortille et soulève les hanches, le suppliant physiquement de poursuivre.

En réponse, ses gestes sont de plus en plus légers.

– Et que fait Laylà pour le cœur brisé de Majnûn ? Elle se sent concernée, au moins ?

– Oui, elle l'aime. En secret.

Ma voix est si faible qu'il doit presque s'immobiliser pour m'entendre. Seul son torse se soulève pendant que ses doigts me fouillent.

– Alors elle vit entre le torrent de ses larmes et le feu de son amour. Elle entend les chansons et les poèmes qu'il écrit pour elle parce qu'on les entend partout.

Il me fixe du regard. Il est captivé, et je vois que c'est un supplice pour lui aussi.

– Un jour, reprends-je d'une voix aussi tremblante que mes jambes, elle rencontre un vieil homme qui, euh, mmm (Je vais jouir !) veut les aider. Les aider à échanger des lettres. Et puis, le temps d'une seule nuit, il les aide à se voir. Mais ils doivent se tenir à dix pas de distance.

– Dix pas, il ne peut même pas la toucher.

La voix de Logan est aussi faible et rauque que la mienne.

– Non, il ne peut pas.

J'ai les mains moites sur le capot, et je perds mon sang-froid. Mon émoi est tel que l'orgasme promet d'être tumultueux.

– Comme c'est triste.

Les mains à l'intérieur de mes cuisses, Logan se penche et aspire mon clitoris entre ses lèvres.

Et ça, ce n'est pas du tout triste.

– Oh, mon Dieu, mon Dieu !

Il lèche et suce, et je succombe. Je jouis brusquement dans un élan inattendu et libérateur. Gémissant, je m'enroule sur moi-même, agrippée à ses cheveux.

Je croyais me rappeler que sa bouche sur mes zones les plus érogènes court-circuitait mes sens et ma volonté. Je m'étais trompée. C'est bien plus fort que dans mes souvenirs. Beaucoup plus incroyable, exaltant, bouleversant, parfait. C'est une sensation trop intense pour être mémorisée, et les fragments que je peux préserver ne sont que de faibles souvenirs. Pas étonnant que son amour pour Laylà ait rendu Majnûn aussi prolixe. Il voulait se souvenir de tout, du moindre instant à deux, de la même manière que je veux mémoriser tout ce que je vis avec Logan.

Lorsque mon ventre se détend, et que j'arrive de nouveau à inspirer, je m'allonge sur le capot, épuisée et comblée.

Mais Logan n'a pas terminé.

Son souffle chaud survole mon sexe trempé.

– Que se passe-t-il ensuite, Devi ? (Son doigt contourne mon entrée.) Raconte-moi ce qui se passe entre Majnûn et Laylà, quand ils se retrouvent sans pouvoir se toucher. Que fait-il ?

Il souffle de nouveau, cette fois en introduisant deux longs doigts.

Je suis déjà au comble de l'excitation. Je me mets à me tortiller mais Logan me tient immobile.

– Que fait-il, Devi ?

– Il lui raconte ce qu'il a envie de lui faire, dis-je le souffle court.

Ce n'est pas la véritable histoire. Dans les versions traditionnelles, Majnûn exprime ses sentiments par ses poèmes, sans supposer que ce langage soit sexuel. Mais maintenant, je sais que sa prose l'était. Comment pouvait-il, alors qu'il était enfin près d'elle, de ne pas exprimer ses désirs ?

– Quelles choses ?

Logan recourbe ses doigts, frottant la zone que j'aime appeler mon « panneau de contrôle » parce qu'il suffit de le toucher pour que je m'emballe.

Les mots se déversent précipitamment.

– Il dit tout. Comment il veut poser ses mains sur elle, la lécher, l'embrasser, la pénétrer, lui faire perdre la tête. Sa description est si réaliste qu'elle jouit en l'écoutant.

– Oui, dit Logan avant de tracer des cercles avec sa langue autour de mon clitoris.

– Il lui dit tout, chaque mot, de toutes les manières possibles. Et à l'aube, ils repartent chacun de leur côté.

– Ensuite ?

Il continue de m'aguicher avec son doigt et sa bouche.

– Ensuite Laylà décède, et Majnûn meurt de chagrin à côté de sa tombe. La légende raconte qu'ils se retrouvent au paradis et passent l'éternité ensemble.

– Ce n'est pas là que tu as dit que ça se terminait.

Ses lèvres me chatouillent quand il parle, et je frissonne.

– Non. Mon père dit que c'est une fin absurde que l'on raconte seulement pour faire la morale à ceux qui redoutent le désir sur Terre. Il est convaincu que les amoureux prédestinés restent maudits, même dans la mort, et qu'ils existent désormais en tant que Vénus et Jupiter, très loin l'un de l'autre, dans le ciel. Mais de temps à autres, ils se rejoignent et partagent une nuit d'amour et de passion avant de se séparer au lever du jour. Comme ce soir.

Logan se lève le temps de replier mes jambes sur mon ventre. Ses yeux contemplent avidement mon sexe.

– Continue, ordonne-t-il sur un ton chargé de désir. Si tu arrêtes, j'arrête.

– L'histoire est terminée, dis-je avec désespoir.

Je ne supporte plus ces tourments, mais je ne tolérerais pas non plus qu'ils cessent.

– Raconte-m'en une autre.

Je lui en conte plusieurs, puisant dans tous les mythes de ma connaissance parlant de constellations, de planètes, de boules de feu qui scintillent, et de flammes dans le ciel, jusqu'à ce que je jouisse une seconde fois. Et le jeu se poursuit. Ivre de plaisir, je n'arrive plus à parler. Logan m'enivre autant que cette nuit et la poésie qu'il a écrite dans mes zones les plus intimes.

Toutefois, il ne renonce pas.

Les membres en coton, je suis en nage au moment où il se redresse et m'attire contre lui. Les doigts toujours en moi, il m'embrasse, ses lèvres imprégnées de mon suc, sa langue de ma saveur. Son baiser me bouleverse.

Il murmure à mon oreille, si doucement que je me demande s'il a oublié la caméra, ou s'il est trop absorbé par l'instant pour s'en soucier. Quoi qu'il soit, la caméra ne peut pas saisir ses chuchotements.– Tu me fais tellement bander, Devi. (Il frotte son sexe contre mes fesses.) Ma queue est en feu à cause de toi.

C'est incroyable mais cela redouble mon excitation. Je me crispe autour de son doigt, et il gémit.

– Tu devrais payer pour ça. Pour m'aguicher autant. Me mettre dans cet état.

Sur le point de jouir, je ferme les yeux mais il redresse mon menton vers lui.

– Regarde-moi.

Je rouvre les yeux. Ses traits sont tendus comme s'il était celui de nous deux qui sentait l'orgasme approcher. Comme si me donner du plaisir était aussi intense pour lui que pour moi. C'est stupéfiant, exaltant et parfait. Je ne peux pas détourner le regard, parce qu'il me l'interdit mais aussi parce qu'il est si beau. Encore davantage avec la nuit qui l'entoure, et les minuscules étoiles qui scintillent comme les bougies qu'il a allumées.

Mais pour moi, les lumières les plus vives sont les étincelles dans ses yeux.

– Donne-le-moi. Fais-le.

Les étoiles filent en travers de son visage, de ma vision, et je comprends pourquoi Juliette a associé ses rêves d'orgasme avec Roméo aux poussières d'étoiles et les a préservés éternellement sous la forme d'une constellation. Parce que maintenant, j'associerai pour toujours ce bonheur à Logan et aux corps célestes.Je halète contre sa bouche, des larmes s'échappant de mes yeux, chaque muscle de mon corps vibrant sous l'effet de sa jouissance, si violente, si puissante que mon cœur cale.

– Oh, Devi ! Oui, oui ! (Il est satisfait. Excité par l'intensité de mon orgasme.) Encore. Donne-le-moi. Donne-moi tout.

J'explose autour de lui en donnant tout.

Dès que j'arrive à bouger, je me languis de lui rendre la pareille. Je me redresse en l'embrassant, et me débats nerveusement avec sa braguette. Il malaxe impatiemment mes seins, grimpant à moitié sur moi tout en donnant des coups de boutoir dans ma main, me marmonnant de me dépêcher.

Mais avant que j'aie pu détacher sa ceinture, des gyrophares rouges et bleus zèbrent la nuit d'un noir d'encre, et les phares d'une voiture de police balaient la route juste à côté de nous.

– Putain, grommelle Logan en se redressant.

Il se dirige vers la caméra, et une seconde plus tard, le voyant d'enregistrement s'éteint.

Je m'assois, lisse ma jupe sur mes cuisses, et me recoiffe à la va-vite. J'espère être présentable quand les flics descendront de voiture.

– Bonsoir, lance le policier.

– Bonsoir, Monsieur l'agent.

Je lui fais mon sourire le plus enjôleur. Du coin de l'œil, je vois Logan baisser son tee-shirt sur son érection. L'air suspicieux, l'agent scrute la scène.

– Que faites-vous ici, tous les deux ?

– Nous admirons les étoiles, répond Logan en se joignant à la conversation. Il pointe le doigt vers le ciel. Là, c'est Jupiter et là-bas, Vénus. Voulez-vous voir ma carte du club nature ?

– Ce ne sera pas nécessaire.

L'agent ne nous lâche pas des yeux. Il est impossible qu'il soit dupe. L'odeur de sexe me colle à la peau, et je dois être aussi dépeignée que Logan. Il hoche la tête d'un air entendu.

– Il vaudrait mieux que vous ne restiez pas ici.

– Très bien, nous partons.

Logan s'empresse de ranger la caméra et le trépied. Je remballe les restes du dîner, et en quelques minutes, nous partons en direction des lumières de la ville.

Et la minute suivante, nous éclatons de rire. Je ris si fort que j'ai les larmes aux yeux et mal aux côtes.

– Ouah ! C'était une première.

J'essuie mes joues mouillées de larmes.

– Des flics m'ont déjà chassé de certains tournages, mais c'est parce que j'oublie souvent mon autorisation. Parfois même d'en demander une, pour tout dire.

Une nouvelle crise de rire me secoue.

– Par contre, c'est la première fois que je ne débande pas en voyant des gyrophares. Il soulève le bassin pour s'arranger, et la culpabilité m'assaille tant qu'elle coupe court mon envie de rire. Il m'a fait jouir plusieurs fois, et il rentre en érection.

En un instant, la culpabilité est chassée par un désir d'une nouvelle profondeur. Je salive et soudain, il faut que je le prenne dans ma bouche. Pas parce que je suis désolée pour lui, mais parce que j'ai besoin de lui donner ce plaisir. J'ai besoin de caresser son pénis, de le sucer, et de l'emmener au septième ciel.

Peut-être pas aussi loin. Il conduit, après tout.

Sans préambule, je détache ma ceinture et me penche en travers de la console pour déboutonner son jean. Sa verge dure comme l'acier bondit dans ma paume. Elle est si dure que ma poitrine frissonne d'anticipation.

– Tu n'es pas obligée, Devi, gémit Logan.

– J'en ai envie. (Ou plutôt : c'est de la gourmandise.) Je ne vais pas te laisser comme ça. (Ou plutôt : je ne vais pas rester comme ça.)

– Ne t'en fais pas pour moi.

Pendant que je me débats avec sa braguette, il me repousse gentiment.

Je redresse le dos. D'abord surprise, je suis rapidement déconcertée. Je le dévisage sans y croire. En un petit coup d'œil, il lit en moi.

– Je pense que cet épisode aura plus d'impact si ça reste à sens unique, cette fois. Tu sais, ça rend l'acte plus romantique. C'est mieux. Pour la série.

– Je vois. La série.

La déception resurgit, mais alors que je regarde Logan, je comprends – il est aussi confus que moi. C'est imprimé sur son visage. L'envie aussi. Et son trouble. Il est plus noble qu'il ne le croit.

Il est possible que j'imagine tout, que je vois des choses qui n'existent pas. Mais la caméra est éteinte. Son expression est sincère, et je la connais bien.

C'est la même que j'ai vue dans le miroir en mepréparant ce soir.

Je m'adosse dans mon siège, et accoudée à la portière, je me mordille une phalange en analysant le mécontentement qui s'immisce au fond de moi. Oui, il me plaît bien. C'est évident. Mais lui, que ressent-il ? Pourquoi me repousse-t-il alors que son corps, son attitude crient son désir ?

Ça vient de moi ? De mon âge ? Est-il toujours amoureux de son ex ? Le métier l'aurait-il rendu blasé ?

En vérité, je ne le connais pas assez pour avancer un début de réponse. Et malgré l'alchimie bien réelle, l'accès est fermé. Peu importe ce qu'il révèle devant la caméra, il m'interdit d'entrer dans sa vie privée.

– « Prédestinés », dis-je en brisant le long silence. Ce serait un bon titre pour la série.

– « Prédestinés » ?

– Oui.

– C'est un bon titre. J'aime bien.

Je devine pourquoi il accepte aussi facilement. Il sait aussi bien que moi que ce titre nous décrit parfaitement – deux amants qui ne se croient pas prêts à être ensemble mais qui se retrouvent certains soirs.

10

En arrivant chez elle, Devi est silencieuse, et je ne sais pas quoi dire. Je ne sais même pas si je *peux* dire quoi que ce soit parce que j'ai encore une érection d'enfer. Et à chaque respiration, je sens son odeur. Elle subsiste partout – sur mes mains, ses cuisses, mes lèvres – et me rend dingue. Quand ses mains ont ouvert impatiemment ma braguette, j'ai bien failli jouir. Je suis peut-être réputé pour mon sang-froid, et mes scènes en jouent, mais avec Devi, je perds mes moyens. Je n'ai aucune patience, aucune retenue, et la lécher sur le capot de la Mustang m'a déjà plongé dans un état intolérable. (Quel homme n'a pas ce fantasme à un moment ou à un autre – une belle jeune femme, jambes écartées sur le capot d'une voiture racée, la vulve exposée, sa chevelure ébouriffée qui retombe en cascade sur le métal ?)

Et le fait d'avoir été surpris en pleine action n'a pas arrangé les choses. Mon esprit a été emporté dans un tourbillon de fantasmes dépravés – regarder Devi essayer de « convaincre » les policiers de nous laisser partir, d'abord avec sa bouche, ensuite avec son sexe, le genre de fantasmes que je ne confierais à personne d'autre. Et ensuite, sur l'autoroute, elle s'est fiévreusement emparée de mon sexe, et j'espère que Dieu a vu quel galant homme j'ai été parce que de toute ma vie, je n'ai rien fait de plus difficile.

Hormis maintenant, alors que je lui dis au revoir devant chez elle. Je tremblote de désespoir et je vois bien qu'elle est un peu vexée. Et merde. Pourquoi l'ai-je repoussée ?

Je crois sincèrement que c'était mieux pour la série. Je le pense, et j'aimerais aussi planifier un autre cadre pour une pipe. Mieux que l'intérieur de ma bagnole (même si c'est la meilleure du monde.)

Mais ce n'est pas la vraie raison. Et la vraie raison est si fragile, même pour moi, que je n'essaie même pas de lui expliquer. Parce que pendant cette demi-heure sur mon capot, à la faire jouir avec ma langue jusqu'à plus soif, pendant qu'elle racontait ses fables perses et grecques de sa voix essoufflée et hésitante, ce sentiment d'*immensité* était là, et il était enivrant. Il est venu alors que ma bouche savourait sa peau satinée, que ses mots se perdaient dans le désert, et c'était plus puissant que tout. Plus que ma première scène, mes films préférés, et mes idées artistiques les plus élaborées.

Non, ça dépassait tout. C'était si puissant et élémentaire que je le sentais traverser mon corps, couler dans le sol rocailleux sous mes pieds, puis s'évaporer dans le ciel scintillant. Et le mot s'est dissous en magie pure et céleste.

Étincelant.

Atomique.

Sacré.

Puis le mot s'est reformé, de nouveau normal mais encore chargé du souvenir de notre féérie. Et nous avons foncé dans la nuit, riant de l'avoir échappé belle.

Alors pourquoi l'ai-je repoussée ?

Parce que je ne supportais pas qu'une expérience d'un érotisme presque intolérable, d'une perfection indélébile, soit rappelée à la réalité par une action basse et banale, comme l'obliger à me faire jouir avec sa bouche dans ma voiture. Bon, j'étais bien conscient que je ne la forçais pas, qu'elle aurait été heureuse de le faire, mais j'aurais fini par associer les étoiles aux coups de langue. Et ça aurait été dommage.

J'ai fait le bon choix, je le sais, même pendant qu'elle rassemble ses affaires et détache sa ceinture.

– Je t'accompagne, dis-je soudain.

– D'accord.

Sa voix ne la trahit pas, et c'est une des particularités que j'ai apprise à son sujet ces dernières semaines. Elle peut être tellement amicale, directe, adorablement jeune qu'on est tenté de croire qu'on peut lire en elle comme dans un livre ouvert. Mais c'est seulement vrai quand elle le veut bien, et parfois, elle est aussi énigmatique que les étoiles. Plus Reine Cassiopée que Laylà.

Nous sortons et je lui emboîte le pas dans l'allée, jusqu'à sa porte. Pendant qu'elle la déverrouille, le souvenir de notre premier grand baiser, à ce même endroit, me revient. Je me demande ce qu'elle en a gardé. Elle en avait envie, je le sais, tout comme elle voulait réellement me sucer dans la voiture. Devi est une fille moderne et libérée. Elle aime le sexe, et elle aime m'avoir en ami. Et à plusieurs reprises, j'ai cru apercevoir autre chose, les bribes d'une envie plus vaste dans sa voix, dans sa façon de se mordiller la lèvre ou de cligner des yeux en tournant la tête.

Mais je suis sûr que pour elle, ce n'était rien de plus qu'un baiser enflammé. Pas une révélation, comme pour moi.

L'instant passe, et nous montons le vieil escalier en bois. À l'étage, elle ouvre une autre porte. Elle allume la lumière, et une ampoule jaune éclaire un salon douillet empli d'étagères de livres, et dominé par le plus vilain canapé que j'aie jamais vu, une masse informe en velours orange. Un meuble que l'on trouve aussi bien dans le sous-sol d'une vieille tante que dans une boutique chic, hors de prix.

Je m'approche pour l'examiner, mais elle s'éclaircit la voix, comme s'il lui était plus facile de me parler sans me regarder en face. Je me prépare au pire.

– Pourquoi tu ne m'as pas laissé te faire une fellation ? demande-t-elle d'une petite voix.

Bon sang. La seule question que je voulais éviter. Je me retourne vers elle, mon âme de réalisateur saisissant son visage attendrissant et vulnérable devant sa bibliothèque.

– Devi, c'est uniquement pour la série. Pas parce que je ne…

– Foutaises.

Sa voix n'est ni menaçante ni furieuse, seulement neutre comme lorsqu'elle me décrivait les constellations.

J'hésite. Elle penche la tête sur le côté.

Après un long moment, je réponds tout en cherchant comment contourner la vérité sans révéler que je suis profondément, follement, ridiculement sous son charme.

– Je ne voulais pas profiter de toi, Devi. Je trouvais ça rabaissant après ce que nous avons vécu dans le désert.

Elle arque un sourcil, et soudain, je me rends compte que j'ai répondu de travers.

– Avant tout, dit-elle en agitant le doigt avec l'assurance d'une femme affirmée et agacée, je ne vois pas ce que ça a de rabaissant puisque j'ai choisi d'avoir des relations sexuelles avec toi. J'ai fait mon choix–j'ai choisi de me servir de mon corps, que ce soit pour le travail ou pour le plaisir, et ce soir, j'ai *choisi* de te sucer, même si tu ne filmais pas. En qualifiant mon choix de rabaissant, c'est moi que tu rabaisses.

Eh, merde.

– Ce n'est pas du tout ce que je veux dire. Je voulais juste…

–Et ensuite, reprend-elle en m'ignorant, j'ai l'impression que tu dresses des barrières entre nous, et je ne comprends pas pourquoi. Logan, ton corps n'est pas une machine, et ce n'est pas ce que j'attends de toi. Je ne m'attends pas à ce que tu te fermes dès que tu éteins la caméra. Tu es un être humain, tu as des envies, même après une scène. Évidemment, tu ne veux pas profiter des femmes, et bien sûr, tu n'es pas du genre à coucher avec les actrices en dehors des plateaux. C'est une des choses que j'apprécie le plus chez toi.

Je ne sais plus quoi dire tant je suis désorienté et reconnaissant qu'elle ait remarqué tout ça, mais je sais aussi qu'elle n'a pas entièrement vidé son sac, et que je suis loin d'être tiré d'affaires.

Elle fait un pas vers moi.

– Mais Logan, je te l'ai *proposé*. Parce que j'en avais envie. C'était une envie et un choix. Tu ne m'aurais ni manipulée ni forcée. S'il te plaît… avec le temps… ouvre-toi davantage. Je suis ton amie et je crois que je… (Sa voix se brise, elle déglutit et évite mon regard.). Tu m'excites tellement, tout le temps.

Ma queue me fait mal et mon cœur s'emballe, même si j'ai remarqué qu'elle a changé de cap à la dernière seconde.

Pourquoi ce revirement ? Qu'allait-elle dire ? Peut-être qu'elle est amoureuse de moi ? Qu'elle éprouve des sentiments ?

Comment réagirais-je ?

La réponse me vient immédiatement aux lèvres : *Moi aussi !*

Son soupir me détourne de mes réflexions. Un soupir qui me rappelle ses petits bruits sur le capot de ma voiture. J'ai un déclic.

– Assieds-toi sur le canapé.

Ma voix autoritaire résonne un peu trop fort dans l'espace exigu et surchauffé. Au fond de moi, une petite voix se demande si je ne suis pas allé trop loin.

Mais elle obtempère.

– Au bord, dis-je en me rapprochant.

Elle obéit, et j'écarte largement ses jambes d'un coup de pied. Sa jupe, en remontant sur ses cuisses, expose son sexe.

Elle lève vers moi ses yeux dorés au moment où je retrouve son odeur. Le sang afflue dans mon cou, mes poignets et mon bas-ventre, et soudain, tout est clair.

Je n'en pince pas pour elle. Je suis véritablement et profondément amoureux d'elle. J'ai des sentiments. De vrais sentiments.

À un moment ou un autre, mon béguin, douce obsession, s'est changé en une envie de vivre avec elle, et je ne sais pas quoi faire de ça, ni ce que Devi ferait si elle l'apprenait. Je l'attire visiblement, mais ça n'a rien à voir avec une histoire d'amour, en particulier dans notre métier. C'est trop tôt pour que je ressente ça, et ce ne serait pas bon d'aborder le sujet en plein projet. Et honnêtement, j'ai peur. Je suis même très effrayé parce que la dernière fois que j'ai éprouvé des sentiments aussi forts, j'ai perdu mon chien, mon cœur et ma sobriété d'un seul coup.

Mais je ne peux pas l'ignorer, et je ne peux clairement pas le cacher à Devi. Non pas que j'en aie envie. Il y a forcément un juste milieu, non ? Entre faire semblant du contraire et la demander en mariage ?

Je m'agenouille entre ses cuisses, et remarque qu'elle tremblote.

– Je t'excite tout le temps ? Eh bien, c'est pire pour moi. Le besoin de te toucher et de te savourer me rend misérable. Je ne pense qu'à ça. *Tu* m'obsèdes. (Je la regarde dans les yeux.) Tu dois me dire si ça te met mal à l'aise. Parce que je ne pense pas à toi, je ne te désire pas comme un acteur pense à sa partenaire et la désire. Ce n'est pas comme ça entre deux amis.

Je tiens ses chevilles, surtout pour éviter de toucher d'autres zones plus intéressantes le temps qu'elle réponde. Elle déglutit, et son pouls bat dans sa gorge.

– Tu comprends ce que j'essaie de te dire ? reprends-je avec hésitation.

– Oui, murmure-t-elle.

– Ça ne te dérange pas ?

Un silence, puis elle fait non de la tête.

Ce n'est pas la réaction enthousiaste que j'espérais, mais à quoi je m'attendais ? Même en me gardant de céder à mes élans romantiques, c'est une immense révélation pour une fille d'apprendre qu'elle hante mes pensées. Je m'apprête à me redresser mais elle pose la main sur mon épaule. Elle remonte vers ma gorge, et son pouce caresse ma pomme d'Adam.

À mon tour, je frissonne.

– Je suis désolée, chuchote-t-elle, tu m'as prise de court. Ce que je veux dire, c'est qu'en vérité, moi aussi… tu m'obsèdes.

J'ai l'impression que ma poitrine va exploser.

– Vraiment ?

Elle sourit.

– Vraiment.

– Mais tu comprends aussi pourquoi je préfère retenir une partie de… je ne sais pas comment l'appeler… et la garder pour la série ?

Elle hoche la tête, mais son sourire s'évanouit.

– Je comprends. Ça doit paraître réel.

– Ça l'est. Cette ferveur entre nous, ce n'est pas anodin, Cass, et si nous sommes habiles, tous ceux qui nous regarderont la ressentiront.

– J'ai compris.

Mais je sens une retenue dans sa voix, et je ne sais pas comment y remédier. Je ne peux que m'en tenir à mon plan d'origine et plonger mon visage entre ses cuisses.

Un petit bruit s'échappe de ses lèvres – autant un gémissement qu'un soupir – et j'y vais doucement, conscient qu'elle doit être ultra-sensible après avoir joui plusieurs fois dans le désert. Je donne des coups de langue lents et réguliers, survole son clitoris et son plaisir monte progressivement, inexorablement. Elle se tortille, les mains dans mes cheveux, et tire fort. Et lorsqu'elle jouit, elle crie mon nom. Je manque d'oublier mes résolutions et de la pénétrer sur-le-champ.

– J'avais juste besoin de te goûter une dernière fois avant de rentrer chez moi, dis-je en me redressant, et en m'essuyant la bouche.

– J'aime ça, marmonne-t-elle d'une voix ensuquée. J'aime le faire hors caméra… comme si tu me désirais.

– Mon Dieu, je peux te prouver que je te désire à chaque instant, si tu veux. Mais ce soir, je suis heureux avec ton goût sur ma langue.

Elle se laisse retomber dans le canapé avec un rire las.

– Ressers-toi autant que tu veux.

– Je vais te prendre au mot, Cass.

Plus tard dans la soirée, pendant que je me déshabille, je découvre sa petite culotte dans ma poche – rose, en soie, tout droit sortie d'un fantasme d'ado. Enfin, je peux soulager mes tensions, caressant mon sexe négligé avec la soie, et libérant d'épais filets de semence. Je filme toute la scène avec mon téléphone, et l'envoie à Devi.

Je t'avais bien dit que tu m'obsédais, lui écris-je juste après.

Peux pas écrire, doigts occupés, répond-elle au bout de plusieurs minutes. Je m'endors en l'imaginant se masturber devant une vidéo de moi me branlant dans son slip, et peut-être que mon cœur dépravé d'acteur porno n'a jamais été plus heureux.

***

Je n'arrête pas de fredonner. C'est problématique apparemment, du moins pour Tanner qui se plaint de devoir mixer des chantonnements. Je fredonne entre deux prises, en montant les scènes, en décapsulant une bière pour Tanner à la fin de la journée.

– Tout va bien, mec ? demande-t-il en buvant une gorgée.

C'est mercredi ; ça fait quatre jours que je me suis immiscé entre les cuisses de Devi et lui ai avoué mes sentiments. Nous échangeons des messages quotidiennement, principalement des plaisanteries et des potins du milieu, mais le soir, notre conversation devient obscène, alimentée par des selfies et des vidéos de nous nus, nous masturbant devant les images en question, et ça continue jusqu'à ce que nous nous endormions. J'ai importé les selfies, SMS et vidéos pour les intégrer à la série « Prédestinés » (Vida et Marieke raffolent du titre proposé par Devi). Tout cela avec la permission de Devi, bien sûr.

Mais alors que j'intègre nos messages, j'ai l'impression que nous nous rapprochons doucement de cette zone complexe où les règles ne s'appliquent plus : ce qui se passe entre nous ne fait plus partie du scénario et se déroule essentiellement hors caméra. Nous dérapons, quittons la route au ralenti, et je n'ai qu'une envie, mettre la gomme et foncer droit sur ce chemin exaltant, ensemble.

C'est pourquoi je meurs d'envie de la revoir mais un tournage m'a retenu plus longtemps que prévu à Las Vegas. Et ce soir, elle doit travailler. Mais demain, je vais enfin la revoir, et j'ai l'impression qu'on a injecté du bonheur pur dans mes veines. Même en cet instant, alors qu'agenouillé, je nettoie mon canapé en cuir sur lequel j'ai tourné ce matin.

– Plus que ça, mon pote, dis-je à Tanner. Je vais merveilleusement bien. Formidable…

– Tu te drogues ? Je ne t'ai jamais vu aussi… joyeux.

– Si je suis défoncé, c'est à la vie, dis-je avec autant de dignité que possible tout en frottant le sperme sur mes coussins.– C'est cette fille ? Devi ?

Penser à Devi me propulse dans un tourbillon de dépravation affectueuse. J'ai envie de lui faire tout ce qu'il y a de plus indécent, mais aussi de lui présenter mes parents. Est-ce normal ? Est-ce ainsi que fonctionnent les couples normaux ? Puis-je parler de couple après quelques confessions ?

– Je vais plutôt te poser une vraie question, dit Tanner, en posant sa bière, et en venant me donner un nouveau rouleau d'essuie-tout. Je ne couche pas avec des filles pour de l'argent, alors je ne sais pas comment ça se passe – mais ça ne te fait pas bizarre de sauter d'autres filles alors qu'elle te plaît ?

Sa question me perturbe. Elle creuse jusqu'au fond de moi, de ma honte, et rejoint toutes celles que j'esquive ces dernières semaines. Comme tous les hommes, je suis doué pour compartimenter mais je ne suis pas un salopard aux sentiments mièvres, et je mentirais si je prétendais qu'elle ne me dérange pas. – Je ne sais pas, dis-je sans savoir par où commencer.

J'arrête de frotter le canapé et m'assois sur mes talons.

– Le sexe, ce n'est pas de l'amour, Tanner. Ce n'est même pas une question d'affection. Je respecte les filles avec qui je couche, et j'aime le faire, mais je n'ai pas toujours envie de passer du temps avec elles, après le tournage ou le lendemain matin, quand je me réveille à leurs côtés. De la même façon que je n'ai pas moins envie d'un vrai dîner parce que j'ai mangé un bon sandwich pour le déjeuner.

– Mais le sexe n'est pas de la nourriture, objecte Tanner. Ce n'est pas comme soulager une démangeaison ou faire une sieste. Ce n'est pas purement physique, et même toi, tu ne peux pas le nier.

Je soupire. Il a raison.

– Je sais. Mais ce n'est pas la première fois que je tombe amoureux depuis que je suis dans le porno. Même *elle* (nous savons tous deux que je fais allusion de Mademoiselle Voldemort) n'était pas ma première petite amie dans la profession. Maintenant je sais comment m'y prendre. Les limites doivent être très claires, et il faut réserver certaines choses pour le couple.

Il paraît dubitatif.

– Pour la plupart des couples, ne coucher avec personne d'autre est une limite, tu sais. C'est même assez commun.

– C'est ce que je dis. Dans le porno, c'est différent. Nous ne sommes pas comme tout le monde. À un certain niveau, tu ne crois pas que nous sommes plus évolués parce que nous arrivons à séparer le sexe de l'amour ? Tu ne trouves pas ça noble ? De pouvoir avoir autant de partenaires tout en réservant son cœur pour une autre ?

Il n'est toujours pas convaincu.

– D'accord. Oui, c'est étrange, dois-je concéder. Et je ne pense qu'à Devi, alors ça m'a fait tout drôle de baiser Candi et Ang aujourd'hui, et Jen et Nina hier à Vegas mais d'un autre côté, c'est mon boulot. Je ne peux pas abandonner mon travail dès que je rencontre une fille qui me plaît. Et j'aime mon métier. Mes sentiments pour Devi n'y changent rien, et je ne m'attends pas à ce que ses sentiments pour moi influencent sa carrière.

– Si tu le dis, fait Tanner en allant jeter sa bouteille vide à la poubelle. Je pense seulement que je n'aurais jamais envie de toucher une autre fille si j'étais amoureux.

– C'est très galant, dis-je sans moquerie.

Je le pense. Je l'admire parce que malgré mon cœur tendre et enflammé, malgré mon fantasme d'aimer et d'être aimé, je sais aussi que tant que mon métier consistera à coucher avec des femmes, je serai heureux de l'exercer. Peut-être avec des émotions mitigées, mais sans regrets. Je sais que je n'aurai jamais de problèmes d'érection sous prétexte que mon cœur est pris.

Seulement, je ne crois pas que mon cœur et ma queue doivent marcher ensemble, ou pas en permanence.

Je crois que tu te connais bien, Logan, dit il en récupérant ses clés et son téléphone sur le comptoir de la cuisine. Je suis sûr que tu sais ce que tu fais. Mais Devi? Crois-tu qu'elle partage ton point de vue? Que ça ne la dérange pas que tu baises à tout bout de champ?

– Évidemment, c'est une pro! Et je te garantis qu'elle n'arrêtera pas de baiser avec d'autres, elle non plus. J'ai même la preuve qu'elle essaie de mettre un pied dans le hardcore en ce moment.

Tanner hausse les épaules.

– Très bien, l'ami. Si tu le dis. On se voit vendredi?

– Oui. Viens à l'heure que tu veux. Nous ne tournons pas, et je passerai la journée en montage.

– N'oublie pas de publier les photos de Candi et Ang que tu as prises aujourd'hui.

– Ai-je déjà oublié d'alimenter les réseaux sociaux?

Il rit.

– C'est bon, tu as raison. Mais tu dois faire ta pub de temps en temps, tu sais. Parler de ton déjeuner ou de tout ce que tu grignotes ne suffit pas.

– Oui, oui, je sais.

Il sort en me saluant d'un geste. Je me jette sur le canapé désinfecté, et prends mon téléphone pour poster les photos sur Instagram et Twitter. J'ajoute une petite accroche bien sentie, même si le film ne sera pas en ligne avant la semaine prochaine. Ensuite, sur un coup de tête, je vérifie le compte Twitter de Devi. Nous nous suivons l'un l'autre, mais elle publie peu… son dernier tweet date du mois dernier, et c'est un selfie pris dans un magasin d'accessoires de San Francisco, sur lequel elle fait un gros clin d'œil à un godemiché géant. Sans hashtag ni légende. Sur Instagram, son fil d'actualité est aussi clairsemé. Quelques photos de la plage ou du désert, sans aucun commentaire.

Je m'interroge sur son état d'esprit au moment où elle a mis ces images en ligne. Comment se sentait-elle après nos moments d'intimité ? J'ignore tout de sa vie intérieure. Je ne sais pas si elle se sentait seule, alors qu'elle admirait ce coucher de soleil sur l'océan, ou bien dans sa peau. Je ne sais pas si sa faible présence en ligne est un signe de timidité, ou si elle oublie de partager publiquement ces instants parce qu'elle les vit à fond.

Je scrute longuement son selfie, ses cheveux en cascade sur ses épaules, sa bouche entrouverte de manière joueuse. Et soudain, mon torse se serre et mon esprit est inondé d'incertitudes et d'interrogations, et je renfonce mon téléphone dans ma poche.

J'aurais préféré que Tanner ne me pose pas toutes ces questions, car je me rends bien compte qu'elles s'imposent. J'ai évité d'y penser, rangeant Devi dans une boîte à part pendant que je tournais mes scènes habituelles, que je murmurais des phrases immorales à l'oreille d'autres femmes, que j'éjaculais sur elles et en elles, que je rédigeais les monologues qu'elles m'inspiraient.

Mais c'est plus compliqué que ça. La boîte dans laquelle j'ai enfermé Devi et « Prédestinés » est poreuse. Elle imprègne tout le reste, créant des scénarios confus dans lesquels je fantasme de Devi pendant que j'en baise une autre, sans être moins excité et absorbé par toutes mes partenaires. Est-ce important d'être capable de désirer si entièrement, si fortement une fille mais de pouvoir en même temps m'immerger dans le sexe avec d'autres sans en rater une miette ? Si le porno n'était pas mon métier, je serais monogame, c'est certain. Mais c'est mon métier, alors qu'est-ce que je deviens ? Je me lève, déterminé à ne plus y penser. Je ne sais même pas si Devi a des sentiments pour moi ; je ne sais pas si elle voudra de moi après « Prédestinés ». Pour l'instant, je sais seulement que nous avons très envie de batifoler ensemble et que, peut-être, cette entente dépasse le cadre amical. Nous n'en sommes pas encore à penser au futur.

Même si je n'ai pas envie de penser à autre chose.

Mon Dieu, elle serait bien chez moi. Dormir dans mon lit, nager dans ma piscine. Partager ma vie…

Mais non. J'arrête de penser à ça. Pour ce que j'en sais, je ne fais que m'exposer à une peine de cœur.

Mon téléphone retentit, et je le ressors de ma poche en espérant que ce soit elle. Et je pousse un immense soupir en voyant que c'est ma mère.

Comme un bon fils, je décroche.

– Bonjour, maman.

– Bonjour, trésor. Tu n'es pas… occupé ?

Je souris malgré moi. Globalement, mes parents ont toujours soutenu mes choix professionnels – pas avec le même enthousiasme que les parents de Devi – mais ça va. Par contre, ni l'un ni l'autre ne nomme explicitement mes activités. Les mots *porno, sexe, film,* et même la lettre X, ne sont jamais prononcés lors des repas de famille.

– Non, je ne suis pas au travail.

– Tant mieux, s'empresse-t-elle de répondre, j'ai besoin de te parler. Ton père et moi vendons la maison.

– Pourquoi ? dis-je, intrigué.

– Ton père a eu une proposition de travail près de Portland, et il l'a acceptée. Nous n'avons jamais choisi de passer notre vie en Californie, tu sais. Nous envisagions plutôt de retourner à Boston, mais il a eu cette offre et nous avons toujours aimé l'Oregon.Je fronce les sourcils.

– Mais…

– Mais quoi, trésor ?

– J'aime bien vous avoir dans le coin. Comment je vais faire quand j'aurai envie de revoir ma vieille XBox ? Ou mon ordinateur de lycéen ?

Elle rit.

– Bien sûr, tu as le temps de venir faire le tri dans tes affaires. Au fait, Phil, le voisin, a dit que son petit-fils a le bon âge pour ton vieil ensemble de jeu, la guitare en plastique, la batterie et tout ça.Je me pince le nez.

– *Rock Band*, maman. Ça s'appelle *Rock Band*.

– Peu importe, j'ai tout donné à Phil. Tout ça doit remonter à plus de dix ans. À l'échelle de la technologie, ça doit faire dix mille ans, non ?

– Oui, mais quand même ! Je n'aime pas trop ça… donner des affaires, déménager. Et que vais-je faire pour Thanksgiving maintenant ? Je ne vais pas me cuisiner une dinde pour moi tout seul !

– Tu peux réserver un billet d'avion pour Portland, ou accepter que tu as presque trente ans et que ton père et moi avons une vie, et que nous ne sommes pas à ta disposition pour te préparer la dinde.

– Sans doute.

– Notre déménagement te bouleverse réellement ?

Je réfléchis un instant, marchant lentement vers la baie vitrée du salon qui ouvre sur ma piscine bleue scintillante.

– Non, mais vous allez me manquer, dis-je sincèrement.

Je sais. C'est nul et pas masculin pour deux sous. Mais j'aime mes parents, et je dîne avec eux une fois par mois minimum. De plus, j'imagine que je n'ai jamais pensé à mon enfance comme un passage éphémère – ni que mon premier repère géographique puisse changer si subitement.

En outre, ma mère a tout à fait raison. Je suis adulte, et je déteste qu'on me le rappelle. Sinon je commence à me poser des questions auxquelles je n'ai pas les réponses. Par exemple, que vais-je faire de ma vie ? Vais-je poursuivre mes rêves de cinéma ? Aurai-je un jour des grands enfants qui geindront à propos de leur *Rock Band* ?

– Tu vas nous manquer aussi, m'assure ma mère. Je t'appellerai en fin de semaine pour fixer le jour où tu viendras trier tes affaires. D'accord ?

Je décide de ranger le déménagement de mes parents dans une autre boîte imaginaire. J'analyserai plus tard mes sentiments.

– Très bien, maman. Je t'embrasse.

– Je t'embrasse, mon chéri. Au revoir.

À l'instant où elle raccroche, j'entends d'étranges cliquètements, comme les griffes d'un chien sur le parquet. Ce son est aussi familier que le vrombissement de la machine à laver ou le bourdonnement de la circulation. Par habitude, je m'accroupis et me tapote la jambe. Prior cale sa main dans ma tête en poussant des petits jappements efféminés de joie.

Et alors que je caresse son pelage gris et sa tête blonde, je réalise que Prior est vraiment là.

Mon ex-chien.

Celui que Mademoiselle Voldemort a emmené.

Ici, chez moi.

Je lève les yeux vers l'entrée, sachant déjà à quoi m'attendre. Et ça m'ennuie de l'admettre mais elle est plus sublime que jamais. Sa peau blanche accentuée par un crop top rouge et une jupe en tulle jaune, ses cheveux bruns attachés en chignon bun sur le sommet de son crâne. Comme toujours, elle est la New-Yorkaise type, à la pointe de la mode, cent pour cent inaccessible. À une époque, elle me donnait l'impression d'être l'homme le plus chanceux du monde.

– Salut, Raven, dis-je en prenant le yorkshire dans mes bras avant de me redresser.

– Salut, Logan.

Ce sont les premiers mots que nous échangeons depuis son départ.

Elle avance dans la lumière, et je vois clairement son visage. Délicat, presque slave. Des lèvres rouge sang. Des yeux bordés de noir charbon.

– Tu es entrée comme ça ?

– J'ai gardé la clé, dit-elle sur un ton guindé. Et je me suis dit que le moment était venu d'avoir une conversation. Après tout, tu n'es pas venu me trouver après avoir maté ma partouze chez Vida.

Droit de propriété, manipulation et une dose de culpabilité, le tout en trois phrases.

Yep, c'est bien elle.

– Qu'est-ce qu'il y a à dire, Raven ?

Je m'exhorte à poser le chien pour le reconduire vers la sortie. Sauf que je n'arrive pas à le lâcher parce qu'il m'a trop manqué. Je parie que Raven le sait, et qu'elle l'a amené dans le seul but de me déstabiliser.

Elle fait un pas vers moi.

– Ne fais pas semblant, Logan. Nous savons tous les deux que tu n'as jamais été un grand comédien.

Elle attaque fort.

– Je n'ai jamais prétendu être un bon acteur, dis-je le plus agréablement possible, alors que je serre les dents.

– C'est vrai. Tu voulais être Logan O'Toole, *auteur d'œuvres érotiques*. C'est bien ça ?

Rappelle-moi de quoi tu veux discuter ? dis-je, glissant un regard vers la porte à la recherche d'un moyen de la chasser. Parce que si tu es venue dans l'unique but de me rabaisser, autant que tu t'en ailles.

Raven baisse les yeux, frottant l'arrière de son mollet droit avec son orteil gauche engoncé dans une bottine luxueuse qui tient à la fois de la haute couture que d'une boutique d'accessoires bon marché.

– Je ne suis pas venue pour te rabaisser, se défend-elle après un moment. Je suis désolée. J'imagine que je suis sur la défensive parce que… bon, tu sais pourquoi.

Un silence s'ensuit. Si c'est sa façon de s'excuser, sa ruse pour me faire perdre mon temps et mon énergie, ce n'est pas suffisant.

– Je crois que je sais pourquoi, Raven. Tu m'as quitté. Tu ne m'en as pas parlé, tu n'as laissé ni lettre ni message sur le répondeur. Tu es partie comme ça. Je ne pouvais même pas donner la raison de notre rupture aux gens, parce que tu as décidé seule. Tu m'as brisé le cœur, tu as failli briser ma carrière, et tu m'as clairement perturbé, au moins temporairement. (Prior me lèche le cou.) Ah oui, et tu as aussi emmené mon chien. Et tout ça pour aller te balader en Europe et coucher avec un Italien ?

– Ce n'est pas aussi simple, proteste-t-elle. Et ce n'était pas facile du tout. Tu crois qu'un matin, je me suis réveillée en me disant que j'allais tourner la page sur trois années de ma vie pour trouver quelqu'un qui sache lire le menu des pizzerias ? Te quitter a été la décision la plus difficile de toute mon existence. Et je pensais qu'il valait mieux partir d'un coup.

– Eh bien, je suis ravi que tu aies pris la meilleure décision pour *toi*, dis-je amèrement.

Raven lève les mains.

– Tu détournes mes propos. Je voulais juste dire que si j'avais essayé d'en parler avec toi, si j'étais restée ici plus longtemps, dans ton lit, j'aurais fini par rester tout court.– Et en quoi aurait-ce été si horrible ?

Ma voix est brisée et faible, un murmure sur un lit de mort, et je m'en veux. Je ne veux pas lui laisser entrevoir ma vulnérabilité. Elle ne mérite pas de savoir qu'elle m'a démoli. Mais son visage change. Il n'exprime pas de la pitié – j'aurais probablement fait flamber ma maison à la moindre marque de pitié de sa part – mais elle semble m'implorer.

– Logan. Essaie de comprendre. J'ai dû partir pour préserver ma santé mentale, ma propre *vie*. Partout où nous allions, j'étais ta petite amie. Tous ceux qui travaillent dans le milieu, sur tous les tournages… même mes scènes en *solo* ! Je n'étais pas Raven Fleur, j'étais la poupée de Logan O'Toole. Des rumeurs ont circulé. On racontait que c'était seulement grâce à toi qu'on me faisait bosser, que je ne serais pas capable de travailler si nous étions séparés. J'ai commencé à y croire. Je travaille dans le porno depuis que j'ai dix-sept ans, et pour la première fois en douze ans, je doutais de chacune de mes décisions. Je ne savais plus qui était Raven, ce qu'elle aimait faire, parce que tout était éclipsé par notre… (D'un geste de la main, elle m'englobe avec le canapé tout propre derrière moi.). Juste toi. Pas seulement tes affaires. Ça, j'aurais pu le supporter. Mais ta vision du métier. Ce que tu es, toi. Tu ne me laissais aucun espace pour créer mon univers.

Je me mets aussitôt sur la défensive.

– Je ne t'ai jamais, jamais, dit quels boulots ou quelles scènes tu devais accepter. Je ne t'ai jamais forcée à t'impliquer dans les films O'Toole. Et je n'aurais sûrement jamais…

– Logan, m'interrompt-elle. Tu n'as jamais eu à obliger qui que ce soit dans ta vie. Tu ne comprends donc rien ?

Les gens se mettent en quatre pour te satisfaire. Tu réponds à un tweet, tu souris dans une soirée, et tu te fais des amis pour la vie. Et moi ? (Elle sourit tristement.) J'étais tellement prête à tout pour tes sourires, pour faire partie de ce petit cercle restreint, que je me sacrifiais d'avance.

– Tu aurais dû m'en parler !

– Pour dire quoi ? Exactement ce que je viens de dire, et tu m'aurais répondu la même chose, pour qu'après je me sente rassurée et ignorée ? Ou pire, prête à retourner volontairement dans ma prison intérieure ?

Je lui tourne le dos, et vais me poster devant la baie vitrée. Je suis trop furieux et trop blessé pour avoir les idées claires, même si je reconnais des bribes de vérité dans ses propos. Il peut m'arriver d'être un peu monomaniaque avec mes projets, et j'ai effectivement l'habitude de vouloir que mes proches s'investissent dans tout ce qui compte pour moi. Et peut-être que si j'avais été un compagnon plus attentif, j'aurais remarqué que Raven se sentait brimée dans notre duo créatif même si notre vie de couple était sans heurts.

Mais cela n'excuse pas sa lâcheté. Ni son infidélité.

– Tu as fait bien plus qu'essayer de renouveler ta carrière quand tu es partie. Tu n'as même pas eu la politesse de me dire au revoir. Et ne parlons pas de l'Italien.

Elle s'éclaircit la voix, et je réalise qu'elle se tient derrière moi.

– Je n'aurais pas dû. Luca et moi… nous nous fréquentions depuis un moment quand je suis parti.

Je le sais. Je le savais depuis des mois. Alors pourquoi son aveu m'enrage autant ? Ce devrait être de l'histoire ancienne, et de plus, il lui a fallu un certain courage pour l'admettre. Elle n'a jamais aimé admettre ses erreurs.

Dès que je retrouve assez d'assurance, je reprends en fixant la piscine.

– Je vous souhaite d'être heureux, Luca et toi. Et je suppose que j'y vois un peu plus clair maintenant, alors je t'en remercie.

– Luca et moi avons rompu, s'empresse-t-elle d'ajouter, avant que j'aie eu le temps de lui demander de s'en aller. Ce n'était pas une vraie histoire, Logan, ça ne l'a jamais été. Il s'est seulement trouvé au bon endroit au bon moment, et il m'a dit tout ce que je voulais entendre.

Je tourne la tête vers elle. Elle est très près de moi à présent, et elle regarde aussi la piscine, une main pressée contre la vitre.

Alors elle le dit.

– Je suis toujours amoureuse de toi. (Elle me regarde dans les yeux.) Je sais que j'ai merdé, mais je suis trop fière pour supplier.

Brièvement, je me souviens pourquoi je l'aimais. Sa beauté franche. Son orgueil et son entêtement.

– Tu ne m'aimes plus. Tu es ici parce que les choses ne se sont pas passées comme tu l'avais prévu. Et je suis la dernière personne avec laquelle tu as été heureuse. Mais quoi que tu cherches, je ne peux rien pour toi. Je suis passé à autre chose.

Elle encaisse sans broncher, et seule sa façon de sucer ses dents du haut montre que mon rejet l'ébranle.

– Tu es passé à autre chose, répète-t-elle. Qui est-ce ?

Devi surgit dans mes pensées, mais je ne vais sûrement pas tenter le diable.

– Il n'y a personne d'autre. Dans ma tête, j'ai tourné la page. C'est du passé, et je regarde vers l'avenir. J'ai un excellent projet en préparation aussi.

– Un nouveau projet ?

Je n'ai aucun intérêt à lui présenter « Prédestinés », mais l'enthousiasme l'emporte.

– C'est un nouveau projet avec Vida et Lelie, le studio hollandais. Une sorte de reality show dans lequel deux personnes tombent amoureuses, mais le sexe est également montré. C'est un pas de plus par rapport à la téléréalité. Et je le tourne avec Devi Dare. Tu te souviens de la fille des *Vrais rencards* ? Elle est superbe. Son corps me fait fondre, et elle est tellement intelligente, j'admire aussi sa façon de penser.

Raven se mâchonne la lèvre.

– Ça a l'air d'être un bon projet.

Je hausse les épaules.

– J'y crois à fond. Ça me prend l'essentiel de mon temps libre.

– Dommage. J'espérais que nous pourrions au moins travailler ensemble pendant que je suis à L.A. ce mois-ci. (Elle lisse sa jupe.) Tu sais, coucher ensemble pour chasser les tensions. Même si nous ne nous remettons pas ensemble, ça serait agréable. Non ?

Elle se rapproche au point que je sens sa respiration sur ma poitrine. Prior couine pour descendre, mais je le retiens fermement.

– Tu n'as pas envie de moi ? chuchote-t-elle d'une voix enjôleuse, faisant cette moue que j'ai remarquée chez Vida. Tu n'es pas assez en colère contre moi au point que ça te soulagerait de me clouer au sol pour me baiser sauvagement ?

Je ne supporte pas qu'elle me connaisse aussi bien, que ça me démange. Mais elle ignore que l'idée de la toucher me répugne désormais.

– Non, Julie, en utilisant sciemment son vrai prénom.

Je préfère éviter.

Est-elle bouche bée parce que je l'ai appelée Julie ou parce que je refuse clairement de travailler et de coucher avec elle ? Peu importe, je continue.

– Je suis désolé si tu te sentais perdue, et je suis désolé que tu n'aies pas eu l'impression de pouvoir me parler. Mais à l'avenir, sache qu'un vague sentiment d'ennui et de spleen n'est pas davantage une raison de tromper son partenaire que dans les films indés et les romans d'amour. Cela n'excuse pas tes actes, et si je vais m'appliquer à te pardonner, je serais idiot d'oublier.

Je dépose Prior dans ses bras. Son ébahissement est lentement remplacé par la fureur.

– Va te faire foutre, siffle-t-elle. Va te faire foutre, D…

Je le sens venir, elle l'a sur le bout de la langue mais je ne l'entends pas. Elle sait prononcer mon vrai prénom avec toute sa grandiloquence ironique mais cela ne change rien.

– Au revoir, Raven.

Elle me lance un regard si enragé que l'acidité me brûle la peau.

Elle sort sans rien ajouter, et après un instant de réflexion, je fouille les placards à la recherche d'une bouteille de whisky. J'ai enfin dit au revoir à Raven. J'ai enfin mis un terme à cette histoire, mais je ne me sens pas satisfait. Je ne suis pas en paix.

J'ai envie de me soûler.

11

Jeudi, le soleil est d'une agressivité typique de l'été californien. J'ouvre un œil, dans un état minable que je mesure à ma bouche pâteuse, à mon estomac mal accroché et à ma migraine lancinante.

J'ai donné une bonne leçon à Raven hier soir. J'ai vidé la moitié de la bouteille de whisky et chanté « Song for the Dumped[3] » de Ben Folds Five à pleins poumons pendant près de deux heures. Ensuite, j'ai dû me baigner tout habillé, si j'en crois les relents chlorés qui m'entourent et mes vêtements humides.

Qu'avons-nous à l'ordre du jour ?

Devi. Nous tournons une scène aujourd'hui.

Je titube vers la salle de bains, où je bois sept verres d'eau et gobe une poignée d'antalgiques sans les compter.

Cass. Il est temps que tu me renvoies l'ascenseur, si tu vois ce que je veux dire. J'ai hâte. Je peux passer chez toi maintenant ?
Je m'examine dans le miroir et grimace. On dirait Deadpool sans son masque.

---

3. « Chanson pour ceux qui se sont fait plaquer »

Avec joie, beauté. J'ai un peu trop fait la bringue hier soir. Je saute dans la douche pour me frotter l'épiderme, mais entre et fais comme chez toi. Il y a une clé sous le pot de succulentes, à côté de la porte.

Pendant qu'elle répond, les trois petits points dansent sur mon écran et j'en profite pour me brosser les dents et chercher une serviette propre.

Mon téléphone vibre.

Pas de jeu de mots avec « succulentes », bizarre.

Je grogne. Elle a raison. Je n'ai pas toute ma tête.

J'ai dû me griller des neurones hier soir. Les plus drôles, sûrement.

Eh ben. Tu as fait quoi ou avec qui ?

Avec Ben Folds et une demi-bouteille de whisky. Pas grave. Viens que je te fasse jouir.

D'accord, Cyrano. Je suis déjà en route.

Je me brosse plusieurs fois les dents sous la douche, me savonne abondamment avec un gant pour chasser les effets de l'alcool.

– Je ne boirai plus jamais, me promets-je en grommelant.

Et j'y crois. En vérité, je n'ai jamais été un gros buveur – je préfère fumer que boire – mais après le départ de Raven, je n'étais pas assez armé pour encaisser. Ma seule arme était l'alcool.

Mais je me sens libéré de Raven, délivré de mes sentiments compliqués envers elle. Je pensais ce que je lui ai dit. Je ne suis plus amoureux d'elle. Et je suis passé à autre chose. En fait, avec le recul, je n'en reviens pas d'avoir été aussi dévasté. Hier, j'ai eu la preuve que nous étions différents, et je suis stupéfait d'avoir cru que notre bonheur pouvait durer.

Propre et alerte, je ferme les robinets de la douche et vais chercher mon uniforme habituel, un tee-shirt et un jean, dans ma chambre. Je me sèche les cheveux avec une serviette, sans les peigner, et me rends au salon. La porte du patio est ouverte, et Devi Dare se trouve près de la piscine. Elle saute dans le bassin, pour être précis.

Entièrement nue.

Je m'approche pour l'appeler, l'informer que je suis prêt, mais je m'immobilise alors qu'elle resurgit à la surface de l'eau, ses cheveux lissés en arrière, et pars en dos crawlé avec aisance. Elle ne sait pas que je suis là, que je la regarde, et elle est détendue, naturelle. Tellement séduisante.

Je me lèche les lèvres en la contemplant, des gouttes d'eau scintillant sur ses seins arrondis, son ventre tendu. L'eau s'est accumulée dans son nombril, soulignant le creux de son ventre svelte et féminin. Sa peau prend une teinte cuivrée dans l'eau bleutée, et ses cheveux forment un nuage de café autour de sa tête.

Elle a les yeux fermés, les mamelons contractés. Je n'ai jamais été aussi excité. Mon sexe tend déjà mon pantalon, mon pouls s'accélère, et je n'ai jamais eu envie d'une femme au point de vouloir m'insinuer lentement en elle, faire fusionner nos âmes.

C'est pourtant ce que je ressens.

Sans bruit, tel un marin qui essaie de ne pas déranger une sirène, je me rapproche de la porte et m'empare de mon téléphone. Je commence à la filmer.

Sa façon de fendre l'eau sans forcer me captive. La grâce, la souplesse de son corps, le net contraste chromatique associé aux apparitions fugaces de son sexe hors de l'eau…

Ce n'est pas porno, je le sais, sinon j'irais chercher ma caméra professionnelle. Mais c'est indéniablement, puissamment et douloureusement érotique ; c'est un désir qui enfle progressivement, un rappel subtil mais insistant de la nature sexuelle de l'homme. C'est le genre d'image qui se loge dans l'esprit avant d'investir le bas-ventre, si dévorante qu'elle est plus difficile que tout à ignorer. Au lycée, mon prof de théâtre aimait parler d'unité, ce point de convergence entre le temps, le lieu et l'action. Eh bien, Devi est mon unité en cet instant. Elle centralise mon corps, mon esprit et mon cœur en un seul point cristallin, unifiant tous les petits bouts disparates de Logan en un seul homme ensorcelé et épris.

Je suis amoureux d'elle.

Je ne sais pas comment c'est arrivé, puisque je peux compter le nombre de moments que nous avons passés ensemble sur les doigts d'une seule main, et je ne sais pas nécessairement pourquoi, puisqu'elle est tellement différente des autres actrices pornos que j'ai fréquentées.

Mais ça n'en est pas moins vrai.

J'arrête ma vidéo privée, la gorge serrée pour aucune autre raison que sa beauté étalée devant mes yeux. J'ai envie de plonger, de la sortir de cette fichue piscine et de lui faire l'amour au soleil. Mais je ne bouge pas, par lâcheté. Parce que je me souviens encore de ce que ça fait d'être abandonné, rejeté par quelqu'un qu'on aime.

Je me racle la gorge. Elle pose les pieds dans le fond du bassin, avec un sourire penaud.

– Désolée, je n'ai pas pu résister.

– Je ne peux pas *te* résister.

Je blague en demi-teinte parce qu'elle sort de la piscine et j'ai du mal à respirer. Elle marche vers moi, l'eau ruisselant sur son corps voluptueux et ferme. Elle semble si décontractée, naturelle avec sa nudité que je me demande si elle est toujours comme ça ou si elle a particulièrement confiance en moi.

J'éprouve une certaine fierté, et un élan affectueux m'assaille en même temps. Je suis déterminé à faire en sorte qu'elle se sente bien avec moi, quel qu'en soit le prix. Même si pour cela je dois dompter mon côté Roméo. Elle n'a pas besoin d'un collègue romantique.

– Tu veux une serviette ?

– Je veux bien.

Je vais en chercher une mais – c'est plus fort que moi – je ne la lui donne pas. Je l'essuie, séchant ses membres avant de me relever pour tamponner son visage.

Elle sourit.

– Service de piscine complet. Ça me plaît.

– Ce n'est pas le seul service inclus. Rentrons.

Sans ramasser ses vêtements, elle me suit, et pendant que je parle, je m'efforce d'étouffer la petite voix qui me crie *elle est presque nue, presque nue, sous la serviette, elle est nue.* Je côtoie des femmes nues tous les jours ; ça ne devrait pas me troubler. Mais avec Devi, cela m'affecte. Pas seulement parce que son corps est délicieux et parfait, mais parce que c'est la première fois que je la vois entièrement nue dans la réalité depuis *Les vrais rencards*, il y a des années.

Par miracle, j'arrive à me dominer – au moins en apparence.

– J'ai prévu un petit quelque chose de spécial pour notre scène de sexe oral. Tu as des choses à faire dans la soirée ou demain matin ?

– Demain ? demande-t-elle en rougissant. Euh, non. Je suis assez libre jusqu'à demain matin.

– Parfait, dis-je en reculant dans ma chambre.

J'en ressors avec un sac plein de babioles – du matériel mais aussi des vêtements, des produits de toilette et un gigantesque sac de couchage qui pendouille sur le côté.

– Il se pourrait qu'on filme la scène tard ce soir. Ça te convient ?

Elle déglutit. Hoche la tête.

– Plus que ça, articule-t-elle.

J'ai envie d'elle, et tout de suite. De voir sa gorge délicate battre quand j'aspirerai son sein dans ma bouche. Cette bouche s'entrouvrir lorsque je la pénétrerai enfin.

Patience, patience. Tout vient à point à qui sait attendre.

***

– Ça m'étonnerait que tu arrives à tout engouffrer, dis-je d'un ton incertain une heure plus tard.

Après que Devi se soit habillée et que j'aie chargé la voiture, j'ai eu envie d'un repas gras pour soigner ma gueule de bois. Je l'ai emmenée dans un bar en périphérie de la ville. Ni embourgeoisée ni chic, cette adresse échappe à l'atmosphère douillette et surfaite des troquets à la mode. J'aime cet endroit sans âme et bon marché. Pas de déjeuners d'avocats, pas de branchés en quête d'authenticité. Chez Russell, on ne sert qu'une seule clientèle : celle qui s'arrange d'un service bourru et des murs bruts pour déguster une bière fraîche et les meilleurs ailerons de poulet de la ville.

Du haut de son innocence, Devi se vante de pouvoir avaler une douzaine d'ailerons à elle seule.

– Tu pourrais commencer par six ? je suggère avec diplomatie.

Elle lève le nez de son menu élimé.

– Je n'en suis pas à mon coup d'essai, mon gars.

– Devi, il n'y a qu'au lit que je donne des ordres. Mais crois-moi, douze, c'est trop.

Elle sourit en coin.

– Tu veux parier de l'argent ?

– J'ai plus intéressant que l'argent en tête.

– Quoi, par exemple ?Ses yeux pétillent.

– Bon, si tu cales, je gagne le droit de t'emmener voir le film d'art et d'essai en VO sous-titrée qui sera à l'affiche.

– Et si je mange tout ?

Je hausse les épaules.

– Je ne sais pas. Qu'est-ce que je n'ai jamais fait ?

Elle réfléchit un instant en fixant le plafond, et en tapotant sa bouche de son long doigt…

… Et c'est comme ça que deux heures plus tard, je me retrouve à marcher vers un petit cabinet de médium de Venice Beach.

Main dans la main, Devi m'entraîne au bout de la promenade.

– Comment as-tu pu douter de mon appétit ? raille-t-elle, son souffle se coinçant dans sa gorge avec sensualité.

Même son ton moqueur est séduisant. Mon Dieu, je suis fou d'elle.

– Tu as l'air en bonne santé. Plutôt du genre à ne manger que des graines de chia et ce genre de trucs.

Elle glousse, le vent soulevant ses cheveux autour de son visage. Elle fait si jeune. Je sais que huit ans de différence, ce n'est pas énorme, mais ça me semble notoire à cet instant.

Pire, c'est excitant.

– Je mange sainement la plupart du temps, admet-elle. Principalement parce que mes parents me déposent souvent à manger. Du kombucha frais ou des restes de chou kale de leur coopérative. Mais une fois ou deux par semaine, je craque pour de la malbouffe. Un triple cheeseburger. Ou douze chicken wings. Il faut bien que j'entretienne mes fesses rebondies.

Elle se tape les fesses d'un air joueur. Je manque de défaillir.

– L'essentiel c'est de trouver l'équilibre. Non ? Une ou deux mauvaises habitudes rendent la vie plus excitante.

– Arrête de parler comme ça, ou je ne vais pas être d'humeur à rencontrer le médium.

Elle rit, et nous arrivons devant la porte ornée de perles de *Madame Psuka, Voyante hors pair.* Des néons en forme de lunes et d'étoiles rivalisent avec le soleil qui inonde la plage.

– Nous avons de la chance, chuchote Devi. Elle passe la moitié de l'année dans le Michigan. Quand elle est à L.A., elle est généralement trop prise par ses clients réguliers pour recevoir quiconque.

– Elle ne pourra peut-être pas nous recevoir ? dis-je en cachant mon soulagement.

Devi indique le panneau dans la vitrine. *Reçois sans rendez-vous.*

– Merde, je grommelle.

Devi me tapote le bras.

– Tu as perdu loyalement. Sois bon joueur.

– Tu ne peux pas croire à tous ces trucs. C'est tellement idiot, et toi, tu as l'esprit tellement… scientifique.

Elle me pousse à l'intérieur de la boutique sombre à l'atmosphère dense. Pendant que mes yeux s'adaptent à l'obscurité, j'entends Devi fourrager dans son grand sac à bandoulière. Le temps que j'y voie clair, elle tient ma caméra. Je la lui ai confiée au cas où nous souhaiterions capturer certains instants pour « Prédestinés ».Elle la met en marche.

– Je crois que ça mérite d'être filmé. On dirait un autre faux rencard ! Des ailes de poulet et maintenant une voyante !

– Tu sais, quand je te l'ai donnée, j'imaginais qu'on se trouverait un coin tranquille pour se rouler des pelles.

Elle me fait taire d'un claquement de langue désapprobateur, et agite la main en direction de l'une des chaises qui encombrent la minuscule salle d'attente.

– Ça sent l'herbe, fais-je remarquer en reniflant. Un gros paquet d'herbe.

Devi sourit largement.

– C'est de la sauge. On en brûle pour purifier un espace de son énergie négative.

– De la purification, ça ? Je crois que c'est un excellent moyen de cacher une odeur de joint. « Non, Monsieur l'agent, je ne fume pas de la marijuana, je purifiais juste l'intérieur de ma voiture de son énergie négative. »

Devi glousse.

– Boombalee ! s'exclame une voix féminine.

Ce n'est ni de l'anglais ni aucune langue de ma connaissance. Est-ce du jargon de médium, une prière ou fait-elle une attaque ? Elle écarte le rideau de perles qui la sépare de la salle d'attente et se précipite vers Devi, les bras tendus.

– Oh, merde, marmonne Devi en me regardant, au bord de la panique. Je suis vraiment désolée.

– Désolée pour quoi ?

Elle ne peut pas répondre, le nez enfoui contre la poitrine de la femme qui l'enlace. La quarantaine bien tassée, ses épais cheveux blond gris tressés simplement, elle est menue mais gracile. Elle porte une jupe longue et une blouse New Age. Je crois qu'il s'agit de la voyante jusqu'à ce qu'elle s'écarte.

– La vache, dis-je.

Quand elle se tourne vers moi en souriant, c'est si flagrant que je me sens idiot de ne pas l'avoir remarqué plus tôt. C'est Devi, la carnation orientale en moins. Les mêmes pommettes hautes, le même menton en pointe, le même visage en forme de cœur, et le même beau sourire.

La mère de Devi.

Je tends la main.

– Logan O'Toole. Enchanté.

– Sue Jones-Daryani. Qu'est-ce qui vous amène chez Madame Psuka ? Et comment se fait-il que je ne t'aie pas vue depuis plus d'une semaine, Boombalee ? Tu m'as manqué.

– Maman, répond Devi embarrassée. J'ai été occupée. Et ne m'appelle pas comme ça en public !

– Boombalee ? Devi, j'ai supporté vingt-sept heures de travail sans péridurale pour te mettre au monde, et quand tu es née, tu as déchiré ma…

Devi est franchement alarmée maintenant.

– Maman ! Tu peux éviter, devant mes collègues ?

– Je voulais seulement dire que je t'appelle comme je veux. (Ses yeux gris se posent sur moi et elle se radoucit.) Enchantée, Logan. Vous faites de la pornographie avec ma fille ?

Je ne peux pas m'empêcher de rire.

– Oui, Madame.

– Ravie de l'entendre. Vous avez une énergie très virile, vous savez. Je sens pulser votre chakra sacré d'ici.

– Hmm… devrais-je le faire vérifier par un docteur ?

Elle me fait taire du même claquement de langue désapprobateur que Devi un peu plus tôt, et passe le bras derrière moi pour poser la main en haut de mes fesses. Devi bougonne comme si elle voulait disparaître. Mortifiée, elle enfouit son visage entre ses mains.

Moi, je passe un excellent moment.

– Madame Jones-Daryani, vous essayez de me séduire ?

Je la taquine alors qu'elle tapote mon chakra pour faire bonne mesure.

– Jeune homme, je n'ai jamais eu besoin de séduire un partenaire sexuel de toute ma vie, et je suis certaine que vous non plus.

Je hausse modestement les épaules.

– Maman, tu veux bien arrêter de tripoter les fesses de Logan ?Sue soupire, comme si sa fille était trop prude.

– Devi, ton chakra sacré est complètement bloqué. Et il se passe quelque chose avec ton chakra du cœur. (Elle fronce les sourcils.) Il te faut un peu de Reiki ou bien tu devrais faire de l'acupuncture avec le docteur Wu. Mais en attendant, je te conseille la méditation ou une vigoureuse partie de jambes en l'air pour débloquer ce chakra.

– Je serais heureux d'aider votre fille, Madame, dis-je avec un grand sourire.

Devi tient toujours son visage entre ses mains.

– Tu n'as pas une conférence de sages-femmes ou un truc comme ça ?

– En fait, ton père et moi avons un cours de yoga Bikram. Je dois y aller. Mais tu dois venir dîner cette semaine. Nous venons de recevoir toute une boîte de racines de manioc de la coopérative et nous ne pourrons pas tout manger à deux.

– D'accord, concède Devi avec l'excitation propre à l'invitation. Je t'appelle.

Sue l'étreint chaleureusement et m'embrasse sur la joue.

– Honorez-la, me murmure-t-elle fermement à l'oreille.

Mais son autorité est adoucie par une caresse affectueuse sur mon chakra sacré. Elle ouvre la porte et sort.

– Je suis vraiment désolée, grommelle Devi en se jetant sur une chaise. Je connais cet endroit parce que ma mère y vient souvent, mais j'ignorais qu'elle serait là aujourd'hui. C'est très embarrassant.

– Pourquoi ?Debout devant elle, je donne un coup de genou dans les siens.

– Je la trouve charmante. Fabuleuse, même. Comme toi.

Devi lève les yeux.

– Vraiment ? Tu ne me détestes pas maintenant que tu connais ma folle de mère.

– Au contraire. Plus j'apprends à te connaître, plus j'ai envie d'en savoir long sur toi.

Plus je tombe amoureux de toi. Je ne le dis pas, évidemment.

Elle se mord la lèvre pour refréner un sourire, et mon pouls s'emballe. Je suis soudain douloureusement conscient de ses genoux nus qui frottent mon jean, du coton fin de sa minirobe qui dénude ses épaules, révélant qu'elle ne porte rien en dessous.

Je me penche. La caméra pend toujours de sa main, le voyant de veille clignote, mais je l'ignore et redresse son visage vers moi.

Elle bat deux fois des cils, et nos lèvres s'unissent. Tout en l'embrassant, je m'imprègne de sa douce chaleur, du soleil et de la cannelle qui émanent d'elle. Dans un coin de ma tête, je me demande si ça se passe de la même façon pour tout le monde. Mangent-ils des chicken wings, consultent-ils des voyants et tombent-ils par surprise sur les parents ? Vivent-ils des journées d'aventures improvisées, chérissant chaque seconde partagée ?

– Ce n'est pas un endroit pour s'embrasser, nous informe une voix bourrue.

Nous nous redressons et, en me retournant, je découvre une blonde à l'air revêche, parée d'une quantité impensable de colliers de perles.

– Madame Psuka ? fait Devi en se levant et en lissant sa robe. Bonjour, je suis la fille de Sue.

– Je sais qui tu es, répond impatiemment le médium avec un fort accent de l'ancienne Union soviétique.

Lorsqu'elle agite la main, ça sent le déodorant bon marché.

– Nous sommes là pour mon ami Logan, explique Devi. J'ai voulu qu'il vienne pour une consultation.

– Quel genre de consultation ?

Elles me regardent l'une et l'autre.

– Euh, je ne sais pas.

Madame Psuka me scrute un instant.

– Pas de lignes de la main aujourd'hui. Pas d'horoscope ni de pierres de runes. C'est le tarot qu'il vous faut. Une carte.

Devi bondit presque de joie.

– Le tarot, c'est ce que je préfère !

– Ce sera rapide, avertit Madame Psuka sur un ton qui ne présage rien de bon.

Elle disparaît dans son cabinet et reparaît avec une corbeille en osier remplie de pochettes en velours.

– Choisissez un jeu, ordonne-t-elle avec son accent sec.

Je pioche au hasard, au beau milieu de la salle d'attente. Elle hoche la tête comme si elle s'y était attendue. Dans un coin, une vieille caisse enregistreuse est posée sur un guichet vitré, sous des prospectus pour des salons de voyance et des conférences New Age épinglés au mur. Elle pose la pochette sur le comptoir.

Elle sort les cartes et m'indique de me tenir debout à côté d'elle.

– Frappez une fois et mélangez en gardant une question dans votre cœur. Ensuite, rendez-moi le jeu.

Elle me confie les cartes, et je jette un œil à Devi qui hoche la tête pour m'encourager. *Pourquoi pas ?* Plus ou moins par accident, je passe la soirée avec une fille dont je suis amoureux. Pourquoi ne pas voir où cela me mène ?

Je serre le poing, cogne le comptoir et mélange les cartes. Elles sont plus longues que des cartes à jouer ordinaires, mais mes mains sont assez grandes (C'est elle qui le dit.).

Pendant que je bats le jeu, j'aperçois les illustrations, principalement des gens nus. Approprié, j'imagine, mais peut-être un peu trop si j'en crois le sourire en coin de Madame Psuka.

Juste une coïncidence. Je ne crois pas en ces sornettes, et Devi non plus. Pas vrai ?

– Prenez ça comme une méditation concentrée, avance-t-elle comme si elle lisait dans mes pensées. Cela vous donnera un cadre de référence pour votre question.

Oh, non. La question. Je me creuse la tête mais tout va bien dans ma vie. J'ai de l'argent, un travail régulier qui me plaît. J'ai tourné la page sur Raven (à défaut, sur mon chien). La seule ombre au tableau : Devi. Et elle ne représente pas tant une question que…

Que quoi ? Un espoir ? Une possibilité ?

Je n'ai pas de question à poser, alors je pense à Devi. À elle et à « Prédestinés », et à toutes les fois où j'ai ressenti ce sentiment d'immensité avec elle. Et j'espère que le jeu de tarot s'y retrouvera.

Je rends les cartes à Madame Psuka, qui les coupe rapidement en trois tas.

Montrer pile.

– Euh…

– Elle te demande de choisir celle qui ira sur le dessus, chuchote Devi.

J'indique le tas central, et Madame Psuka hoche de nouveau la tête comme si elle s'y attendait aussi. Elle rassemble le jeu, en plaçant ma pile sur le dessus, puis s'empare de la première carte qu'elle étale d'un geste théâtral.

– Le Pendu, annonce-t-elle gravement, comme si j'étais censé en connaître le sens.

Je jette un regard vers Devi, mais son visage est impassible.

Je ne sais pas grand-chose (voire rien du tout) sur le tarot, mais une carte intitulée Le Pendu ne m'inspire pas confiance. J'aimerais autant piocher une carte qui s'appellerait *L'homme aux mille fellations* ou peut-être *L'homme bien loti et doté d'une immense fortune.* Mais j'imagine que je n'y peux rien. Avec un soupir résigné, je l'examine de plus près.

L'illustration, belle mais troublante, représente un homme nu pendu par les pieds à un arbre, des cordes enroulées autour de lui à la façon du shibari. Il est accroché par un pied, l'autre jambe repliée, sa cheville gauche fixée derrière son genou droit. Ses bras sont bloqués derrière son dos, et les cordes s'entrecroisent comme des bandages, compressant son ventre et ses jambes musclées.

Son visage m'intrigue encore davantage. Si je devais être pendu la tête en bas, je serais très mécontent, alors que lui semble accepter paisiblement son destin. Il est même pensif. Il regarde droit devant lui, avec une expression franche, presque curieuse, les coins de la bouche retroussés. Son léger sourire est presque complice, comme s'il savait quelque chose que j'ignorais.

– Il est en paix parce qu'il s'est pendu lui-même à l'arbre, explique Madame Psuka. Je me redresse brusquement. Il a choisi son chemin. Comme Odin ou Dionysos, il s'est sacrifié pour une grande cause.

– Je n'ai pas de grande cause à défendre, fais-je remarquer. Certainement aucune qui nécessite que je me pende à un arbre.

Madame Psuka ferme brièvement les yeux, comme si mon ignorance la peinait.

– C'est une métaphore, rétorque-t-elle avec un accent plus marqué. Ce n'est pas à prendre au premier degré.

– Alors je dois me pendre *métaphoriquement* à un arbre ?

Elle tapote la carte.

– Cette carte signifie que vous allez être confronté à un choix important. Il vous sera demandé de sacrifier quelque chose d'extrêmement personnel.

Ça ne me plaît pas du tout.

– Vais-je au moins y gagner quelque chose d'extraordinaire ?

Madame Psuka hausse les épaules.

– Qui sait ? Ce n'est pas au Pendu de le dire. Il sait seulement qu'il faut avoir la foi. Mais il sait aussi qu'il risque de dépérir, sans rien gagner du tout.

Cette histoire de découragement, de sacrifice et de mort est un véritable tue-l'amour. Je lance un regard noir à Devi.

– Tu m'as dit qu'on allait s'amuser !

– Je n'ai jamais dit ça ! s'exclame-t-elle. J'ai seulement dit que c'était mon jeu préféré.

– Tu aimes tirer des cartes sinistres ?

– Elles ne sont pas sinistres, se défend-elle avec une moue boudeuse qui me donne envie de lui mordre la lèvre. Elles reflètent les différentes étapes d'un parcours. C'est tout.

– Elle a raison, affirme Madame Psuka. Cette carte n'est pas destinée à faire peur. Si elle vous perturbe, c'est parce que vous sentez au fond de vous que c'est la vérité. Tenez, dit-elle en faisant glisser la carte vers moi. Vous devez la prendre avec vous. C'est à vous d'en prendre soin à présent.

La carte de la souffrance et du sacrifice ? *Non, merci.*

– C'est gentil, Madame, mais je…

Devi me donne un coup de coude, et je comprends que je ferais mieux de me taire.

– Nous vous devons combien pour la séance ? demande-t-elle gentiment.

Madame Psuka m'examine de la tête aux pieds.

– Rien. Un service rendu pour Sue.

– Merci, répond Devi en étreignant Madame Psuka. Viens, Logan.

Madame Psuka me tend la carte. Comment la refuser sans paraître grossier ? Je la prends de mauvais gré.

– Le sacrifice est un autre terme pour le changement, me dit-elle en fronçant ses épais sourcils. Un changement qui impose un renoncement. Je hoche la tête et suis Devi à l'extérieur, sous le soleil aveuglant.

12

– Alors, où allons-nous filmer cette fellation ? demande Devi quelques heures plus tard.

La carte de Madame Psuka dans ma poche arrière, avant de reprendre la route, nous avons remonté la promenade en mangeant des glaces, des hot-dogs et des barbes à papa, admirant les artistes de rue. Puis Devi m'a emmené sur la plage, et nous avons longé le rivage, de l'eau jusqu'aux chevilles, échangeant des potins sur la profession et spéculant sur l'avenir du porno. Nous avons ensuite repris le chemin de la ville.

Je lance un coup d'œil à Devi. Comme toujours, elle a baissé sa vitre, le vent chaud ébouriffant ses cheveux. Pendant un très court instant, je redoute que la carte de tarot nous soit néfaste, pour une raison intangible.

Ce n'est pas réel.

Et si ça l'était ? Et si c'était le signe que Devi ne m'aime pas ? Ou que je vais devoir renoncer à elle ?

Ce n'est pas réel.

Malgré mon laïus d'encouragement intérieur, ma voix est chargée d'appréhension.

– C’est une surprise.

Elle sent le changement dans ma voix et me scrute.

– Est-ce que ça va ?

– Oui, très bien.

– Tant mieux, dit-elle gentiment, m’accordant un instant de répit sans la moindre trace de ressentiment.

Je m’en veux de la tenir à l’écart de mes inquiétudes. J’inspire et me lance.

– Cette carte de tarot est assez troublante, tu ne trouves pas ?

Elle rit.

– C’est ce qui te préoccupe ? Toi qui disais trouver ça idiot ?

– Cette image de mort, difficile de l’oublier, dis-je d’une voix bourrue.

– Le Pendu n’est pas mort, il souffre. Ce n’est pas la même chose.

– Ça me met du baume au cœur. Merci.

– Mais à la fin, il voit le monde d’un autre œil. Prendre du recul peut être douloureux.

– Finalement, on devrait peut-être te virer de l’usine de biscuits chinois toi aussi.

Elle pose la main sur ma cuisse, et je me détends sous ses doigts chauds et fins.

– Ce n’est pas de la divination, Logan. Ni de la prophétie. C’est juste un sujet de réflexion.

Soupir.

– Bien sûr, Cass.

– Je sais ce qui te remonterait le moral.

– Et c’est quoi ?

Elle détache sa ceinture, et s’agenouille sur son siège, penchée vers moi. Ses lèvres effleurent mon cou et commencent à me suçoter. Sa bouche douce et humide me donne la chair de poule, du dos jusqu'à l'entrejambe. Mes parties sont à l'étroit dans mon jean. J'ai envie de glisser la main entre ses cuisses, de toucher d'autres zones douces et humides, mais ma stupide voiture est à commande manuelle, et dans la circulation engorgée de L.A., je dois constamment changer de vitesse.

– C'est injuste, je murmure. Je ne peux pas te toucher.

– Mmm, tant mieux, susurre-t-elle, c'est moi le maître de la situation.

– Ne me dis pas ce genre de truc, Cass, ou nous n'arriverons jamais à destination.

Sans répondre, elle continue à m'embrasser, à lécher mon cou, le lobe de mon oreille, le contour de ma joue, si bien que c'est un miracle que je n'emboutisse pas la voiture. En fait, j'atteins le lieu du tournage avec une érection qui tend les coutures de mon jean. J'arrive à peine à me concentrer pour me garer et couper le moteur.

– Où sommes-nous ? demande Devi, cessant de me bécoter pour examiner les environs.

Nous nous trouvons au bord du fleuve, devant un petit entrepôt décoré de fresques. La silhouette du paysage urbain scintille dans la chaleur du soir.

Ma peau se refroidit un peu lorsqu'elle s'écarte, mais c'est probablement nécessaire si je ne veux pas débarquer avec une bosse sur le devant de mon jean.

– C'est une nouvelle galerie d'art. L'exposition devrait te plaire.

Je suis intimidé, surtout parce que je crains qu'elle me trouve niais alors que j'aimerais l'impressionner, et pas seulement en la faisant jouir en moins de deux minutes.

– La directrice de la galerie a accepté de me la louer pour la nuit. Après la fermeture, à neuf heures, elle sera à nous jusqu'au matin.

Un immense sourire apparaît sur son visage.

– Quelle idée géniale ! Du porno dans une galerie d'art.

– J'aimerais prétendre qu'une vision m'a inspiré de juxtaposer l'Art avec un grand A à un genre inférieur mais en réalité, l'expo m'a fait penser à toi. En plus, je l'ai louée pour trois fois rien.

– Je ne dirais rien à personne, dit-elle avec un clin d'œil.

Elle descend de voiture. J'attrape notre sac et me dirige vers l'entrée. Pendant que je lui tiens la porte, j'aperçois la salle à travers la vitre.

Il n'est que huit heures, et la galerie est encore ouverte au public. À mon grand désarroi, il y a un vernissage et une foule de gens qui boivent du vin à l'œil se masse à l'intérieur. J'espérais photographier Devi en train de parcourir l'exposition, puisque j'ai également obtenu l'autorisation de l'artiste de m'en servir comme décor. Mais je vais avoir du mal à la filmer sans que personne ne traverse le champ.

Tout compte fait, je pourrais toujours la filmer plus tard. J'ai trop hâte qu'elle découvre les œuvres pour prolonger l'attente. Dès que j'ouvre la porte en grand, je suis assailli par le brouhaha des voix et de la musique. J'invite Devi à entrer d'un geste.

Je la suis, admirant son déhanchement sous sa robe. Une puissante musique instrumentale se réverbère dans l'espace, des cordes aux tons graves et des notes discordantes jouées au piano. Je vois l'instant précis où Devi comprend le thème de l'expo, et pourquoi j'ai pensé qu'elle lui plairait.

– Logan, souffle-t-elle en me prenant la main sans détacher son regard des œuvres. C'est… toi… incroyable…

Elle renonce à identifier ses émotions, et bouleversée, elle me presse simplement la main. Mon cœur s'allège tant qu'il doit tourner en orbite autour de la lune.

S'il n'en faut pas plus pour la rendre heureuse, je l'emmènerai tous les jours visiter des expos.

Celle-ci s'intitule « Zodiactive », et est disposée en cercle. De minuscules ampoules de différentes puissances ponctuent l'espace, d'une manière qui me semble aléatoire et déconcertante, mais j'ai lu sur le site de la galerie qu'elle reproduisait les constellations visibles à Los Angeles à cette période de l'année. Les ampoules sont fixées en hauteur mais aussi le long des murs, donnant au spectateur l'impression d'être entouré par les étoiles. Des bandes de tissus vaporeux mauves et roses pendent du plafond, ondulant au gré du passage des visiteurs, les voiles éphémères symbolisant les nébuleuses et les nuages gazeux. Accrochées à intervalles réguliers, d'immenses peintures représentent les signes du zodiaque, des ampoules perçant la toile pour indiquer l'emplacement des étoiles dans chaque constellation.

L'artiste en moi apprécie les jeux de lumière, de couleur et la musique planante, mais le Logan terre à terre, qui n'y connaît rien à l'astronomie et aux constellations, s'ennuie à mourir. Alors je préfère fixer mon attention sur Devi, observer son regard fasciné, ses lèvres qui murmurent des mots qui m'échappent. Nous poursuivons le tour de la salle, nous arrêtant tous les trois pas pour que Devi examine les lumières et déduise quelles constellations elles symbolisent, et je réussis à attraper deux verres de vin.

À un moment donné, elle s'immobilise et se retourne lentement, comme si elle était perdue.

– On se croirait *dans* le ciel, me dit-elle avec enthousiasme. On oublie facilement que le ciel n'est pas plat, que les étoiles sont en réalité séparées de plusieurs années-lumière. Mais représenté de cette façon, ce n'est ni froid ni distant. Ça crée une impression d'intimité.

J'écarte délicatement une mèche de son front. Elle me regarde dans les yeux, et chaque atome de mon corps se met à pulser d'électricité. Il y a quelque chose en elle, un *truc* indéfinissable, qui l'emporte sur son charmant visage et son corps voluptueux, et même sur son intelligence de premier ordre. C'est étrange parce que même au meilleur de ma relation avec Raven, je pouvais dresser la liste de toutes les raisons pour lesquelles j'appréciais sa compagnie – le sexe et nos centres d'intérêt communs – et l'aimer relevait d'un choix logique que d'un sentiment. Plus un choix qu'un fait. Mais avec Devi, ce que je ressens est plus une évidence, comme la gravité ou la vitesse de la lumière.

Avec Devi, c'est différent. Comme s'il y avait quelque chose au-delà des raisons quantifiables et nommables pour lesquelles elle me touche. Mon attirance dépasse la sphère sexuelle, intellectuelle, et peut-être même émotionnelle, et soudain, j'ai l'impression de me tenir au bord d'un vaste précipice. Mon ventre se serre alors que je fixe ses yeux noisette, car ce que j'éprouve pour elle est mille fois plus fort que tout ce que j'ai ressenti en trois ans avec Raven, et j'ai peur. Peur de l'intensité de mes sentiments, peur que ce ne soit pas partagé. Peur que ce sentiment fulgurant me transperce, et me laisse encore plus anéanti qu'après le départ de Raven.

Et à cause de cette peur, je déglutis et détourne le regard.

– Tu veux un autre verre ? je demande bien qu'elle ait à peine touché à son vin.

Elle pose la main sur mon poignet.

– Non, ça va. Logan, je ne me serais jamais attendu à ça. C'est le meilleur faux rendez-vous de ma vie.

Ces mots me piquent comme des aiguilles.

Faux rendez-vous.

Parce que c'est pour la série. Mais pourquoi ne serait-ce pas réel en même temps ? Pourquoi ça ne pourrait pas être réel *et* planifié à la fois ? Réel *et* enregistré ? Pourquoi ça ne peut pas être les deux ?

Malgré moi, je prononce les mots qui se pressent contre mes lèvres, suppliant d'être libérés.

– Ce n'est pas un faux rendez-vous, Devi. Oui, nous enregistrerons ce qui se passera plus tard, mais c'est réel. (Je lui lance un regard suppliant.) Je veux que nous… enfin, je veux que ce *nous* existe. Je veux t'inviter à sortir réellement. Je veux que ce soit un *vrai* rendez-vous.

Ses lèvres entrouvertes tremblent alors qu'elle cherche ses mots. Je vais dévorer sa bouche si je continue de la contempler. Je lance un bref regard autour de nous, la prends par la main et l'entraîne entre deux toiles du zodiaque. Le bruit est atténué, et nous sommes seuls, pris entre deux peintures et des murs en brique. Je l'emmène à l'écart de l'exposition, dans le fond de la galerie. Là, les petits espaces entre les toiles sont recouverts de panneaux de tissus vaporeux et dans ce coin, où l'éclairage est atténué, un voile d'ombres nous enveloppe. En d'autres termes, bien que quelques millimètres de tissus, de toiles et de peintures nous séparent des visiteurs, c'est difficile de nous voir à moins de scruter ce petit espace de vingt centimètres entre le sol et le bas de la toile, mais je doute que quelqu'un s'en donne la peine.

Une fois cachés, je lui prends son verre des mains et le pose sur une console avec le mien. Je laisse tomber mon sac sur le sol. Devi semble avoir profité de cette interruption pour reprendre ses esprits.

– Ça ne peut pas être un vrai rendez-vous si c'est filmé, dit-elle le menton redressé. Comprends-moi bien, c'est formidable. Aucun homme n'en a jamais fait autant pour moi. Mais quand la caméra tourne, c'est autre chose. Tu dois le comprendre. Même si tout n'est pas joué, ça ne peut pas être totalement authentique.

Je secoue la tête.

– Il n'est pas nécessaire de mettre une barrière entre l'art et la vie. Je ne pense pas qu'un moment filmé soit moins authentique.

Elle me sourit tristement.

– Et si ce moment est filmé pour faire de l'argent ? Si ce moment est fabriqué pour être vendu ? Rétroactivement, comment ça pourrait ne pas affecter ce moment ?

Une petite voix se demande si elle n'a pas marqué un point, mais je l'étouffe. Je veux lui prouver que nous pouvons tout avoir – la véracité et le film – et pour cela, il suffit de changer d'attitude. Après tout, n'est-ce pas ce qu'elle a essayé de m'expliquer à propos du Pendu ? Un changement de perspective ?

Je me rapproche d'elle.

– Je peux essayer de te convaincre ?

– Me convaincre de quoi ?

Je me penche en avant, m'appuyant contre le mur de façon à la coincer entre le mur et moi.

– Laisse-moi allumer la caméra, dis-je en retraçant le contour de sa joue du bout du nez. Elle frissonne, et la chair de poule envahit chaque centimètre de sa peau. Laisse-moi nous filmer ce soir et je te montrerai que ça peut être réel.

– Je ne dis pas que je refuse d'être filmée. C'est juste…

Je mordille le lobe de son oreille, et un petit gémissement s'échappe de sa bouche.

– J'ai compris. (Je souffle sur son oreille.) Mais j'aimerais que tu envisages l'idée que ça fasse réel. Que tu oublies la caméra quand je te touche.

– Je ne peux pas, objecte-t-elle faiblement.

– Je crois que tu peux. Laisse-moi au moins t'aider ?

Elle soupire, à moitié par résignation, à moitié de plaisir parce que ma bouche explore son cou.

– D'accord. Je vais essayer d'oublier la caméra ce soir.

Je suçote son cou une dernière fois avant de me redresser, et de récupérer mon sac.

– Attends ! Tout de suite ? demande-t-elle horrifiée. Avec tout ce monde ?

Je lui adresse un sourire malicieux.

– Tu fais ta pudique, Devi Dare ?

– Il y a une différence entre être pudique et enfreindre la loi, proteste-t-elle.

Déterminé, j'allume la caméra, et l'installe sur la console, dirigée vers notre coin. Pendant que j'adapte les réglages à la pénombre, Devi énumère les raisons pour lesquelles c'est une mauvaise idée.

– Nous allons nous faire pincer. Ils vont nous mettre à la porte. On pourrait se faire arrêter. Ils découvriront que tu n'as pas les autorisations et te mettront une amende. Même Vida pourrait avoir des ennuis.

La caméra prête, je me dirige vers elle et la repousse lentement contre le mur. Sa voix se brise et elle s'interrompt lorsque nos ventres se touchent. Et quand mes hanches la plaquent, que je presse mon érection contre elle, elle retient son souffle.

– Je n'ignore pas tes réticences, lui dis-je, tenant sa taille d'une main et sa joue de l'autre. Mais j'aimerais que tu me fasses confiance. Laisse-moi me charger du côté pratique et je promets de prendre soin de toi. Je serai responsable pour toi – pour nous – et je veillerai à ce qu'on ne se fasse pas prendre.

Je la sens hésiter, et bien que je ne désire rien d'autre que de l'embrasser pour chasser sa résistance, j'ai besoin de savoir si nous avons atteint l'une de ses limites.

J'oriente son visage vers moi.

– Devi, si c'est trop te demander, de le faire en public, ça ne fait rien. Tu n'as qu'à le dire.

Elle mâchonne sa lèvre et finit par secouer la tête.

– Tant que tu restes vigilant…

– Je te promets de faire attention.

– … alors je crois que je suis d'accord.

– Tu crois ? Ce n'est pas suffisant, Cass.

Elle inspire.

– J'en suis sûre.

– Je ne sais pas si c'est vraiment mieux.

Je bande à fond maintenant, et je ne demande qu'à commencer mais je dois m'assurer qu'elle se sent en sécurité, à l'aise. Sinon, j'arrête tout.

– Tu me parais incertaine… Tu veux qu'on essaie ? Et si jamais tu ne le sens plus, nous arrêtons tout ?

Son front se plisse.

– Comme avec un code ?

– Oui, tu peux claquer des doigts, par exemple.

J'ai appris que certaines femmes avaient du mal à dire stop, même avec la permission, et que des gestes comme celui-ci étaient plus naturels.

– D'accord. Je claquerai des doigts si je veux arrêter.

Mais je ne pense pas en avoir besoin. (Elle me fait un petit sourire.) J'ai confiance en toi.

– Formidable, j'expire, je me demandais pendant combien de temps je pouvais me retenir de t'embrasser.

J'effleure ses lèvres avant de presser fermement ma bouche sur la sienne. Pendant une minute, tout semble étrangement lent et distinct, ses petites inspirations et expirations chatouillant la peau au-dessus de ma lèvre supérieure, la façon dont ses mains retrouvent ma nuque et m'attirent plus près, dont mon cœur martèle ma poitrine tandis que je tiens son visage en coupe. Le temps nous rattrape subitement, les doigts de Devi tirant sur mes cheveux, ma main plongeant le long de ses fesses. Je remonte sa jupe à la recherche de ses globes nus que j'empoigne durement. Je pétris ses courbes voluptueuses, mon sexe bondissant à chaque fois que mes doigts s'enfoncent dans sa peau.

Aussi affairée que moi, elle agrippe le bas de ma chemise et la remonte sur mon ventre pour griffer mes abdos. Je siffle au moment où elle pince mon téton plat, la sensation filant droit vers ma queue.

Je renforce mon baiser, écartant ses lèvres des miennes et léchant l'intérieur de la bouche. Sa salive est sucrée comme la barbe à papa qu'elle a mangé plus tôt, et chaude – et dans un éclair, je me souviens que cette bouche chaude et sucrée va me sucer. Je dois m'écarter pour me ressaisir.

– Quoi ? murmure-t-elle en plongeant dans mon cou qu'elle suce et mord douloureusement.

Je dois serrer l'angle du mur dans ma main pour ne pas l'obliger à s'agenouiller.

Garde ton sang-froid, crétin. Après tout, je suis censé lui prouver quelque chose, non ? Pas seulement à quel point je désire cette fellation, mais aussi que nous pouvons être réels, organiques, même devant la caméra.

De nouveau résolu, je recule d'un pas.

– Retourne-toi, dis-je à voix basse, à cause des amateurs d'art à quelques pas de nous.

Elle se mordille la lèvre et pivote face au mur. Je me penche juste assez pour rapprocher la bouche de son oreille.

– Pose les mains sur le mur.

Elle a de nouveau la chair de poule. Elle obéit, ses mains fines s'étalant sur la brique. Sa robe est légèrement remontée dans le dos, et je pose la main entre ses omoplates et la pousse en avant pour dévoiler la naissance de ses fesses.

Je m'agenouille, mes mains longeant l'arrière de ses cuisses jusqu'à ses fesses. Je remonte sa robe presque entièrement, et j'écarte ses fesses pour voir la fine bande de dentelle qui recouvre son sexe. Elle porte un string, blanc comme la neige, et ce que cette dentelle cache m'affole – de minuscules bouclettes luisantes, des petits ornements cuivrés.

Sans hésiter, j'enfonce le visage entre ses fesses, ma langue s'aplatissant sur la dentelle pour la presser sur son clito. Elle pousse un cri étouffé, et écarte les cuisses pour me faciliter l'accès. Je me plie à sa requête silencieuse, répétant le mouvement sur son clitoris puis avançant la langue vers son entrée. Ensemble, nous trempons la dentelle. Je sens sa saveur à travers le tissu, un parfait équilibre entre le sucré et la féminité, un goût qui réveille mes instincts virils les plus bestiaux.

Je recourbe un doigt dans son string pour l'écarter, et lorsque ma langue touche son sexe, elle se hisse sur la pointe des pieds, le souffle court. Sans lâcher son string, ma langue suit un chemin entre son clitoris et le petit anneau ferme entre ses fesses. Je le parcours plusieurs fois, et sa respiration s'accélère. J'ajoute un doigt, puis un deuxième, les repliant contre le point sensible de son vagin tout en mordant et en suçant ses lèvres.

Son souffle est laborieux à présent, ses cuisses tendues, et je quitte son entrée pour frotter vigoureusement son clitoris. Elle rejette la tête en arrière, et griffe le mur, puis je me retire.

Elle se retourne vivement, étourdie et excitée.

– Continue, halète-t-elle.

Je hausse une épaule. Je suce sa saveur sur mes doigts, et elle plisse les yeux. Victorieux, je constate qu'elle n'a pas regardé la caméra une seule fois. Je savais que pour qu'elle l'oublie, il fallait qu'elle se concentre sur moi, et attiser son désir et sa colère était le meilleur moyen d'y parvenir. On dirait que j'ai réussi.

– Fais-moi jouir, supplie-t-elle furieusement.

– Tu es si mignonne quand tu es en colère.

– Ne te fous pas de moi… termine-moi !

– Et si tu me suçais ? Ensuite je verrai quoi faire de toi, je propose malicieusement.

– Ordure. Je n'ai pas besoin de toi.

Elle remonte sa robe, et insinue la main sous son string. Elle s'avachit contre le mur lorsque ses doigts saisissent son clitoris. Je me réjouis de filmer ça, même si elle l'a oublié.

Je la fixe avidement, observant les mouvements de sa main sous le tissu fin, ses seins tendus sous sa robe. Je n'ai pas besoin de vérifier pour savoir que mon sexe sanglote presque ; une tache humide imbibe mon jean.

Toutefois, j'attends. Je patiente jusqu'à ce que ses joues s'empourprent, que ses yeux se ferment. Et quand elle est sur le point de jouir, je saisis son poignet et sors sa main de son string. Elle ouvre brusquement les yeux, et une belle rage incandescente illumine son visage. Derrière nous, la musique change et la discrète mélodie rend les bruits de pas sur le parquet et les bavardages animés plus présents, comme si quelqu'un risquait à tout instant de nous découvrir derrière le rideau.

Et j'adore ça.

Par contre, Devi n'apprécie pas et elle tente de libérer son poignet. Renonçant, elle essaie de se toucher de l'autre main mais je ne la laisse pas faire non plus. Je la piège contre le mur, ne lui laissant pas la place pour glisser sa main entre nous.

– Putain, grommelle-t-elle en gigotant pour m'échapper.

Je suis tout sourire.

– On dirait que tu veux quelque chose, dis-je gaiement.

– Va te faire foutre !

– Hmm, fais-je en guidant sa main vers sa bouche. Sans résister, elle me laisse glisser ses doigts dans sa bouche. Elle lèche son miel à grands coups de langue, comme un chat, et obsédé, j'observe sa langue.

Je suis impatient de la pénétrer.

– Je crois que tu veux quelque chose, je répète, le regard rivé sur sa bouche. Et tu sais ce que je pense ?

Elle hausse imperceptiblement un sourcil. Le désir trouble son regard, et une veine bat dans son cou. Je crois qu'elle frôle l'incohérence.– Je crois que ce que tu veux serait meilleur avec ma bouche qu'avec tes doigts.

Elle s'humidifie les lèvres, et pour illustrer mon propos, je suçote, mâchonne et lèche ses doigts

Elle gémit.

– Tu veux ma bouche ? Sur ta chatte trempée ?

Elle hoche la tête.

– Moi aussi, j'en ai envie. Du moins, je crois. Tu devrais peut-être m'en convaincre.

J'ai à peine terminé ma phrase que la panique m'assaille dans un éclair de lucidité. Bien que nous ayons prévu de tourner une scène de fellation, je crains de l'avoir tellement désorientée qu'elle n'a plus la tête au tournage. C'était mon but, manifestement, mais je dois également veiller à ce qu'elle ne soit pas hébétée au point de m'obéir aveuglément.

Je me penche pour lui parler à l'oreille.

– N'oublie pas, tu peux claquer des doigts quand tu veux. D'accord ?

– Je sais, murmure-t-elle.

Quand je la dévisage, elle a le regard clair et lucide.

Parfait.

Tenant son poignet d'une main, je dégrafe ma ceinture de l'autre. Elle me fixe dans les yeux pendant que je me débraguette en soupirant d'aise.

– J'ai tellement attendu ça. Tellement, putain.

Mon érection est enfin libérée, et Devi me grignote la joue avec espièglerie avant de s'agenouiller. C'est déjà presque insoutenable, entre la morsure qui se répercute dans le bas de mon dos, son expression au moment de se baisser, comme si elle allait m'offrir la fellation la plus ardente de l'histoire.

Volontiers.

Elle baisse mon pantalon pour exposer entièrement ma tige rougie, et me prend dans sa main. En temps normal, une actrice porno l'aurait pompé deux ou trois fois, peut-être frappé sa bouche avec, et j'ai toujours trouvé ça très bien parce que bon, si une femme joue avec mon sexe, autant qu'elle s'amuse. À cheval donné, on ne regarde pas la denture, et tout ça.

Mais Devi s'y prend autrement, et ça me rend fou. Elle prend le temps d'observer ma bite, la bouche entrouverte et les yeux écarquillés comme si elle avait du mal à croire qu'elle la tenait entre les mains. Elle promène un doigt de haut en bas, non pas pour me stimuler mais pour me découvrir, me toucher, m'évaluer et me soupeser. M'apprendre et me mémoriser.

Tout dans ses gestes et son expression donnent l'impression qu'elle est ébahie, impatiente et reconnaissante, et c'est furieusement excitant. Et au moment où elle pose les lèvres sur ma queue, je suis prêt à jouir.

Plus que jamais, je suis conscient des gens qui se déplacent non loin, du fait que si quelqu'un regarde sous la peinture, il verra les jambes de mon pantalon sur mes chevilles, les genoux de Devi sur le sol. Mais tant qu'ils restent de l'autre côté, ça m'est égal. En fait, ça renforce l'excitation, mais peu importe, parce que Devi embrasse mon pénis.

Elle ne suce pas. Ne lèche pas.

Elle l'embrasse, la cajole.

De doux petits baisers, de la base à l'extrémité. Et l'impression qu'elle est si jeune me revient mais je suis trop pris dans l'instant pour m'y attarder. Au lieu de ça, j'en profite, je me délecte de ses petits baisers innocents, et de ses grands yeux assombris, désormais implorants.

Et dans un flash, je me remémore *Les vrais rencards de Raven*, Devi à dix-huit ans qui adore ma queue avec sa bouche. Dès que je l'ai vue sur ce tournage, elle m'a subjugué.

Elle était belle, fraîche, douce et ferme à la fois, et après l'avoir regardé lécher Raven, ses fesses rebondies en l'air, je n'avais pas eu besoin de préparation pour entrer en scène. La voir avec ma petite amie de l'époque m'avait donné une énorme érection, et lorsqu'elle s'était agenouillée devant moi, léchant et embrassant ma bite avec l'impatience et l'hésitation typiques du manque d'expérience, m'avouant qu'elle avait peu pratiqué la fellation…

La réalisatrice avait failli gagner une scène d'éjaculation hors contrat.

Ce jour-là, pour justifier ma réaction physique, j'avais accusé sa jeunesse et l'attrait de la nouveauté, mais la vérité me regarde en cet instant, les pupilles dilatées. La vraie raison, c'est Devi. Elle me fait cet effet, me donne envie de jouir, et peu importe le nombre de fois où elle me sucera, me touchera ou que je la toucherai, ce sera toujours comme ça.

À ce stade, j'ai presque oublié la caméra moi aussi, et je sais que je dois faire durer la scène, me retenir un peu parce que si je suis autant excité avant qu'elle m'ait pris dans sa bouche, si ces baisers me suffisent…

Mais merde. J'en ai envie. Je veux que ça se passe comme ça.

Je caresse ses cheveux en dégageant son visage.

– Lèche.

Sa langue remonte de la base vers le gland. Elle recommence pour m'aguicher, m'affoler et je réalise qu'elle imite mes grands coups de langue aguichants.

– Très mignon, dis-je.

Mon pouce se pose sur sa lèvre inférieure, et j'ouvre sa bouche.

– Mais tu sais ce que je veux.

Elle sourit, mon pouce sur les lèvres.

– Alors pourquoi tu ne le fais pas ? taquine-t-elle.

Très bien.

J'empoigne mon sexe et appuie mon gland sur ses lèvres, retraçant sa moue une fois, deux fois, avant de forcer lentement l'entrée de ces lèvres boudeuses pour plonger dans la chaleur humide. Pendant un instant, elle se contente de me fixer, sa langue douce et immobile contre ma queue. Mais elle n'est pas passive par inexpérience ou par réticence, ni même par malice… de nouveau, j'ai l'impression qu'elle essaie de me mémoriser, et peut-être aussi les sensations sur sa langue.

Je ne peux pas le lui reprocher. Moi aussi j'ai envie de tout immortaliser, chaque détail, la mèche qui retombe sur son front, l'étirement de ses lèvres autour de ma tige, ses yeux qui fouillent les miens, demandant l'autorisation, une confirmation ou l'absolution.

Ses mains contournent mes hanches et ses doigts s'enfoncent dans mes fesses alors qu'elle se met à sucer.

– Putain, Devi, dis-je d'une voix rauque (peut-être trop fort) mais c'est plus fort que moi.

Sa bouche est un Walhalla de soie mouillée, ses lèvres pincées pour créer une succion qui ferait pleurer un homme. Je sais de quoi je parle, je suis au bord des larmes.

Elle tient mes fesses et déglutit avec mon sexe dans sa bouche, m'arrachant un gémissement. Elle la ressort pour se concentrer sur le gland, le sucer et enrouler sa langue autour.

– J'ai envie de m'enfoncer davantage, réussis-je à dire après plusieurs respirations. Je peux ?

– Oui, chuchote-t-elle entre ses lèvres affairées, souriant comme si je lui offrais une nouvelle voiture.

Elle est merveilleuse.

Je saisis sa main dans mon dos, et la ramène sur le devant, sur ma hanche afin qu'elle puisse m'arrêter si je vais trop loin. Je tiens l'arrière de sa tête d'une main et guide mon sexe de l'autre, franchissant ses lèvres, ses dents et sa langue jusqu'au fond de sa gorge. Elle est parfaite, encore plus que dans mes souvenirs. Elle m'accueille si naturellement que je sens mon sang-froid légendaire se fissurer.

Je ressors, lui donnant une minute pour respirer, et je replonge un peu plus brutalement. La position agenouillée n'est pas la plus propice, et je ne veux pas lui faire mal ni la faire vomir. Mais même si ses yeux se mouillent un peu, elle m'avale sans hésiter, et va même jusqu'à me regarder en battant des cils avec coquetterie. Assuré qu'elle m'arrêterait d'un geste, j'accélère la cadence, la pénétrant plus profondément et plus rapidement. Mes mains semblent démesurées et puissantes autour de sa tête, et je mentirais si je disais que cela n'alimente pas mon désir. L'échange d'énergie, cette jeune femme agenouillée devant moi pendant que je baise sa bouche, et le fait que je l'aime et la respecte… cela rend le côté soi-disant dégradant encore plus sexy.

Je la pilonne si profondément que je sens son nez contre mon ventre, ses lèvres et sa langue déglutir par réflexe et se resserrer autour de ma base, et je pourrais jouir comme ça, juste comme ça, en sentant son nez frotter mon ventre et sa tête entre mes mains, mon gland pressé si fort.

Mes couilles remontent à l'approche du plaisir, mais je ne suis pas encore prêt à jouir. Je veux que ça dure éternellement.

Même si elle ne donne pas le signal, je sens qu'elle a besoin de reprendre son souffle et je me retire. Elle avale une goulée d'air, des larmes au coin des yeux faisant baver son maquillage. Je ne sais pas pourquoi mais elle est d'une beauté irréelle, avec son mascara qui dégouline, et ses cheveux emmêlés. J'en saisis une poignée pour la faire se relever – sans trop tirer mais assez pour qu'elle se redresse en chancelant.

Ma bouche s'écrase sur la sienne, et je sens mon odeur – sel et savon – dans sa bouche mouillée et haletante. Elle me rend mon baiser maladroitement, avec désespoir, comme si elle luttait contre le besoin de respirer. Je griffe presque ses hanches pour baisser son string. Je parviens à le descendre sous ses genoux, et mes doigts sont enfin dans sa vulve. Elle est si trempée que ses cuisses sont lustrées, et d'instinct, je me plaque pour frotter ma queue contre elle. Je sens la peau tendue de son ventre, les boucles soyeuses entre ses jambes. Les mains dans mon jean, elle me rapproche davantage.

Par accident, quand elle se hisse sur la pointe des pieds, mon sexe s'insinue entre ses cuisses. Je me frottais sur elle comme un ado en rut, et la seconde suivante, ma verge est pressée entre ses cuisses si détrempées que je peux aisément aller et venir.

– Putain, je marmonne parce que c'est bon et que je veux que ça dure. Toutefois ce n'est pas mon objectif, et ça ressemble dangereusement à une pénétration.

Mais ça se reproduit, et je laisse faire. Mes mains sont partout – sous sa robe, sur ses fesses, tripotant ses mamelons – et c'est si bon de m'enfoncer entre ses cuisses, surtout avec son sexe détrempé qui pétrit mon membre. Elle serre les pieds et croise les jambes pour réduire l'espace.

Je laisse échapper un chapelet de jurons, et elle glousse. Pressé par le besoin d'entendre ses gémissements, je remonte sa cuisse vers ma taille, et je courbe le dos pour prendre son mamelon dans ma bouche à travers sa robe.

Dès qu'elle gémit, je suce ardemment la pointe de son sein. Nous remuons inconsciemment, nous frottant l'un contre l'autre et soudain mon gland engorgé franchit ses lèvres et la pénètre très brièvement.

– Merde, je murmure en relevant la tête.

– Merde, admet-elle dans un geignement, les traits marqués par le désespoir et le désir.

Je suis incapable de retirer ces quelques centimètres d'elle.

– Et si tu ne le faisais qu'une fois ? Me sentir un peu rien qu'une fois ? Ça ne compterait pas, si ?

– Cass…

Ma voix se brise. Mon gland est humide comme si sa vulve l'embrassait, et je suis sur le point d'ignorer ma bonne conscience pour m'engouffrer. Mais je ne peux pas, pour plusieurs raisons : la série, nous n'avons pas encore évoqué le sujet du sexe, le préservatif…

– Rien qu'une fois, implore-t-elle. Mais je ne peux pas arrêter, pas maintenant. Rien qu'une fois, Logan.

Elle m'attire contre elle en murmurant ces mots dangereux, *juste une fois juste une fois s'il te plaît.* Je n'aurais aucune chance de gagner la bataille, même si je le voulais.

D'ailleurs, je ne le veux pas.

Sur un tournage porno, je suis contre les actes irréfléchis, qui s'écartent du scénario, mais je suis trop excité et nous sommes déjà sortis du cadre normal d'une scène. J'espère que Dieu et le comté de Los Angeles me pardonneront.

J'enroule un bras autour de sa taille, plaque la main sur ses fesses et plonge les yeux dans les siens tout en décalant mes hanches. Et avec une lenteur infinie, je m'enfonce en elle. Elle pousse un petit cri, et je plaque la main sur sa bouche pour l'étouffer.

Sa tête retombe en avant, sur mon épaule et je continue. Je dois plier les genoux et me recaler, remonter sa jambe de nouveau, mais c'est si délicieux que je me demande comment elle réagirait si je jouissais.

Son sexe est plus serré que je n'aurais jamais pu l'imaginer, mais il est si trempé que malgré les contractions de son vagin, je peux m'insinuer sans rencontrer de résistance. La corolle de mon gland frotte contre son point G, et elle gémit en tremblant. Je m'enfonce jusqu'à détendre son sexe autour de ma base, jusqu'à ce que nos bas-ventres se touchent. Je remonte son autre jambe autour de ma taille, soutenant tout son poids de mes deux mains. Je recule le buste pour observer notre fusion, et je relève les yeux vers elle.

– Cass ?

Sa bouche est ouverte et ses immenses pupilles noires.

– Bouge en moi, supplie-t-elle. Juste une minute.

C'est trop. Je ferme les yeux et presse les paupières pour éteindre les flots de chaleur suscités par ses mots.

– D'accord, je murmure, les yeux fermés. Juste un peu.

Je la pousse contre le mur et ondule d'une façon qui passe mal à l'écran, mais mon corps adore ça – et le sien aussi si j'en crois tous les bruits que ma main étouffe. Mon gland trace des cercles, des lignes et des angles dans ses zones les plus reculées, sa chair s'étire autour de moi, et à chaque mouvement, elle gémit dans ma paume.

Je décale mon bassin pour que mon bas-ventre frotte son clitoris. L'effet est instantané : ses gémissements étouffés gagnent en force et ses cuisses enserrent ma taille.

– Tu vas jouir, Cass ? je murmure à son oreille.

Elle hoche la tête.

– Parce que… je ne tiendrai pas si tu jouis. Si tu jouis, je vais jouir si vite…

Le dire à voix haute m'aide à réfléchir. Je ne peux pas éjaculer en elle. J'ai déjà dépassé les limites autorisées d'un film porno et de mes valeurs personnelles. Je suppose qu'elle prend la pilule, mais si ce n'est pas le cas ? Ce serait salaud de ma part, car je suis conscient de perdre le contrôle.

D'un autre côté, maintenant que je la connais intimement, je veux la sentir jouir, se crisper autour de moi. Et l'idée de la tenir ainsi tandis que je suis sur le point de venir aussi… est pour le moins *excitante*.

Par chance pour nous deux, je suis doué pour trouver des solutions.

J'ôte la main de sa bouche, et m'éloigne du mur pour nous séparer et la poser sur ses pieds. C'est la troisième fois que je lui refuse un orgasme en l'espace de vingt minutes, et sa moue stupéfaite en dit long.

– Ne bouge pas, lui dis-je.

Je sors mon portefeuille de ma poche arrière. J'extirpe un préservatif, lâche mon portefeuille qui retombe dans un claquement. Ma patience est mise à rude épreuve, si bien que ma main tremble quand je porte l'emballage à ma bouche pour le déchirer. Sous le regard enfiévré de Devi, je déroule le préservatif sur mon sexe, qui est si dur que mon gland engorgé vire au brun violacé. Je le masse brutalement sous son regard, et je sens toute maîtrise me quitter, se désintégrer entièrement.

– Tourne-toi vers le mur, comme tout à l'heure.

Ma voix éraillée tressaute, et j'espère qu'elle me pardonnera ma brusquerie parce que je ne peux pas faire mieux. Pas alors qu'elle m'offre son sexe mouillé. Pas maintenant que je peux la baiser en toute insouciance.

Dès qu'elle se retourne et écarte les jambes, je m'ajuste derrière elle et en une demi-seconde, je guide ma verge au bon endroit. Je la pénètre d'un coup, sifflant en même temps qu'elle pousse un râle, et je crois entendre quelqu'un demander.

– Vous avez entendu ?

Mais plus rien ne peut m'arrêter. J'enroule ses longs cheveux autour de ma main et tire sa tête en arrière.

– Si tu veux jouir, fais-le bruit. Tu peux faire ça ?

– Oui, souffle-t-elle. Logan, ça vient. Fais-moi jouir, fais-moi jouir.

De mon autre main, je masse son clitoris. Je la pilonne si sauvagement que ses fesses tremblent, les sons mouillés de son sexe devenant plus distincts malgré la musique et l'écho des conversations.

Agrippant ses cheveux, je l'oblige à se cambrer pour maintenir sa croupe dans un angle exquis, et je caresse son clitoris jusqu'à ce que son corps se contracte et se tende comme une corde de guitare. Je vais jouir dans cette fille que je désire depuis si longtemps. Des années de tension, à me masturber secrètement en pensant à Devi pendant que Raven dormait, s'accumulent dans le creux de mes reins.

– Ton sexe est tellement bon, lui dis-je à voix basse. Je vais jouir tellement fort pour toi, tellement fort…

– Logan, halète-t-elle. Putain, Logan, ça y est, oh mon Dieu…

Je sens l'orgasme monter en elle, l'instant précis où toute la tension se libère. Elle se fige, serrant et relâchant, et je regarde ma queue disparaître entre ses fesses. Je me remémore les sensations du contact direct, et j'imagine combien ce serait bon de jouir en elle sans préservatif, combien ce serait satisfaisant de voir mon sperme couler entre ses cuisses. Mes couilles se contractent et je jouis tellement fort que je vois flou et n'entends plus rien. Mon corps tout entier vibre. Je suis seulement conscient d'elle, de l'accès de plaisir, de l'élan débridé qui me pousse à faire durer la jouissance.

Ma bite pulse, et je grommelle, pompant toujours pendant que je jouis. Elle va jouir à nouveau, ses mains cherchent à agripper l'angle en brique pour garder l'équilibre mais ses genoux flanchent et elle va s'effondrer. J'enroule un bras autour de son ventre pour la retenir pendant que des contractions la traversent, et que je termine de délivrer des années de désir. Nous redescendons lentement ensemble, pantelant, en sueur. Je me demande alors si quelqu'un nous a entendus.

En fait, je m'en fous. Ça en valait largement la peine.

Une fois assuré qu'elle tient sur ses pieds, je me retire lentement en tenant le préservatif. Tout est trempé – elle, le préservatif, moi à l'intérieur du préservatif. En général, dans une scène, je n'aime pas cette sortie, mon sperme accumulé dans le latex. Je sais, c'est probablement dominateur et mal de ma part, mais dans cet état bestial, c'est tellement gratifiant de voir mon sperme dans la fente d'une femme, sur ses seins ou ses fesses. Avec le préservatif, le sexe est sans danger et c'est essentiel mais ça le rend stérile, et je ne veux pas de ça avec Devi Dare.

Malgré tout, en me retirant, c'est un intense sentiment de gratitude et d'émerveillement qui me domine. J'ai pu pénétrer Devi, la sentir jouir autour de mon sexe, la toucher et l'explorer de la manière la plus intime qui soit, et dans cet acte, j'ai allumé un feu de forêt avec la torche de mon désir.

C'est si fort que je ne ramollis pas. Je pourrais mettre un autre préservatif et recommencer… probablement plusieurs fois.

Devi reprend encore son souffle, cramponnée au mur quand des pas se rapprochent et l'instant passe. C'est trop tard. Une binoclarde à cheveux blancs, l'air perdu, tourne à l'angle avec son déambulateur. Nous nous figeons, et elle continue à marcher, marmonnant toute seule, puis elle nous voit. Elle relève la tête, les yeux ronds.

– Euh, dis-je en tenant mon sexe couvert de sperme, le pantalon sur les chevilles. Salut.

– Salut, répète Devi, toujours penchée, les fesses à l'air.

Pendant quelques secondes qui semblent durer une éternité, la vieille dame stupéfaite nous fixe en clignant des yeux. Puis elle se hâte de faire marche arrière, retournant de l'autre côté de la salle, et disparaît.

Devi se met à ricaner et à glousser, et malgré la panique, je ris tout en me dépêchant d'enlever le préservatif, de remonter mon pantalon et de ramasser mes affaires. Mon sac sur l'épaule, je prends Devi par la main et l'entraîne vers la sortie de secours. Nous déboulons dans la nuit, secoués par un fou rire, comme tout couple surpris en pleine action par une minuscule grand-mère.

Je laisse tomber mes affaires et donne à Devi le baiser le plus fougueux et le plus long de ma vie, espérant lui faire comprendre à quel point je suis amoureux d'elle.

***

La vieille dame a dû garder notre secret, car lorsque nous nous présentons à la directrice de la galerie après la fermeture, elle ne fait aucune remarque. Comme prévu, nous avons toute la nuit devant nous. J'ai apporté du vin et des encas, et installé un petit campement sur le sol de la galerie, la caméra braquée sur nous au pied du sac de couchage.

Je n'ai jamais rien admis d'aussi niais mais le simple fait de partager un sac de couchage avec Devi me fait planer. Un effet secondaire de la vie d'acteur porno est que je n'ai plus beaucoup de premières fois à vivre avec des femmes. Mais je n'ai jamais passé la nuit avec une femme en dehors de chez moi. Je sais, c'est fou. Raven et moi étions tellement pris par le travail que nous n'avons jamais eu l'occasion de voyager ensemble… donc pas d'hôtels. Et comme je suis si occupé, elle (ou Tessalie, ma petite amie précédente) venait toujours chez moi après sa journée de travail. J'ai couché avec des femmes dans toutes sortes d'endroits improbables, publics et privés, mais dormir, se câliner, se blottir l'un contre l'autre en bavardant, ça s'est toujours passé dans mon lit. L'attrait de la nouveauté est meilleur que tous les whiskys de dix-huit ans d'âge.

– Tu n'es pas du genre à avoir un sac de couchage à deux places, fait observer Devi d'une voix songeuse, alors qu'allongés sur le dos, nous contemplons les kyrielles de fausses étoiles. Tu campes souvent ?

– Je n'ai fait qu'une fois du camping avec un groupe de la paroisse, et j'ai détesté ça. J'ai besoin de prendre une vraie douche.

Elle offre un sourire contrit.

– J'ai campé trop de fois pour pouvoir les compter.

– Ça ne m'étonne pas. Mes parents me l'ont offert pour Noël, il y a deux ans parce qu'ils ne savent jamais quoi acheter. Qu'offrir à un homme qui a tout – ou au moins toutes les partenaires qu'il veut ? En général, ils optent pour des cadeaux trouvés dans des magazines d'aéroports.

Devi roule sur le côté, et appuyée sur un coude, elle se rembrunit.

– Tu as envie d'être un homme qui accumule des partenaires toute ta vie ?

Je la regarde.

– Tu veux dire, est-ce que j'imagine arrêter le porno un jour ?

– Oui.

Je réfléchis un instant.

– Peut-être ? finis-je par répondre, faute de réussir à faire le tri dans mes pensées. Je sais que mon métier dépend de mon corps, et que mon corps sera moins agréable à regarder dans une dizaine d'années, à moins que par magie, je vieillisse comme Robert Downey Jr. Je crois que je me raccroche à l'idée que je trouverai la solution le moment venu, et que je saurai quoi faire quand il sera temps de quitter le métier.

– Si tu pouvais faire tout ce que tu voulais, qu'est-ce que ce serait ?

Elle fronce les sourcils d'une manière adorable, comme si la réponse était essentielle pour elle. Je masse son front du pouce, ce qui la fait sourire.

– Je ferais des films. Pas seulement pornos, mais de tous les genres. Mais ça ne s'improvise pas, et même si j'étais prêt à franchir le pas, je ne suis pas assez calé en cinéma.

– Tu pourrais t'inscrire dans une école de cinéma.

– C'était mon projet. (Je m'installe sur le côté pour mieux la regarder.) Hé, Cass ?

– Oui ?

– Ce soir, tu as senti que c'était réel ? Malgré la caméra ?

Je lance un regard vers la caméra qui nous enregistre discrètement.

Malgré la pénombre, je vois ses joues s'empourprer.

– Oui, Logan, dit-elle d'une petite voix. C'était réel.

– Et maintenant ?

– Aussi, répond-elle au bout d'un moment.

Mes doigts suivent la ligne de son épaule, dansant sur sa peau jusqu'à la courbe de son buste, et ma main trace des cercles dans le creux de sa taille.

– Je veux que ce soit toujours réel entre nous, dis-je, me rendant compte que cela me rend nerveux. Je sais que nous nous plaisons physiquement. Que nous nous attirons… Mais pour moi, ça va plus loin.

Elle se crispe, et j'hésite brièvement entre faire machine arrière ou poursuivre. Mais je dois continuer. Si elle estime que mes sentiments la dérangent trop pour continuer « Prédestinés », je devrai l'accepter. Mais je ne peux plus lui cacher mes sentiments.

Toutefois, pour me faciliter la tâche, je m'en remets à ce que je connais le mieux : le sexe. Ma main glisse vers ses fesses et son sexe chaud. Elle gémit sous mes caresses.

– Tu me plais, Devi. Pas juste sexuellement, mais comme dans une histoire à l'eau de rose avec des fleurs. J'aime être avec toi, t'écouter parler, te regarder vivre. Au risque de passer pour un fan obsédé, mais… je n'ai pas vraiment d'excuse. Presque tous les soirs depuis notre scène, quand Raven dormait, je m'enfermais dans mon bureau pour me masturber devant tes films.

– Dis donc, Logan…, susurre-t-elle.

– Quoi ? Ça t'étonne dans le bon ou dans le mauvais sens ?

– Très bon, grommelle-t-elle en se plaçant sur le dos, jambes écartées pour me faciliter l'accès à sa vulve.

Caresse-moi.

– Bien, Madame.

Je m'exécute et cherche son clitoris, le massant délicatement au cas où il soit sensibilisé.

– Je suis conscient que c'est manipulateur d'avoir cette conversation pendant que je te caresse, mais j'aimerais savoir si c'est pareil pour toi, à propos des fleurs.

Je distingue mal son visage mais j'entends son sourire dans sa voix.

– Moi aussi tu me plais avec des fleurs. Beaucoup. C'est réciproque.

La vague de soulagement me réchauffe si subitement le cœur que mes paupières me picotent. Je me racle la gorge pour cacher mon trouble.

– Vraiment ?

– Vraiment, répond-elle en tournant la tête vers moi. Je me suis masturbé en te regardant pratiquement tous les soirs, moi aussi. Et ce soir, c'était bon nous deux. Avec toi, je me sens… je n'ai pas le mot juste. Imprudente. Vivante. Béate. J'étais tellement partie loin que je t'ai laissé me pénétrer sans capote. (Incrédule, elle secoue la tête.) Je n'aurais jamais fait ça si j'avais eu toute ma tête.

Je devrais être habitué au fait que Devi tempère chaque étape affective d'une prudente dose de logique, qu'il y aura toujours un décalage entre mes déclarations enflammées et son aveu de sentiments partagés. Cependant, le soulagement, la joie et l'exaltation me font vibrer avec la force d'une tornade. Je pose la tête sur son épaule, respirant son odeur de cannelle.

– Je veux te faire perdre la tête tout le temps, dis-je contre sa peau. Comme tu me la fais perdre.

– Les histoires commencent comme ça, je crois.

Elle remue contre ma main, et quand je fouille ses lèvres, elle est complètement trempée.

Je me redresse pour attraper son regard.

– Ça veut dire que je peux… essayer d'être ton petit ami ?

– Essayer ? répète-t-elle sur un ton insondable qui m'emplit de honte. Je veux lui offrir tellement plus qu'un *essai*, je veux l'être mais en même temps, c'est Devi. La perfection incarnée. Ma déesse, la reine de mes nuits. Et si je n'étais pas assez bien pour elle ?

Et si, comme l'a suggéré Tanner, elle n'appréciait pas que je poursuive ma carrière dans le porno ?

Essayer est la voie la plus sûre dans l'immédiat, même si j'ai envie de plus. Je suis le plus âgé, (en théorie) plus mûr et j'ai récemment essuyé un échec amoureux. Je mérite mieux, et Devi aussi, c'est certain. Et pour cela, je dois y aller en douceur.

– Oui, dis-je prudemment. Je veux essayer de sortir avec toi.

Je la vois retourner ma phrase dans tous les sens, jauger mes mots, puis un sourire immense étire ses lèvres.

– D'accord, Logan. Essayons de sortir ensemble.

– Ouf, merci.

Je devrais lui dire que je l'aime. J'aimerais bien mais je l'observe avec sa circonspection habituelle. C'est fascinant qu'elle puisse être aussi insouciante et radieuse tout en ayant l'esprit pratique et la précision d'une montre suisse. Comme je ne peux pas m'avancer sur le terrain de l'amour sans faire tourner ses rouages cérébraux à plein régime, je me contente de dire :

– J'ai encore envie de toi. Tu le sais, hein ?

Elle s'étire pour attraper mon portefeuille, son corps formant un arc sinueux. Elle trouve un préservatif, et je m'agenouille avec un grand sourire ridicule. *Nous allons coucher ensemble ! Ouais ! Avec ma presque petite amie ! Ouais ! Sexe, sexe, sexe !*

Elle déchire l'emballage avec les dents, et en pince habilement l'extrémité pour le mettre en place. Elle presse délicatement mon érection, les yeux levés vers moi.

– Tu as l'air heureux, dit-elle timidement.

– C'est parce que je vais donner du plaisir à ma presque petite amie.

Spontanément, elle se redresse et m'embrasse. À mon tour, je l'embrasse jusqu'à ce qu'elle halète et se trémousse contre moi.

– À genoux, et souris à la caméra, j'ordonne.

13

La première question que les gens me posent lorsqu'ils apprennent que je ne tourne des pornos qu'avec des filles est :

– Donc tu es lesbienne ?

La réponse la plus rapide est :

– Je suis bi.

La plus longue :

– Toutes les femmes sont bi.

Cette réponse est longue parce qu'un débat s'ensuit systématiquement. Et là, la science va dans mon sens.

Mais ne vous mettez pas dans tous vos états pour autant. Je ne cherche pas la bagarre ; je veux juste expliquer comment je suis arrivée à faire ce boulot, et pour cela, il faut comprendre le b.a.-ba de la biologie humaine. Étonnamment, la plupart des gens n'y connaissent rien.

Le cours commence : une femme peut se penser cent pour cent hétérosexuelle, mener une vie complètement hétéro, sans que ça l'empêche d'être excitée par une autre femme. C'est un fait. Par excitée, j'entends avoir les pupilles dilatées, le pouls qui s'accélère, le sang qui afflue dans le bas-ventre. La femme peut ignorer ces signaux physiques, et je ne parle pas des cas où cela arrive alors qu'on l'embrasse ou la caresse – je parle d'une réaction devant des images de femmes attirantes.

Lisez les études si vous ne me croyez pas.

Mais, vous voyez, l'excitation n'est pas une question d'orientation sexuelle. Les manifestations de l'excitation sont physiologiques. C'est naturel. Basique. Primaire.

La vie sexuelle est déterminée par des éléments plus difficiles à mesurer et à expliquer – le conditionnement social, l'attachement affectif, des facteurs socio-économiques, la religion. C'est un sujet plus controversé, et sur ce point, je me contenterai de préciser que mon éducation imprègne ma conception du sexe.

Mais je m'emballe.

Le fait est qu'en termes d'excitation physique, les recherches montrent que les femmes ne sont jamais entièrement hétéros. Nous sommes excitées à différents degrés par des stimuli aussi bien masculins que féminins. Et pourquoi en serait-il autrement ? Nous sommes programmés pour procréer, mais aussi pour rechercher le plaisir. Le physique d'une femme est une telle source de plaisirs – leurs hanches, leurs seins, leurs lèvres. Les femmes sont autrement douces, belles et séduisantes que les hommes.

Donc si les études prouvent que les femmes sont excitées devant des représentations stimulantes du même sexe, à quelle ampleur le seront-elles si la relation devient physique ? Alors les stimulations dépassent la vue et l'ouïe. Le toucher, l'odorat et le goût entrent en jeu. On dira ce qu'on voudra mais si l'on vous bandait les yeux, pourriez-vous honnêtement reconnaître si c'est un homme ou une femme qui vous caresse les cheveux ? Dans un cas comme dans l'autre, c'est agréable. Et le plaisir, c'est le plaisir. Ce qui empêche d'en profiter, c'est le mental.

J'avais bien dit que la réponse était longue.

Peut-être que je répondrais mieux à la question en expliquant comment j'ai débuté. La réponse est :

– C'est la faute de mes parents.

La longue version est :

– Non, vraiment, c'est à cause de mes parents.

Aussi loin que mes souvenirs remontent, on m'a appris que le corps humain est beau et le sexe naturel. C'était quasiment une prière, que mes parents appliquaient dans leurs vies au quotidien. Avant la puberté, j'ai été exposée à tant de versions de l'amour libre et du naturisme que je n'avais aucune chance de devenir pudique.

Que ce soit bien clair, mes parents n'étaient pas d'une inconvenance nocive. Bien sûr, ils étaient peu regardants sur la façon dont ils s'habillaient en ma présence, mais je n'ai pas été molestée ni forcée à participer à des orgies hippies. En réalité, on m'a fermement appris à respecter le corps – celui des autres comme le mien. On m'a inculqué la valeur du consentement. J'ai côtoyé des gens au mode de vie libéral, et mes deux parents étaient très ouverts sur la question du sexe et du rapport au corps.

Quand, à l'âge de dix-sept ans, un agent de mannequins érotiques m'a abordée, je me suis dit pourquoi pas ? Les corps sont beaux. Le sexe est naturel. Et le mannequinat érotique semblait nettement préférable à tous les autres jobs à ma portée. Pour les premières séances, j'ai dû truander sur mon âge mais ça me procurait un revenu correct, et j'aurais pu gagner plus si je n'avais pas passé l'été entier à voyager en Europe avec mon sac à dos.

Le lendemain, à mon retour de vacances prolongées, je me lamentais sur les frais universitaires quand mon agent a dit :

– Tu sais, les films érotiques sont plus lucratifs que les photos.

Là encore, pourquoi pas ?

J'ai commencé par deux scènes de masturbation, qui se sont bien passées. J'ai quand même eu un vibromasseur pour mes quatorze ans ; j'étais déjà une pro du plaisir solitaire. Puis on m'a proposé ma première scène lesbienne – elle devait me doigter et me lécher. Hormis les caresses poussées que j'avais échangées avec Teresa Murray le soir où j'avais dormi chez elle pour fêter ses seize ans – nous étions jeunes et curieuses – je n'avais aucune expérience des femmes.

Mais avec Teresa, nous avions passé un bon moment, et si elle avait voulu me faire un cunnilingus, je l'aurais laissé faire. Le plaisir, c'est le plaisir.

Alors j'ai accepté ce film. Et j'ai découvert que les femmes pouvaient effectivement m'exciter. J'ai signé d'autres contrats et appris que pour moi, le sexe lesbien se distinguait de mes expériences avec mes petits copains. C'était plus primitif. Mon corps réagissait, mais je ne m'impliquais pas émotionnellement. Une partie de moi se demandait si c'était à cause de la caméra. Et si les femmes, c'était vraiment mon truc.

J'ai tourné quatre films lesbiens avant la scène de triolisme, avec Raven et Logan. Et c'est là que j'ai appris que A : je pouvais éprouver des émotions, même devant la caméra ; et B : j'étais résolument hétéro. Ou au moins, avec Logan O'Toole, je l'étais. Cet homme me faisait des choses… pas seulement physiques, mais psychologiques. Émotionnelles. Spirituelles, même. Après cette scène, je suis restée perturbée pendant plusieurs jours. Logan envahissait mes pensées et tout mon être, comme un virus.

Comme s'il coulait dans mes veines. Comme une éruption cutanée qui me démangeait de l'intérieur.

J'ai encaissé le chèque, contente d'avoir vécu cette expérience et je me suis strictement limitée au genre lesbien. Après une semaine ou deux d'hébétude, je m'étais pratiquement remise de ma rencontre avec Logan. En fait, j'ignorais si c'était le sexe hétéro ou Logan qui m'avait chamboulée. Je n'avais pas assez d'expérience pour être sûre, et je ne tenais pas à rassembler les données nécessaires pour le vérifier. Il me semblait plus prudent de m'en tenir à ce que je savais.

Je ne suis pas tout à fait honnête lorsqu'il me demande pourquoi je n'ai pas tourné d'autres scènes hétéros depuis notre plan à trois. Il m'a déjà posé cette question, mais cette fois, c'est pour la caméra.

– Je me suis rendu compte que c'était plus propre.

– Plus propre ? Pas de giclées de sperme à nettoyer, tu veux dire ?

J'arrête d'appliquer mon eyeliner pour ricaner. Il me filme pendant que je me prépare pour une scène avec une fille, le film d'un producteur avec lequel j'ai déjà travaillé plusieurs fois. Logan a pensé qu'il serait intéressant de me montrer « au travail » pour le projet avec Lelie, et il a obtenu l'autorisation de me filmer. Comme souvent, c'est un film à petit budget. Nous tournons dans un ancien atelier d'artiste caché entre deux boutiques d'une rue marchande peu fréquentée de West Hollywood. Ma loge consiste en un miroir fêlé accroché au-dessus d'un lavabo qui fuit, qui devait autrefois servir à nettoyer les pinceaux, mais la porte ferme à clé, et c'est l'essentiel.

C'est ridicule, mais même si ce cadre est médiocre comparé à ceux auxquels Logan est habitué, je me réjouis qu'il soit là. Je suis contente qu'il me voie travailler. Bien sûr, il comprend ce que je fais mieux que n'importe quel garçon que j'ai fréquenté, mais il ne m'a jamais vue à l'œuvre depuis trois ans.

Enfin, si l'on ne tient pas compte de «Prédestinés». Mais c'est différent.

– Plus propre dans le sens figuré. Je me suis rendu compte que j'étais, comme toutes les femmes, facilement excitée par différentes stimulations mais que je préfère les hommes. Même si je peux passer un bon moment à peloter des filles, je ne tombe amoureuse que des garçons.

Je réponds en appliquant mon rouge à lèvres avec une concentration exagérée. Nous savons déjà que nous nous apprécions, et je ne suis pas prête à aller plus loin pour l'instant. Mais j'ai évoqué les filles parce que je tiens à ce qu'il sache où j'en suis – et que je ne risque pas de m'attacher à Kendi Korn, ma partenaire du jour.

Bien sûr, j'aurais plus de mal à justifier ma scène hétéro avec le studio LaRue Hagen prévue dans la journée, mais je n'y pense pas pour l'instant.

– Alors tu te considères hétéro bien que tu lèches des minous toute la journée? Quand tu jouis, tu simules ou… ?

– En réalité, comme je fais essentiellement de l'érotique, j'embrasse les filles toute la journée – je ne les lèche que l'après-midi. (Du coin de l'œil, je remarque qu'il ajuste son pantalon.) Je suis hétéro parce que dans la vraie vie, seuls les hommes m'attirent. Mais, d'un point de vue biologique, je suis parfaitement capable d'avoir un orgasme avec une femme. (J'adresse la réplique suivante à la caméra.) Et je n'ai jamais besoin de simuler.

Logan grommelle.

– Tu sais ce que tu me fais, hein ? Je vais avoir du mal à ne pas me masturber pendant que tu vas tourner.

– On te virerait pour ça.

Cependant, ce serait très excitant qu'il prenne son pied pendant que je tourne, qu'il se caresse en imaginant qu'il possède mes lèvres ou mon corps. Si je ne craignais pas d'avoir des ennuis, je lui suggérerais de le faire et j'avoue que l'idée d'enfreindre les règles pimenterait l'expérience., Comme à la galerie. (Je me méfiais des conséquences parce que je n'aimerais pas que Logan doive répondre à des accusations d'exhibitionnisme. Cela nuirait à sa carrière et je m'en voudrais d'en être en partie responsable.) Mais hier soir, savoir que nous faisions quelque chose d'illicite, de pervers–j'en ai perdu la tête. Et à vrai dire, Logan m'a bel et bien bouleversée. Longuement, par le sexe et son désir de rendre notre relation réelle, mais aussi parce qu'il a été très sympa avec ma mère et qu'il m'a emmenée voir une expo sur les constellations ! Et ensuite en proposant d'essayer d'être mon petit ami–quoi qu'il se passe entre nous, c'est magique, merveilleux et *immense*, et ça me botte.

Mais j'ai aussi des doutes. J'ignore encore s'ils proviennent de ma tête ou de mon cœur, mais ils sont bien là. J'ai tenté de les rationaliser mais ça ne m'a pas menée bien loin. D'un côté, il est acteur porno. De l'autre, ça ne signifie pas nécessairement que c'est un séducteur–il est resté trois ans avec Raven tout de même. Mais leur rupture est récente. Je suis peut-être le lot de consolation. Ou bien celle qu'il attendait vraiment. Ou alors il est comme ça avec tout le monde. Peut-être que notre histoire n'a rien de spécial.

Ou alors si. Peut-être qu'il l'est. Et moi aussi. C'est sûr qu'avec lui, je me sens unique.

Je pourrais passer tout un mois synodique à décortiquer mes doutes que je n'y verrais pas plus clair.

C'est probablement mieux. Parce que j'admire les talents de Logan, et en tant que fan, j'aime croire qu'il est autant épris de ses partenaires qu'il en a l'air.

Mais depuis hier soir ? En tant que presque petite amie ? Que femme qui dort blottie dans ses bras ? Aux sentiments de plus en plus profonds ?

Non, je ne pense pas à ça non plus pour le moment.

J'enlève mon peignoir, inspecte rapidement la zone du bikini et enfile la petite culotte de coton blanc que la réalisatrice a choisi parmi ma poignée de sous-vêtements personnels. Je l'associe à un débardeur bleu ciel, sans soutien-gorge, et je me fais deux couettes.

– Comment je suis ?

Logan place la caméra en équilibre sur le rebord du lavabo en l'orientant vers nous.

– Viens par ici, dit-il en me tirant par le bas du débardeur. Tu es hyper chaude, ça me tue.

Il pose ma main sur sa bosse pour le prouver.

Puis il m'embrasse, tendrement mais avec ferveur. Un baiser bref, mais qui me laisse toute rouge. Il me sourit largement.

– Casse la baraque. Régale-toi !

Je suis tentée de lui demander si ça le dérange que j'aille prendre du plaisir avec quelqu'un d'autre. Que des filles me fassent jouir. Que j'aie un orgasme avec Bruce Madden, plus tard.

Mais je n'en fais rien. Parce que je ne veux pas entendre que la réponse, en version longue et courte, est « non ».

***

On s'embrasse beaucoup dans les pornos lesbiens de Lynne Femke. Si mes baisers sont plutôt enflammés, Lynne les préfère plus langoureux.

– Tu es tellement voluptueuse et souple, m'a dit un jour la réalisatrice suédoise. Je pourrais passer des heures à regarder des femmes te toucher.

Aussi ne suis-je pas surprise que Lynne réclame que nous nous tripotions longuement.

– Jouez beaucoup avec les seins, s'il vous plaît. Ensuite, Kendi, doigte Devi.

Elle nous montre dans quelle position elle veut que nous jouissions et nous sommes prêtes à commencer.

Logan a rangé sa caméra, et il est assis seul sur une chaise pliante dans un coin de la pièce. Il préfère rester à l'écart, comme pour se faire oublier.

C'est impossible, il est inoubliable. Mais, étrangement, sa présence ne me distrait pas autant que je l'aurais cru. Il est là, et j'en suis constamment consciente, mais en bonne professionnelle, je me concentre sur ma partenaire.

Kendi aussi est une pro. Nous bouclons rapidement le dialogue ringard qui installe la scène – deux étudiantes désignées pour partager la même chambre. C'est notre première nuit dans le dortoir, et le personnage de Kendi, récurrent dans le scénario, s'est mis en tête d'apprendre à mon personnage à… eh bien, « se faire baiser par une fille ».

J'avoue que je ne suis pas une excellente actrice. Si je l'étais, je jouerais dans d'autres genres de films. Mon manque de talent ne me dérange pas – le porno n'est pas une question de jeu. Dans le porno, il s'agit de fournir suffisamment d'indices visuels et verbaux pour établir un fantasme et de se concentrer sincèrement sur l'autre personne.

Réussir à exciter quelqu'un revient à résoudre une équation. Combien de ceci pour obtenir cela ? Combien de baisers avant que ses seins durcissent ? Quelles caresses du pouce sur son mamelon avant qu'il se tende ? Combien de temps masser son clitoris pour que ses cuisses tremblent ?

Aujourd'hui, le calcul est simple parce que Kendi, dans son rôle d'instructrice, me donne toutes les réponses. Elle m'indique ce qui est agréable par des mots et à travers son langage corporel. D'un naturel dominateur, elle est bien dans ce rôle, et je me soumets volontiers, cédant à ses lèvres douces et à sa langue qui envahit ma bouche. Elle a un goût de bain de bouche et de bonbons que je l'ai vue grignoter en se préparant. Et à force de m'embrasser, nos haleines se mélangent et la seule saveur dans ma bouche est celle du désir et du plaisir.

Nous franchissons naturellement une à une les étapes de séduction, nos mains sillonnant nos courbes, glissant sous nos vêtements, nos culottes en coton. Nous nous retrouvons nues, et pendant que je caresse et pétris les parties les plus douces de son anatomie, elle fait l'amour à mes seins, sa langue savourant mes mamelons jusqu'à ce qu'ils ressemblent à deux pointes roses.

Je suis absorbée par le plaisir. Avant même qu'elle touche mon clitoris, je suis mouillée et je vibre de besoin. Kendi est une bonne amante, et je suis impatiente qu'elle me fasse jouir. Eh oui, ça me plairait quoi qu'il arrive, mais savoir que Logan nous observe attise la quête de l'orgasme. Parce que je le soupçonne d'être dans le même état que moi.

Si seulement je pouvais l'observer moi aussi…

Mais les caméras tournent, et dans l'histoire, il n'y a que Kendi et moi. Alors je garde les yeux rivés sur elle pendant que sa bouche descend, que sa langue découvre mon intimité, qu'elle m'offre un orgasme délicieux.

Nous changeons de position, après nous être longuement embrassées comme le veut Lynne, et Kendi me positionne dos à elle. Les seins pressés contre ma peau, elle passe les bras autour de moi pour caresser ma chatte. Son doigt danse en rond sur mon clito, et quand son majeur plonge en moi, je lève les yeux. Je surprends le regard de Logan.

Et la scène change du tout au tout.

Captivé, Logan est immobile, et son expression est si enfiévrée, si intense, provocante que je reste aussi figée que lui. Je ne peux pas détourner le regard. C'est Kendi qui me caresse, le doigt de Kendi qui va me faire jouir mais je ne vois que Logan. Je ne pense qu'à Logan. Tout ce que je sens, c'est Logan.

Des images vivaces de la nuit me reviennent. « Ton sexe est si bon ». La voix éraillée de Logan m'emplit la tête. Son air vorace, fougueux quand il me pénètre. *« Je vais jouir tellement fort pour toi, jouir tellement fort… »*

Le souvenir se transforme en fantasme, et les mots que j'entends ne sont plus ceux qu'il a prononcés, mais ceux que je l'imagine en train de me dire maintenant. *Petite gourmande*, dit-il de loin.

S'il te plaît. Prends-moi. Je veux la sentir en moi, je supplie.

Ce n'est pas comme ça que je veux que tu jouisses.

Mais j'ai besoin de toi.

Il est imperturbable. *Il n'est pas question de toi pour l'instant.*

Il a raison – mon désir n'est pas l'essentiel. Je vois nettement que le fantasme l'emporte autant que moi ; et que les mots qui résonnent dans sa tête répondent ou non aux miens, ça n'a aucune importance. Nous sommes ensemble. Dans cette scène, il s'agit de nous. Ce moment est à nous.

Ça pourrait être com*me ça,* me dit-il. *Notre monde. Se filmer l'un l'autre, l'un pour l'autre.* Ça pourrait être l'avenir que tu recherches. Ça pourrait être nous.

Mon sexe pulse, mes hanches tressaillent en se cabrant contre la main de Kendi, et mon souffle se coupe alors que Logan m'encourage à jouir. *Donne-moi ton orgasme, Devi. Donne-le-moi, ma déesse. Laylà, Cass, Reine de la nuit.*

Le fantasme enfle avec la libération, les pièces du puzzle s'emboîtent – la star que je pourrais devenir avec lui, les films que nous tournerions, l'art. Nos collaborations, notre relation à venir. Comment nous pourrions continuer… *ensemble.*

Exténuée, je me rends compte que je ne veux pas faire du porno avec Logan O'Toole ; je veux bâtir ma vie avec lui.

14

La scène a duré longtemps.

Lynne la trouvait trop belle pour se résigner à crier « Coupez ! »

– Sans doute la meilleure de ta carrière, me félicite-t-elle.

Je regarde Logan par-dessus mon épaule. Je me demande s'il sait, comme moi, que c'est grâce à lui que ma performance était si superbe.

Je n'ai pas le temps de l'interroger car je suis en retard pour la scène hétéro avec LaRue, et j'ai à peine le temps de rassembler mes affaires, et de dire au revoir à Logan avant de filer.

Ce n'est pas très loin, et au lieu d'utiliser ce court trajet pour me préparer psychologiquement à la scène suivante, je ne pense qu'à celle que je viens de quitter. Je me remémore la nuit dernière. Je pense à Logan, et à la place qu'il occupe déjà dans ma vie. Peut-être aurais-je dû mieux me protéger. Je ne sais pas quel chemin ma carrière va prendre maintenant qu'il est dans ma vie. Je me demande si je vais pouvoir continuer à travailler sans lui.

Au moment où je me gare dans l'allée de la demeure louée par LaRue dans les Hills, je rassemble enfin mes esprits et je prends conscience que je vais tourner ma première scène hétéro sans lui. Une scène entre un homme et une femme sans Logan.

Oh, merde.

C'est grave.

Quelle idiote. J'ai tourné beaucoup de scènes sans Logan, couché avec des tas de partenaires autres que Logan. Je suis capable de tourner une scène sans lui.

L'estomac noué, je descends de voiture. Pendant une seconde, j'envisage de me porter pâle, mais je rejette rapidement cette idée. « *The Show Must Go On!* », comme on dit. Je parierais que c'est un réalisateur porno qui est à l'origine de cette expression. Une fois les acteurs choisis, et les contrats signés, presque rien ne peut annuler un tournage. Que l'actrice ait ses règles, qu'elle vomisse ses tripes, qu'elle ait une diarrhée d'enfer avant une scène de sodomie, le spectacle continue. Il y a trop d'argent en jeu ; une équipe et d'autres acteurs à payer. Les enjeux financiers sont trop lourds pour qu'une seule personne compromette le film.

Comme j'ai quelques minutes devant moi, je remonte en voiture pour contacter mon agent. Je tombe sur sa messagerie. Je grommelle pendant le message d'accueil, mais avec mon entrain habituel, je laisse un message.

– Salut, c'est Devi. Je suis sur le tournage de LaRue mais je ne peux pas…

Quelle que soit mon explication, c'est une mauvaise nouvelle, surtout sur une messagerie. De plus, je ne sais pas ce que j'attends d'elle. Qu'elle me rabaisse ? Me rappelle mes obligations ? Me dise que ce n'est pas grave si j'annule ?

– Rappelle-moi. Dès que possible.

Je raccroche et fixe mon téléphone pendant plusieurs minutes – quatre, pour être précise – en priant pour qu'il sonne.

Mais elle ne rappelle pas. Je suis officiellement en retard et je cède à la panique. Et si rien ne m'excitait ? Et si je n'y arrivais pas ? Est-ce tromper ? Puis-je tromper Logan alors que je ne suis pas officiellement avec lui ? Que je ne suis qu'une petite amie en quelque sorte ? Peut-on tromper une star du porno ?

En proie aux doutes et à l'anxiété, je ne me reconnais pas. J'ai la tête sur les épaules, normalement. Calme, détendue, pro.

Alors ressaisis-toi, et comporte-toi en vraie pro !

J'inspire à fond.

Une pro se prendrait par la main, et irait jouer sa scène. Il n'y en a qu'une. Une heure de ma vie. Je peux toujours imaginer que je couche avec Logan. Faire comme si c'était pour lui, comme la scène que je viens de boucler. Ensuite, je ne serais pas obligée d'accepter d'autres scènes hétéros avant d'avoir fait le tri dans… eh bien, toute ma vie.

Bon, très bien. Je vais y arriver.

Une dernière inspiration et je descends de voiture. Trois de plus, et j'atteins la porte. Un panneau exige le silence au cas où une scène soit en cours. Je tourne la poignée et entre.

Et je percute Raven.

C'est embarrassant parce que je lui fonce dedans si violemment que mon sac réutilisable plein de vêtements se renverse. Mes sous-vêtements s'éparpillent dans l'entrée, et sur ses ballerines Jimmy Choo.

Oui, *cette* Raven. *La* Raven. La seule et unique. La Raven de *Logan*.

Il ne m'a jamais parlé d'elle, et je ne sais pas exactement ce qu'il y avait entre eux, mais dans le milieu, et même en dehors, on savait qu'ils étaient ensemble. Ils formaient un couple en vue. Pendant presque trois ans, ils ont été le duo porno chouchou, s'affichant souvent en couverture d'*Adult Video News* ensemble. Ils jouaient dans la même équipe de softball pour une association caritative. Leur chien, Prior, avait son compte Instagram. Ils se tenaient la main pendant la conférence de presse des Films O'Toole lorsqu'il a annoncé son engagement pour le respect des femmes dans l'industrie. Quand Logan a gagné son dernier prix AVN, il l'a remerciée avec un clin d'œil complice qui suggérait qu'ils partageaient tout un langage secret.

Et un jour, sans explication, le nom de Logan a été effacé de la page de Prior et Raven a mis en ligne un vague statut Facebook sur des problèmes de déménagement. La presse a immédiatement supposé qu'ils avaient rompu. Ils n'ont fait aucun commentaire, mais il était évident que leur bulle d'amour avait éclaté.

Je ne peux pas dire que je ne m'en suis pas réjouie. Ni que ça ne m'a pas intriguée. Mais j'ai respecté la vie privée de Logan.

Maintenant que je me trouve devant elle, je me rends compte que faute de l'avoir interrogé à ce sujet, je suis aussi peu préparée à cette rencontre qu'à la scène qui m'attend. Mon histoire avec Logan est récente, et encore indéfinie, mais je suis certaine de devenir sa petite amie. Et pourtant je ne sais rien sur eux deux.

J'aurais dû lui poser des questions.

Il aurait dû m'en parler.

J'ignore le nœud dans mon ventre.

– Désolée, dis-je en me penchant pour ramasser mes sous-vêtements, espérant qu'elle poursuive son chemin et que nous contournions la question de la rencontre avec l'ex.

Raté.

– Devi, dit-elle d'une voix sans chaleur ni surprise.

Elle n'essaie pas de passer, presque comme si elle m'attendait.

– Raven.

Accroupie, je fixe mon regard sur l'équipe qui installe le matériel dans la salle à manger. Les caméras sont éteintes, et le réalisateur ne manifeste aucune impatience.

Je fourre mes affaires dans mon sac et me relève, accordant à Raven l'attention qu'elle semble attendre. Hormis son rouge à lèvres, fraîchement appliqué, son maquillage bave, et elle est décoiffée. Malgré son parfum fort, elle sent la transpiration et le sexe. Elle vient de terminer une scène. Et elle est encore très désirable. Après ma scène avec Kendi, je n'étais pas aussi présentable.

Mais peu importe.

– Toi aussi, tu tournes avec Sinner's ? dis-je par politesse.

Un sourire pincé, Raven hoche la tête. Ses lèvres couleur sang ressortent sur sa peau laiteuse.

– J'ai vu ton nom sur le planning, et j'ai eu envie de t'attendre pour te dire bonjour. Ça fait quoi ? Trois ans depuis le dernier film que nous avons fait ensemble ?

Je la trouve immédiatement suspecte parce que A : elle est l'ex ; et B : elle ment. Nous avons tourné deux films ensemble depuis ; pas dans les mêmes scènes, et sans nous croiser sur le tournage. Possible qu'elle ne fasse pas attention à ce genre de détails, mais si c'est le cas, pourquoi y prêterait-elle attention maintenant ? Pour Logan, peut-être ?

– Trois ans depuis *Les vrais rencards de Raven*. Le temps passe vite, hein ?

– Eh bien.

Elle m'examine de pied en cap avec condescendance.

– C'est fou comme tu as changé.

Ça fait trois ans. Pas trente. Mais je hoche la tête et le prends comme un compliment.

– Yep. C'est dingue.

– Logan m'a dit que vous travaillez sur une série.

Et voilà. Logan surgit ainsi, au cœur de la conversation.

Maintenant je sais qu'elle s'intéresse à lui à travers moi. Aussi qu'il lui a parlé. Récemment. De moi. Et je ne sais pas comment le prendre, hormis que ça me déstabilise.

Consciente d'avoir besoin de réfléchir, je veille à ne pas trahir mes émotions.

– Exact.

– Mmm.

Elle fait durer son mmm. C'est séduisant, attrayant et je comprends pourquoi elle est si célèbre. Raven n'est pas seulement belle – elle est ensorcelante. Chic et exaltante.

Et moi, je suis la fille qui trimbale sa petite culotte en coton dans un sac de supermarché.

– C'est quoi cette série, déjà ?

Elle va à la pêche aux infos, donc Logan n'est pas entré dans les détails. Il peut y avoir plusieurs raisons à cela. La plus évidente ne me plaît pas beaucoup.

Quoi qu'il en soit, si Logan est resté vague, moi aussi.

– Ce n'est pas encore bien défini. Il reste beaucoup de travail. On ne saura vraiment ce qu'on a fait qu'à la fin.

Derrière elle, le réalisateur attrape mon regard.

– Excuse-moi, Raven, si ça ne te dérange pas, j'ai besoin de…

Elle fait comme si je n'essayais pas de la mettre sur la touche.

– Si Tanner ne vous accompagne pas, tu devrais garder un EpiPen sur toi. Logan n'y pense jamais.

Je cligne des yeux.

– EpiPen ?

– Pour son allergie. Tu sais t'en servir, j'espère ?

– Je… J'ignorais que Logan avait des allergies. Ou qu'il avait besoin d'épinéphrine. J'aurais cru qu'il était du genre à prendre les problèmes de santé au sérieux.

Raven devine certainement mon ignorance, mais je m'efforce d'en montrer le moins possible.

– Je veillerai à ce qu'il en ait sur lui en permanence. Bon, ça m'a vraiment fait plaisir de te revoir mais je suis en retard.

Après quelques pas, elle m'arrête en lançant :

– Tu ne tournes jamais de scènes hétéros. Tu le fais pour Logan ? Si tu espères le rendre jaloux…

Mes ongles s'enfoncent dans mon sac bon marché serré contre ma poitrine. *Respire à fond.*

Je me retourne vers elle et redresse le menton.

– Je le fais pour moi.

Mais je ne suis pas très convaincante car je ne sais plus pourquoi j'ai accepté. Il y a de grandes chances pour que ce soit pour Logan, de la même manière que si je ne veux plus le faire, c'est pour lui.

Raven éclate de rire, et se plaque immédiatement la main sur la bouche comme si elle était désolée.

– Tu es vraiment adorable, Devi.

De nouveau, elle me reluque de la tête aux pieds, mais avec compassion cette fois, l'air de dire *Tu es si jeune, si naïve. Tu comprendras quand tu seras plus grande.*

J'ai désespérément besoin de savoir ce qu'elle sait et que j'ignore, et je ne veux pas tout découvrir en même temps.

Ce n'est pas parce que je suis jeune que je suis ignorante. Mais par manque d'expérience, je n'ai aucun moyen de savoir où est la vérité.

Je suis déstabilisée, et Raven le sent.

Elle esquisse un pas vers moi.

– Tu veux un conseil? Logan se fiche de savoir où tu dors. En fait, il apprécie que tu ailles baiser ailleurs parce que ça lui permet de faire tranquillement la même chose. Et, tu peux me croire, il baise *tout le temps* à droite à gauche.

J'ai l'impression qu'elle m'enfonce un poignard dans le ventre. Ce n'est pas normal puisque ce n'est pas une révélation. Bien sûr, il a d'autres partenaires, c'est son métier.

Mais elle laisse supposer que Logan a eu des maîtresses hors tournage, quand ils sortaient ensemble. Et c'est peut-être vrai. Le seul moyen de le vérifier, c'est de lui poser directement la question. Et soudain, je prends douloureusement conscience de tout ce que je n'ai jamais demandé à Logan, de tout ce que j'ignore sur lui et sur nous, de tout ce que je n'ai peut-être pas le droit de lui demander. Et je ne sais pas si je veux connaître toutes les réponses.

On m'appelle dans mon dos.

– Tu es Devi Dare?

Je tourne la tête et découvre le réalisateur et Bruce me fixer.

– Oui, c'est moi.

– Faut que je file, dit Raven, et elle disparaît sans un au revoir.

Bien que je n'aie pas souhaité cette confrontation, je suis presque déçue qu'elle soit partie. Ou plutôt, je m'en veux d'être aussi nerveuse à cause d'elle.

– Je veux tourner dans cinq minutes, dit le réalisateur sur un ton qui suggère qu'on commencerait tout de suite si j'étais prête. Tu sais ce que tu vas porter ?

Raven n'étant plus là, je n'ai aucune raison de rester dans l'entrée. Je me dirige vers lui. J'ai les jambes en coton, et la tête ailleurs. Je regrette de ne pas pouvoir me concentrer sur ce qui me préoccupe plutôt que sur la tenue que je dois porter avant de me retrouver à poil.

Je tends mon sac au réalisateur.

– J'ai plusieurs tenues.

Sans regarder à l'intérieur, il repousse le sac.

– Pas la peine. Certaines scènes dépassent le temps prévu. Celle-là doit être concise.

– Qu'as-tu en tête ?

Bruce et lui semblent être potes, et cela me met aussitôt sur mes gardes.

Pour la première fois, je balaie le plateau du regard. L'équipe technique est exclusivement masculine. Des hommes blancs d'âge mûr. L'assistante du réalisateur est une blonde en minijupe. L'éclairagiste, un homme à la barbe grisonnante, porte un tee-shirt qui dit « Elle va pas se sucer toute seule ». Le caméraman mate les filles qui se changent dans la pièce voisine – la cuisine, apparemment transformée en loge de fortune. Comme il n'y a pas de porte, tout le monde peut voir les acteurs se préparer. A priori, ce n'est pas si grave puisque nous faisons du porno. Sauf que ça l'est. Pour moi, c'est important. Ce tournage est dirigé par des hommes ; tout ce que j'évite depuis trois ans.

– On oublie les fringues, répond-il à Bruce. On gagne le temps de la déshabiller. On la met en peignoir et disons qu'elle fait le ménage après le dîner. Tu entres et tu la baises sur la table.

– Ah, ça me branche, fait Bruce qui me dévore des yeux.

– Debs, va voir si tu trouves de la vaisselle dans la cuisine.

– Qu'en penses-tu, Devi ? LaRue Hagen pose la main sur mon bras. Son geste me surprend autant que sa présence. Je ne l'avais pas vu et j'ignorais même qu'il serait là.

Je suis contente de le voir – c'est un visage amical, et en plus, il est le seul à me consulter.

– Je trouve ça… *ridicule, irréaliste, et grossièrement macho.*

Les assiettes que l'assistante dispose sur la table ne sont même pas sales. Pourquoi les débarrasserais-je ? Oui, je sais, dans le porno, le réalisme n'est pas primordial mais…

Honnêtement, si ça abrège la scène, je suis partante.

– Ça me paraît bien. Merci de me demander mon avis. Où je peux me changer ? Il y aurait une pièce avec une porte ?

Le réalisateur lève les yeux au ciel mais LaRue m'adresse un sourire rassurant.

– Bien sûr. Prends le bureau, si tu veux. Je crois qu'il y a un miroir au-dessus du minibar. Nous avons pris du retard, fais vite.

– Bien sûr.

Je me hâte de me barricader dans le bureau, dont la porte ne ferme pas à clé, mais je n'ai pas le temps de m'arrêter sur ce détail. En quelques minutes, je me déshabille et passe le peignoir. Je m'accorde une minute supplémentaire pour me recentrer. J'ai l'esprit embrouillé, et je dois me concentrer sur mon travail.

J'inspire, j'expire, et je me focalise sur l'air qui emplit mes poumons. *J'inspire, j'expire. J'inspire, j'expire.*

Je parie que Raven connaît le vrai nom de Logan.

Cette pensée soudaine me paralyse, et on frappe à la porte avant que je me ressaisisse.

– Devi ? crie LaRue à travers la porte en bois. Nous sommes prêts.

Pas moi. Pas du tout.

J'ouvre la porte en me préparant à gagner du temps mais LaRue m'entraîne vers le plateau.

– Tout va bien, Devi ?

Je ne suis pas sûre que ma réponse l'intéresse vraiment mais je comprends. À chaque minute que nous perdons, nous gaspillons son argent. C'est un type bien, et son inquiétude me paraît sincère.

Je réponds franchement.

– En fait…

Son téléphone vibre dans sa poche.

– Excuse-moi, dit-il en consultant l'écran. Désolé, je dois répondre. Jerry ! Salut !

Le téléphone à l'oreille, il traverse la cuisine, passant entre les femmes nues, sort sur la terrasse et referme la porte coulissante.

En l'absence du superviseur, le réalisateur, qui ne s'est toujours pas présenté, devient plus péremptoire.

– Bon, Devi, mon chou, enlève ce peignoir, tu veux ? Qu'on puisse régler la lumière. Debs a essayé de te remplacer pour les réglages mais tu as la peau plus foncée qu'elle.

Ce n'est pas un commentaire raciste, pourtant ça me fait l'effet d'une douche froide. Peut-être parce qu'il m'ordonne de me dévêtir. En temps normal, les réalisateurs me respectent en tant que personne, pas comme un simple corps. Ils sont courtois et prévenants, et conscients que j'ai besoin de me sentir en sécurité.

C'est peut-être différent dans le milieu hétéro. Je dois être aussi naïve que Raven le prétend.

Avec Raven la grande pro en tête, je dénoue ma ceinture et enlève le peignoir.

– Jolie, lance le réalisateur avec un clin d'œil. Il continue à bavarder avec moi pendant que le barbu vérifie les jeux de lumière sur ma peau.

– Dès qu'on commence à tourner, tu rassembles les assiettes. Bruce arrive derrière toi et enlève ton peignoir. Les assiettes sont en plastique, ça ne fait rien si elles tombent. Bruce et moi avons orchestré les gestes, laisse-le te guider.

Je lance un regard vers Bruce qui me scrute pendant que Debs triture son pénis. *Pour qu'il bande dès le début de la scène*. Ça veut dire que je n'aurai pas à l'exciter et comme nous avons déjà éliminé l'effeuillage, je crains que les préliminaires passent à l'as.

Cette idée me met mal à l'aise.

– J'aimerais autant connaître la séquence. Tu pourrais me la présenter ?

Le réalisateur secoue sèchement la tête.

– Si tu voulais des détails, il fallait arriver à l'heure. Allez, tout le monde, nous sommes prêts à tourner.

Pendant que je rattache la ceinture de mon peignoir, Bruce se rebraguette avec un sourire de prédateur.

– Lâche-toi, trésor, rien ne m'arrête.

J'en suis incapable.

Je ne peux pas ignorer les alarmes qui résonnent dans ma tête. Ni cet environnement sexiste. Ni faire semblant de me sentir bien. Je ne peux pas coucher avec Bruce Madden.

Et même si Logan continue à coucher avec d'autres filles, et que j'ignore si je le supporterai, si je ne peux pas coucher avec cet inconnu bourru, c'est à cause de Logan.

Lorsque le réalisateur ordonne de se mettre en place, je secoue la tête, et sans m'excuser, je m'enfuis.

15

Le réalisateur hurle dans mon dos.

– Tu ne peux pas démissionner! Tu es déjà là. Tu es déjà nue. Fais juste cette put…

Je m'engouffre dans le bureau et claque la porte. Sa voix n'est plus qu'un son étouffé, et je pousse un soupir de soulagement.

Je ne suis pas du genre à prendre des décisions hâtives, sous l'emprise des émotions. Mais j'ai toute une liste de justifications rationnelles:

1. Je ne me sens pas à l'aise sur ce tournage.

2. Je ne me sens pas en sécurité sur ce tournage.

3. Le réalisateur a refusé de m'expliquer ce que mon partenaire allait me faire.

4. Mon partenaire ne m'inspire pas confiance.

Mais j'ai beau être logique et sensée, et être en mesure de présenter clairement mes doléances, je me mentirais si je n'admettais pas que Logan est la première raison de ma fuite. Les autres raisons m'aident à écouter mon cœur.

Des bruits de pas dans le couloir me forcent à réagir. Quelqu'un va venir me chercher, et j'aimerais autant être habillée et prête à partir le moment venu. Je me dirige vers le bureau pour récupérer mes vêtements.

La porte s'ouvre aussitôt. Je lance un regard par-dessus mon épaule, et reconnais Bruce. Dents serrées, je fais comme si sa présence m'agaçait plus qu'elle ne me rendait nerveuse.

– Je suis en train de m'habiller.

Il entre comme si de rien n'était.

– C'est dommage.

– Je te demande de me laisser seule.

Impatiente d'être habillée, je remonte ma petite culotte sous mon peignoir.

Bruce marche vers moi en roulant des mécaniques.

– T'excite pas, trésor. Je viens juste vérifier si ça va. (Il pose la main sur mon bras.) D'accord ?

J'expire en m'appliquant à relâcher mes épaules. Je suis peut-être parano. Tout ce que j'ai à lui reprocher, c'est son attitude virile dans un environnement masculin. Il veut seulement faire son travail, et je l'en empêche.

– Oui, désolée. J'ai la tête ailleurs, je n'y arrive pas. On ne m'a pas présenté la scène.

En voulant dénouer ma ceinture, je le resserre accidentellement.

– Bordel, je marmonne.

– Attends, je vais t'aider.

Il saisit les extrémités de ma ceinture et me tire vers lui. Je me crispe, hésitant à me méfier. Je respire à peine pendant qu'il triture le nœud. Une fois détaché, j'essaie de reculer mais il me retient, et ouvre mon peignoir en grand. Il ébauche un sourire malicieux.

– Je t'avais dit que rien ne m'arrêterait.

Je tire sur mon vêtement pour le refermer, mais il enroule la ceinture autour de ses mains et me rapproche de lui.

Mon cœur tambourine si fort que je me demande s'il l'entend.

– Arrête ça. Je te demande de me laisser tranquille, dis-je d'une voix faible mais tendue.

– Hé, je rigole, c'est tout.

Il lâche la ceinture mais agrippe mes hanches nues avant que je n'aie pu lui échapper.

– Ne me touche pas.

J'essaie de nouveau de le repousser mais ses ongles s'enfoncent dans ma peau. Ses yeux assombris brûlent de convoitise.

– Sale petite allumeuse. C'est pas sympa de me chercher comme tu le fais, raille-t-il.

– Je ne t'allume pas.

Je me débats mais il est plus fort que moi.

– Regarde comment tu m'aguiches. Tu t'es même déshabillée pour m'appâter.

Il prend appui contre le bureau, et coince mes jambes entre les siennes. De cette façon, il a les mains libres pour me peloter. Il me plaque brusquement contre lui, mon bas-ventre butant contre son sexe. Il se frotte contre moi et donne des coups de reins.

– Tu sens ce que tu me fais ?

La gorge sèche, je saisis soudain la gravité de la situation. Si je ne me défends pas plus sérieusement, je pourrais finir penchée en avant, entre les griffes de Bruce – à faire précisément ce que j'ai fui.

Je vais lutter pour de bon.

– Tu devrais la lécher.

– Je ne lécherai rien du tout. Lâche-moi.

—Allez, Dev. Juste un peu. Lèche-moi.

Sa jambe enroulée autour de moi, et une main autour de ma taille, il essaie de pousser ma tête vers sa queue.

– Tu vas nous simplifier la vie ? Ou tu préfères faire durer le plaisir ?J'ai les larmes aux yeux, la gorge serrée.

– Je vais hurler.

– Tu veux t'amuser, alors.

Il appuie plus fermement sur ma tête. Il est trop fort, je ne peux pas résister mais je fais de mon mieux, agitant les bras et donnant des coups de pied.

Je m'apprête à crier lorsqu'on frappe à la porte.

– Devi ?

Bruce se fige, et je crie avant qu'il ne pense à m'en empêcher.

– Entrez !

La porte s'ouvre et LaRue entre. Bruce a toujours les mains sur moi mais cette fois, quand j'échappe à son emprise, il ne me retient pas. Je referme le peignoir, tenant l'encolure et la taille bien fermées.

Le producteur nous observe tour à tour.

– Tout va bien ?

Putain, non. Pas du tout.

Bruce est le plus prompt à répondre.

– Je me suis dit que j'allais l'aider à se détendre avant qu'on tourne. C'est tout. (Il passe la main sur ma joue.) On se retrouve devant la caméra, Devi.

Je frissonne et enroule mes bras autour de moi. Mes lèvres tremblent et je ne sais pas si je vais pleurer ou vomir. Plus que jamais, je veux foutre le camp d'ici mais je n'arrive pas à réagir. Si LaRue n'était pas venu me chercher, s'il ne l'avait pas interrompu…

– C'est quoi cette histoire ? Tu veux démissionner ?

J'assimile à peine sa question. Au bord des larmes, j'expire en tremblotant.

– Merci. D'être arrivé au bon moment. Bruce… il… il a…

Inquiet, LaRue se rapproche. Mais j'ai un mouvement de recul quand il tend la main.

– Qu'est-ce qu'il y a ? demande-t-il.

– Il m'a sauté dessus. Il ne voulait pas me laisser tranquille.

Je suis choquée, bouleversée, et j'ai du mal à articuler mes pensées.

– Il refusait de me laisser tranquille, je répète.

Ma peau me brûle là où Bruce m'a touchée, comme si ses doigts étaient imprégnés d'acide, et je ressens un besoin urgent de me doucher et de me frotter au gant, même si je ne veux plus jamais me dévêtir.

Les mains de LaRue retombent, et il affiche une expression prudente et perplexe.

– Bruce Madden t'a sauté dessus ? demande-t-il lentement.

– Oui ! *C'est ce que je viens de dire !* Après que j'ai dit non !

– Eh bien, Devi. (Il marque une pause comme s'il savait que je n'allais pas apprécier.) Tu es ici pour faire du porno. À quoi t'attendais-tu ?

J'ai le cœur dans la gorge, et il bat si fort que je vais avoir des hématomes sur les côtes.

– Quoi ? C'est une blague ? dis-je en clignant des yeux.

LaRue cale sa hanche contre le bureau.

– J'allais te poser la même question. Tu as signé un contrat qui t'engage à faire un travail précis pour moi, et non seulement tu ne respectes pas ton contrat, mais tu cries au loup quand des gens de l'équipe exigent que tu fasses ton boulot ? Ça ne marche pas comme ça dans ce milieu.

Son ton est calme et raisonnable, et brièvement, je me demande s'il a raison – si je suis dans mon tort, si je me suis mise seule dans cette situation et que je réagis trop vivement. Qu'a fait Bruce Madden en réalité ? Il a posé les mains sur moi ? Je suis venue dans l'intention de le laisser me faire davantage.

Mais le doute est chassé par les leçons sur le respect de soi et les droits de la personne que j'ai entendues toute ma vie. Elles l'emportent sur mes émotions et font naître une colère aveugle. Je canalise ma rage en ordonnant mes arguments.

– Primo, j'ai démissionné parce que les termes du contrat n'étaient pas respectés. Deuxio, cette pièce n'est pas le plateau. Tertio, même si ça l'était, j'ai le droit de décider de ce qu'on me fait. Ce n'est pas parce que j'ai signé un contrat que je consens à tout. Mon corps ne fonctionne pas de cette façon.

Incrédule, LaRue secoue la tête.

– Bon sang, je savais que tu étais jeune, mais je ne t'imaginais pas aussi naïve. Tu sais ce que tu m'as coûté aujourd'hui ? J'ai déjà payé l'équipe trente minutes à rien foutre parce que tu es arrivée en retard, et ça continue parce que tu as la trouille. Méfie-toi, tu vas te faire une réputation de diva, et ça ne va pas t'aider pour la suite de ta carrière.

Je suis toujours furieuse, indignée, mais ses réprimandes font écho à ma conversation avec Raven. Je doute tant de moi que j'en viens à m'excuser.

– Je suis désolée de vous faire perdre de l'argent. Ce n'était pas mon intention.

– Peu importe tes intentions. J'ai perdu de l'argent et je compte sur toi pour m'aider à le récupérer.

Je tourne la tête vers lui, et méfiante, je resserre mes bras autour de moi.

Il agite la main, comme s'il avait compris mes déductions.

– Je suis sûr que tu es un super coup, mais même si tu as une chatte en or, ça ne fera pas rentrer le fric si tu n'essuies pas tes larmes, que tu ne te ressaisis pas et que tu ne retournes pas sur le plateau. Donne-moi une scène explosive et j'oublierai les débuts houleux.

Il tourne les talons comme si la conversation était terminée, le marché conclu. Je suis sidérée.

– Sûrement pas. Je ne tournerai rien pour vous. Je m'en moque du fric que vous avez perdu. Je me tire.

Je préférerais m'habiller seule, mais ça passe après le besoin de partir. J'enfile mon short déchiré et lui tourne le dos pour troquer mon peignoir contre un tee-shirt, renonçant au soutien-gorge pour gagner du temps.

Pour la première fois depuis qu'il est entré, la voix de LaRue s'endurcit.

– Si tu t'en vas sans avoir tourné cette scène, tu peux dire adieu à ta carrière.

Je chausse mes tongs et me saisis de mon sac.

– Nous verrons bien ce qui se passera quand je raconterai ma journée à mon entourage.

– Raconter quoi ? Qui va t'écouter ? Tu es naïve, Devi, crache-t-il dans mon dos. Ton agent va avoir de mes nouvelles.

Je réussis à rejoindre ma voiture sans qu'on m'arrête, mais ce n'est qu'une fois sur la route que je peux respirer. Puis j'éclate en sanglots. Je ne sais pas où aller. Je ne sais pas quoi faire. Je ne sais pas ce que je veux ni quoi penser, alors je roule sans but sous le soleil de la fin d'après-midi en essayant d'y voir clair. J'ai passé trois ans dans l'érotique, et je ne me suis jamais sentie violée. J'ai entendu des histoires d'abus et de harcèlement, et pourtant ça m'a toujours semblé étranger. Et ça l'était parce que j'avais soigneusement sélectionné mes projets et les producteurs, j'avais l'assentiment de personnes de confiance.

Jusqu'à aujourd'hui.

Pourquoi ai-je accepté ce film sans mener d'enquête ?

Logan.

Je voulais me prouver que mes sentiments pour lui n'affecteraient pas mon travail. Au lieu de ça, j'ai eu la preuve du contraire. Je me suis prouvé que ce que je ressens m'effraie suffisamment pour que j'ignore mes exigences habituelles. Je me suis prouvé que mes sentiments sont forts, probablement assez pour mériter un nom. Assez forts pour être qualifiés d'amour.

Je suis encore trop choquée pour ressentir l'impact de cette prise de conscience mais j'ai envie de le sentir pleinement. Je veux éprouver un sentiment qui ne soit pas sale, pas horrible, pas du viol.

Je parle à voix haute pour voir si ça aide.

– J'aime Logan. Je suis amoureuse de Logan.

Ça va mieux. J'ai toujours froid et je suis toujours abasourdie, mais j'aperçois de la lumière, un espoir, comme la première étoile qui s'illumine le soir. Une chose à laquelle me raccrocher pour ne pas sombrer dans la déprime.

La sonnerie attribuée à mon agent retentit, et par chance je suis arrêtée à un feu rouge.

– Merci, enfin, dis-je directement. Le tournage avec LaRue ? Atroce. Dangereux, macho. Le réalisateur – je ne connais toujours pas son nom – m'a traitée comme une moins-que-rien. La loge ne fermait pas à clé. Bruce Madden est entré et m'a tripotée et il m'aurait violée si LaRue n'était pas arrivé.

En parler renouvelle ma colère. Je tremble à la fin.

– Je… je suis trop bouleversée, Lucy, je n'arrive pas à me calmer.

– Respire à fond. Tu conduis ? Tu es dans tous tes états. Tu ferais bien de te garer, non ?– Probablement, mais j'ai besoin de rouler.

J'ignore où je me trouve. Je pourrais m'arrêter dans une station-service, sur le parking du McDo, mais je panique à l'idée de m'arrêter comme si Bruce me suivait, et attendait que je baisse la garde.

Lucy n'insiste pas.

– Je comprends. Mais sois prudente, hein ?

– D'accord.

– Bon, le plus important. On ne t'a pas fait de mal ?

Je fais non de la tête.

– Non, je suis juste remontée.

– Tu préfères que je te rappelle plus tard ?

– Ne raccroche pas ! je m'écrie en me rendant compte que j'ai besoin de parler à quelqu'un. Je ne suis peut-être pas très cohérente, mais j'ai envie de discuter.

Je suis là. Tu veux me raconter ce qui s'est passé avec Bruce ?

– Il m'a harcelée. Il m'a terrorisée.

Je lui donne tous les détails. Je m'entends parler, j'ai un ton mélodramatique. Je doute de nouveau de moi.

Mais Lucy me soutient, me rassure, et accepte mes émotions comme légitimes.

– Et c'est à cause de Bruce que tu as démissionné ? finit-elle par demander.

– Non, attends. Comment tu sais…

J'essaie de me souvenir si j'ai précisé que j'avais annulé mais je ne sais plus.

– Je viens d'avoir LaRue en ligne, explique-t-elle.

Bien sûr, il l'a contactée rapidement. Je n'étais pas encore sortie de la maison qu'il composait déjà son numéro.

– Quoi qu'il t'ait dit, c'est du pipeau. Leur attitude était déplacée.

– Je comprends, et je suis désolée. (Elle marque une pause.) Mais tu m'as laissé un message avant d'arriver sur le plateau, non ? Tu disais que tu ne pouvais pas tourner cette scène, je crois ?

– Géniale. Tu me trouves ridicule toi aussi.

– Je n'ai pas dit ça, Devi. J'essaie de comprendre ce qui s'est passé pour te sortir au mieux de cette situation.

– Quelle situation ? Je n'ai rien fait de mal. LaRue veut me poursuivre en justice ou…

Mener une bataille judiciaire m'accable d'avance.

– Oui, il veut être dédommagé pour l'argent qu'il a perdu. *Eh, merde. Adieu mon appartement.* Mais je pense pouvoir le convaincre de renoncer. Devi, je suis plus inquiète pour ta réputation.

– Il peut dire toutes les horreurs qu'il voudra, je ne ferai pas de porno hétéro. Je pensais être faite pour ça, mais je me suis trompée.

C'est injuste d'assumer que tous les tournages hétéros se ressemblent mais je ne prendrai pas le risque de réitérer l'expérience.

Toutefois, j'ai une autre raison de renoncer au porno hétéro. Elle n'a rien à voir avec Bruce ou LaRue, et tout à voir avec Logan.

Lucy reste silencieuse un instant.

– Je ne m'inquiète pas uniquement pour les scènes de pénétration. Hagen a de l'influence dans le milieu. Je crains que tu reçoives moins de propositions dans tes boulots réguliers.

Merde.

Je me mords l'intérieur de la joue et lutte contre les larmes.

– Tu crois que j'ai eu tort de quitter le plateau ?

– Non, soupire-t-elle. Mais il y a des règles dans le porno. Je ne les valide pas toutes, mais elles existent. Elles ne sont ni éthiques ni légales, mais peu de gens prennent les travailleurs du sexe au sérieux. Si tu ne fais pas d'allégations formelles, nous aurons plus de chances de nous en sortir, mais ça va être difficile de passer outre les obligations contractuelles sans porter d'accusations.

Je me mords plus fort en assimilant son explication. Je n'apprends rien. Je connais le monde auquel j'appartiens. Je ne suis pas si ignorante que ça.

– J'ai vraiment merdé, hein ?

Pas en plaquant ce tournage mais en cherchant à le décrocher. En restant dans ce milieu au lieu de chercher ma voie. Est-ce ce que je veux faire ça dans cinq ans ? Dans dix ans ? Le porno est ma passion ? Toutes ces conneries en valent-elles la peine ?

Ce matin, avec Lynne, ne croyais-je pas pouvoir le faire éternellement ?

J'aurais peut-être pu si je n'avais pas tout foutu en l'air.

– Tu n'as rien à te reprocher. Nous devrions réussir à sauver ta carrière, même s'il vaudrait mieux s'en tenir aux photos pendant un certain temps.

– Si tu crois que c'est préférable.

Je ne sais plus ce que je dois faire.

– Par simple curiosité. Tu avais une raison précise d'être méfiante avant d'arriver sur le tournage ?

Une partie de moi aimerait lui parler de Logan, que je suis dingue de lui, que je n'ai plus envie de coucher avec personne d'autre.

Mais si je me trouvais naïve en me plaignant de Bruce, déclarer mon amour pour une star du porno serait pire.

– Un mauvais pressentiment. C'est tout.

Si Lucy sent que je ne dis pas tout, elle laisse couler.

– On dirait que tu peux te fier à ton instinct. Mais il vaut mieux éviter de mentionner tes réticences. Ça décrédibilise l'argument de l'environnement professionnel inconvenant. Voyons-nous la semaine prochaine. Nous préparerons une plainte en bonne et due forme pour réfuter l'accusation de rupture de contrat.

– D'accord. Mais si Hagen essaie de passer un marché – comme engager une nouvelle équipe ou changer les règles de comportement sur le tournage – je ne retenterai pas le coup.

– Je comprends.

Je sens qu'elle est sincère mais aussi qu'il serait plus simple que j'accepte cette offre. Par chance, elle n'en dit rien.

– N'y pense pas trop ce soir, Devi. Tu peux être fière d'avoir su te défendre. Il faut du cran pour ça. Beaucoup de femmes n'auraient pas su se faire respecter.

Je la rassure, et accepte de la rappeler dans un jour ou deux. Dès que nous raccrochons, je me sens de nouveau paumée. J'ai besoin de me doucher. Mais je ne veux pas rentrer chez moi – j'ai besoin de compagnie. Besoin de me sentir en sécurité et soutenue.

Inconsciemment, mes errances trouvent une destination. Je me gare dans son allée, prends la clé sous le pot de succulentes et entre.

Logan est allongé sur son canapé. Il ne porte qu'un jean. Pieds nus, les chevilles croisées, il monte des images sur son ordinateur portable.

Surpris, il s'assoit, me dévisage et plisse le front. Il se lève instantanément.

– Qu'est-ce qui ne va pas ?

Je me jette dans ses bras.

– J'ai besoin de toi, je geins d'une voix rauque.

En vérité, maintenant que sa chaleur, son parfum, sa masculinité m'enveloppent comme dans un cocon, la réponse est « rien ».

16

Devi enfouit le visage dans mon épaule, et j'aimerais m'écarter pour la regarder mais je sens la chaleur reconnaissable des larmes sur ma peau et je ne bouge pas. J'enroule le bras derrière ses genoux, et la porte dans ma chambre où les volets fermés bloquent le soleil. Je m'assois sur le bord du lit en la gardant dans mes bras. Je la berce lentement, la tête calée sur la sienne.

Je ne répète pas ma question, même si je meurs d'envie de savoir ce qui lui arrive. Ce matin, elle était radieuse après sa scène avec Kendi (et, je l'espérais secrètement, grâce à l'intimité que nous avons partagée pendant le tournage). Et quand elle m'a embrassé en partant, elle semblait heureuse et joyeuse, malgré une certaine nervosité. Je sais qu'elle avait un autre tournage. Est-ce la cause de son mal-être ?

Je fouille ma mémoire à la recherche d'un détail. En général, ses scènes ne vont pas plus loin que des jeux avec un godemiché et un bondage léger. Jamais de punitions. Elle s'est peut-être disputée avec un collègue ? Une autre actrice ? Un réalisateur ?

– Devi, dis-je pour l'inviter à se confier mais aussi pour lui rappeler que je suis là pour elle, qu'elle n'a rien à craindre et que je vais prendre soin d'elle.

– Je ne t'ai pas tout dit, articule-t-elle.

Je fronce les sourcils.

– Peu importe. Tout va bien maintenant.

Elle secoue la tête contre mon torse.

– Mais non, pleure-t-elle de plus belle. Je… je croyais que je pourrais le faire mais il était tellement agressif, et il m'a coincée et…

Il ?

Un mec ?

Qu'a-t-elle fait de son après-midi ? Pendant qu'elle me manquait, que je me sentais seul et travaillais sur le canapé, elle tournait avec un homme ? Je réponds de but en blanc.

– Quoi ? Qui est ce mec ?

Elle se recroqueville, se roule en boule dans mes bras.

– J'ai accepté une scène hétéro pour LaRue Hagen, murmure-t-elle entre deux sanglots. C'est ça que j'avais à faire aujourd'hui… pas pour tourner avec une fille, mais avec Bruce Madden.

– Bruce Madden ?

Plusieurs sortes de colère explosent dans ma poitrine, celle qui domine naissant d'un intense instinct de protection parce que Bruce Madden est connu pour son mauvais comportement au travail. Mon sang bouillonne, et des scénarios meurtriers me traversent l'esprit. Je dois retrouver mon calme. Tant que je n'en sais pas plus, je dois me montrer patient. Seulement, je connais Devi et elle ne pleure pas pour rien. Si elle se laisse dominer par ses émotions, c'est qu'il lui est arrivé quelque chose de grave.

Je repense à d'horribles histoires survenues dans le porno, à tous ces viols filmés jamais traduits en justice. Raven et moi avons défendu bec et ongles ces actrices – et nous continuons, séparément – mais je n'ai jamais pensé que ça puisse arriver dans mon entourage, à quelqu'un que j'aime…

Oh, non. Si Devi a vécu cette horreur aujourd'hui, je vais faire vivre un enfer aux coupables, directs et indirects. Un cauchemar impliquant des menottes, du sang et de l'argent, et je veillerai personnellement à castrer Bruce.

Tu ne sais pas encore ce qui s'est passé – pose ce couteau imaginaire.

– Oui, Bruce Madden, renifle-t-elle. Il était… mon Dieu, Logan, il est horrible.

– Il t'a… ?

Je n'arrive même pas à terminer ma phrase, car deux questions s'entremêlent. *T'a-t-il agressée ? Si la réponse est non, as-tu couché avec lui ?* Malgré ma colère protectrice, je ne supporterais pas de lui donner l'impression qu'elle est responsable ou qu'elle a mal agi. Quoi qu'il se soit passé, c'est la faute de ce connard.

– C'est arrivé pendant le tournage ?

– Je n'ai même pas réussi à jouer la scène. Mais il est venu me trouver quand j'étais sur le point de partir…

Elle éclate en sanglots. Je la serre contre moi, la berce, lui caresse la tête en la laissant pleurer.

Pendant que je lui murmure des mots rassurants, un élément me revient.

Devi a accepté une scène hétéro. Quand elle m'a dit au revoir ce matin, elle partait coucher avec un autre homme. Un sentiment laid et indéniable surgit à travers le voile de la colère et de la peur qu'elle ait été blessée.

De la jalousie.

Je me rappelle notre premier faux rendez-vous dans le parc, quand Sinner's Playpen a téléphoné à Devi. Elle m'a consulté sur ses projets de porno hétéro, et j'ai dit à Tanner que nous étions deux professionnels, que nous poursuivrions notre carrière comme nous l'entendions. Mais à ce moment-là, c'était abstrait, hypothétique, irréel. Je clamais, à moi-même comme aux autres, que ça ne me dérangeait pas.

Mais maintenant, ce n'est plus vrai.

Je ne l'accepte pas.

Parce que je la tiens dans mes bras, et je veux être le seul à la toucher, à lui faire l'amour. Et vous savez quoi ? Ça s'applique aussi à ses partenaires féminines. Je veux être le seul et unique, l'avoir tout entière.

J'essaie de me rappeler que ce n'est que du sexe, que ça ne veut rien dire. Mais si ça n'a pas d'importance, pourquoi me l'a-t-elle caché ?

La sœur de la jalousie pointe le bout de son nez.

La suspicion.

Je déteste ça. Chaque facette de cette émotion. Je hais la sentir envahir mon cœur, contaminer mes pensées mais pour quelle raison a-t-elle gardé le secret ? Un jour, vais-je découvrir que Devi a posté des photos d'elle avec un Italien ? Je déteste me demander si je tiens plus à elle qu'elle ne tient à moi, si elle fréquente d'autres hommes, si je vais de nouveau avoir le cœur brisé.

Mais je rejette tout en bloc. La jalousie, la suspicion et la colère. Je n'ai pas le droit de redouter qu'elle couche avec d'autres hommes parce que j'ai couché avec d'autres filles, et même dans le cas contraire, *presque petit ami* n'est pas explicitement synonyme de monogamie. Nous n'avons jamais parlé d'exclusivité.

Nous sommes des acteurs pornos. Nous tournons du porno. Nous baisons avec différentes personnes. C'est comme ça.

La femme que j'aime a du chagrin, et c'est tout ce qui compte. Pour le reste, on verra plus tard.

Après plusieurs minutes, je la sens se détendre un peu, ses pleurs et sa respiration se calment. Elle essuie son visage barbouillé de mascara d'une main. Elle jette un coup d'œil à mon épaule et mon torse qui sont aussi maculés.

Elle éclate d'un rire libérateur.

– Je t'ai mis du noir partout.

– Je devrais réussir à arranger ça, dis-je aussi gaiement que possible compte tenu des accès de jalousie et de l'instinct protecteur qui me taraudent. Je la porte dans la salle de bains et la dépose sur le banc de la douche.

Ma douche est vaste – de la taille de certaines salles de bains. Elle est équipée de tas de pommeaux, de jets et de robinets qui me servent rarement car, comme vous le savez peut-être, nous manquons d'eau en Californie. Mais après cette journée éprouvante, j'allume tout, le plus chaud possible.

Devi me regarde en battant des paupières. Sur le banc, elle a l'air jeune et triste. Et toute ma jalousie et ma suspicion s'évaporent. À la place, j'éprouve le besoin irrépressible de la protéger, d'effacer sa mésaventure, mais c'est trop tard. Je ne peux espérer que réparer mon absence, mon incapacité à l'aider.

Je marche lentement vers elle à travers les jets d'eau, ignorant mon jean qui se trempe. Vous l'avez probablement deviné, ça ne me dérange pas de porter des vêtements mouillés – habitude qui vient du porno, je suppose. Mais je garde mon jean pour une autre raison : je ne veux pas que Devi pense que je l'ai amenée là pour en profiter. Ce n'est ni pour le sexe ni pour moi. Tout ce que je veux, c'est qu'elle se sente mieux.

Intriguée, l'expression lasse, elle me regarde avancer jusqu'au banc.

– Je peux te déshabiller ?

Elle se mordille la lèvre et hoche la tête.

– D'accord.

Sa voix est à peine audible sous les jets d'eau.

Dans les volutes de vapeur, j'enlève son tee-shirt détrempé. Mon sexe se dresse quand je constate qu'elle ne porte rien en dessous. Ses seins délicieux sont exposés mais je fixe mon attention sur ses tongs puis son short que j'ôte et jette en tas dans un coin de la douche.

Une fois qu'elle est nue, je la prends par les coudes et la guide sous la cascade qui jaillit du pommeau. Je la laisse là le temps d'aller chercher un gant et du savon.

– Tu vas sentir le mec, je suis désolé, dis-je en commençant à la laver.

– Non, je vais porter ton odeur.

Sa façon de le dire comme si c'était la meilleure chose que je puisse lui offrir me serre le cœur. Je m'empresse de baisser les yeux pour cacher mon trouble, m'attarde sur des parties innocentes, comme ses mains et ses pieds. Mais la proximité de son corps, l'eau qui dégouline sur ses seins, ses hanches et ses fesses rendent mon jean trop étroit. J'attends d'aller chercher le shampooing pour m'ajuster discrètement – pas facile dans un jean mouillé, mais j'y parviens.

Je lave lentement ses cheveux, massant son crâne et frottant ses tresses entre mes doigts. *Je t'aime*, je pense, en espérant qu'elle sente mon amour irradier de mon corps.

Je t'aime tant.

Mais bien sûr, je ne le dis pas, car ce n'est pas le bon moment, avec ce gros nuage noir qui plane au-dessus de sa tête. Je la rince, l'enveloppe dans une immense serviette molletonnée et la porte sur mon lit.

Je m'apprête à changer de pantalon quand elle retrouve la parole.

– Non, garde ce jean. Viens là.

– Cass, nous ne sommes pas obli…

– Je sais, dit-elle fermement. Je sais ce que tu fais, mais ce n'est pas ce que je veux.

En mon for intérieur, je sais que je devrais protester, mais je ne peux pas. Après l'avoir lavée, je suis trop excité mais en plus sa voix révèle toute la confiance qu'elle me porte. Elle saisit immédiatement mon pénis mais j'attrape sa main.

– Je sais que j'ai l'air chaud bouillant, et je le suis, mais Cass, si quelque chose… de grave… t'est arrivé aujourd'hui, j'ai besoin de le savoir.

Je ne prononce pas le mot-clé, mais il flotte entre nous.

Elle cherche ses mots.

– Ce n'était pas… ce n'est pas…

Elle déglutit, regarde ma main, grande et forte, qui tient son poignet. Je la lâche aussitôt.

– Je tiens à savoir ce qui t'est arrivé, mais je comprends que tu n'aies pas envie d'en parler. Nous pouvons rester comme ça. Je n'ai pas la tête à faire plus avant d'être certain que je ne profiterais pas de toi.

Devi grommelle et soudain, elle s'allonge sur le dos.

– J'aimerais que tu sois moins délicat. J'ai envie de toi. J'ai besoin de toi. Il n'y a que toi qui puisses me réconforter.

– Alors tu dois me dire pourquoi.

Elle fixe le plafond en clignant des yeux.

– Tant que tu me touches pendant que je parle…

– Cass…

– Nous n'avons pas besoin de coucher ensemble. Mais j'ai besoin de me souvenir de ce que ça fait d'être touchée par quelqu'un qui me plaît. J'ai besoin qu'un homme me touche comme j'aime, parce que je ne veux pas que l'expérience d'aujourd'hui me le fasse oublier.

Soudain, je comprends. Enfin, pas entièrement parce que je n'ai jamais été abusé, et comme je suis un homme, je ne serai probablement jamais confronté à ce sentiment d'impuissance. Mais sa demande est profondément humaine, si vulnérable que je ne peux pas la rejeter. Je ne peux rien lui refuser.

Je rampe sur elle, et m'appuie sur les genoux et les avant-bras pour placer nos ventres en contact et presser mon érection sur son bas-ventre. J'embrasse son cou, ses épaules, ses joues, et je la sens fondre. Elle se remet à pleurer, en silence. Et pendant que je sème des petits baisers sur son visage et son corps, l'histoire émerge peu à peu. Elle me décrit le plateau, son malaise face au réalisateur et à Bruce.

Et lorsqu'elle arrive au moment où Bruce la coince dans le bureau, je serre les poings, et détourne le visage pour cacher mes envies de meurtre et de castration.

À la fin, elle tourne lentement mon visage face à elle.

– À quoi penses-tu ? demande-t-elle timidement.

Malgré ma peine, je réponds honnêtement.

– À la façon dont je vais accrocher Bruce Madden et LaRue Hagen au panneau Hollywood pour les pendre.

Elle pince les lèvres comme pour s'empêcher de sourire.

– Tu vas avoir du mal à monter jusque-là en traînant deux corps.

– Pas avec ma détermination.

Elle soupire, et j'écarte les cheveux de son front.

– Je ne sais pas quoi dire, Devi. À part que je suis furieux et que j'ai de la peine pour toi. J'aurais tant voulu être là pour te protéger !

– Moi aussi, murmure-t-elle.

Elle retombe dans le silence. J'hésite, puis me jette à l'eau.

– Devi, pourquoi ne m'as-tu pas parlé de cette scène ? Je ne t'ai jamais menti sur mon travail. Je me demande si nous sommes sur la même longueur d'onde… ?

Le ton de ma voix trahit mes peurs infondées. Les larmes aux yeux, elle tourne la tête.

– Je suis vraiment désolée, Logan. Je ne voulais pas te mentir. Mais si je t'en avais parlé, j'aurais dû m'avouer des choses que je n'étais pas prête à entendre. C'est idiot parce que j'ai tout gâché.

J'ignore ce qu'elle n'est pas prête à entendre mais sur le deuxième point, je peux l'aider.

– Ne te soucie pas des retombées. Tant que je suis là, tu auras du travail si tu en veux. Promis. Et je veillerai personnellement à détruire Bruce Madden. Ce salaud ne va pas s'en tirer à si bon compte. Et LaRue non plus

Elle soupire.

– Toi aussi tu subirais des pressions si tu t'en prenais à LaRue. Et merci pour ta proposition de travail, mais je tiens à me débrouiller seule. C'est important pour moi. Il se trouve que je ne sais plus si je veux continuer…

Je suis confus.

– Tu veux lever le pied le temps de régler les choses ? Ou arrêter définitivement le porno ? C'était pitoyable et horrible mais tu sais qu'avec d'autres gens, tu ne crains rien. Tu travailles avec eux depuis trois ans. Tu es douée pour ça ! Ne laisse pas un connard comme Bruce te priver de faire ce que tu aimes et que tu fais merveilleusement bien.

– Ce n'est pas… (Elle inspire.) Je ne me sens pas obligée d'arrêter, Logan. Mais il y a autre chose, je ne t'en ai pas parlé et je ne sais pas encore ce que ça implique.

J'écoute mais elle n'ajoute rien. Elle s'est fermée. Je le vois dans ses yeux et dans ses lèvres pincées.

– Tu peux tout me dire, dis-je en l'embrassant à côté de l'oreille. Tout. Devi, s'il te plaît. Tu m'as demandé de ne pas te tenir à l'écart de mes activités… ne le fais pas avec moi.

Sa voix est prudente. Logique.

– Je ne suis pas prête à t'en parler. J'ai encore besoin d'y réfléchir.

– Tu n'as pas besoin de me présenter une thèse, bébé. Si tu veux qu'on essaie de sortir ensemble, on doit se parler de nos difficultés. Ce n'est pas grave si ce n'est pas clair pour toi. Je veux l'entendre parce que je tiens à toi, et je…

Je me tais juste avant de le dire. *Pas encore, Roméo*. Ce n'est pas le moment de céder aux pulsions. Devi est trop précieuse pour ces grands déballages sentimentaux.

Mais elle semble se décoincer. Ses lèvres s'entrouvrent et ses cils papillonnent et soudain, son menton se met à trembler.

– Qu'allais-tu dire ? chuchote-t-elle.

Je secoue la tête.

– C'est sans importance.

– Vraiment ? Ou bien tu ne veux pas en parler ? Tu me reproches de me fermer mais c'est ce que tu fais !

Merde. Pourquoi je m'enfonce tout le temps ?

– Ce n'est pas ce que je veux, mais… tu es jeune et je ne veux pas merder. J'ai peur d'aller trop vite.

– Non, tu ne vas trop vite, susurre-t-elle.

– Mais c'est bien d'y aller doucement. Ça rejoint notre discussion dans la galerie…

– Je suis amoureuse de toi, dit-elle brusquement.

Des étincelles explosent dans ma tête et la chaleur irradie dans ma poitrine.

– Quoi ?

– J'ai réfléchi. Je pense que je suis amoureuse de toi depuis un moment mais ce matin, ça m'a sauté aux yeux. Je suis tellement amoureuse de toi que l'idée de jouir pour un autre, qu'il me touche, me perturbe. Ça me tracasse. J'ai failli faire demi-tour avant même d'arriver sur le plateau parce que j'ai compris que je ne voulais pas tourner de scène hétéro sans toi.

Elle n'a pas le ton de quelqu'un qui célèbre une grosse révélation ou qui confie un espoir. Elle semble confesser un péché, une faiblesse, et la raison m'apparaît clairement – elle ne sait pas que je l'aime aussi. Elle pense être la plus irrationnelle de nous deux parce qu'en temps normal, elle est incroyablement rationnelle, et je n'ai que trop bien caché mes sentiments. Elle doit penser qu'elle est allée trop loin, et ça la rend nerveuse, incertaine.

– Je suis consciente de parler comme une petite amie collante, reprend-elle. Prude, étroite d'esprit ou je ne sais quoi, mais toute cette expérience, la façon dont Madden m'a brutalisée et LaRue rejetée, ça m'a aidée à comprendre que tu es le seul homme avec lequel je me sens assez en sécurité pour faire du porno, mais tu es aussi celui qui me donne envie d'en faire. Si un homme doit me toucher, je veux que ce soit toi. Je n'accepterai personne d'autre.

Mais je comprends aussi que mes émotions sont extrêmes, sûrement gênantes pour toi, et si tu veux que je m'en aille, je comprendrai.

En fait, elle commence même à se lever. Je la retiens et l'embrasse, un râle dans la poitrine.

– Tu es à moi, dis-je au bord de ses lèvres. Tu m'appartiens et tu n'iras nulle part.

Intriguée, elle se recule.

– Tu n'es pas rebuté par ce que je viens de dire ?

– Devi, je suis follement amoureux de toi, moi aussi. Peut-être depuis le premier jour. Je n'ai rien dit par peur de t'effrayer. (Je redessine sa lèvre du pouce.) Mais tu l'as dit en premier, ma petite courageuse. Comme ça, je sais que je ne t'ai pas influencée et que tu ne me mens pas pour me faire plaisir. Tu m'aimes vraiment, alors ?

Elle hoche la tête, et ses grands yeux noisette sont limpides.

– Oui, murmure-t-elle.

– Oh, merci, putain, je souffle en tirant à peine sur sa lèvre.

Mon érection, qui avait disparu pendant qu'elle décrivait l'agression, se ranime contre son ventre.

– Je t'aime très, très fort.

J'avance mon visage et elle m'embrasse avidement, ses mains parcourant mon torse avant de se poser sur mon cœur.

– Logan, j'ai besoin…

– Tout ce que tu veux, Cass.

Elle me regarde en battant des cils, au bord des larmes, le visage marqué par l'espoir et le chagrin.

C'est réel ? Tu ne dis pas ça pour « Prédestinés » ?

– Tu vois des caméras dans la chambre ? dis-je sévèrement.

– Non, mais…

Je l'interromps en écrasant mes lèvres sur les siennes.

– C'est réel, je gronde entre deux baisers. Il n'y a que toi et moi dans ce lit, et je vais te montrer à quel point c'est réel.

Une larme roule sur sa tempe. Je l'attrape entre mes lèvres avant qu'elle disparaisse dans ses cheveux. Sa main saisit ma bite dure, et je gémis ouvertement.

– Fais-moi oublier Bruce, supplie-t-elle. Montre-moi que tu m'aimes.

– Ma petite courageuse, dis-je en repoussant ses cheveux de son visage. Courageuse sur le plateau, et courageuse avec moi.

Inspiré par sa bravoure, je descends entre ses cuisses et frotte mon nez sur sa peau soyeuse. Je veux la couvrir d'argent et de bijoux ; lui offrir une nouvelle maison et une nouvelle voiture. Je veux lui donner quelque chose – n'importe quoi – qui lui montre que je suis reconnaissant et bouleversé par autant de bonheur. Non seulement elle m'aime, mais elle l'a dit en premier alors que c'est moi qui ai posé toutes les pierres de notre relation. Moi qui ai insisté, fait avancer l'histoire tandis qu'elle restait prudente et réfléchie.

Mais pas aujourd'hui.

Aujourd'hui, elle a plongé le cœur ouvert, sans savoir si c'était réciproque, et sans recourir à ses analyses. Et si ma Devi était anxieuse, c'est qu'elle m'aime. C'est obligé. Elle doit éprouver la même attirance dévorante que moi, et cela m'incite à la remercier, la toucher, à lui montrer exactement combien je l'aime en retour.

Comme je n'ai pas de fortune à lui offrir, je vais adorer son corps. Dès que mes lèvres effleurent ses bouclettes, juste au-dessus du clitoris, elle frissonne et écarte les jambes.

Je me positionne, les bras sous elle, et j'écarte davantage ses cuisses. Puis je la dévore, la léchant partout, la savourant sans que rien ne puisse m'empêcher de la faire se tortiller et gémir. Elle sent mon gel douche, mais quand j'écarte ses plis et que ma langue contourne son entrée, je retrouve sa saveur sucrée et enivrante.

Elle s'agite, ses mains agrippant mes cheveux, et c'est l'un de mes moments préférés quand je dévore une fille, ses doigts qui s'enroulent dans mes cheveux, les tirent, appuient sur ma tête tandis qu'elle soulève les fesses à la rencontre de mon visage.

Au cours de ma carrière, je n'ai tourné que quelques scènes où j'étais attaché, mais elles n'étaient que l'ombre de la soumission. Quand je me retrouve entre les jambes d'une femme, ses talons plantés dans mon dos, ses mains forçant ma tête, je crois que je comprends ce penchant. Si je suis sur le ventre, de mon point de vue, j'ai tout le pouvoir. Quand je lève les yeux, je vois l'arrondi de son pubis, la courbe ondulant de son ventre à son visage, qui est plissé par le plaisir insondable que je crée. Peut-être sont-ce ses mains qui tirent et me pressent–*plus fort, plus vite, dedans, lèche à l'intérieur*–mais c'est ma bouche, ma langue, mon habileté. C'est moi qui fais monter le plaisir, et je me sens plus puissant qu'avec un fouet.

Je ne dis pas que j'ai envie de la fouetter, évidemment. Mais c'est tout aussi merveilleux.

Tout en la dévorant, je l'observe tandis que ma main longe sa cuisse vers ses fesses. Je la caresse partout, mais c'est au moment où mon doigt la pénètre qu'elle perd les pédales. Ce matin, elle a joui pour Kendi, et maintenant elle jouit pour moi, et je trouve ça vraiment beau, comme une sorte de cercle vital relié par le cunnilingus.

Mais je me demande brièvement si elle sent une différence entre Kendi et moi. Peut-être pas au niveau du sexe, mais dans son cœur et dans sa tête – c'est forcément différent, non ? Quand c'est quelqu'un qu'on aime qui nous touche ?

Ce sera différent avec moi. Je ferai en sorte qu'elle ne doute pas de mon amour, que son corps apprenne à réagir à moi et à moi seul. Je veux être le maître de ses fantasmes, qu'elle pense à moi chaque fois qu'elle ferme les yeux sur un tournage. Chaque fois qu'une actrice la léchera, je veux qu'elle imagine ma bouche, et quand elle se masturbera avec un godemiché, je veux qu'elle rêve de ma pine.

Devi m'attire sur elle, et j'essuie ma bouche avec mon bras en m'allongeant sur elle.

– Qu'est-ce qu'il y a, Cass ?

Elle me regarde dans les yeux, ses pupilles dilatées formant deux mares noires.

– Je t'aime, murmure-t-elle en me scrutant. Je t'aime et je voulais te le redire. Je veux vérifier que tu m'aimes aussi pour de vrai.

Sa franchise me va droit au cœur.

– N'en doute jamais. C'est toujours réel.

Je l'embrasse et elle savoure son propre goût dans ma bouche. C'est si excitant que je laisse une tache humide sur son ventre. Je l'aime et je veux lui faire l'amour jusqu'à ce qu'elle n'arrive plus à marcher. Je veux sonder son âme, l'attacher et la baiser pendant plusieurs jours d'affilée. Je veux la vénérer comme l'esclave d'un temple, et jouir si fort et si souvent en elle qu'elle se rappelle de moi à chaque pas. Je dois faire appel à toute ma volonté pour ne pas la pénétrer, pour rester alerte alors que mon corps et mon cœur sont unis vers un même but : fusionner avec elle.

Je tressaille à force de me retenir, mes muscles luttant contre l'impulsion.

– S'il te plaît, chuchote-t-elle.

– Tu es sûre ? je m'oblige à demander. Ce n'est pas parce que nous avons partagé des secrets que nous devons… (Je bande tellement que j'arrive à peine à respirer et que je bredouille.) Nous ne sommes pas obligés, aujourd'hui.

– Je pensais ce que j'ai dit, répond-elle les yeux assombris. À propos du besoin que tu me touches. (Elle ferme les yeux un instant.) Montre-moi que c'est réel. Baise-moi pour de vrai.

– D'accord, dis-je la voix cassée. Donne-moi une minute.

Je tends la main vers mon bocal de préservatifs mais elle m'arrête.

– Non. Sans capote.

Je la regarde.

– Tu es sûre ?

Je fais un test toutes les deux semaines, et elle aussi, mais c'est une grande marque de confiance.

– Je sais que tu es saine, mon bébé, et que tu prends la pilule, mais ce n'est pas anodin, et nous nous connaissons depuis peu de temps. Ne brûlons pas les étapes.

Elle secoue la tête.

– J'en ai envie. Avec toi. Je te veux tout entier. Rien entre nous.

En appui sur les mains, je laisse retomber la tête pour reprendre mon souffle et réfléchir. Je ne veux pas refuser et je n'ai aucune raison logique de le faire mais ce n'est pas rien. Il n'y a que Devi et le cinéma qui me donnent l'impression d'accomplir de grandes choses, et c'est terrifiant.

– J'ai peur. Devi, le faire sans capote ni caméra… ça m'effraie. Entre nous, c'est si réel que c'est douloureux.

– J'ai peur aussi. Mais je suis avec toi. Si nous chutons, nous chutons ensemble.

Si nous chutons, nous chutons ensemble.

Le cœur tambourinant de soulagement et de terreur, je capture sa bouche avec ferveur.

– Qu'est-ce que je t'aime ! Tellement !

– Fais-le, Logan, souffle-t-elle. J'en ai besoin. Besoin de toi.

Je recule un tout petit peu et – les yeux dans les yeux – je guide mon gland vers son orifice mouillé. Je m'enfonce un peu et m'arrête. J'inspire profondément, presque incapable de supporter la pression de son vagin. Il me comprime, m'accepte à la perfection, et je pourrais rester là pour l'éternité, avec elle mouillée qui me réclame, la plus infime pénétration nous stupéfiant.

Puis je m'enfonce davantage.

Ses cuisses tremblent et elle griffe mon dos. Je force le passage trempé et chaud jusqu'au bout. Je me trouve entre ses cuisses, nos bas-ventres joints, mon torse frottant ses mamelons durcis. Appuyé sur les avant-bras, je l'embrasse mais sans bouger en elle, le temps qu'elle s'adapte et que je me calme pour éviter de me couvrir de honte en éjaculant comme un ado sans qu'elle ait joui.

Nous nous embrassons longuement et lentement tandis qu'elle ondule sous moi en soupirant. Elle irradie de bonheur et se met à se frotter contre moi avec l'expression ouverte et enflammée de l'amour le plus pur.

Elle masse son clitoris en ondoyant sous moi, et quand sa poitrine et ses joues s'empourprent, je sais que ce n'est plus qu'une question de secondes. Bien que je sois immobile, elle se donne un orgasme, et ses talons grattent le drap pendant qu'elle cherche la friction idéale.

– Tu es tellement belle, je murmure en admirant son visage rosi par le plaisir. Ses sourires sensuels disparaissent. Je n'ai pas fait l'amour dans la position du missionnaire depuis des lustres parce qu'elle rend mal à l'image. Je préfère les positions qui permettent de voir le plus intime, et celle-ci cache le meilleur.

Par contre, les sensations sont merveilleuses, pour elle comme pour moi, mais ce n'est pas tout. J'avais oublié que c'était aussi intime. Nous sommes entièrement en contact, nos cuisses glissant l'une contre l'autre, nos ventres, nos bras et nos lèvres. Je distingue chacune de ses expressions, de ses pensées, et je sais qu'elle voit les miennes. Il n'y a rien entre nous – pas de préservatif, pas de caméra, pas de murs invisibles de déni ou de peur. Il n'y a que nous deux bougeant à l'unisson, avec une intimité si profonde que j'ai l'impression d'avoir quitté mon corps, et que mon âme a rejoint celle de Devi.

Je ne me suis jamais senti aussi proche d'une femme.

Mais alors qu'elle commence à jouir, une pensée désagréable surgit de nulle part : ça ne sera jamais mieux que ça. Un jour, je repenserai à cet instant en me disant que nous n'avons jamais été aussi proches, aussi spontanés, aussi amoureux. Et c'est probablement parce qu'il n'y a pas de caméra pour mémoriser cet instant. Ça le rend plus fragile, comme s'il pouvait disparaître à tout moment. Comment les gens supportent ça ? Sentir que l'amour et l'extase leur filent entre les doigts ? Avec une caméra, je pourrais le retenir, le figer dans le temps. Sinon, rien n'empêche ce moment de sombrer dans l'oubli.

La peur de l'oubli surgit alors qu'elle se contracte autour de moi, qu'elle crie et frémit par vagues.

Je veux tous ces moments. Seulement ces moments. Parce que la seule manière de les préserver est de garder Devi, comme je n'ai jamais ressenti le besoin de m'accrocher à une femme. Je veux lui donner tout ce que j'ai, en permanence, toujours et qu'est-ce que ça signifie ? Que je ne veux plus coucher avec personne d'autre ? C'est absurde, bien sûr, mais la réponse se trouve sous moi, et redescend de l'orgasme le regard vitreux, essoufflée.

Il se peut que je ne veuille qu'elle.

Je crois que je l'aime comme je n'ai jamais aimé personne.

Je crois que je veux tout lui donner. Tout ce que je suis. Pour ça, je ne peux me donner à personne d'autre.

Parce que les rouages du porno sont ainsi faits – on se partage, indéfiniment, régulièrement. On distribue des tranches de vie privée, des bouts de soi. Or je veux que Devi ait toutes les tranches de moi, tout ce que j'ai à partager.

J'ai une boule dans le ventre parce que je ne sais pas comment digérer tout ça. J'essaie de penser à autre chose, mais alors que je bouge en elle, j'aperçois la caméra sur la table de nuit. Dans la pénombre, sa présence m'apaise autant qu'elle m'angoisse. Qui est Logan O'Toole, dans le fond ? Et que veut-il ?

J'enfouis mon visage dans le cou de Devi, inhalant sa peau et mon gel douche, et une discrète note de cannelle. Si je n'ai pas encore toutes les réponses, je sais qu'elles passent par elle.

– C'était bon de jouir sur ma queue, bébé ? je demande en ondulant des hanches.

– Oui, exquis, répond-elle d'une voix rêveuse.

Je redresse le buste, et écarte ses jambes plus largement. Je la regarde observer la zone de contact de nos corps tout en la pénétrant plus profondément, mon pénis strié de veines ressortant luisant de son sexe. Son regard s'embrase, et comme elle, j'admire ma bite entre ses jambes ouvertes rien que pour moi.

Cela me ramène aux questions sans réponse. Mauvaise idée. Je préfère me concentrer sur la baise, accélérant la cadence et la pilonnant plus rapidement. Je grogne et elle crie en haletant. Ses pommettes sont rouges, et mes couilles se contractent à l'idée de jouir en elle, mais je ne suis pas prêt. Je veux que ça dure éternellement.

Je ralentis le rythme, donnant de longues poussées profondes. Je m'enfonce le plus loin possible, et elle gémit et retient son souffle.

– Tu aimes ça ?

Les yeux fermés, elle hoche la tête.

– Elle est si grosse, murmure-t-elle d'une voix tendue. Pourtant j'ai joui. J'ai cru que ça serait moins serré mais tu me remplis…– Quelle courageuse, je murmure d'une voix grave. Quel courage d'accepter une si grosse queue.

Elle rougit, avec un air effrontément fier et juvénile. Je lui mords l'épaule pour ne pas voir cette expression qui me ferait jouir instantanément.

– C'est la plus grosse queue de ta vie ? Dis-moi comme elle est grosse. Dis-moi ce que ça te fait.

Pour souligner mes mots, je m'engouffre, me délectant de son vagin étroit qui m'aspire.

Ses cils papillonnent quand je bute dans le fond, et elle gémit.

– J'ai l'impression que tu vas me déchirer en deux, dit-elle d'une voix étranglée. Je te sens partout.

Je remonte ses jambes, ses chevilles sur mes épaules et je me penche en avant pour replonger en elle.

Dans cette position, je la pénètre encore plus profondément et je masse en même temps son point sensible.

– Putain, geint-elle, sa tête roulant de droite à gauche. Logan, mon Dieu.

– Je vais te faire jouir très fort, Cass.

– Logan, je… je ne peux pas… oh, mon Dieu, mon Dieu…

– Regarde-moi, bébé. N'arrête pas de me regarder. D'accord ?

Elle tremble violemment, et je sens mon gland masser son col de l'utérus, l'embrasser à chaque coup de boutoir, et je ressors juste assez pour frotter la corolle évasée sur son point G avant de replonger au fond. Sa tête roule sur le côté, ses cuisses tremblent et je vois qu'elle lutte.

– Devi, regarde-moi.

Elle pose enfin sur moi ses yeux écarquillés, d'un air désespéré.

– C'est ça. Laisse-moi prendre soin de toi. Laisse-moi te faire du bien.

– Je ne peux pas, proteste-t-elle avec virulence.

Mais je continue, l'encourageant d'une voix douce. *Tu vas te sentir si bien, tu es adorable, courageuse, je suis tout au fond, bébé.* Elle griffe les draps, les muscles du cou tendus.

Et le moment arrive. Je vois son ventre se contracter, son corps entier secoué par des tremblements. Elle arque le dos, le visage tordu par les affres du plaisir. Elle ne peut plus parler. Seuls des petits bruits passionnés montent dans sa gorge. Elle est dans un autre monde, le corps traversé par de profondes contractions qui l'emportent, l'engloutissent, la transforment.

Orgasme cervical, Mesdames. C'est particulier, plus intense. Devi est totalement transportée, oubliant tout hormis les profondes vagues orgasmiques roulant de son ventre au bout de ses doigts jusqu'à la plante de ses pieds. Contrairement aux orgasmes clitoridiens, il dure longtemps. Pendant des minutes qui semblent durer une éternité, je peux admirer la plus belle femme du monde au nirvana, se fragmenter en milliards de morceaux brillants. Aucun homme ne peut supporter cette sensation bien longtemps, ni regarder cela se produire sous lui, et je suis comme tout le monde. Je n'ai jamais ressenti un tel plaisir, et je me suis totalement perdu en elle.

– Vas-y ! Jouis en moi, halète-t-elle.

– Ça vient, je grogne, laissant ses jambes retomber sur le lit et opérant des va-et-vient rapides. Je vais jouir sauvagement pour toi, Cass.

Elle empoigne mes fesses, et ses doigts enfoncés dans ma peau me pressent d'aller plus fort, plus vite. C'est si délicieux, elle est si belle, infiniment douce et comblée. Son sexe étroit me comprime si délicieusement que je pourrais l'épouser sur-le-champ. Dans un râle vibrant, mes parties se crispent et je jouis.

Je rue violemment, pompant des jets chauds de sperme en elle en la regardant dans les yeux, enveloppé de magie. Mon buste est traversé par des spasmes, mon bassin est un soleil brûlant qui libère des vagues de plaisir intense. Je continue à la pilonner en jouissant, comme drogué et pris de vertige, ivre de Devi, alimenté par elle, vivant et grisé comme jamais. Je sens la chaleur humide de mon orgasme en elle. Les pointes noires de ses mamelons tendus et la marque de l'excitation sur son visage prolongent mon plaisir. Les pulsations se poursuivent. Je me vide en elle, assèche mes boules pour l'emplir de moi. Jusqu'à ce qu'elle dégouline sur nous deux.

Quand les spasmes se tarissent, la chambre sent le sexe et la cannelle, et nous sommes dans un drôle d'état. La sueur recouvre nos ventres, les sécrétions trempent nos cuisses. La chevelure de Devi est emmêlée, mon lit semble avoir été frappé par un ouragan, et des griffures me picotent le dos et les fesses.

Je suis fou amoureux.

Je l'embrasse de toute mon âme, sans l'urgence d'avant. Je prends le temps d'explorer sa bouche, de m'attarder sur chaque pli de ses lèvres, chaque parcelle satinée de sa langue. Un bourdonnement vibre dans sa poitrine. Un bruit de bonheur, de satisfaction. Je m'écarte en souriant.

– Tu… ronronnes ?

Elle a un petit rire.

– On dirait bien.

Je gonfle un peu le torse. J'ai fait jouir de nombreuses partenaires, mais c'est la première fois que je fais ronronner une femme de bien-être.

– Nous allons voir si je peux faire durer ce ronronnement, chaton. Retourne-toi.

***

Après le deuxième acte, le dîner et une douche (qui avait constitué le troisième acte), nous sommes de retour au lit. Il fait nuit à présent, et nous nous câlinons. Je la tiens dans mes bras, le dos contre mon torse. Nous sommes groggy, même mon pénis – qui est heureux d'être à moitié dur contre les fesses voluptueuses de Devi. Je crois qu'elle s'est endormie quand elle demande :

– Tu as de l'épinéphrine ici ?

– Oui, quelque part, dis-je d'une voix endormie. Il doit y avoir un stylo dans mon armoire à pharmacie.

– Tu ne devrais pas en avoir toujours un sur toi ?

– Je suis allergique aux abeilles, Cass. Je ne vais pas me faire piquer dans ma chambre.

– Mais tu en emmènes sur les tournages ? Tu n'aurais pas dû en avoir sur toi ? L'autre soir, dans le désert ?

Mieux réveillé, je m'appuie sur un coude pour l'observer. Elle ne se retourne pas vers moi.

– J'envisageais de te dévorer, pas de puiser du miel. Ou pas de ce genre en tout cas, dis-je avec un sourire en coin.

Elle ne sourit pas. Je tapote son épaule du bout du doigt.

– Pourquoi tu me demandes ça ? Tu prévois d'introduire des abeilles dans nos fantasmes ? Tu abrites secrètement une ruche dans ton vagin ?

Toujours pas de sourire.

Je soupire.

– Si ça te tracasse vraiment, j'en ai toujours dans ma boîte à gants. Mais pourquoi tu me parles de ça, au fait ? J'y ai fait allusion ?

J'en parle rarement, non pas parce que c'est un secret douloureux mais ce n'est pas si important. Il m'arrive même de l'oublier.

Au bout d'un moment, elle répond sur un ton mesuré.

– Raven y a fait allusion aujourd'hui, sur le plateau.

Son nom m'écrase comme une enclume.

Raven.

Beurk.

Dans un élan protecteur, mon mépris s'efface. Comment ose-t-elle s'adresser à Devi ? Se servir d'informations à mon sujet à des fins perverses ?

– Que t'a-t-elle dit d'autre ? Elle t'a contrariée ? dis-je sans cacher mon irritation.

Devi commence à faire non, plus elle se reprend et hoche timidement la tête.

– Je crois. Elle n'a rien dit de faux, Logan. C'est le pire. Elle a dit que je me lançais dans le porno hétéro pour te rendre jaloux, et que tu ne le serais jamais. Pire, que ça te dédouanerait de coucher à droite à gauche. (Elle marque une pause.) Et que tu fréquentais d'autres filles quand vous étiez ensemble.

Je ferme les yeux pour contenir ma rage. Dans le fond, je sais que Raven n'est pas un monstre, qu'elle doit souffrir et ne pense pas à mal. Mais d'instinct, j'aimerais dresser un mur épais autour de nous, et tenir Devi dans mes bras pour la protéger contre toutes les insécurités suscitées par Raven.

Et pour être honnête, Raven n'a pas entièrement tort. Les activités de Devi dans le cinéma lesbien me donnent bonne conscience. Et surtout, c'est mon excuse pour prendre plaisir aux tournages sans me sentir coupable. C'est notre mode de vie, non ? Et tant que c'est le *nôtre*, pas seulement le *mien*, il n'y a pas lieu de se sentir coupable ou jaloux.

Sauf que…

Je suis extrêmement jaloux. J'étais jaloux quand Kendi l'a fait jouir avec sa bouche, ce matin, et encore il y a quelques heures, quand j'ai appris qu'elle avait prévu de tourner avec Bruce Madden. Je suis jaloux de chaque minute qu'elle passe à se tortiller sous des mains étrangères.

Et je suis coupable. Quand j'en baise une autre, je pense à Devi. Mais ce sentiment de faute m'excite, et cela nourrit mes scènes de sexe, chaque mouvement du bassin s'imprègne d'un désir accru, et la honte me rend plus avide de jouissance encore. Comme cette honte surgit uniquement quand je pénètre une autre fille, c'est facile de céder à cette impatience et de rechercher la jouissance.

Et tout cela ravive les vieilles questions restées sans réponse. Je ne peux pas y répondre car il me faudrait affronter des changements de vie indispensables. Cela me renvoie à la carte de tarot de Madame Psuka, toujours dans mon jean sale. Le Pendu, la carte de la souffrance et du sacrifice.

Mais qu'ai-je à sacrifier ?

Et dans quel but dois-je souffrir ?

J'écarte ces questions et embrasse Devi sur la joue.

– Elle se trompe, Devi. Je ne passe pas mon temps à aller voir ailleurs, et je n'aime pas que tu couches avec d'autres gens. Mais je respecte ton travail, et ton droit à disposer de ton corps.

Devi semble incertaine, mélancolique. Je tire sur son épaule pour qu'elle roule sur le dos. D'une main, je tiens son visage en coupe.

– Nous devons poser des limites, Cass. Définir ce qui est acceptable et ce qui ne l'est pas. Ce que nous réservons l'un à l'autre.

Elle a un petit haussement d'épaules. Son air juvénile et sans défense me bouleverse.

– C'est une première pour moi, Logan. Je ne suis jamais sortie avec un acteur porno. Et encore moins avec l'un des plus célèbres du monde.

– Prends le temps d'y réfléchir, je la rassure en dégageant ses cheveux de son visage. Rien ne presse, Devi. Nous trouverons la solution.

– Oui, dit-elle d'une voix chargée de doutes.

– Une blague, ça te dit ? je propose pour lui redonner le moral et l'aider à retrouver sa gaieté.

– Pourquoi pas.

– Pourquoi le Père Noël porte un si gros sac ?

Elle hausse de nouveau les épaules.

Je fais un grand sourire.

– Parce qu'il ne vient qu'une fois par an !

Pas de réaction.

– D'accord, je peux trouver mieux. Et celle-là : quelle est la différence entre une cacahuète et un clitoris ?

– Quoi ?

Je laisse passer un instant pour donner plus d'effet à la chute.

– Aucune. Ce sont deux amuse-gueules.

Devi écarquille les yeux, et ricane en me tapant le torse.

– C'est dégoûtant !Elle a retrouvé le sourire mais je ne me réjouis pas trop vite.

Elle glousse encore un peu.

– J'en ai une. Qu'est-ce qui a trente-deux dents et qui cache un monstre ?

Je joue le jeu.

– Qu'est-ce que c'est ?

– Ta braguette.

J'éclate de rire.

– Devi, tu es une coquine.

– Tu n'imagines pas à quel point.

Elle saisit mes fesses à pleines mains et nous commençons à batailler en riant, nus et encore un peu émus. La lutte se transforme en frottements sensuels, et les rires en baisers. Et vous savez quoi ?

Ma queue n'est plus si somnolente.

17

À mon réveil, le soleil inonde la chambre à travers les rideaux. Un pouce effleure mon mamelon et des baisers pleuvent sur mon épaule. Je mouille – ou je suis toujours trempée de la nuit – et je pourrais aisément écarter les cuisses et accueillir son érection. Mais je ne le fais pas.

Je fais semblant de dormir. Si je me lève tous les matins avec le sourire, aujourd'hui j'ai besoin de temps. J'ai besoin d'être assez alerte pour m'assurer que ce n'était pas un rêve. J'ai besoin d'un moment pour assimiler nos actes et notre conversation. Nos sentiments.

Il m'aime.

Il me l'a dit et je le crois. Je *sais* qu'il m'aime. Je l'ai senti dans sa façon de me combler. Dans ses lèvres et sa langue, dans les orgasmes qu'il est allé puiser dans les recoins les plus intimes de mon corps, des orgasmes qui ont fait trembler tous mes muscles, et atteint l'énergie profonde de mon âme.

Il m'aime. Et bien que son amour ne puisse pas effacer l'incident d'hier, il m'aide à le surmonter.

La bouche de Logan plonge dans mon cou. Il me mord brusquement le lobe de l'oreille et m'arrache un cri.

Ses bras m'enveloppent par-derrière et me plaquent contre lui.

– Je savais bien que tu étais réveillée. Tu faisais semblant de dormir parce que tu es trop épuisée pour moi ?

– Jamais, je marmonne en me tournant vers lui et en pressant les lèvres contre le bas de son visage. Je réfléchissais.

– À mon amour pour toi ?

Il plonge entre mes seins, et sa langue me fait découvrir une nouvelle zone érogène.

– En fait… (Je retiens mon souffle quand il pince mon téton.) Oui.

L'air grave, il me regarde dans les yeux.

– Tu sais, je t'aime vraiment.

Je hoche la tête.

– Je sais.

– Et tu m'aimes aussi. Tellement fort ?Il me taquine, s'amuse à m'arracher les mots de la bouche, mais je vois dans ses yeux qu'il souhaite les entendre. Comme si nos sentiments réciproques l'émerveillaient autant que moi.

– Tellement fort, dis-je sérieusement.

Son regard s'embrase, et même si je fonds déjà, je plaisante à mon tour.

– Tu veux des preuves ?

Je remue des hanches contre son érection, nous excitant l'un et l'autre.

– Tu vas devoir t'y plier. Attends une seconde.

Il tend le bras derrière moi. Je tourne la tête et découvre la caméra sur la table de nuit.

Déçue, je soupire bruyamment. J'avais espéré que l'esprit de la nuit dure toute la matinée, que nous resterions « Logan et Devi » au lieu des « Prédestinés ».

Mais au lieu de l'activer, il appuie sur son réveil.

Je suis soulagée, et je m'empresse de cacher ma réaction. Malheureusement, je n'ai pas été assez rapide.

– J'ai réglé l'alarme. Qu'est-ce que tu as cru…

Il cherche la raison de ma contrariété, son regard allant de moi à la table de nuit. Ses yeux se posent sur le seul autre objet présent.

– Tu as cru que j'allais filmer.

Mon silence est éloquent.

– Je vois.

Distant, il se redresse.

– C'est juste que… je ne me suis pas douchée ni rien.

Je sais que j'ai l'air de chercher des excuses, parce que c'est le cas. En plus, quand je mens, c'est écrit sur mon visage. Donc il vaut mieux que j'admette la vérité.

– Je voulais qu'il ne reste uniquement que toi et moi.

Je l'ai vexé. Il s'adosse à la tête de lit, se passe la main dans les cheveux, en proie à une lutte intérieure qu'il n'est pas prêt à partager.

– Je suis capable d'être authentique avec toi et de vouloir en même temps filmer ces moments. Tu l'as compris, non ? Je te l'ai déjà dit, et je pensais que c'était acquis.

Je me redresse à mon tour, ignorant l'impulsion de remonter le drap sur mes seins. Ce serait se cacher, et je tiens à ne pas avoir de secrets pour lui. C'est exactement pour la même raison que je ne veux pas de public ce matin.

– Je le comprends, Logan. Vraiment. Ça me touche beaucoup que tu sois tellement investi dans notre relation que tu veuilles la partager avec le monde entier. Je suis flattée, et je te soutiens. Mais parfois, j'ai envie d'être entièrement moi-même avec toi. Je veux pouvoir baisser la garde, et te laisser accéder à tous mes secrets. Bon, je n'en ai pas beaucoup, je suis un livre ouvert, mais il y a certaines choses que je préférerais ne partager qu'avec toi. (Je baisse les yeux.) Et il y a des parties de toi que j'aimerais que tu ne partages qu'avec moi, je termine d'une petite voix.

– Mais il y a des parties de moi que je ne partage qu'avec toi. Je te parle de films et d'art. J'ai dormi avec toi dans un sac de couchage. Je n'ai jamais fait ça avec personne. Je ne partage ça qu'avec toi. Des choses qui ne sont pas sexuelles.

– J'aimerais aussi garder des moments de sexe.

Je déglutis et relève timidement les yeux.

– Tu peux le comprendre ?

Il soutient mon regard, puis se gratte la nuque.

– Je n'allais pas prendre la caméra, dit-il sur un ton qui exprime qu'il partage mes besoins.

– Je le sais, maintenant. Je suis désolée d'avoir imaginé le contraire.

Je suis surtout désolée de l'avoir mis de mauvaise humeur. Et qu'il ait cessé de me toucher. Je rampe vers lui.

– Tu es en colère ?

Il hausse les sourcils et s'apprête à répondre mais il se ravise en me voyant à quatre pattes. Il plisse les yeux.

– Oui, très en colère même.

Ce ton dominateur, je ne l'ai entendu que dans ses films. Là, il joue à un autre jeu.

– Je vais devoir te punir, ajoute-t-il.

Je m'agenouille et me mords la lèvre avec coquetterie.

– Ah oui ? Je ne sais pas si je vais aimer.

En un éclair, il me plaque sur le dos et m'immobilise.

– Tu es supposée aimer. Et moi aussi.

Ses yeux verts sont presque noirs, ses paupières alourdies par le désir, mais il réfléchit.

Je suis certaine de savoir ce qu'il évalue. Nous ne nous sommes pas encore aventurés dans les jeux coquins, avec ou sans caméra. Dans mon contrat pour « Prédestinés », j'ai stipulé que j'étais disposée à essayer quelques pratiques mais aussi que je préférais attendre que la série soit plus avancée. Question de confort. Je ne suis pas novice, les perversions courantes comme le bondage et les fessées me sont familières mais je n'ai aucune expérience avec un spécialiste.

Et Logan en est un. J'ai vu tous ses films. Croyez-moi, je sais de quoi je parle.

C'est logique qu'il soit prudent avec moi. La liste des choses que je ferais pour la série ne s'applique pas nécessairement à notre vie privée. Seulement, il l'ignore.

– Tu peux le faire pour de vrai, dis-je en lui donnant la permission de céder à ses envies. Tu peux me punir.

Il hausse un sourcil.

– Ah, oui ?Je vois bien qu'il me prend au sérieux. Il ne se demande plus s'il peut, mais comment il va me châtier.

Impatiente, je hoche vigoureusement la tête. Je désire ardemment qu'il révèle mon côté débridé et tumultueux.

Il se balance au-dessus de moi, le visage enflammé par le désir. Je répète mon consentement dans un regain d'assurance.

– Tu peux. J'en ai envie. Mon code de sécurité est Donald Trump.

Logan se fige.

– Quoi ?Je souris en essayant de ne pas rire bêtement.

– C'est un bon mot pour couper l'envie, non ? Je suis fière de ma trouvaille.

– C'est sûr que ça calme les ardeurs.

À son air horrifié, je crains d'avoir aussi éteint sa flamme. Je frétille sous lui, me frottant contre sa verge pour renforcer sa superbe érection.

– J'ai tué ta libido ? Vilaine Devi. Tu devrais me punir pour ça aussi.

– Tu me nargues ?Il veut encore s'assurer que je suis prête. Et je le suis. Je veux explorer ces penchants avec lui, mais j'en serais incapable devant la caméra. Je manque trop d'expérience. J'ai besoin de me sentir libre de faire des erreurs, d'être guidée avec affection, d'avoir toute son attention.

Je le regarde dans les yeux.

– Je ne te nargue pas. Je suis très sérieuse.

Décidé, il me tire par les bras pour me faire asseoir.

– Tu me nargues. Tu m'as cherché toute la matinée. Et même depuis qu'on se connaît. Tu as vraiment besoin d'une punition.Chahuteur et brusque, il me tire au bord du lit. Il tient mes poignets d'une main, et se penche pour ouvrir le tiroir de sa table de chevet de l'autre. Il en sort un foulard de soie rouge avec lequel il attache mes poignets. Le nœud est bien serré, mais sans me couper la circulation.

J'aime la façon dont le rouge ressort sur ma peau mate.

J'aime que mon petit ami garde des accessoires dans sa table de nuit.

Et surtout, j'aime que Logan soit mon petit ami.

Il me retourne sur le ventre, et m'installe courbée au-dessus du lit, les mains ligotées sous moi. C'est une position faite pour se sentir vulnérable. Je le sens dans mon dos. Il se lève, scrute mes fesses nues. Je me retiens de darder un regard vers lui. Imaginer ses gestes rend la tension plus palpable, et j'aime ça.

Comme il ne me prévient pas, la première fessée me surprend. La seconde aussi, si rapprochée que j'ai à peine le temps de glapir.

– Alors, c'est comment ? demande-t-il frappant mes fesses tour à tour entre chaque mot. Tu aimes qu'on te nargue, Cass ? Tu en veux encore ?

Les fesses en feu, les larmes me montent aux yeux.

– Oui…Mon couinement ne le satisfait pas.

– Répète !

– Oui, je siffle. Oui !

Logan ne s'amuse pas – il rend les jeux coquins réels. Je crois vraiment qu'il est en colère, contrairement aux autres partenaires qui m'ont déjà « punie ». Ses coups sont fermes, précis, et je sais qu'il se retient, qu'il pourrait frapper plus fort encore s'il le voulait. Mais il se comporte comme s'il libérait toute sa fureur à chaque claque.

Ça m'excite comme jamais.Je suis trempée lorsqu'il interrompt les fessées pour me faire un massage apaisant. Je dégouline ; c'est embarrassant parce qu'il le sait, évidemment.

– Bon sang, Devi, gronde-t-il en passant la main entre mes jambes.

Ses doigts s'aventurent entre mes cuisses, et il remonte mes hanches pour poser mes genoux sur le lit.

– Il faut que je te boive.

Je frémis d'anticipation, attendant que sa langue trouve la source de mon humidité, qu'elle soulage mes tensions. Sa bouche m'arrache un gémissement, et dès que sa langue contourne ma fente, je tremble de la tête aux pieds.

Mais j'en veux davantage. Je veux sentir toute la longueur de sa langue. Au lieu de me la donner, il remonte entre mes fesses, jusqu'à mon anus – celui qu'il voudra pénétrer un jour, dont j'ai hâte qu'il s'empare. Mais cela me rend nerveuse aussi parce que je sais qu'il sera bien là. Si bien que cela me privera du peu de contrôle qu'il me reste, et je ne suis pas encore prête à franchir ce pas.

Toutefois, je suis disposée à *jouer* un peu. Comme lui.

Sa langue s'attarde autour de mon anus, et sans hésiter, plonge avec un besoin aussi pressant que le mien.

Je m'agite immédiatement, déjà sur le point de jouir, prête à crier *je t'aime* à pleins poumons. Je dois enfouir mon visage dans les draps pour retenir mes cris.

– Tu aimes ça, hein ? me réprimande-t-il. Tu aimes ça et tu veux jouir, mais si jamais tu jouis avant que je t'y autorise, je devrais tout recommencer depuis le début. Parce qu'après t'avoir baisé avec ma langue et mes doigts, ce sera au tour de ma queue, et tu dois être serrée et frémissante pour ça – pas en descente d'orgasme. Tu as compris ?

– Alors pénètre-moi tout de suite. Vas-y.

Je supplie de peur de ne pas pouvoir me retenir. Il me frappe violemment les fesses.

– C'est moi qui décide. Si tu demandes encore, je prolonge le supplice.

Il enfonce un doigt dans ma vulve et étale mon humidité sur mon anus avant de me pénétrer plus profondément. Il caresse en même temps mon clitoris. Sa bouche se pose sur mon sexe et sa langue aguiche mon point sensible. Il me piège car c'est impossible de ne pas jouir, impossible de résister à ces plaisirs extrêmes. Et je suis maintenant convaincue de l'existence des trous blancs parce que j'en fais l'expérience : c'est une éruption d'énergie à laquelle je ne peux ni échapper ni m'accrocher. Un plaisir merveilleux, lumineux et complet.

Happée dans un tourbillon d'extase, je suis sur le point de jouir. Sans sa permission. Il va repartir de zéro, et je ne supporterai pas de revivre cette euphorie. C'est trop, et recommencer me tuerait. Je le sais, alors même que le plaisir me dévore.

Mais à ma grande surprise, Logan me retourne sur le dos et écarte mes jambes. Les fesses douloureuses, il me tire sur les draps et se positionne devant mon entrée.

Ma voix est cassée, ma respiration irrégulière.

– Je croyais que tu allais tout recommencer.

J'ignore pourquoi je le provoque. Sa punition était sublime mais je ne veux pas d'un deuxième acte. Je veux la punition qu'il me promet maintenant, qu'il me pilonne et me consume autrement – en me pénétrant.

– J'ai changé d'avis. Tu ne le supporteras pas, déclare-t-il d'un ton fiérot.

Et avec la même assurance, il me donne une tape cuisante sur l'intérieur des cuisses et m'empale en grognant. En une seule poussée, il me possède.

Son arrogance est exaltante. Mais il a raison. Il sait déchiffrer mes réactions physiques. Il doit avoir un don pour y parvenir aussi bien. Je le sais, de façon rationnelle, et pourtant…

Et pourtant.

Dans tout mon corps, dans ma peau, dans les particules d'énergie qui composent mon « âme », je sens que cette connexion n'est pas liée à son talent. C'est lui et moi, et rien d'autre. Comme si nous étions particuliers. Liés par une attirance gravitationnelle. Comme si j'étais la Terre et lui, la lune : avec son orbite, il commanderait le ressac de mes émotions et de mon excitation.

Ce n'est pas raisonnable, ni même réaliste. C'est un acteur professionnel. Et pourtant, je crois que ce n'est pas tout.

Enfin, je l'espère.

Il me pénètre alors que je suis dans cet état d'esprit, me guide avec une passion brute et frénétique qui l'incite à me baiser sauvagement. Jusqu'à l'étourdissement.

Ça, Logan O'Toole sait faire perdre la tête à une fille. Je remonte mes cuisses enroulées autour de sa taille, et nous nous emboîtons à la perfection.

– Oui. Comme ça.

– Serre-moi, Devi. Crispe ton vagin pour agripper ma queue.

Je le comprime au maximum, puis je me détends une seconde avant de recommencer. Il gémit, et accélère la cadence.

– Oh oui, comme ça. Encore. Putain!

Sur le point de craquer, il saisit le foulard et me tire vers lui, me pliant en deux. Il s'empare de ma bouche au moment où je crie, cette nouvelle position lui donnant accès à des points merveilleux. Aveuglée par le plaisir, je halète. J'essaie de reprendre mes esprits, de me raccrocher à ma conscience pour ne pas sombrer. Je me concentre sur son visage, ses lèvres, ses yeux, les plis de son front, ses yeux marqués par le plaisir.

Je reconnais cette expression pour l'avoir vue dans ses films. Fiévreuse, affolée, bestiale. Chaque fois, l'envie de la voir en vrai m'a titillée.

Et maintenant que j'en suis le témoin, c'est plus provocant que tout. Je suis consciente du nombre de gens qui l'ont vue. Qu'elle n'est ni spéciale ni privée; qu'elle ne m'est pas réservée.

Cette prise de conscience me remue, me pince le cœur. Cette fois, je jouis en versant des larmes qui ne naissent pas uniquement du plaisir.

Je suis tellement amoureuse de Logan. Je l'aime profondément

Nous nous fixons, les yeux dans les yeux. Il devine mes pensées, son visage se réchauffant soudain, et je ne suis plus la seule à pleurer. Nous craquons ensemble comme deux étoiles explosant dans un flamboiement de chaleur, de feu et de lumière pure.

À la façon dont il me regarde, comme s'il accédait au divin, je sais qu'il m'aime sincèrement. Et je sais qu'il est aussi étonné et émerveillé que moi.

Je ne peux pas m'empêcher de me demander si ça l'effraie lui aussi. Si ses violents tremblements, alors qu'il jouit, rue et éjacule furieusement, sont le signe qu'il ressent aussi ce que cet amour immense a d'effrayant.

***

– Je dois travailler aujourd'hui. Je le regrette, mais je vais devoir me préparer, annonce Logan en caressant ma joue.

Subitement, la matinée cesse d'être parfaite.

C'est amusant comme avec Logan, je me sens visible comme jamais – plus présente, considérée. Il a aussi la capacité d'effacer le reste du monde. Me réveiller avec lui, coucher avec lui, rester dans ses bras. J'en avais presque oublié que nous avions un métier, une vie, des obligations en dehors de nous deux.

J'avais oublié que mon petit ami faisait du porno. Avec d'autres femmes.

– Du montage ou… ?

Je ne sais pas si je tiens à savoir quel genre d'occupation l'attend mais c'est plus fort que moi.

– Je tourne avec Bambi Roo. Elle arrive dans une demi-heure, dit-il en vérifiant l'heure.

J'ai un poids dans le ventre. L'intensité de ma réaction me prend de court, me laisse un goût amer. Tout devient amer.

– D'accord, je peux partir.

Je commence à rouler hors du lit mais Logan m'attire contre lui.

– J'allais te proposer de rester.

Mon sourire explose.

– Ah, bon ? Tu n'en as pas marre de moi ?

Son invitation n'efface pas mon appréhension, mais ça aide.

– Loin de là. (Il me donne un baiser torride.) En fait, pour la première fois de ma carrière, j'aimerais me faire porter pâle.

– Mais tu es un professionnel. Tu ne ferais pas ça.

Je ne sais pas si c'est lui ou moi que je teste en essayant de déterminer si A : il annulerait un tournage pour moi ; et/ou B : qu'il ne le fasse pas m'excède.

Il rabat une mèche derrière mon oreille.

– Non, je ne ferai pas semblant d'être malade. C'est pour ça que je te propose de rester.

Je le savais. Toutefois sa proposition est un compromis galant, et cela mérite une bonne note. dans mon système de cotations. Pour ma part, je vaux un F pour mal supporter qu'il couche avec une autre.

Mais d'où ça vient ?

Dans ma tête, j'entends Raven répéter son accusation d'hier. « Il va toujours voir ailleurs. » Avec ce prétendu conseil, elle avait essayé de me nuire. Et je souffrais.

Je déteste ça.

Je déteste qu'elle ait deviné que ça me rongerait. Qu'elle ait atteint son but. Et surtout, je ne supporte pas l'évidence : Logan aura toujours d'autres partenaires.

Et ça m'agace que ça m'ennuie autant. Je ne suis pas comme ça. Je n'aime pas cette personne que je suis devenue.

Une voix qui ressemble terriblement à celle de ma mère citant Maya Angelou me chuchote : « Quand tu n'aimes pas quelque chose, tu dois la changer. Si tu ne peux pas la changer, change ta façon de l'appréhender. »

Comme un geste silencieux de malveillance, je décide de me laisser guider par cette maxime. Oui, Logan couche avec d'autres femmes. Parce que c'est son métier. Si je veux une place dans son monde, je dois trouver le moyen de m'en accommoder. Dès à présent.

– D'accord, je reste. Merci de me l'avoir proposé.

Qui sait ? Ça pourrait se révéler excitant pour nous deux, comme ma scène avec Kendi.

Sinon je découvrirai que je n'ai pas l'esprit aussi ouvert que je le crois. Notre relation évolue de telle sorte que je me douche et m'habille en premier. Logan est toujours dans la salle de bains quand on sonne à la porte vingt minutes plus tard. Je m'attends à me retrouver nez à nez avec Bambi, mais avant que je n'aie entièrement ouvert la porte, une voix masculine crie :

– Salut, mec, tu as déplacé la clé ?

En me voyant, il hausse les sourcils. Ils remontent plus haut encore à mesure qu'il me scrute de pied en cap.

– Ah, tu n'es pas un mec.

Je devrais être offensée qu'il me lorgne mais il dégage un charme immédiat. Je souris largement.

– Pas aux dernières nouvelles.

– Tu dois être Devi. Je suis Tanner, l'assistant de Logan. Es-tu… ?

Il balaie la pièce du regard, à la recherche de Logan ou de Bambi. Je crois deviner l'idée qui lui traverse l'esprit.

– Je vais juste regarder sa scène. Bambi n'est pas encore arrivée, et Logan est sous la douche. Je t'inviterais bien à faire comme chez toi, mais quelque chose me dit que tu connais mieux la maison que moi.

Il a un petit rire.

– C'est un peu ma deuxième maison. Nous travaillons souvent ensemble. Je suppose que tu connais le donjon ?

Je secoue la tête.

– Je l'ai seulement vu dans les vidéos.

– Viens, je vais te montrer.

Le « donjon » n'est pas le plus élaboré qui soit, mais il est plus grand qu'à l'image. Avec les plans obliques et rapprochés, on a du mal à définir la taille de la pièce, alors qu'elle occupe presque tout le sous-sol. En un rapide coup d'œil, je constate que le donjon est mieux achalandé qu'un magasin spécialisé. On y trouve tous les classiques – vibromasseurs, plugs, fouets, cravaches, entraves – et une poignée d'accessoires plus pointus. L'installation est impressionnante.

Et excitante.

Je m'imagine sans mal ici, nue, avec des pinces à tétons, un collier, les poignets et les chevilles ligotés aux anneaux suspendus au mur. Les yeux bandés, je me contorsionnerais pendant que Logan me punirait de mille façons. Ses terribles châtiments m'infligeraient autant de souffrance que de plaisir.

Je ferme les yeux, et passe les doigts dans les lanières du martinet.

– Comment tu trouves ?

L'arrivée de Logan me fait une peur bleue, mais je m'efforce de paraître à l'aise.

– Tu m'as caché des choses.

À cause de mes pensées perverses, mais aussi parce que je suis incapable de jouer la décontraction, je m'empourpre.

Il me dévisage avec un sourire entendu. Bien sûr, il devine pourquoi je rougis jusqu'aux oreilles.

– Je ne peux pas abattre toutes mes cartes d'un coup. Tu te lasserais trop rapidement et tu me quitterais.

L'effarement de Tanner ne m'échappe pas, mais je suis trop déroutée pour répondre. Il y a trop d'interprétations possibles. Trop de choses qu'il essaie peut-être de me dire, et même si c'est une phrase aguicheuse qui me donne des papillons dans le ventre, elle cache une peur profonde. Logan craindrait-il lui aussi que son travail n'entrave notre relation ? C'est lui qui réclame que nous réservions certains actes à notre vie privée. J'avais supposé que c'était pour mon bien, mais vivrait-il un conflit intérieur lui aussi ?

– Tu m'as caché des choses à moi aussi, mec.

Tanner oriente une lampe vers un point du sol bétonné (Il me ferait m'agenouiller là ; il m'obligerait à supplier.). Tu m'as dit que Devi était magnifique, mais pas à ce point.

Logan choisit un fouet et se dirige vers la caisse des vibromasseurs.

– Je savais que dès que tu l'apprendrais, tu irais regarder tous ses films, et il se pourrait que je t'imagine te masturbant devant elle, et ça me gêne.

Il s'empare d'une baguette magique. Imaginer ses puissants massages me fait frissonner.

– Mon pote, moi aussi ça me met mal à l'aise que tu m'imagines prendre mon pied. Évite de dire ce genre de conneries.

Logan empoigne son entrejambe et gigote pour taquiner Tanner.

– Ne fais pas semblant d'être homophobe. Tu sais que tu en as envie.

Tanner lève les yeux au ciel et je ris.

– Tu veux que j'installe deux caméras ? demande Tanner.

Logan balaie la pièce du regard, et je l'imagine chorégraphier la scène dans sa tête. Ça m'impressionne autant que ça m'angoisse, sans que je sache pourquoi.

– Deux, c'est bien. Une sur le trépied par-là. (Il indique l'emplacement.) Fais ce que tu veux avec l'autre.

Je l'observe avec un grand sourire. Il est séduisant comme ça – il l'est tout le temps, mais plus particulièrement avec cette assurance, cette passion visionnaire. Malheureusement, il ne prépare pas cette scène pour moi. Mon sourire s'évanouit.

Pourquoi ça me rend aussi triste ?

Je me tiens à l'écart quand Bambi arrive – pour ne pas perturber l'alchimie dont ils ont besoin pour tourner. Je me réjouis que Logan m'ait vue à l'œuvre avec Kendi. Ainsi, je m'inspire de son attitude et comme lui, je reste en retrait.

Malgré cette distance, je suis tendue. Chaque seconde qui passe me remplit d'effroi. D'anxiété. Ce n'est pas juste envers lui. Il était détendu durant ma scène et, si ma séquence hétéro l'a perturbé, il ne l'a pas montré. Hormis sa colère envers Bruce – mais c'est différent. Manifestement, il est meilleur que moi. Plus âgé – peut-être que ça aide ? De plus, il est déjà sorti avec une actrice porno.

C'est moi. Je le sais. Tout vient de moi.

Je dois absolument me ressaisir. Tout d'abord, j'essaie de rationaliser tout ce qui différencie notre relation de ses scènes de sexe.

1. Nous avons fait l'amour sans caméra.

2. Nous avons fait l'amour dans sa chambre.

3. Nous avons fait l'amour sans échanger d'argent. Bon, il m'a payée pour « Prédestinés », mais ça n'inclut pas la nuit dernière. Ni ce matin. Ni rien du tout, en fin de compte.

4. Nous avons fait l'amour quand j'en avais besoin. Par besoin de lui.

De toute façon, ce n'est pas le sexe qui fait un couple. Il en faut plus que ça pour que deux personnes soient compatibles. Logan et moi avons d'autres affinités. Nous nous aimons. Nous sommes amoureux. C'est la combinaison de tous ces points qui nous rend uniques. Nous n'avons pas besoin d'être monogames pour nous considérer en couple.

Je sais tout ça. Je pourrais même rédiger une dissertation sur la monogamie en tant qu'exigence archaïque.

Mais peu importe, mon cœur pense autrement. Mon cœur ne comprend pas. En particulier lorsque l'action commence, que Logan se tient au-dessus de Bambi, *la* force à s'agenouiller. À le supplier.

Mon cœur voit l'homme dont je suis amoureuse faire des choses très intimes à une autre femme, et mon cœur est en miettes.

Peut-être que si j'attrapais son regard, comme avec Kendi. Peut-être que s'il m'intégrait à l'instant, ça irait. Mais je m'éclipse avant qu'il n'ait pu me remarquer parce que je ne supporterais pas qu'il croise mon regard, et que ça ne change rien.

Ou, encore pire, qu'il plane trop avec Bambi pour penser à chercher mon regard.

18

Mon téléphone est à plat. Je le recharge en démarrant la voiture. Je suis encore dans l'allée de Logan quand une série de notifications le fait vibrer. En mon for intérieur, j'espère qu'il a remarqué mon absence, et qu'il a interrompu le tournage pour me rattraper, ou au moins pour m'envoyer un message. Mais j'ai peur de vérifier, au cas où ce ne soit pas lui. Je ne veux pas savoir si ça m'attristerait. Alors sans regarder en arrière, je m'éloigne.

Au premier feu rouge, je n'y tiens plus. Je survole mes messages, et constate qu'aucun n'est de lui. Comme rien d'autre ne m'intéresse, je m'apprête à le replacer dans le porte-gobelet quand j'aperçois le pseudo @theRealRaven dans un tweet dans lequel j'ai été taguée.

Comment ce projet va trouver sa place dans les projets de @no1Toole avec @DeviDare ?

Logan aussi est tagué, et je ne suis pas encore remontée au début de la conversation que je suis saisie d'effroi.

Le feu passe au vert, et je dois attendre le prochain feu rouge pour le découvrir. Je trouve facilement le post d'origine – un tweet de Raven. Une annonce.

Nouveau projet avec @no1Toole Très prochainement. #restezbranchés #scoop

– C'est quoi ce bordel ? je marmonne.

Je cherche des infos supplémentaires parmi les réponses. Je suis sûre qu'il n'a pas encore vu ça, et j'ai hâte de connaître sa réponse et le projet qu'il prépare avec Raven.

Je me remémore ce que Logan a dit à propos de Raven. L'évoquer avait suffi à l'irriter, et il était clairement furieux qu'elle m'ait abordée. Rien ne porte à croire qu'il retravaillera avec elle. Mais que sais-je de ses sentiments pour elle ?

Rien.

Et si ce n'est vraiment qu'un boulot pour lui, il est raisonnable d'envisager qu'il lui arrive de travailler avec des gens qu'il n'apprécie pas particulièrement. Mais qu'il a aimé par le passé.

Seulement, *je* n'apprécie pas.

Selon lui, nous devons définir nos limites ; c'en est une. Je ne veux pas qu'il couche avec son ex.

À la première occasion, je fais demi-tour dans l'intention de lui en faire part, mais je me souviens immédiatement qu'il est en tournage. C'est une bénédiction parce qu'en y réfléchissant bien, lui reprocher ses projets juste après avoir déclaré notre flamme me ferait passer pour une pitoyable petite amie. Surtout après avoir déserté le tournage. Je dois poser des limites, mais je ne veux pas donner l'impression d'interférer dans sa carrière.

Et soudain, il m'apparaît clairement que je ne supporte pas qu'il soit acteur porno.

Oh, non.

Ce n'est pas bon du tout.

Je dois encore être sous le coup de l'agression de Bruce Madden, et de tous ces moments bouleversants que j'ai partagés avec Logan. Évidemment, je suis encore un peu déstabilisée.

Non, c'est plus grave que ça. La jalousie me met hors de moi. Je ne veux pas que Logan couche avec Raven. Ni qu'il se tape Bambi Roo. Je veux être la seule et unique. Dans le privé comme devant la caméra. Et honnêtement, j'aimerais autant que l'essentiel se passe sans la caméra et que ça reste entre nous. Que ça n'appartienne qu'à nous deux.

Cette émotion, nouvelle pour moi, me chamboule, me projette dans un tourbillon d'indécisions. Je flotte sans aucun repère, comme un astronaute dans l'espace dont les attaches auraient lâché. Je suis dispersée. Je ne me reconnais pas dans cette histoire.

– C'est quoi ce bordel !C'est la deuxième fois que je prononce cette phrase en l'espace de quelques minutes, mais cette fois, ce n'est plus une question. C'est une prise de conscience et une exclamation. *Qu'est-ce qui m'arrive vraiment ?* Je suis Devi Dare. J'ai trois années d'expérience dans la profession. Je m'appuie généralement sur la logique et la raison, et aucune raison logique ne peut expliquer que je me sente menacée parce que Logan fait son travail. Alors quelle est cette émotion qui me contrôle ?

À la prochaine intersection, je fais de nouveau demi-tour, sans autre but que de tourner le dos à Logan. En conduisant, le conflit que nous traversons me ronge l'âme. Le cyclone émotionnel tourbillonne de plus en plus vite, m'oppresse et ramasse des bribes d'idées pour les projeter dans le fil de mes pensées comme des déchets emportés dans une tornade. Et si c'était trop pour moi ? Et si je n'étais pas capable d'aimer une star du porno ?

De temps en temps, de nouvelles notifications font vibrer mon téléphone, des réponses aux tweets de Raven.

Des réactions enthousiastes. Ce nouveau déchet est absorbé par le cyclone. Puis la sonnerie de mon agent retentit, et bien que je rejette l'appel, les raisons de son coup de fil sont également aspirées par la tempête. Et si je ne pouvais plus être actrice porno ? Et si j'étais blackboulée ? Et si je ne désirais même plus faire du porno ?

Est-ce que ce serait lâche de m'enfuir et de me cacher le temps que la tempête passe ? Plutôt, oui. De nature, je suis courageuse et Logan le sait. Mais pas aujourd'hui.

J'éteins mon téléphone et prends la direction de la maison de mes parents. Ce n'est pas fuir, et les connaissant, ma visite se terminera dans l'indignation, mais ils vont me laisser me décharger et médire. Et peut-être qu'ensuite, j'y verrai plus clair.

Avec emphase, j'ouvre la porte de la cuisine, et constatant qu'ils sont tous les deux à la maison, j'annonce :

– Tout va très mal.

Penché au-dessus de la table de la cuisine, mon père lève les yeux du plateau de backgammon. Il joue seul tandis que ma mère nettoie des pinceaux à l'autre bout de la pièce. « Quand tu réaliseras que tout est parfait, tu *lèveras les yeux et tu riras au ciel.* »

Fichu Bouddha.

Ma mère s'essuie les mains sur son boubou.

– Oh, Devi ! Tu veux bien goûter le poulet Baghali qui est sur le réchaud ? Et dis à ton père qu'il manque de safran.

Je l'ignore parce que, bon, elle m'ignore. Je m'adresse à mon père.

– Je lève les yeux, papa. (Je regarde le plafond pour plus d'effet.) Je lève les yeux et il n'y a pas de quoi rire parce qu'il n'y a rien de parfait. Même un tant soit peu.

Ce n'est pas l'entière vérité. Mes sentiments pour Logan sont presque parfaits. C'est ce «presque» qui rend les imperfections de notre relation si apparentes et invivables.

Ma mère me dévisage.

– Quelqu'un s'est réveillé du mauvais côté du chi. Devi, tu es un nuage d'énergie folle, ma parole ! Viens t'asseoir. Je vais essayer de rééquilibrer tout ça.

Je croise les bras sur ma poitrine sans bouger.

– Pas pour l'instant, merci.

Mon père déplace une pièce sur le plateau et se carre dans sa chaise.

– Dis-nous au moins ce que ce monde a de si imparfait et de si horrible.

Ses intentions sont bonnes mais je vois déjà qu'il prépare un argument philosophique.

Je ne veux pas entrer dans ce débat, mais je veux parler. C'est pour ça que je suis venue – pour me délester de mon fardeau, en espérant faire le tri dans ma vie.

– Très bien. Je vais vous le dire.

Je traverse la cuisine, et m'appuie contre l'arche du salon pour les avoir tous les deux dans mon champ de vision.

Et je déballe tout. Logan et la série, que je suis amoureuse, mon projet de faire du porno hétéro pour rembourser mon emprunt. Je leur raconte ma confusion devant le catalogue de l'UCLA et le jour où, sous le coup d'une impulsion, je me suis inscrite à une poignée d'universités dans tout le pays avant de me rappeler que le vrai problème était de savoir quelle filière choisir avant de se lancer. Je leur parle de LaRue Hagen et de Bruce Madden, et des conséquences probables sur ma carrière. Je leur dis que Logan a été là quand j'ai eu besoin de lui, et de ma jalousie à l'idée qu'il touche d'autres femmes. Que je ne sais pas qui je suis ni ce que je veux.

– Ah, la jalousie. « Préserve-toi de l'envie ; sinon elle te rongera et anéantira tes bonnes actions, comme le feu consume le bois. » déclare mon père avant de se replonger dans son jeu.

Frustrée, j'enfonce les ongles dans les paumes de mes mains.

– Au moins, cette fois c'est une parole de Mahomet, je marmonne.

La tête penchée sur le côté, Baba m'observe.

– Qu'est-ce que ça veut dire ?

– Juste que c'est bien de savoir qu'il existe des gens inspirés en dehors de Bouddha.

Je suis injuste. Mes parents puisent leur inspiration plus ou moins partout. Ils ne se sont jamais identifiés à une religion plutôt qu'à une autre. Ils aiment de nombreuses confessions et philosophies : musulmane, bouddhiste, chrétienne, agnostique. Ils sont socialistes, communistes et démocrates, et toutes les idées hippies au milieu. Globalement, ils vivent selon un méli-mélo de bonnes idées. Et j'adore ça. J'aime qu'ils m'aient élevée dans cet esprit.

Mais aujourd'hui, je n'arrive pas à adopter leur regard positif sur la vie, comme si mes lunettes étaient couvertes de boue – Raven ou Bruce Madden. Parce que toutes leurs notions inspirantes sonnent comme des banalités impossibles à suivre.

« La paix vient de l'intérieur. Ne la cherche pas à l'extérieur. » Cette fois, c'est moi qui cite Bouddha dans ma tête, et je poursuis par de profondes respirations.

Ça ne m'aide pas.

Je me passe la main dans les cheveux.

– Je suis désolée. Je pensais que ça m'aiderait d'en parler, mais je crois que j'ai juste besoin d'un peu de solitude.

Ma mère me sourit chaleureusement.

– Ça va passer, Boombalee. En attendant, la solitude te fera du bien. Détends-toi et reste à l'écart de toute énergie négative. Fais du tai chi et un sauna intime. Sois patiente. L'univers te donnera les réponses.

Je sais que ses bons conseils viennent du cœur, mais le mien est en morceaux. J'ai atteint ma limite.

– Putain, Mâmân ! Non. Je ne veux pas d'un sauna intime ni faire du tai chi, ni d'une séance de Reiki ou de tes cartes de tarot. Je ne veux pas l'avis de Bouddha, de Susan B. Anthony, de William Faulkner ou de l'univers. Je veux que *vous* me donniez des conseils !

Je me pince le nez, ferme les yeux, et compte lentement jusqu'à dix en farsi pour me calmer : yek, do, se, chahâr, panj…

Mon coup de sang est suivi d'un silence, et quand je m'oblige à regarder mes parents, ils paraissent choqués et alarmés. Possiblement vexés aussi, ce qui me fait de la peine. La dernière chose que je veux, c'est les blesser. Je les aime de tout mon cœur, et je viens d'attaquer ce qu'ils sont, par manque de maturité.

Je m'appuie contre le mur, et me laisse glisser sur le sol en espérant disparaître dans le tapis citron vert du salon. Puisque j'en suis là, autant craquer pour de bon. Je m'allonge sur le sol. Un bras rabattu sur mes yeux, je me mords l'intérieur de la joue pour retenir mes larmes. En quelques minutes, je m'enfonce dans la tristesse, aussi me faut-il un certain temps pour me rendre compte que l'énergie s'est modifiée autour de moi.

Soulevant légèrement le bras, je découvre mes deux parents debout au-dessus de moi. Il y a toujours de la peine dans leurs yeux, mais de plus près, je vois qu'ils ne souffrent pas à cause de moi mais *pour* moi.

Le peu de calme retrouvé disparaît, et un sanglot m'échappe.

Mâmân s'accroupit à côté de moi, et comme une enfant blessée qui a besoin que sa mère l'étreigne, je me redresse et plonge dans ses bras.

– J'ai agi comme le Fou, dis-je sur le ton de la confession.

C'est une référence à la première lame du tarot. Ou la dernière, selon les interprétations, tout parcours revenant au point de départ. Le Fou porte bien son nom. C'est l'insouciant, le bouffon, le vagabond. Le *majnûn*.

– Je vagabonde sans me soucier de rien, je prends des risques sans penser aux conséquences. Et je ne sais pas si je suis au début ou à la fin de ce parcours-là. Je me sens juste perdue, sans guide, et je ne sais pas si ma foi va tenir bon.

Avec Logan, il m'arrive de me convaincre que je me comporte en adulte, que notre relation est adulte. Et avec la naïveté d'un enfant, je suis tombée aveuglément amoureuse de lui.

Et ça a été *merveilleux*.

Mais ça ne l'est plus. Maintenant, je suis confuse, déchirée. Je suis perdue dans l'obscurité, et je redoute de glisser le long du flanc de la montagne au moindre pas.

– Je ne sais pas quoi faire. Dis-moi ce que je dois faire.

Mes mots sont étouffés par son boubou mais elle saisit l'essentiel. Elle me berce tendrement en me caressant les cheveux.

– Ma chérie. Je sais que c'est difficile et j'aimerais pouvoir te dire…

Je connais la suite. *J'aimerais pouvoir te dire quoi faire mais je ne peux pas parce que bla bla bla, chemin de vie personnel, grandir.* Toutes ces conneries.

Mon père s'interpose sans la laisser finir.

– Tu veux notre avis, Devi ? Je vais te donner quelques conseils.

Il est ferme et son ton dénote suffisamment d'impatience pour que ma mère se fige.

Je retiens mon souffle et m'agrippe à sa robe. Il a toute mon attention, bien que je sois trop effrayée pour le regarder dans les yeux.

– Reprends tes études. Tu aimes apprendre. Tu es une intello. Va à l'école.

– Mais…

Par habitude, je m'apprête à objecter. *Que vais-je étudier ? Et si je ne choisis pas la bonne filière ?*

Il semble lire dans mes pensées.

– Choisis un domaine, Devi. Si c'est le mauvais, tu changeras. Et si ce n'est toujours pas le bon, tu changeras encore. Que peut-il arriver de pire ? Que ton prêt grossisse ? Vas-tu laisser la peur entraver ton bonheur ?

À l'entendre, on croirait que l'argent n'entre pas en ligne de compte. C'est irréaliste. Mais je ne peux pas protester parce que vais-je vraiment laisser mon compte en banque décider de mes rêves ?

Bâbâ se penche vers moi, et son ton se radoucit.

– Tu ne peux pas savoir si tu es sur la bonne voie avant d'être complètement devenue le Fou. Tu dois avancer à l'aveuglette pour vérifier si tu es en terrain sûr ou si tu vas tomber. *Voilà ce que tu es censée faire.* Passer par les incertitudes. Oser, ne pas rester immobile. Prendre des risques. Tenter ta chance. Tu apprendras à vivre en *vivant.*

Une boule dans la gorge, je déglutis.

– Tu veux dire : « Tu ne peux pas voyager sur un chemin sans être toi-même le chemin ? » Je cite Bouddha pour remercier mon père d'avoir trouvé les mots justes.

– Oui, grosso modo.

Il tapote mon nez du bout du doigt et se redresse.

– Et si les études ne t'intéressent pas, c'est très bien aussi. Juste… ce que tu fais maintenant, est-ce que c'est bien ce que tu veux faire de ta vie ?

Je secoue la tête.

Il arque un sourcil.

– Est-ce que ça t'en rapproche ?

Je n'ai pas la réponse.

– Très bien, déclare-t-il comme si tout était réglé.

Il se rassoit devant son plateau de backgammon, mais ce n'est pas par désintérêt. Il reconnaît seulement que tout fou doit accomplir son voyage seul. Je suis reconnaissante qu'il m'ait conseillé un chemin. Je ne le suivrai pas forcément, mais il m'a donné un point de départ.

Ma mère essuie ma joue du pouce.

– Tu vois. Tout s'arrange.

J'ai un petit rire.

– Je n'irais pas jusque-là.

– Mais pourquoi ? Ton père t'a conseillé de reprendre tes études. Alors fais-le.

– Et toi ? Tu veux aussi que je retourne à la fac ?

Je connais la réponse. Elle le suggère à chaque fois qu'elle me tire les cartes. Toutefois, comme l'avis de mon père m'a fait du bien, j'aimerais aussi avoir le sien.

– Oui, répond-elle fermement. Enfin, si c'est ce que tu veux.

Je ravale mon amusement. Elle ne sera pas plus directive que ça, de crainte de faire barrage à mon destin.

Je l'aime tant.

– Merci, Mâmân. C'est bon de t'entendre dire ça.

Mais il me reste un autre sujet de confusion.

– Et avec Logan, que dois-je faire ?

Perplexe, ma mère se recule pour me regarder.

– J'ai l'impression que tu as déjà la solution, non ?

– Non.

Pas du tout.

Elle secoue la tête, rejetant ma réponse.

– Mais si. Quand tu seras prête à l'accepter, en conscience, tu la verras.

Je sais qu'elle a compris quelque chose qui m'échappe encore, soit parce qu'elle est plus âgée et donc plus sage, soit parce qu'elle est plus sage en général. Ou peut-être parce que c'est ma mère et qu'elle me connaît mieux que moi-même, ou parce qu'elle est plus en phase avec l'univers. C'est frustrant qu'elle perçoive une réponse qui m'échappe, mais je n'insiste pas. Parce que je lui fais confiance quand elle affirme que je la trouverai quand je serai prête.

Mais comprendre cela n'apaise pas mon chagrin.

Je lève les yeux vers elle, avec la soudaine impression d'avoir la moitié de mon âge et d'être très vulnérable. Je demande d'une voix tremblante :

– Comment puis-je espérer y voir plus clair alors que tout est si obscur ?

Elle resserre son étreinte.

– Pas tant que ça. Cherche l'étoile du Berger. C'est elle qui te guidera.

Il y a une perspicacité aiguë dans ses mots, et du réconfort dans l'énergie qu'elle transmet, et bien que je ne sache pas encore ce qu'est – ou qui est – mon étoile du Berger, cela me renvoie au jour où elle m'a tiré les cartes, et à l'Étoile qui symbolisait mon avenir. L'espoir.

À défaut d'avoir tout résolu, je me raccroche à cet espoir, confiante en l'univers qui m'apportera bientôt la réponse.

19

– Logan O'Toole, tu es un dieu.

Je redresse brusquement la tête. Assis sur le canapé, je fixe mes mains, l'esprit en ébullition, quand Bambi surgit dans le salon, sentant les lingettes pour bébé. Je prends conscience que je suis là depuis une demi-heure.

Je souris faiblement.

– Presque.

– Non, sérieusement. Ce truc que tu m'as fait la troisième fois que j'ai joui, quand tu m'as recourbée sur la table ? Oh mon Dieu, je n'ai jamais joui aussi fort. Juré.

– Ah oui ?

– Ouais, insiste Bambi en rejetant sa longue chevelure brune derrière son épaule avec un grand sourire. Je vais dire à mon agent de bloquer des dizaines de scènes avec toi.

Deux mois plus tôt, je me serais senti fier, un peu suffisant. J'aime combler mes partenaires et avoir la réputation d'un amant extraordinaire. Mais là, je ne ressens rien d'autre qu'un effroi lancinant, un vif sentiment de honte et d'inquiétude. Et pour être honnête, une certaine colère moralisatrice.

– Tu sors ? demande Bambi en m'enveloppant d'un geste.

Entièrement habillé, j'ai même mis mes chaussures et une casquette de base-ball. Je suis dans cette tenue depuis que nous avons terminé de tourner, et j'ai désespérément essayé de contacter Devi pendant que Bambi se douchait. Devi ne répond pas, et je ne vais sûrement pas rester là à attendre qu'elle me rappelle. Alors je me suis préparé et j'attends nerveusement que tout le monde s'en aille pour me rendre chez elle.

– Je vais chez ma copine, dis-je en sous-entendant que j'aimerais partir au plus vite, sans paraître grossier.

Mais sérieusement, vivement qu'elle décampe.

Malgré la déception, Bambi raffole des ragots.

– Tu as une nouvelle copine ? C'est la fille qui était là aujourd'hui ?

– Oui. Elle s'appelle Devi.

– Elle est très séduisante.

Mon ventre se serre.

– Elle est plutôt parfaite.

– Alors je ne te retarde pas, dit Bambi en passant son sac sur l'épaule tout en se dirigeant vers la porte. Au fait, j'ai vu le tweet de Raven en me rhabillant. Félicitations. Les fans vont adorer.

Le nom de Raven et les félicitations ne devraient pas être associés, à moins qu'on applaudisse notre rupture. Ça m'intrigue mais je dois d'abord retrouver Devi. Je mets ce tweet de côté, et veille à ce que Bambi ne traîne pas.

– C'était génial de travailler avec toi, dis-je avec conviction, si j'en crois son grand sourire.

– Pareil pour toi, tu sais déjà que j'ai pris mon pied.

Elle me fait un clin d'œil, et sort en m'envoyant un baiser. Je me lève d'un bond, attrape mes clés et trottine jusqu'à mon garage. Tout en montant en voiture et en reculant dans l'allée, je m'apprête à chercher ce tweet mais une notification est déjà affichée sur l'écran en veille.

Nouveau projet avec @no1Toole Très prochainement. #restezbranchés #scoop

– D'où ça sort ? je grommelle en conduisant d'une main, mon regard allant de la route déserte au téléphone. J'ouvre l'appli, et lis son tweet accompagné d'innombrables réponses, des fans qui se réjouissent de la nouvelle.

@theRealRaven ? Tu t'es remise avec Logan ???

@theRealRaven omg trop hâte de vous revoir ensemble, vous êtes mon couple préféré.

Vivement qu'on revoit baiser @no1Toole et @theRealRaven !!! #bestcouple #truelove

J'ai déjà la nausée mais cela me donne des haut-le-cœur, et je dois m'accrocher pour ne pas gerber sur le volant. À quoi joue-t-elle ? Il n'y a pas de projet et il n'y a aucune chance pour que ça arrive, alors d'où sort cette déclaration publique ?

Pire encore, elle ne fait rien pour dissiper les rumeurs sur notre réconciliation. À ce stade, cette idée m'enrage assez pour que je me transforme en Hulk et que je défonce le prochain immeuble.

Je compose son numéro sans réfléchir. Au diable la prudence. Je suis furax, elle va m'entendre. Elle répond au bout de deux sonneries, comme si elle attendait mon appel.

– Logan. Ça me fait plaisir que tu m'appelles, dit-elle avec assurance.

– À quoi tu joues, Julie ?

– Si tu m'appelles par mon vrai nom, je t'appelle par le tien. Et ça te dérange plus que moi.

– Merci pour l'avertissement. Explique-toi ! Raven/Julie pousse un soupir résigné.

– J'essayais seulement d'évaluer l'intérêt que susciterait un projet commun. Nous l'avons évoqué quand je suis venue chez toi. Tu te rappelles ? Je l'ai juste annoncé publiquement pour le tester. Pour voir comment les fans réagiraient.

Je serre tellement les dents que j'ai mal à la tête.

– C'est toi qui as parlé de tourner ensemble. J'ai refusé, si tu te souviens bien.

J'entends pratiquement son haussement d'épaules.

– Tu étais ému, tu n'avais pas les idées claires. Je me suis dit que face à l'intérêt de tes fans, tu admettrais que c'est une bonne idée. Et maintenant que le projet a été annoncé, tu ne vas quand même pas les décevoir ?

Au dernier moment, je bifurque vers Venice Boulevard au lieu de prendre l'autoroute, conduisant un peu trop agressivement.

– Tu ne peux pas me forcer. Ma réponse n'a pas changé. C'est toujours non.

– Toi, tu as changé, m'accuse-t-elle. Tu as toujours fait passer les affaires en premier. Et tout à coup, ce n'est pas assez bien pour toi ?

– N'essaie pas cette tactique avec moi. Même toi, tu n'y crois pas.

– Alors c'est cette fille, hein ?

Sous son air bravache, je sens sa méchanceté, et soudain, ma nausée est remplacée par un poids, une lassitude. Est-ce le moteur de tout ça ? Sa jalousie envers Devi ?

– C'est toi qui m'as plaqué. En quoi ma vie sentimentale t'intéresse ?

Durant le silence qui suit, je me demande ce qu'elle pense, quelle tête elle fait. C'est étrange de me dire qu'elle était la personne la plus proche de moi, et que maintenant, il y a cette insurmontable divergence entre nous, si vaste que j'ignore ce qu'elle pense ou ressent. Puis je me rappelle que ma carrière l'avait éloignée de moi. La peur m'enserre le ventre. J'accélère, désespéré de retrouver Devi au plus vite.

– Elle est trop jeune pour toi. Tu aurais dû la voir sur le tournage de LaRue, Logan. Elle était terrifiée.

– Sa vie ne te regarde pas, dis-je fermement. Et la mienne non plus. Tout est fini. Je te laisse expliquer à tout le monde qu'il n'y a pas de projet.

– Réfléchis à ce que tu fais. Rejeter une occasion comme celle-là ? Pour une fille ?

– Non.

Je me retiens de cracher ma colère, et toutes les menaces qui me brûlent les lèvres si jamais elle décidait d'emmerder Devi à nouveau.

– C'est fini entre nous, Julie. Sur le plan personnel et professionnel. Et j'apprécierais que tu le respectes.

Je raccroche parce que je passe devant l'aéroport, et me rapproche de chez Devi, mais aussi parce que je crains de perdre mon sang-froid. Je pénètre dans Grand Avenue, tentant d'y voir plus clair mais sans parvenir à me concentrer sur autre chose que le besoin de trouver Devi.

Ma Devi. J'ai mal au cœur à l'idée qu'elle se soit sentie seule, en danger, ou effrayée sur le tournage de LaRue. J'aurais aimé être avec elle, à ses côtés. Elle est si jeune, et peut-être n'en ai-je pas suffisamment tenu compte.

Ce matin, elle paraissait si sûre d'elle, pendant qu'elle inspectait mon donjon avec un large sourire. Mais il y avait une incertitude dans son regard, une question à laquelle je n'ai pas su répondre.

Cette question m'a hanté. Elle s'est insinuée sous ma peau et m'a donné la chair de poule pendant que je terminais d'installer le décor, que Bambi se déshabillait et que nous reprenions ses tabous. Je sentais le regard brûlant de Devi sur moi pendant que les caméras me filmaient, que je tenais le visage de Bambi et l'embrassait avant de l'obliger à s'agenouiller. Bambi est une belle Latina, à la peau plus mate que Devi, et je n'ai pas eu de mal à imaginer Devi à sa place, à me remémorer que deux heures plus tôt, j'étais enfoncé en elle.

Mais c'est là que tout se complique. Je n'ai pas eu besoin d'imaginer Devi pour bander, pour apprécier les lèvres humides de Bambi autour de ma bite. Mon esprit allait de Devi à Bambi, pendant que celle-ci m'aspirait, et que je fantasmais sur ce que Devi pensait ou ressentait au même moment. Était-elle aussi excitée que moi quand je la regardais avec Kendi ? Se tordait-elle, trempée sur sa chaise, espérant que je la soulage ?

L'idée qu'elle me regarde, que je puisse l'allonger sur la table et la faire embrasser Bambi pendant que je les pénétrerais tour à tour m'excitait tant. Je m'étais demandé si Devi se touchait en nous regardant, croisant les jambes pour comprimer son sexe, se frottant sur sa robe. Je n'aurais pas pu le supporter, et c'était sublime.

Mais quand j'avais cherché son regard, la chaise était vide.

Devi avait disparu.

J'avais paniqué. J'étais inquiet, même un peu énervé. Et le pire de l'histoire – je n'ai pas arrêté de baiser Bambi.

En fait, je l'ai même baisée plus fort, plus vite, lui arrachant plus d'orgasmes que d'ordinaire parce que cette question me taraudait sans cesse.

Je me sentais avili, pas d'une manière excitante mais plutôt comme si la crasse envahissait mon esprit, comme celle qui s'accumule sur les portes des douches ou au bord des mares d'eau stagnante. J'avais honte, et pourtant je me sentais également en colère et injustement accusé de quelque chose, même si personne ne m'avait montré du doigt. Que faisais-je de mal ? Coucher avec Bambi était mon boulot !

Alors pourquoi je me sentais bizarre ?

Pourquoi avais-je l'impression qu'il me manquait quelque chose de vital sans Devi ?

Et comment, malgré l'égarement, pouvais-je continuer à baiser Bambi ? Pas seulement ça, mais lui murmurer toutes mes cochonneries habituelles – *tu es si bonne, ta chatte est toute serrée, tu ne veux pas que je te la mette ailleurs ?*

Ces provocations, murmurées dans tellement de situations identiques, à tellement de femmes différentes, auraient dû sonner creux, et même faux. Mais non, j'avais aimé pénétrer Bambi, et qu'elle me suce. Et à la fin, quand j'avais tenu ma queue et éjaculé sur son visage ? C'était super bon aussi. Comment puis-je me sentir coupable et bien en même temps ? Comment puis-je aimer autant une femme, et bander pour une autre ?

Tout est trop compliqué. La honte persistante, le sentiment de vide. Ça m'excite, ça m'agite rien que d'y penser. Je détends mes doigts et ajuste mon érection dans mon jean.

J'ai besoin de faire l'amour à Devi. Devant ou sans la caméra, peu importe, mais c'est le seul moyen de décharger ce fatras émotionnel accumulé en l'espace de deux petites heures. J'ai tellement besoin d'elle, et nous devons arranger ça, même si je ne comprends pas ce qui m'arrive. Nous avons besoin de gagner notre vie, alors nous devons trouver le moyen de concilier le sexe avec d'autres et notre vie intime.

Sa voiture n'est pas garée dans son allée. Soit elle n'est pas chez elle, soit elle est au garage. L'indignation me paralyse presque. J'avais compté sur sa présence pour tout régler au plus vite.

Je la rappelle en me garant. Pas de réponse.

Je frappe à sa porte. Pas de réponse.

Je contourne la maison, et jette un coup d'œil à l'intérieur, collé à la fenêtre comme un pervers. Rien.

Elle n'est pas là. Je remonte en voiture et la rappelle, laissant un message cette fois.

– Salut, Cass, dis-je après que sa douce voix ait répété son message d'accueil. C'est Logan. Je, euh… Tu es partie et tu ne réponds pas au téléphone. Je suis inquiet, voilà. Je t'aime. À plus.

J'ai le ton haché d'un ado énamouré, mais je m'en moque. Tant pis si je suis pathétique. J'ai juste besoin de la voir et de chasser ce sentiment.

Je l'attends une demi-heure dans l'allée, vérifiant mon téléphone toutes les trois minutes, même si c'est inutile. La chaleur de l'après-midi imprègne l'habitacle, me rappelant que du travail m'attend à la maison, et que je dois téléphoner à Marieke de Vries à cinq heures.

Soudain, je suis empli d'une colère si vive que ma vision se trouble. Elle devient statique sur les côtés et mes mains se crispent sur le volant. Ma fureur est tellement extrême, imposante et désorganisée que son origine m'échappe.

J'en veux à Devi d'être partie, et à moi de ne pas avoir compris qu'elle n'avait pas supporté de me voir avec Bambi. Je lui en veux de ne pas décrocher et je m'en veux d'être totalement impuissant.

En résumé, je suis furieux parce que j'ai peur.

La colère disparaît aussi vite qu'elle est venue, et je desserre les doigts, vide et désœuvré. J'inspire profondément, et je recule à contrecœur pour rejoindre la route. Je m'éloigne lentement, un œil sur le rétroviseur. J'ai l'impression d'abandonner mon cœur sur le perron, que tous les tendons et les veines qui le rattachent à ma poitrine s'étirent et claquent à mesure que je roule, et qu'il saigne à mort devant chez elle.

Le moins qu'on puisse dire, c'est que le trajet n'est pas joyeux. Je rentre chez moi conscient de devoir me mettre au travail, mais au lieu de me rendre à mon bureau, je lance mes clés sur la console et me dirige vers la baie vitrée. Dans la chaleur, l'eau transparente et fraîche de la piscine scintille. Je revois Devi nageant avec aisance, le contraste saisissant entre sa peau hâlée et l'eau bleutée.

Et si j'avais raison, hier soir ? Et si cette première nuit sans caméra était le point culminant de notre relation ? Que l'inéluctable descente était entamée ? Et si cette parfaite connexion était éphémère ? Nous avons reconnu qu'il s'agissait d'amour, et l'amour ne tolère peut-être pas autant de complications. Peut-être que notre couple naissant agonise déjà.

Je me frotte le visage et m'écarte de la fenêtre. Je ne peux pas supporter ça. Je suis trop confus pour faire le tri dans mes sentiments sans Cass à mes côtés.

Je me plonge dans le travail, écrivant et filmant mon monologue pour la scène avec Bambi et passant une heure et demie au téléphone avec Marieke à propos de « Prédestinés ». Jusque-là, elle aime les prises de vue, et comme nous nous préparons à programmer le dernier épisode de la saison, Marieke et moi imaginons la saison suivante. Nous échangeons quelques bonnes idées avant d'en choisir une. Je devrais me sentir revigoré, mais ce n'est pas le cas.

J'ai l'impression que mon cœur sanguinolent agonise lentement dans l'allée de Devi.

J'ai envie de retourner l'attendre sur ses marches.

Je retourne au rez-de-chaussée, passe devant le bar de ma cuisine, et me sers un whisky, comme à chaque fois que je suis désœuvré – j'assimile mes sentiments à travers mon foie. Mais je ne le bois pas. Je tiens le verre dans ma main, et regarde le ciel s'assombrir au-dessus de la piscine. Puis mon téléphone sonne.

Je manque de lâcher mon verre dans la précipitation, submergé par l'excitation et l'effroi lorsque le magnifique visage de Devi apparaît sur l'écran. Je réponds en contrôlant au mieux ma voix tremblante.

– Salut, bébé, dis-je en posant mon verre. Merci de me rappeler.

– Je suis désolée d'avoir tardé, dit-elle d'une voix posée, indéchiffrable. Je ne me sentais pas très bien ce matin, j'ai dû partir. Je suis allée voir mes parents, et je suis tombée en panne de batterie.

Ça sent l'excuse à plein nez. Je suis pratiquement sûr qu'en vérité, ma scène avec Bambi l'a bouleversée.

– Cass, j'ai envie de te voir.

– Pas maintenant. Je ne suis toujours pas en forme.

– Plus tard dans la soirée, peut-être ? Je peux venir m'occuper de toi.

– Je vais passer la nuit chez mes parents, dit-elle d'une voix désolée. Je crois que j'ai juste besoin d'une bonne nuit de sommeil… ça ira mieux demain.

– Devi, s'il te plaît, dis-je en déglutissant.

– On se voit demain, Logan. Tu te souviens que nous tournons ensemble demain après-midi ? Je serai là à treize heures.

Viens tout de suite.

Ou laisse-moi venir te voir.

S'il te plaît, Cass, ne fais pas ça.

Je garde ça pour moi. Je sais que le mieux à faire, c'est de la laisser tranquille. Je ne proteste pas parce qu'un type bien lui laisserait le bénéfice du doute, et la croirait sur parole.

Surtout, j'ai la gorge trop serrée pour parler. Je m'éclaircis la voix.

– D'accord, bébé. Je t'aime. À demain.

– Je t'aime aussi, répond-elle, et dans ces trois mots je perçois du chagrin et une profonde confusion. Bonne nuit, Logan.

* * *

Si je tournais le film de ma vie, il me dégoûterait. Tout d'abord, mon personnage ne progresse pas de façon crédible face aux obstacles. Et ensuite, il n'y a pas de cohérence ni d'unité de thème. Enfin quoi, qu'est-ce que je ressens ? Trop de contradictions pour l'exprimer en images. Non, si j'étais le réalisateur, je dirais à mon personnage de choisir une ligne de conduite et de s'y tenir. Suis-je en train d'essayer de ne pas pleurer, ou suis-je aux anges dès que je pense à Devi ? Je vérifie mon téléphone toutes les trois secondes ou je résiste à l'envie de le balancer à travers la pièce? Si j'étais le réalisateur de ce film, je me dirais que les sentiments sont passifs, et qu'il vaut mieux opter pour les actions à la place–et ensuite je choisirais intentionnellement ces actions.

Une action à la fois.

Le lendemain, alors que je me lève et me douche, l'idée me semble attrayante. Je ne suis pas assez naïf pour me croire capable de me concentrer sur un sentiment en niant les autres, mais faire le tri m'enthousiasme. Tout en me remémorant le regard de Devi quand je me préparais à jouer avec Bambi, tout en me souvenant de l'avoir convaincue que la réalité n'est pas l'antithèse du porno, je me rends compte de quelque chose de si grave et éclairant que je cesse brusquement de me laver les cheveux et que mes mains retombent. Je reste sous le jet, fixant le mur, tandis que je comprends que j'ai tout faux.

Je voulais que tout cohabite, dans une joie chaotique et unifiée, parce qu'il me semblait que notre amour et notre attirance feraient la qualité de «Prédestinés». Je pensais que mélanger notre histoire d'amour et nos ébats filmés était la solution, sans jamais tenir compte du jeune âge de Devi ou du fait que je finirais par tomber raide dingue d'elle. Je voulais tout avoir, parce que je pensais que c'était mieux, plus réel–*hyper* réel–mais je n'ai réussi qu'à tout embrouiller. Ça a déprécié notre connexion et donné plus d'importance que nécessaire aux émotions.

Putain. Pas étonnant que nous étions paumés hier.

Le pire? C'est entièrement de ma faute. C'est moi qui ai convaincu Devi d'avancer dans ce sens. Je suis responsable de notre tristesse.

Si nous souhaitons poursuivre, survivre le cœur intact, sans porter préjudice à nos carrières, nous devons rapidement déterminer nos limites. Nous devons séparer le porno de la vraie vie, compartimenter chaque domaine. Et je dois assumer mes responsabilités.

Pourvu que ce ne soit pas trop tard.

Lorsque Devi ouvre la porte à une heure pile, mon discours est au point. Je pourrais donner une conférence intitulée «Pourquoi je suis un crétin et comment je vais tout arranger». Mais quand je la vois, j'en perds mes mots. Elle est tellement belle, avec sa petite jupe plissée et son débardeur, sa longue tresse négligée ramenée sur son épaule.

Elle est à peine entrée que je la plaque contre le mur et écrase ma bouche sur la sienne. Mes mains l'explorent agressivement. Elle m'embrasse avec la même ferveur. Ses jambes s'enroulent autour de ma taille et nous nous frottons l'un contre l'autre tout en nous embrassant.

– Montons dans ta chambre, halète-elle.

Je n'ai pas à me faire prier. Je la porte, et nous sommes à peine dans la chambre qu'elle me débraguette maladroitement et que je lui arrache son débardeur. Je la lance sur le lit, sur le ventre, et m'allonge sur elle, remontant sa jupe et écartant si précipitamment son string que je le déchire. Je m'en moque ; presque aussitôt, je m'engouffre en elle.

Elle n'est pas tout à fait prête, mais elle se porte à ma rencontre pour me faciliter l'accès et la friction est magique. Je grogne en m'enfonçant brutalement, la fermeture de mon jean griffant ses fesses et ses cuisses, sa jupe entortillée autour de sa taille.

Et je n'ai qu'une chose en tête :

Elle veut de moi.

Elle m'aime.

Elle veut toujours de moi.

– Fais-moi jouir, implore-t-elle en remuant furieusement. Logan, je t'en supplie. Fais-moi jouir.

– Tout ce que tu veux, dis-je en l'embrassant dans la nuque. Je vais te donner tout ce que j'ai.

Je le pense. Je glisse la main sous son ventre, et masse son clitoris. C'est une autre position que je filme rarement parce que mon corps la recouvre presque entièrement. Le mouvement est caché par ses fesses voluptueuses et le va-et-vient de mes hanches. Mais qui s'inquiète de ce que ça rendrait à l'écran ? C'est tellement délicieux de l'empaler par-derrière, ses fesses rebondies pressées contre mon bas-ventre.

Je continue d'embrasser sa nuque, couché sur elle, soutenant mon poids avec l'avant-bras gauche et les genoux, ma main droite malaxant son bouton qui pulse entre ses cuisses. Son orgasme est soudain et explosif. Elle hurle dans l'oreiller et tremble de partout.

La chaleur s'accumule dans mon ventre, et la star du porno en moi voudrait changer de position et ralentir la cadence. Mais le petit ami en moi préfère la suivre, pour que nous chutions ensemble, comme elle l'a dit deux jours plus tôt. Je me laisse emporter par le torrent bouillonnant de la jouissance. De profonds courants de plaisir se déploient en arcs aveuglants, et je vibre en elle, l'enfourchant plus vigoureusement que jamais.

Mes assauts sont déchaînés.

Sans répit.

Et enfin la douce délivrance. Le chagrin et l'angoisse que je rumine depuis vingt-quatre heures s'évacuent alors que je ralentis, que ma respiration revient à la normale, et qu'elle se met à ronronner. Une joie ardente m'emplit la poitrine.

– Je t'aime.

– Je t'aime, répond-elle, et j'ai envie de crier victoire. Finalement, je n'ai pas tout foutu en l'air !

Nos vêtements entortillés autour de nos corps, je nous entraîne sur le flanc tout en la tenant dans mes bras, mon pénis toujours en elle. C'est probablement l'acte sexuel le plus rapide que j'aie connu depuis des années, et le plus spontané de ma vie d'adulte. Peu importe parce que ce n'était que pour nous, elle et moi, sans caméra ni flonflons. Alors que je la serre dans mes bras et hume sa peau, je sais que j'ai vu juste. J'ai enfin tout compris.

L'instant est aussi merveilleux, aussi parfait parce qu'il n'y a pas de caméra. Et si nous appliquons ces limites à tout le reste – si nous ne pensons à « Prédestinés » que lorsque nous travaillons sur la série, et à Logan et Devi le reste du temps – alors nous pourrons préserver cette paix et cette satisfaction. *Nous* subsisterons, sur le long terme.

Ça va plaire à Devi, me dis-je gaiement, en semant des baisers sur son épaule pendant qu'elle plaque son dos contre moi. Elle et ses parents semblent être portés sur ces trucs de pleine conscience. Et ça, globalement, ça relève de la pleine conscience, non ? C'est de la baise consciente.

– À quoi tu penses ? demande Devi.

Je réponds honnêtement.

– Je vais écrire un livre sur « Les plaisirs et les bienfaits du sexe conscient ». Je pourrais donner des conférences pour des séminaires d'entreprise par exemple. Gagner plein de fric.

Elle rit.

– Tu gagnes déjà plein d'argent.

– Tu parles. Je travaille dur. Il me faut un plan B, pour le jour où je perdrai en endurance.

– Comme si ça risquait d'arriver.

Elle remue, et mon sexe a très envie de lui prouver qu'elle a raison. Mais comme nous avons une scène à tourner, je préfère patienter.

– Tu as beaucoup de livres. Je ne les avais pas remarqués, observe-t-elle.

Je suis plus intéressé par les cercles que je trace sur son épaule avec ma langue.

– Pas autant que toi, dis-je entre deux baisers. J'ai toujours été plus branché cinéma. Mais quand on aime raconter des histoires, je crois qu'il faut apprendre à apprécier tous les moyens d'expression.

– Logan O'Toole : la fiction par tous les bouts.

– Pas vraiment. (Je jette un regard vers les étagères sous la fenêtre.) La plupart sont des livres de poésie.

– De la poésie ? s'étonne-t-elle avec un sourire dans la voix.

Je me sens sur la défensive, non pas parce qu'elle me taquine mais parce que c'est difficile à expliquer.

– La poésie a toujours été mon domaine de prédilection dans les cours de littérature. Je savais, quand j'ai choisi de faire du porno au lieu d'aller à la fac, qu'il n'y aurait pas beaucoup de poésie dans ma vie. Alors j'ai commencé à acheter un recueil par mois. Il n'était pas nécessaire qu'il me plaise ou que je le lise en entier, mais je devais essayer. Parce que la façon dont les poètes voient le monde est celle qui se rapproche le plus de la mienne parfois. Des images. Des saveurs et des bruits. Tout cela ne s'emboîte pas parfaitement, c'est décousu et inexplicable.

– C'est beau, murmure-t-elle.

– C'est toi qui es belle.

Le moment est arrivé. Je vais lui annoncer que nous allons préserver notre relation, la garder rien que pour nous, mais elle se retourne. Ma bite glisse hors d'elle et un grognement de tristesse m'échappe.

Elle sourit et se mord la lèvre.

– Et si nous commencions cette scène ?

Mon discours tombe aux oubliettes.

***

Ça me fait bizarre de revenir au « porno pur » avec Devi. « Revenir » n'est pas le mot juste puisqu'il y a toujours eu plus que ça entre nous. Le sexe mélangé à nos profonds sentiments.

Je regrette de ne pas avoir parlé à Devi avant d'en venir aux détails techniques de la scène. Mais une fois lancés sur ce terrain, je ne vois pas comment déclarer « Au fait, ce serait mieux qu'on adopte une attitude strictement personnelle maintenant. »

Alors je ne dis rien. D'un côté, c'est agréable, naturel même, d'installer les caméras et le décor comme si c'était une fille comme une autre. Mais de l'autre, c'est déroutant, comme de découvrir un beau matin que sa maison a explosé mais que tout est resté en place. J'ai du mal à arrêter de triturer les commandes de la caméra alors que je sais que sa peau prend des reflets dorés quand la lumière est convenablement réglée. C'est dur de réfléchir aux positions les plus cinématographiques alors que je connais ses préférences.

Mais je me débrouille. Ça demande de la souplesse psychologique, et par moments, avant de commencer, je surprends son regard sceptique, comme si elle sentait mes hésitations. *Je t'expliquerai plus tard. Une fois que nous aurons tourné. De cette façon, elle verra que c'est plus facile. Beaucoup plus simple.*

La scène d'aujourd'hui étant la dernière de la saison, je souhaite qu'elle soit plus intime que les précédentes. Je préfère rester ici, sans public autour. Marieke et moi avons convenu de laisser les personnages dans un cadre chaleureux, comme à la fin d'une comédie romantique. Une histoire d'amour éternel.

Bien sûr, la deuxième saison subira son lot de bouleversements, et je souris en songeant que je dois encore l'annoncer à Devi. Je me suis creusé les méninges pour trouver des revirements torrides, et je parie que Devi va les adorer.

– Qu'est-ce qui te fait sourire ? demande-t-elle.

Assise au bord d'un immense tapis à poils longs que j'ai rapporté de mon bureau, elle ne porte rien d'autre que des chaussettes colorées qui lui arrivent aux genoux. Le tapis blanc contraste tant avec sa peau que j'interromps mes installations pour la contempler.

Ma Cassiopée.

Ma reine.

Elle penche la tête sur le côté, sa tresse souple glissant sur son sein, et je ne souhaite qu'une chose, m'agenouiller et l'embrasser jusqu'à ce que les étoiles s'embrasent dans le ciel. L'ai-je déjà fait ? Juste l'embrasser pendant des heures ? Batifoler au point de nous faire oublier nos noms, nos vies et nos histoires ?

Je suis sur le point de le faire. Je fais même un pas vers elle mais je me rappelle que c'est réservé aux petits amis. Logan la star du porno aime embrasser, et ne manquera pas de l'embrasser quand la caméra tournera mais ce sera un baiser de cinéma, destiné à créer une belle scène.

Plus tard. Plus tard, nous nous embrasserons rien que pour nous. S'embrasser sans but, sans limite de temps… ça m'excite, ça me réchauffe et me fait fondre. Comment les gens font-ils pour supporter tout ça ? Pour supporter d'être amoureux ?

Comment ai-je pu croire que j'étais amoureux avant elle ?

L'amour, c'est ça.

Et je dois le protéger à n'importe quel prix, dès aujourd'hui.

– Je souris parce que cette scène va casser la baraque. Tu es prête ?Elle hoche la tête, et je lance l'enregistrement.

Tout compte fait, c'est probablement la meilleure scène que je n'aie jamais filmée, ou même à laquelle je n'aie jamais participé. Au début, elle est sur le tapis avec ses chaussettes, et se frotte sur un oreiller pendant que je murmure les mots les plus indécents qui me viennent à l'esprit. Après qu'elle ait joui sur l'oreiller, son ventre nu se crispant visiblement, je déboutonne mon jean et marche vers elle pour glisser mon érection entre ses lèvres.

Tout est léger et lumineux, avec le soleil de l'après-midi qui baigne la pièce, le mobilier et le tapis blancs, tout est parfaitement orchestré et fluide. La fellation est suivie d'un soixante-neuf, et le soixante-neuf d'une scène de pénétration avec préservatif, d'abord à quatre pattes, puis allongés sur le côté, en cuillère. C'est l'une des meilleures positions à filmer puisqu'on voit ses seins remuer, son ventre tendu et son con en même temps. Après son troisième orgasme, je me retire, ôte le préservatif et éjacule sur son ventre. La scène se termine quand je rejette sa tête en arrière pour l'embrasser longuement, et qu'elle dessine des petits cercles avec mon sperme sur son ventre.

Le baiser dure juste le temps nécessaire à un fondu au noir romantique puis j'éteins rapidement la caméra. Je prends une boîte de lingettes dans un cube de rangement (qui contient aussi du lubrifiant, des préservatifs et tout ce qu'il faut garder à portée de main, mais caché discrètement au cas où mes parents me feraient une visite surprise) et je retourne auprès de Devi en me reboutonnant.

Bizarrement, elle ne me regarde pas pendant qu'elle se nettoie le ventre. Je prends conscience du silence et de la pénombre. Nous sommes en septembre, et le soir commence à tomber, les premières étoiles perçant la voûte au-dessus de la ville.

J'allume une lampe, et entreprends de démonter les trépieds pour les ranger dans mon bureau tout en observant Devi du coin de l'œil. Pensive et méthodique, elle termine de se nettoyer et se relève.

– Tout va bien ? je demande après qu'elle soit allée jeter les lingettes à la poubelle.

Elle est toujours nue, avec ses chaussettes de petite fille et sa longue tresse qui invite à la malmener. J'ai du mal à penser à autre chose qu'à la ramener au lit. Je me suis promis d'avoir cette discussion après la scène, et maintenant qu'elle est dans la boîte, j'ai envie de l'enlacer longuement mais quelque chose cloche. Cette fois, je sais comment arranger les choses : je vais lui parler, m'excuser et tout expliquer.

Ensuite je l'embrasserai jusqu'à l'aube.

– Oui, ça va, répond-elle.

Je vois bien qu'elle ne dit pas tout. Alors que je me prépare à délivrer le discours que je réserve depuis son arrivée, elle demande :

– C'était vraiment la dernière scène de « Prédestinés » ?

Je comprends sa distance, parce que nous n'avons jamais évoqué clairement l'avenir de la série. Je suis soulagé parce que je vais pouvoir lui annoncer la suite. Elle est au centre de ce projet exaltant, et je sais qu'elle va être heureuse d'en faire partie.

Je reboutonne mon jean, et m'allonge sur le canapé, tapotant le coussin à côté de moi. Elle s'assied, à un bon mètre de moi, ses jambes ramenées sous elle, un bras étiré sur le dossier du canapé, comme si elle se préparait au pire.

– Comme tu le sais, Marieke et Vida adorent la série et ce que nous avons fait jusque-là. Nous pensons tous que ça va cartonner dès sa sortie en novembre. Elles souhaitent tourner une deuxième saison et moi aussi. La seule question est de savoir si tu es partante.

Son visage s'illumine – mais juste un peu.

– Merci de me le proposer, dit-elle d'une voix hésitante. Je crois que ça me plairait. Mais j'ai besoin d'y réfléchir.

Ça ne vaut pas pour signature, mais presque.

Je souris largement.

– Formidable ! Avec Marieke, nous prévoyons de commencer à filmer dans un mois environ, le temps de choisir les autres acteurs.

Elle hausse les sourcils.

– Les autres acteurs ?

Enthousiaste, je hoche la tête.

– De la même façon que cette saison a suivi la naissance du couple « Logan et Devi », la seconde suivra un autre couple. Mais attends ! (Je suis tellement exalté que j'ai du mal à rester assis.) Nous serons dedans, nous aussi, et la dynamique sera beaucoup plus complexe. Des trucs à trois et à quatre, et peut-être aussi une éventuelle tromperie – rien de trop louche bien sûr, on s'adresse aussi aux couples – mais assez suggestif pour qu'il y ait un frisson au goût d'interdit.

Devi regarde ailleurs en se mordillant la lèvre. Je remarque qu'elle agrippe le dossier du canapé.

– Alors nous allons coucher avec d'autres acteurs ?

Je me rapproche.

– Oui mais nous aurons toujours des scènes à deux. Et parfois ce seront des scènes combinées. Je crois qu'il y a tout le potentiel pour que ce soit terriblement chaud et véritablement différent. Comme *The Affair*, version porno.

Elle me dévisage.

– Ce projet t'enthousiasme vraiment, hein ?

Je cligne des yeux. Elle n'est pas en colère ni triste, mais il y a quelque chose d'étrange dans sa voix. De bizarre et de prudent, ce qui me renvoie au discours que j'ai préparé.

– Oui, beaucoup, dis-je d'abord, et je lui prends la main parce que je ne peux pas m'empêcher, que j'ai envie de la toucher, besoin d'être relié à elle. J'adore ce projet. C'est le top du porno. Interdit et aguichant, un peu sentimental et un peu artistique.

J'entends ma voix – énergique et optimiste. Elle résonne dans le salon silencieux plongé dans l'obscurité. J'indique le tapis et le matériel du doigt et poursuis d'une voix plus basse.

– N'avons-nous pas le meilleur projet du monde, Devi ? La meilleure vie ? Nous avons la chance de vivre du sexe. De gagner notre vie en nous faisant du bien et en faisant du bien aux autres. C'est vrai, il y a des moments difficiles. Parfois, l'argent manque et les films ne sont pas géniaux. Mais combien de gens aiment autant ce qu'ils font ? Combien exercent le métier de leurs rêves ? Et « Prédestinés » correspond exactement au métier de mes rêves.

Je la vois ruminer, et cela me pousse à faire appel à la logique, à compartimenter les choses. Je la prends par le menton pour l'obliger à me regarder dans les yeux.

– J'ai des trucs à te dire.

Je la vois débattre, et j'aimerais savoir ce qui la tracasse.

– D'accord, ça ne peut être qu'une bonne chose, répond-elle au bout d'une minute.

Je me lèche les lèvres. J'ai passé trois années de ma vie à m'excuser auprès d'une petite amie qui ne me trouvait jamais assez branché politique ou intellectuel. Mais au lieu d'avoir gagné en habileté, je suis horriblement nerveux. Je ne peux pas me planter. Sinon je perds Devi…

Je perds tout.

Mais ça n'arrivera pas. Tout est clair dans ma tête.

– Alors. Euh, je… J'ai beaucoup réfléchi depuis hier. En partie au fait que tu es aussi intelligente, logique et prudente. Je ne suis pas comme toi, ou pas naturellement. Je suis plutôt du genre à tout miser sur le même cheval, plus physique qu'intellectuel. Et je…

Devi me fixe et je me rends compte que je divague. Je cherche la façon la plus simple d'exprimer mes pensées.

– Je crois que nous devrions arrêter de mélanger notre vie sentimentale et nos carrières.

Elle entrouvre les lèvres.

– Comment ça ?

– Nous ne devrions pas être tendres comme un couple devant la caméra. Nous devrions être plus distants, comme deux acteurs. Séparer entièrement notre vie personnelle. Comme ça, ça ne sera plus comme hier, quand j'étais avec Bambi. Je sais que je t'ai fait du mal, et ce qui te blesse me blesse. Nous pourrons continuer à travailler, à faire du porno avec d'autres gens sans aucun malaise. C'est ce que nous voulons tous les deux, non ?

Elle ne répond pas. Ses yeux sont figés.

– Devi, c'est bien ce que tu veux, non ?

Toujours pas de réponse. Dans le silence qui s'étire, mon pouls s'emballe et mon ventre se tord alors que je prends conscience qu'avec toutes les suppositions que j'ai prises pour argent comptant, j'étais une fois encore à côté de la plaque.

20

Je le scrute sans un mot. J'ai beaucoup de choses à dire mais par où commencer alors que je ne sais plus qui j'ai en face.

Le Logan qui m'a accueillie aujourd'hui, tellement impatient qu'il m'a fait l'amour tout habillé, qui murmurait qu'il m'aimait pendant que je jouissais, ce Logan n'est pas celui qui a couché avec moi devant la caméra ces deux dernières heures. Je ne connais pas cette version de lui. Il est froid et clinique, et même s'il est parvenu à me faire réagir physiquement à tous ses caprices, il n'est pas l'homme dont je suis amoureuse.

Cette idée saugrenue d'inclure d'autres couples à « Prédestinés » ?

Sûrement pas.

Enfin quoi, cette série est réservée à nous deux, elle est ce qui nous rend spéciaux. Et il veut la partager avec d'autres ?

Je ne comprends pas.

Je ne suis pas sûre de vouloir comprendre.

Je rassemble mes vêtements en essayant d'y voir clair, ressassant ses propos et faisant le tri dans mes sentiments.

Mon silence radoucit Logan.

– Parlons d'abord d'hier, reprend-il en se levant pendant que je me rhabille. Je crois que je comprends pourquoi tu as quitté le tournage et je sais comment arranger ça.

– En agissant comme un salopard glacial et distant ? réponds-je d'un ton mordant, sans hausser le ton.

Il a un rire embarrassé.

– Non. J'aurais dû t'expliquer au préalable. Je t'ai donné cette impression parce que tu ignorais ce que j'avais en tête. Tu vois, j'ai envisagé notre relation sous le mauvais angle. J'apprends ça de toi. Tu es douée pour raisonner. Je fais toujours ça, écouter mon cœur en premier.

J'enfile mon tee-shirt et me tourne vers lui.

– Je ne comprends toujours rien, Logan.

– En fait, j'avais tort de rechercher le réalisme. Avec la série, je veux dire. C'est bon pour le projet, mais mauvais pour nous.

Je m'arrête, une jambe dans ma jupe, l'autre suspendue au-dessus. Le sang bourdonne dans mes oreilles, et j'ai un goût amer dans la bouche.

– Tu regrettes que notre relation soit réelle ?

Ce n'est pas ce qu'il a voulu dire, si ? Parce que sinon…

– Non, pas du tout ! Je regrette que les moments réels aient empiété sur le travail et maintenant, évidemment, les limites sont floues. Je n'ai pas vu que ce serait un problème, mais je m'en rends compte maintenant. Là, tu crois que quand je touche une autre fille, c'est la même chose que quand je te touche toi. À cause de la caméra. Mais c'est différent, et la seule façon de te le prouver est de préserver notre intimité. Comme ça, tu distingueras mieux ce qui appartient au travail et ce qui n'appartient qu'à nous.

Je remonte ma jupe jusqu'à ma taille, pressée par le besoin de me couvrir.

– Autrement dit, tout ce qui se passe devant la caméra ne serait que du boulot ?

– Exactement. Comme les scènes que je tourne avec d'autres partenaires. Nous devrions même définir ce qui est acceptable et ce qui ne l'est pas, à chaque fois. Je mettrai un préservatif comme l'exige la loi. Comme pour n'importe quelle scène. Mais en dehors de la caméra, il n'y aura que toi.

Ce n'est pas si grave. Pas vraiment. C'est logique. Nous envisageons plus ou moins notre carrière de la même manière.

Mais quand même.

Présenté comme ça, c'est horrible. Je me sens mal, et si je suis à court d'arguments, je ne suis pas d'accord.

Je dis la première chose qui me passe par la tête.

– Nous avons partagé beaucoup de merveilleux moments devant la caméra. Des moments très réels. Je crois même que je suis tombée amoureuse de toi devant la caméra.

– Je sais.

Il se rapproche, place les mains sur mes bras. Quelque chose dans son geste souligne notre différence d'âge. Comme s'il pensait qu'étant le plus âgé, il était mieux placé pour gérer la situation.

Mais ça ne fait qu'empirer.

– Je ne dénigre rien de ce que nous avons vécu, bébé. J'essaie juste de recadrer les choses pour l'avenir, pour que nous puissions continuer à exercer le métier que nous aimons. C'est normal, non ? Nous ne sommes pas les premiers collègues à tomber amoureux ? Comment font les autres ? Ils doivent sûrement poser des limites eux aussi.

– Mais peu de gens travaillent nus.

– C'est pour ça que nous devons nous comporter différemment au travail et en privé. Autant que possible. Nous devons être clairs. Dissocier les deux domaines.

Ça semble si facile pour lui, si concret que je me sens nulle de ne pas pouvoir m'y conformer. Ou naïve. Comme devant Raven. Suis-je vraiment aussi puérile ?

Sommes-nous deux ignorants ? Possible, car je ne peux pas me rallier à sa solution.

Et si, tout simplement, je ne pouvais pas m'embarquer dans cette histoire d'amour ?

Ne tire pas de conclusions hâtives, Devi. Va au bout de cette discussion.

– Est-ce vraiment ce que tu veux, Logan ?

Il hausse les épaules.

– Je crois que c'est ce qu'il y a de mieux à faire. Pour nous. Tout sera plus simple.Ça nous permettra de continuer à nous voir.

Je me frotte la tête comme pour remettre de l'ordre dans mes pensées.

Logan se penche et me regarde dans les yeux.

– Devi ? Dis-moi ce que tu penses.

Je ne peux pas. Parce que l'air est soudain pesant, les murs m'écrasent et je dois m'enfuir. Ce qui ne me ressemble pas du tout.

– De l'air. J'ai juste… besoin de prendre l'air.

Sans lui laisser le temps de m'arrêter, je m'échappe dans le jardin et m'arrête au bord de la piscine, aspirant de grandes goulées d'air.

Je suis tellement confuse. À mon arrivée aujourd'hui, j'étais sur mes gardes mais dès que je l'ai vu, avec sa façon de me regarder, tout s'est remis en place. Il m'a fait l'amour brutalement, et pourtant c'était de l'amour. Tout était normal. Nous étions nous. Et lorsqu'il m'a enlacée, en parlant poésie, mes inquiétudes se sont envolées.

Ensuite, le tournage, et tout a changé. Une partie de moi aimerait lui dire que son idée est absurde, qu'elle ne fonctionnera jamais mais je n'ai pas d'alternative à proposer. Parce qu'en l'état actuel des choses, rien ne marche.

Les larmes me brûlent aux coins des yeux. Je sais que Logan a voulu m'orienter vers une solution. Peut-être même qu'il est l'étoile du Berger que ma mère m'a conseillé de chercher. Je l'espère. Je l'aime, et je veux être avec lui. Alors je devrais peut-être me ranger à son avis. Mais comment faire alors que ses suggestions aggravent mon mal-être ?

Les bras serrés autour de moi, je regarde le ciel. Il est brumeux, typique de cette partie de L.A., et il n'y a pas grand-chose à voir. Soudain une étoile filante traverse le firmament. Elle est belle, brillante, à l'opposé de mes tourments. Elle est enflammée, et bien qu'elle se réduise en cendres, sa chute dans le néant a quelque chose de merveilleux.

Comme un fou sautant d'une falaise.

– Tu as fait un vœu ? demande Logan dans mon dos.

Il m'enlace et presse son corps chaud contre moi. Une fois de plus, je m'apaise entre ses bras. Si seulement la vie était toujours aussi simple.

Je tourne légèrement la tête vers lui puis regarde le ciel.

– Tu sais, cette tradition remonte à l'antiquité grecque.

D'après Ptolémée, c'est le signe que les dieux nous observent. Lorsqu'ils jettent un œil entre les sphères, l'étoile se désagrège et c'est ce que nous pouvons observer. Comme ils veillent sur nous à ce moment-là, c'est censé être le bon moment pour exprimer nos souhaits les plus chers.

Il pose les lèvres sur ma tempe.

– Je pensais avoir ce que mon cœur désire le plus. Mais ça fait deux fois que tu te détournes de moi, et je ne peux pas m'empêcher de croire que je devrais faire un vœu pour toi.

C'est dur à entendre parce que je vois combien il m'aime et que le moment des confidences va être douloureux.

Alors je gagne du temps.

– Ce ne sont même pas des étoiles.

Je me dégage de son étreinte pour mettre une distance salutaire entre nous et rester concentrée.

– Ce sont des particules rocheuses qui se consument en entrant dans l'atmosphère. Certaines sont si petites que nous parlons de poussière. N'est-ce pas étonnant que nous placions autant de confiance dans quelque chose d'aussi ordinaire ?

– Est-ce si ordinaire que ça ? La poussière peut-être… mais surprendre l'instant où elle se consume… je parie que la plupart des gens ne le remarquent même pas. La magie tient peut-être au fait de prendre le temps d'admirer le ciel. Et de prendre le temps de formuler ce que nous désirons réellement.

Il me rend mélancolique. Je me tourne vers lui. N'est-ce pas magique que je puisse voir Logan de cette façon ? Que j'assiste à des instants ordinaires et pourtant lumineux parce que je suis là au bon moment ? N'est-ce pas une partie de lui qui m'est réservée ?

Je pourrais presque replonger dans ses bras. Mais il me regarde dans les yeux et murmure :

– Devi…

C'est à mon tour d'ouvrir mon cœur.

– Je ne peux plus faire de porno.

Il se contracte.

– Pourquoi ? À cause de LaRue ? De Madden ?

– En partie, mais c'est principalement à cause de…

Toi. C'est le mot qui me vient à l'esprit mais je pense à mon cœur et à l'étoile filante et je connais la vraie réponse.

– … moi. À cause de moi.

– Je ne comprends pas. Tu ne veux pas faire de porno hétéro ? Tu pourrais refaire des photos lesbiennes.

Sous son inquiétude, je devine l'optimisme. Il est soulagé d'apprendre qu'il n'y a pas de problème entre *nous*, et il doit imaginer que la conversation va se concentrer sur ma carrière.

C'est le cas. Mais pas seulement.

– Je pourrais, mais…eh bien, d'abord, ça ne mènerait nulle part. Je ne gagne pas assez bien ma vie, et à long terme, j'ai d'autres ambitions. Poursuivre sur cette voie ne m'en rapproche pas.

Je déglutis avant de passer au plus dur.

– Tu vois, tu dis que je suis douée pour raisonner, pour prendre les choses avec détachement. C'est ce que je croyais moi aussi. Je croyais savoir séparer le travail des émotions. Mais c'est faux. Je n'y arrive pas. C'est plus fort que moi, je suis jalouse quand je te vois avec une autre. À chaque fois que tu vas travailler. Ça me déchire, ça me bouleverse et je n'arrive plus à réfléchir parce que je ne pense plus qu'à tes mains sur Bambi…

– Je n'aurais pas dû te propose de rester. C'était…

Je l'ignore, et poursuis en pensant à l'horrible tweet d'hier.

– Et à ta bouche sur Raven.

– Je ne poserai plus jamais ni les mains ni la bouche sur Raven.

Il est ferme, et franchement sur la défensive.

– J'aurais dû être plus clair. Tout est fini entre elle et moi, et ça veut dire que je ne… (Une idée lui vient.) Est-ce à cause du projet qu'elle a annoncé ? Parce qu'elle l'a inventé. Je ne vais pas…

– Non ?

Je suis soulagée mais c'est insuffisant.

– Peu importe. Si ce n'est pas Raven, ça sera une autre. C'est ce que tu veux. Tu gagnes ta vie en couchant avec des filles et je ne le supporte pas.

Le regard triste, il recule d'un petit pas.

– Tu veux dire que tu ne peux plus faire de porno à cause de *moi*.

– Non, Logan. Je n'ai pas dit ça. Je ne peux pas continuer parce que j'ai besoin de m'engager dans une relation. Je veux être amoureuse, et n'avoir qu'une seule personne dans mon lit. Je ne veux pas partager. Je ne veux pas *te* partager. Séparer le travail de la vie privée ne changera rien. Je ne peux pas coucher avec d'autres alors que je suis amoureuse de toi. Je ne peux pas non plus te regarder coucher avec d'autres filles.

– Tu me demandes de…

Je l'interromps, soucieuse de lui faire comprendre que je n'exige aucun sacrifice.

– Non, je ne te demande pas d'arrêter. Je ne veux pas que tu changes parce que je t'aime comme tu es. Je veux que tu sois heureux avec ce que tu fais, et avec ce que tu es. Le problème vient de moi. Ton métier me rend malheureuse.

Il secoue la tête comme pour rejeter cette idée, et une expression de franche certitude s'affiche sur son beau visage.

– C'est parce que nous nous y sommes mal pris. Je me répète. Avec des limites claires, ça peut marcher. Je sais qu'il y a des couples heureux dans le porno.

– Tu le sais parce que tu es sorti avec Raven ? Parce que, de mon point de vue, ça n'a pas si bien fonctionné que ça.

Il penche la tête sur le côté.

– C'est injuste.

Je me mords la lèvre et soupire.

– Tu as raison, c'est injuste. Et ça n'a rien à voir avec Raven ou les couples du milieu. Peut-être qu'ils y arrivent. Mais avec moi, ça n'ira pas.

– Nous n'avons pas vraiment essayé.

Il y a une pointe d'agacement dans sa voix, mais je sais qu'il se bat pour moi de la meilleure manière qu'il connaisse.

Moi aussi je me bats pour moi.

– J'ai essayé. Assez pour savoir que ça sera de pire en pire. Plus je t'aimerai, plus ce sera douloureux. Et peut-être que je finirais par m'endurcir et que j'apprendrais à enfouir mes émotions, mais franchement, je n'ai pas envie de devenir comme ça. Tu ne le veux pas non plus.

– Évidemment, je ne veux pas que tu deviennes insensible. Ça n'arrivera pas. Tu ne crois pas que c'est dur pour moi aussi, de t'imaginer avec le crétin de Bruce Madden ? C'est atroce. Ça me rend fou. Tu n'imagines pas comme j'aimerais lui arracher les yeux.

Une étincelle d'espoir se ranime dans mon cœur.

– C'est vrai ?

S'il éprouve la même chose que moi, un autre avenir nous attend peut-être.

Il marche vers moi, et pose la main sur ma joue.

– Oui, c'est vrai. Mais écoute, c'est ce que j'entendais en proposant de fixer des limites. (Son pouce effleure ma lèvre, et me fait frissonner.) Il faut peut-être d'autres règles, comme… (Il lève les yeux en fouillant sa mémoire.) Par exemple, certains mots que nous n'utilisons jamais avec les autres, ou se consulter sur les acteurs avec qui nous tournons. Nous devons penser à des choses que nous ne faisons avec personne d'autre. Comme ne jamais dormir avec d'autres. Et je veux être le seul à t'emmener voir des films de zombies.

Il est tellement adorable et sûr de lui que j'aimerais partager ses convictions.

– C'est bien que tu projettes ta vie sentimentale dans l'avenir, Logan. (La suite me brise le cœur mais c'est sincère.) Ça veut dire que tu vas trouver quelqu'un avec qui partager ces choses spéciales avec toi.

– J'ai déjà trouvé cette personne, lance-t-il sèchement, et pour la première fois, je crois qu'il a senti que j'allais rompre. (Il glisse la main dans ma nuque.) Nous pouvons le vivre ensemble.

Je secoue la tête.

– Pas moi, Logan. Je ne peux pas partager l'homme que j'aime. Ça ne changera jamais.

– Mais Cass, tu es si jeune. Tu…

Je m'écarte de lui et l'interromps fermement.

– Ne dis pas ça. Ce n'est pas juste. Oui, je suis jeune. Mais ça ne m'empêche pas de savoir ce que je ressens. Ni de me connaître assez bien pour savoir que ça ne marchera pas.

Dans l'obscurité, je distingue mal ses traits, mais je vois le moment où il entrevoit la conclusion.

– Devi, tu vas me quitter ?

Je ne peux pas le dire. Je ne veux pas mais c'est la seule réponse. C'est clair à présent.

Je croise les bras et romps avec Logan O'Toole d'un simple hochement de tête.

Sa respiration se bloque comme si je lui avais donné un coup de poing. C'est le bruit le plus bouleversant de tous, et quelque chose me dit que je m'en souviendrai jusqu'à la fin de ma vie. Il me donne envie de changer, de renoncer à mon propre bonheur. De presser mes lèvres sur les siennes pour effacer ce son et son chagrin.

Mais à part pour essuyer une larme sur ma joue, je ne bouge pas.

– Je vais reprendre mes études. J'avais prévu de te l'annoncer aujourd'hui. Je n'ai pas encore décidé de ce que j'allais étudier, ni de l'école où je vais aller. L'UCLA reste envisageable mais je commence à croire que je devrais peut être quitter la Californie. Pour Austin, peut-être. Ils m'ont déjà acceptée une fois.

– Tu n'as pas besoin de rompre pour reprendre tes études, Devi. Je te soutiendrai, si c'est ce que tu veux. Tu n'as pas besoin de rester dans le porno pour que je t'aime. Et je ne suis pas obligé de rester à L.A. pour travailler. J'irai là où tu voudras.

Mes jambes flageolent.

– Ne dis pas ça, Logan.

– Quoi ? Que je t'aime ? Que je te soutiendrai ?

Tout.

– Si tu m'aimais tu ne dirais pas ça. Tu me laisserais partir.

– Non, je me battrais pour toi. Je t'aime, et je me bats pour te garder. Et si tu m'aimais, tu me laisserais faire.

– As-tu songé que le problème est peut-être que je t'aime trop ?

Je viens d'exposer ma plus grande peur – la raison pour laquelle je ne supporte pas nos métiers, contrairement à lui. Je crains de l'aimer plus qu'il ne m'aime.

Je poursuis sans lui laisser une chance de répondre.

– Arrêtons d'en parler. Nous nous blessons pour rien. Je te suis reconnaissante de m'avoir donné l'occasion de participer à « Prédestinés ». Ton travail et ta passion m'inspirent. Et je suis très honorée d'avoir pu…

Ma voix se brise. Logan se plaque contre moi, une main dans ma nuque, l'autre dans mes cheveux. Sa bouche capture la mienne et mes mots s'envolent. Son baiser agressif est cuisant. Il me réclame avec ses lèvres et sa langue, et je m'abandonne le temps d'un baiser.

Quand il s'écarte, nous sommes haletants.

– Tu n'as pas envie de me quitter. Sinon tu ne m'embrasserais pas comme ça.

– Je n'ai pas envie de te quitter, je chuchote. Mais je ne peux pas vivre dans ton monde, Logan. S'il y avait une solution, je resterais avec toi.

Son front appuyé contre le mien, il ferme les yeux.

– Ne fais pas ça, Devi. Que puis-je faire pour t'en empêcher ?

Je suis déchirée parce qu'il réclame une réponse sincère et j'aimerais la lui donner. Elle est évidente. De la même manière qu'il m'a demandé de « faire du porno » avec lui des semaines plus tôt, j'aimerais le supplier de ne plus en faire avec moi. De quitter le porno pour être avec moi.

Mais je sais mieux que personne que s'il ne trouve pas la réponse, c'est parce qu'il n'en veut pas. Je ne peux pas lui en demander autant. Je n'ai pas la naïveté de Cassiopée, et malgré mon amour, je ne crois pas pouvoir lui offrir une meilleure vie.

– Je dois partir, dis-je en échappant à son étreinte.

Ne te retourne pas, je m'exhorte en franchissant le portail de la piscine en direction de ma voiture.

– Devi ?

Je me retourne. Quand il prononce mon nom, c'est plus fort que moi.

– Tu devrais étudier les étoiles.

Sur le moment, je pense qu'il est sarcastique. Qu'il suggère que je me fais des illusions. Mais son regard se tourne vers le ciel.

– Pourquoi pas ?

Cette fois, je m'éloigne sans me retourner. Sans m'arrêter. Je saute aveuglément de la falaise, vers l'inconnu, comme le Fou, en espérant retomber sur mes pieds.

21

Il s'en faut de peu pour que je la laisse sortir de ma vie. Je suis trop stupéfait. Attristé. Je goûte encore son baiser enflammé sur mes lèvres. Comment pourrait-elle me quitter après m'avoir embrassé comme ça ?

Mais mes pieds réagissent avant ma tête, et je m'élance à sa poursuite au moment où elle claque la portière de sa voiture. Elle démarre mais n'avance pas.

Elle baisse la vitre et son jeune visage reflète un chagrin intolérable.

– Tu es malheureuse, dis-je en me tenant au toit, la tête à sa hauteur. Moi aussi je suis malheureux. Devi, nous ne sommes pas obligés de nous séparer. Nous n'avons pas à souffrir. Rentrons pour discuter. Nous allons trouver une solution.

– Tout est clair. Je ne peux pas être avec toi si je ne te suffis pas.

Je frappe le montant de la vitre, secouant la petite voiture et faisant sursauter Devi. La colère imprègne mes mots.

– Tu sais que ce n'est pas comme ça ! Mon cœur n'est qu'à toi, alors qu'est-ce que ça change que ma queue soit ailleurs ?

– C'est important pour moi, répond-elle d'une voix tremblante.

Furieux, j'agrippe le montant avec l'envie de mettre cette bagnole en pièces jusqu'à ce qu'elle accepte de rester.

– Tu savais dans quoi tu mettais les pieds. Tu savais exactement ce que ça représentait de fréquenter un acteur porno. C'est injuste que tu changes d'avis maintenant !

Elle secoue la tête, des larmes perlant sur ses cils.

– Je ne peux plus appartenir au milieu du porno, Logan. Je ne peux pas vivre dans ton monde.

– C'est aussi le tien, j'insiste, ses larmes ravivant les regrets et la culpabilité. C'est le nôtre, et nous aimons tous les deux faire du porno.

– Non, toi tu aimes ça. (Elle inspire profondément.) C'est pour ça que je ne te demanderai jamais d'arrêter. Je t'aime exactement comme tu es. Tu es un acteur porno, tu fais ce que tu aimes. Tu crois que je suis cruelle au point de te demander de renoncer à ta passion ? – Mais…

Je ne sais pas quoi ajouter. Je sais seulement que je dois me battre, trouver un arrangement parce que je ne peux pas me permettre de perdre Devi.

Cependant, elle a raison. Je ne peux pas non plus abandonner mon métier. Si je ne suis plus Logan O'Toole, star mondiale du porno, qui suis-je ?

– Je n'avais jamais envisagé que l'un de nous veuille arrêter le porno. Que notre métier puisse être un tel problème. Je croyais que nous étions sur la même longueur d'onde. Et que nous nous aimions.

Une larme roule sur sa joue, un miroitement traversant son visage parfait.

– Je t'aime. Plus que tu ne m'aimes, et c'est pour ça que je dois partir. C'est aussi pour ça que je m'en vais sans te demander de venir avec moi. Au revoir, Logan.

Elle recule, et je dois bondir en arrière pour éviter qu'elle m'écrase le pied.

– Au revoir, dis-je alors que ses feux arrière disparaissent au coin de la rue.

***

Je suis estomaqué.

L'ange sur mon épaule me dit de ne pas lui téléphoner, de la laisser tranquille quelque temps. Si j'envahis son espace mental et émotionnel, j'enfreins son consentement, en un sens. Et je ne veux pas faire ça.

D'un autre côté, Devi Dare vient de rompre et je me sens trahi, minable. Je tiens bon jusqu'à deux heures du matin. Je l'appelle, mais je tombe sur sa boîte vocale. Comme si son téléphone était éteint.

Je retente trois fois ma chance, puis je laisse un message.

– Devi, dis-je en me raclant la gorge parce que je n'ai pas parlé depuis deux heures, et j'ai la voix rauque à force de pleurer. Rappelle-moi, s'il te plaît.

Ensuite je m'extirpe du lit et vais me servir un whisky mais j'arrive à peine à avaler une gorgée. Je n'ai pas envie d'être soûl. Peut-être plus jamais, parce que ce serait m'abasourdir pour me voiler la face, et je ne peux pas tricher avec cette souffrance. Si c'est tout ce qu'il me reste de Devi, je m'y raccroche de toutes mes forces. Je ne déshonorerai pas le souvenir de notre merveilleuse histoire en sombrant dans une amnésie éthylique.

Je pose le verre et reprends mon téléphone, non pas pour la rappeler, même si j'en ai envie, mais pour regarder la vidéo d'elle dans ma piscine, que j'ai filmée il y a quelques semaines. Et je m'endors sur le canapé en la regardant nager, ses cheveux et son corps, l'eau.

Je m'endors seul. Avec mon téléphone dans la main et le cœur dans la gorge.

***

Je me réveille avec la gueule, abasourdi. Pendant un moment de flottement, entre l'instant où j'ouvre les yeux et où tout me revient, j'ai la sensation qu'il s'est passé quelque chose de grave mais je ne sais plus quoi. Quand je me remémore les larmes de Devi et ses mots qui sonnent faux (sait-elle à quel point ?) : *Je t'aime, plus que tu ne m'aimes, et c'est pour ça que je te quitte*, je suis de nouveau anéanti.

Je la rappelle plusieurs fois, lui envoie des SMS de dizaines de lignes. Comment peut-elle penser que je l'aime moins qu'elle ne m'aime ? Mais aussi, comment peut-elle envisager d'arrêter le porno ? Je lui envoie des monologues intérieurs, des extraits de mes réflexions sur la force de mon amour pour elle, sur tout ce que je ferais pour lui prouver qu'elle me manque déjà. Elle ne répond pas.

Heureusement, je ne tourne pas aujourd'hui. Je prends ma voiture et me rends à El Segundo pour la voir. Je ne devrais pas être surpris qu'elle ne soit pas chez elle, mais je n'en suis pas moins dévasté. Je l'attends sur les marches de son porche. À son zénith, le soleil automnal se réchauffe, et je transpire mais je m'en moque. Je veux souffrir. Je veux souffrir pour elle.

Elle ne rentre toujours pas. Il n'y a que moi et mes dérives jusqu'au moment où le soleil entame sa plongée dans l'océan, teintant le ciel d'orange et de rose.

Une vieille Volvo surgit dans l'allée en bringuebalant. Un homme trapu avec une moustache noire et une épaisse tignasse en sort, et en fait le tour pour ouvrir la portière côté passager. Je reconnais immédiatement la femme.

La mère de Devi.

Le couple marche vers la porte et je me lève, essuyant mes paumes moites de sueur sur mon jean pour serrer la main à Mme Jones-Daryani. Elle l'ignore et m'attire contre elle pour m'étreindre. Pour une raison ou pour une autre, j'ai de nouveau envie de pleurer mais j'arrive à me retenir.

– Salut, Logan, dit-elle. Je suis contente de te revoir. Je te présente mon mari, Davud Daryani.

– Bonjour Madame Jones-Daryani. Enchanté Monsieur Daryani. (Je lance un regard optimiste vers la voiture, même si je sais qu'elle est vide.) Devi va arriver ou…

Elle m'offre un sourire compatissant.

– Nous sommes venus chercher quelques vêtements pour elle. Elle va rester chez nous un petit moment.

Je leur demanderais bien leur adresse, même si je peux toujours les suivre mais malgré mon désespoir, je sais que je dépasserais les limites. Je me borne à regarder mes pieds, m'efforçant de ne pas pleurer devant les parents de Devi.

– Davud, dit Sue à voix basse. Tu veux bien aller chercher les affaires de notre Boombalee ? J'aimerais bavarder avec Logan.

Davud hoche la tête, et pose sa main forte sur mon épaule. Ce geste, de la part du père de la fille qui vient de me plaquer, devrait me mettre mal à l'aise. Au lieu de ça, il m'apporte de la force et un peu de clairvoyance comme s'il me transmettait de la sagesse et un brin de perspective. Il me tapote l'épaule et disparaît dans l'entrée.

Seul avec Sue, la réalité me frappe d'un coup.

Les parents de Devi qui sont venus chercher ses affaires, Devi qui ne décroche pas son téléphone, et moi qui ai le cœur brisé pour la seconde fois de l'année. Sauf que cette fois, c'est bien pire.

Tout est bel et bien fini entre Devi et moi.

Je me rassois sur les marches, la tête dans les mains, et je sens Sue s'asseoir à côté de moi, ses bracelets tintant autour de ses chevilles et de ses poignets.

– Logan, dit-elle en posant la main sur mon dos. Son geste ne me dérange pas davantage que celui de son mari. Ça va aller.

– J'ai tout foutu en l'air, dis-je misérablement.

– Devi nous a clairement dit que tu n'avais rien fait de mal, me rassure Sue. Simplement, elle n'est pas faite pour le porno. C'est très différent.

– Je croyais faire ce qu'il fallait, dis-je les yeux dans le vide. Pour nous deux. J'essayais d'être plus comme elle, logique et prudente, et j'ai cru que ça fonctionnerait. Que nous pourrions préserver notre couple aussi bien que notre carrière.

– Je peux te poser une question ? Au fond de toi, est-ce vraiment ce que tu veux ? Avoir les deux ?

– Le porno est toute ma vie, je me défends. C'est grâce à ça que j'ai pu m'offrir cette voiture, ma maison et mettre de l'argent de côté. Je ne sais rien faire d'autre.

– Ce n'est pas ma question, objecte doucement Sue. Je t'ai demandé ce que tu voulais. Admettons que Devi ait voulu rester avec toi et dans le porno. Ça t'aurait vraiment rendu heureux, avec le temps ?

Oui, bien entendu, suis-je tenté de rétorquer, mais la réponse est automatique et répétée. Parce que le porno était toute ma vie, avant Devi. Mais maintenant je ne veux plus que ma vie se résume à mon métier, si formidable soit-il. Et je comprends aussi que si je suis sur la défensive, c'est parce que je dois affronter les questions qui me hantent depuis des semaines, et trouver les réponses que je me cache. Celles que j'ai commencé à pressentir la première fois que j'ai fait l'amour à Devi sans caméra.

Il se peut que je ne veuille que Devi.

Que je l'aime comme je n'ai jamais aimé personne.

Que je veuille tout lui donner. Toute ma personne. Et pour ça, je ne peux plus me donner à personne d'autre.

Elle me tapote l'épaule.

– Tes chakras du cœur et de la tête sont plus forts qu'avant, Logan. Tu grandis et tu apprends. Mais on ne grandit pas sans faire de sacrifice.

Elle m'embrasse sur la joue et entre dans l'appartement.

***

Je sais que vous aimeriez apprendre que j'ai tiré un trait sur le porno dans la foulée, que je suis immédiatement devenu chaste. Mais non. Au lieu de ça, les paroles de Sue m'ont lentement guidé vers la révélation. Et pendant qu'elles faisaient leur chemin dans ma tête, j'ai continué à vivre comme avant, sans réfléchir.

Enfin, pas tout à fait.

J'ai complètement arrêté la boisson, et offert ma somptueuse collection de bouteilles à Tanner. J'ai disparu des réseaux sociaux, trop las de faire semblant d'être joyeux. Il m'arrive de suivre la page de Devi, en espérant un petit post, un tweet, un selfie. Un infime signe d'elle. Mais il n'y a rien, ni d'elle ni sur elle. Quand Raven m'a quitté, Twitter et Tumblr ont été envahis par les commentaires des fans, leurs lamentations. Depuis ma rupture avec Devi, l'amour de ma vie, le silence emplit la toile parce que personne ne savait. Ça ne faisait que deux mois. Les plus beaux de ma vie.

Je ne sors plus, je ne parle plus avec mes amis. Je passe mon temps libre à lire mes recueils de poésie et des ouvrages de vulgarisation sur l'astronomie, pour me sentir plus près de Devi.

Je n'essaie plus de la contacter, mais ça ne m'empêche pas d'attendre que mon téléphone sonne. Même s'il ne sonne jamais.

Après notre séparation, j'ai tourné deux autres scènes. La première, avec une certaine Candi Hart et la seconde avec Ginger. Après coup, je me suis senti nerveux et vide même si Tanner affirme qu'elles font partie de mes meilleures scènes.

***

– Tu es complètement barré en ce moment, dit-il alors que Ginger et moi nous rafraîchissons après notre scène. Putain, c'était puissant.

Je hausse les épaules. Que dire ? Que je me dissocie totalement de mes émotions et de mes pensées pour exercer mon métier ? Que je me dégoûte quand je baise, que je jouis, parce que Devi est la seule femme que je veuille toucher désormais ?

Après le départ de Tanner, je monte dans mon bureau. Devi m'a quitté depuis une semaine et je ne suis que l'ombre de moi-même. Même monter les films et rédiger mes monologues est devenu fastidieux, le pire venant au moment d'attaquer la dernière scène de « Prédestinés », car elle me renvoie à ma dévastation, juste après le tournage. Dans chaque image d'elle, chaque mouvement de sa bouche, je vois clairement sa confusion et sa tristesse à présent. Fallait-il que je sois égocentrique et arrogant pour ne pas m'en rendre compte plus tôt ? Je ne visionne que quelques minutes de séquences avant que le chagrin et la culpabilité menacent de m'engloutir. J'éteins tout, préférant m'occuper de la scène de Ginger.

Mais je n'y arrive pas.

Je branche le disque externe sur lequel Tanner a enregistré la scène et dès que j'ouvre le fichier, je sais que je ne peux pas. La première image de moi tenant le visage de Ginger est insupportable, parce que je faisais ce geste avec Devi.

Non, pas seulement. Je le fais avec presque toutes les filles. Ce geste n'a jamais été réservé à Devi. Il m'appartient, à moi et à des centaines d'actrices.

Je n'arrive pas à mettre le doigt sur ce qui me perturbe. Je m'efforce de l'ignorer et lance la lecture, mais la séquence animée me répugne, même quand je saute jusqu'aux passages moins personnels. Voir mon corps collé à Ginger, mes mains malaxant ses seins pendant que je la pénètre, me rend malade de honte. Pas une honte puritaine, anti-sexe – je n'ai pas honte de coucher ni d'être acteur porno – mais un profond avilissement personnel, comme si j'avais trahi Devi en filmant ces deux scènes après son départ. Comme si je m'étais trahi moi-même.

Ça peut paraître ridicule. Comment puis-je trahir qui que ce soit en faisant mon boulot ? J'essaie de me souvenir de mon discours. *Ce n'est qu'un travail. Rien que du sexe.* Mais à présent, ce n'est plus vrai.

Je ferme la vidéo et fais les cent pas dans mon bureau, me passant les mains dans les cheveux. Je ne comprends plus rien à ma vie. Je suis une épave, sur tous les plans, mais j'arrive toujours à bander pour d'autres femmes, à jouir avec elles. Comment est-ce possible ? Est-ce parce que, comme je l'ai dit à Tanner il y a quelques semaines, les stars du porno, avec leur conception plus évoluée de l'amour, font la distinction entre l'amour et le sexe ? Ou parce que je suis un homme, et que les hommes sont programmés pour baiser sans discernement ?

Ni l'un ni l'autre, et pas seulement parce que Tanner me rebattrait les oreilles avec l'essentialisme des genres s'il m'entendait.

Non, je me suis posé la mauvaise question. Il ne s'agit pas de savoir *comment* je peux encore coucher avec d'autres, mais *pourquoi*.

Peut-être que les hommes et les femmes ne sont pas faits pour être monogames, que personne ne peut étouffer sa raison et son cœur pour laisser son corps réagir aux stimulations. Et si c'était ce qui rendait les histoires différentes ? C'est peut-être pour s'attacher à une personne que les gens renoncent à leur liberté sexuelle depuis plusieurs millénaires. Parce que c'est le sacrifice, le choix continu et répété d'une seule personne qui fait qu'une relation existe indépendamment des autres, qu'elle est significative, rare et unique ?Donc la vraie question est : pourquoi est-ce que je choisis de me partager avec d'autres femmes alors que Devi est la seule que je désire ? Pourquoi je fais ce boulot qui m'oblige à lutter contre mon cœur alors qu'il ne réclame qu'une seule femme ?

J'ignore si c'est bien de changer pour la personne qu'on aime, mais c'est bien de changer pour soi-même tant que ça correspond à nos désirs. C'est vraiment ce que je veux ? Devi est jeune, pleine d'énergie et d'opportunités, et c'est facile pour elle de prendre un nouveau départ. Mais puis-je tourner le dos à une activité dans laquelle j'excelle, qui me rapporte beaucoup d'argent sans savoir ce qui m'attend ? Et si j'abandonnais tout pour elle et qu'elle ne voulait plus de moi ?

Je me rassois dans mon fauteuil de bureau et fixe le tableau d'affichage. Il est principalement recouvert d'avis d'imposition et de Post-it, mais au milieu, j'ai accroché la carte du Pendu de Madame Psuka en souvenir de mon premier vrai rendez-vous avec Devi. Soudain, le Pendu m'apparaît sous un jour nouveau. Comme un appel à l'action.

Comme l'a dit Sue : *On ne grandit pas sans faire de sacrifices.* C'est exactement ce que Devi et la médium ont essayé de m'expliquer, non ? Le Pendu représente le sacrifice et la souffrance sans la garantie d'une récompense, si ce n'est la sagesse que l'on tire de l'expérience.

Que sacrifierais-je ? Et qu'y gagnerais-je ?

Je pourrais arrêter le porno.

C'est la première fois que je l'envisage ouvertement, même si cette possibilité s'insinue dans ma conscience depuis des semaines.

Juste pour essayer, je le répète à haute voix.

– Je pourrais arrêter le porno.

Il ne se passe rien de spectaculaire. Aucun halo ne descend du ciel pour orner ma tête, mon bureau n'est pas inondé par une lumière dorée, et les anges ne chantent pas. Et je n'ai certainement pas l'impression d'être pendu à un arbre.

Mais l'idée devient plus concrète, et elle flotte dans le bureau comme un brouillard invisible, rendant l'air épais et froid. Je n'y avais jamais songé puisque j'adorais mon métier, qui était toute ma vie. Mais maintenant l'idée est là, et elle me tente, s'épanouissant comme une jeune pousse au printemps. Je pourrais laisser tomber le porno. Cesser d'être Logan O'Toole, star du porno, et reprendre mon vrai nom, revenir à mes premiers rêves. Faire des études, réaliser des films.

Ce n'est pas si facile que ça, me dis-je l'estomac noué, en regardant autour de moi. Le matériel encombre la pièce, mes contrats en cours sont empilés sur mon bureau, de vieux formulaires d'imposition repoussés contre le mur du fond comme une pile de feuilles rouge et blanche. Des centaines d'emails attendent une réponse – des projets et des scènes à tous les états d'avancement possibles, des manifestations auxquelles j'ai accepté de participer en tant que membre du jury, des articles pour lesquels j'ai accepté de donner des interviews. Je suis entièrement absorbé par cette vie, qui me relie à tant de gens. Couper ces liens me prendrait des mois, et cette charge de travail me fatigue à l'avance. Ce serait plus simple de disparaître… ou de simplement continuer. Sans rien changer.

Je me lève et sors de mon bureau, décidé à échapper à mes pensées.

Je nage.

Je range la cuisine.

Je vais aider mes parents à faire leurs cartons et pendant ce temps, les choses se mettent lentement en place.

Déménager est émouvant, et par moments, je surprends ma mère en train de fixer le jardin, plongée dans ses souvenirs de mon enfance, les mêmes que tous les parents chérissent. Il y a des moments où je surprends mon père en train de se gratter la joue, debout au milieu de la pièce, en regardant autour de lui. Ils laissent tant de choses derrière eux, une vie entière de souvenirs et d'instants qui forment une famille, mais ils avancent. Ils accomplissent ces énormes changements en toute confiance. Comme le Pendu, ils savent que le sacrifice en vaut la peine.

Quand je rentre chez moi, dans la soirée, je me hâte d'appeler Tanner pour tout lui dire, du moment où j'ai sauté dans la piscine avec Devi, lors de la fête de Vida, à la rupture, la semaine dernière. Et je lui fais part de mes dernières réflexions. Il m'écoute sans m'interrompre, ne parlant qu'à la fin de mes divagations.

– Donc tu penses que tu ne devrais plus de faire de porno ? Que ce serait mal ? demande-t-il.

Il n'y a ni jugement ni attente dans sa voix. Toutefois, je pèse mes mots car je tiens à ce qu'il comprenne.

– Pas mal. Je ne penserai jamais ça. J'aime toujours le porno et je ne regrette rien. Mais ce n'est plus pour moi. J'ai envie d'autre chose, je crois.

Tanner réfléchit un instant.

– Qu'est-ce que tu vas faire ?

Je me masse le front.

– Je ne sais pas. Je dois d'abord être sûr de vouloir arrêter le porno.

– Rien ne garantit que Devi veuille toujours de toi, souligne Tanner. Alors si tu arrêtes, tu dois te préparer au pire.

Je repense à toutes les fois où j'ai eu le sentiment d'être face à un vrai choix, avec une vision, un but, des envies de création. Enfant, adulte, seul et avec Devi.

– Je mentirais si je disais que je ne faisais pas ça pour elle, mais c'est aussi pour moi. Quand je me demande ce que je veux vraiment, je ne trouve pas la réponse. Et ça, c'est une bonne raison de changer.

– Dis-moi juste de quoi tu as besoin, et je ferais ce que je peux pour t'aider, déclare Tanner, et j'aimerais l'enlacer. Mais je ne peux pas, alors je m'éclaircis la voix, cherche de quoi écrire, et nous commençons à programmer la fin de Logan O'Toole, star du porno.

Au final, ça prend deux mois. Procéder correctement – boucler les projets, rompre les contrats de manière professionnelle et amicale – est bien plus difficile que de faire ses cartons pour changer de ville. Mais rester aurait plus ressemblé à l'ancien moi – le Logan impulsif, émotif qui ne cherchait que l'amour, le romantisme et la connexion. Il aurait poursuivi Devi sans relâche, l'inondant d'orgasmes et de cadeaux en envoyant balader tout le reste.

À un moment donné, j'ai cru qu'il me fallait cesser d'être émotif pour devenir le meilleur petit ami du monde, et que je devais être analytique et logique, et même un peu froid, pour que notre relation soit forte. Mais maintenant je sais ce que Devi savait déjà – l'émotion ne s'oppose pas à l'intellect ni au cœur. Ils forment un tout, complémentaire et équilibré. Devi, ma Devi, était la plus sage de nous deux, malgré son inexpérience et son jeune âge.

Je ne peux pas revenir en arrière. Mais je peux agir différemment. Alors au lieu d'étouffer mes sentiments ou de prendre une série de décisions hâtives, je décide que la prochaine fois que je verrai ma Cass, j'aurais utilisé mon amour pour elle pour avancer de manière réfléchie et déterminée vers une vie meilleure.

Je vais lui montrer que l'homme qu'elle a connu est de retour, et que cette fois, il ne disparaîtra pas.

22

– Vingt-sept heures de contractions, explique ma mère au téléphone. Nous sommes exténués. Mais un beau garçon a fini par voir le jour.

Elle vient de passer dix minutes à me décrire leur dernier accouchement par le menu, et j'ai l'impression d'être au téléphone depuis vingt-sept heures. J'avoue que je ne l'écoute que d'une oreille, glissant des « ah » et des « ouah » aux bons moments, tout en me préparant à aller en cours.

– Ton père n'a même pas atteint la chambre. Il s'est écroulé sur le canapé. Je ne sais pas comment j'arrive encore à te parler, je n'ai plus les yeux en face des trous.

– Tu devrais aller te coucher. On bavardera plus tard.

Le téléphone dans une main, je me recoiffe de l'autre et me regarde une dernière fois dans le miroir de la salle de bains. J'ai l'air fatigué, mais j'ai cette tête depuis quatre mois. Je ne me souviens pas de ma dernière vraie nuit de sommeil, de la dernière fois où je ne me suis pas réveillée en rêvant de Logan.

Bien sûr, ça m'aiderait si je ne m'endormais pas devant nos vidéos tous les soirs. Parfois, je ne me masturbe même pas devant ces images. Cela ne soulage jamais vraiment le nœud dans mon ventre, et en général, après coup, je me sens encore plus triste. Mais j'aime entendre sa voix juste avant de fermer les yeux. J'aime me rappeler comment c'était avec lui.

Je sais, c'est pathétique. Je ne peux pas vivre éternellement comme Majnûn. Un jour ou l'autre, il faudra bien que je tourne la page. Sinon, à quoi bon rompre ? Rien n'a changé. Son métier consiste toujours à coucher avec d'autres filles. Et je suis toujours aussi malheureuse.

Enfin, pas complètement. J'ai mes études.

Ma mère refuse de raccrocher.

– Comment veux-tu que je ne t'appelle pas aujourd'hui ? Tu es contente ? Nerveuse ? Tu as bu de cette infusion calmante que je t'ai envoyée ?

À Austin depuis deux semaines, j'en ai profité pour m'installer dans mon nouvel appartement. Hier, j'ai assisté à la réunion d'orientation pour les nouveaux étudiants, dans laquelle il était aussi question des bourses, et j'ai reçu une formation de deux heures pour travailler aux inscriptions. Ensuite j'ai rencontré mon directeur d'études. Aujourd'hui, les cours commencent, et si je ne sais pas très bien ce qui m'attend, je suis certaine d'avoir fait le bon choix. Leur programme d'astronomie de premier cycle est l'un des meilleurs des États-Unis, et ici, la vie est bien moins chère qu'en Californie.

– Je suis contente et nerveuse, dis-je à ma mère, et la tisane est délicieuse.

Je suis en train de boire du café mais elle n'a pas besoin de le savoir.

Et si j'ai cette mine-là après une bonne dose de caféine, mes cernes ne sont pas prêts de disparaître. J'éteins la lumière de la salle de bains et vais chercher mes tongs dans ma chambre.

– La nervosité et l'excitation sont les deux faces d'une même médaille. On peut rarement avoir l'une sans l'autre.

– Je ne connaissais pas cette citation. De qui est-elle ?

– De moi, répond-elle timidement. Tu vois ? Il m'arrive de dire des choses utiles.

Je souris fièrement, bien qu'elle ne puisse pas me voir.

– Tu dis souvent des choses utiles, maman. C'est juste que ce n'est pas toujours ce que j'ai envie d'entendre.

Je m'agenouille et tends le bras pour déloger ma chaussure sous le lit.

– On a rarement envie d'entendre les bons conseils. À ce propos, je vais te tirer les cartes avant d'être trop fatiguée. Je sens que les cartes ont un message important pour toi aujourd'hui.

Tous les jours depuis mon déménagement, ma mère m'a proposé de me tirer les cartes par téléphone. C'est du moins son excuse. En réalité, je crois juste que je lui manque.

– Le Bateleur ! s'exclame-t-elle. Je savais que c'était un bon jour. Il va y avoir un garçon.

Nous savons l'une et l'autre qu'elle pense à Logan. Depuis qu'elle est tombée sur lui en allant chercher mes affaires elle est convaincue qu'il va resurgir dans ma vie. « Il grandit. Tu verras ! », glisse-t-elle à la moindre occasion.

Mais ma mère est comme ça. Elle voit le bon en chacun. J'aimerais croire que j'ai hérité de cette qualité mais j'ai aussi l'esprit pratique. Et si je crois que Logan mûrit – comme tout le monde, non ? –, je ne peux pas mettre ma vie entre parenthèses en attendant.

Je n'ai pas le temps d'évoquer Logan, alors j'ignore son allusion peu subtile.

– Oui, maman. C'est mon premier jour. Il va y avoir des tas de garçons, j'imagine.

– Eh bien, l'un d'eux va sortir du lot. Peut-être qu'il va t'apporter de bonnes nouvelles.

Ma mère oublie que je connais le tarot presque aussi bien qu'elle. Si le Bateleur peut représenter un messager ou un homme créatif, il se rapproche aussi du Fou. Il est plus probable que cette carte symbolise ma réorientation, mon nouveau départ. Mais je me garde bien de la contredire.

– J'espère que ça signifie que ma bourse va enfin être virée sur mon compte.

– Tu ne l'as pas encore reçue ? Tu as besoin d'argent, Boombalee ?

– Non, ça va.

Le prêt étudiant et mon travail administratif à temps partiel vont couvrir mes frais universitaires. Les revenus de « Prédestinés » suffiront à financer mes dépenses courantes et tous mes manuels. Le premier épisode, sorti depuis deux mois, est en ce moment numéro un des visionnages de Lelie. Les critiques sont toutes positives et les premières études montrent que la série plaît aussi aux non-amateurs de porno.

J'en suis fière. De Logan aussi. Ça ne m'étonnerait pas qu'il reçoive une récompense au show AVN. S'il est nominé, il se peut que j'assiste à la cérémonie. D'ici là, je serai sûrement prête à le revoir.

Ça fait quatre mois. Quatre longs mois de solitude.

– Ne sois pas aussi fière, Devi. Quand tu…

Je l'interromps avant qu'elle cite Bouddha.

– Ce n'est pas de la fierté, maman. J'ai assez d'argent.

– Tant mieux. Mais je peux faire du Reiki à distance, au besoin. Il suffit de demander.

– D'accord.

Je coince l'appareil entre mon épaule et ma joue pendant que je fourre mes cahiers de physique dans mon sac.

– Faut que j'aille en cours. On se rappelle demain.

Nous raccrochons et je prends une minute pour me recentrer par la méditation – un autre outil utile hérité de ma mère. Puis je m'élance vers mon premier jour dans mon nouveau monde.

* * *

Est-ce que faire du porno me manque ?

La réponse courte est que l'argent me manque. (C'était bien payé pour peu de travail. En un tournage, je gagnais autant qu'en un mois sur le campus.)

La réponse longue est que faire du porno avec Logan me manque.

C'est une longue réponse parce qu'il faudrait que j'explique en détail comment, dans ma tête, c'est inséparable. Même « scène lesbienne » me rappelle Logan. Pas parce qu'il a assisté au tournage avec Kendi mais parce que le sexe en général porte désormais sa marque. Avec lui, c'était mieux. Au lit, c'était tout pour moi. Pas seulement mon corps et ce qu'il pouvait faire. Le sexe devenait une expérience complète. Je ne veux pas revenir au sexe d'avant. C'est comme si j'avais passé ma vie à boire du lait écrémé, et même si je l'appréciais, je ne savais pas à côté de quoi je passais jusqu'à ce que je découvre le lait entier. Un jour, avec le temps, je recommencerai à aimer le sexe et le porno. Une fois que je serai tombée amoureuse et que j'aurai fait l'amour avec un autre homme.

Mais même après, je ne pourrai pas recommencer à faire les mêmes films érotiques qu'avant. Je n'ai même plus d'agent. Quand j'ai quitté Logan, et décidé de reprendre mes études, j'ai honoré les contrats signés et poliment quitté mon agent. J'ignore si LaRue a entaché ma réputation, mais probablement pas puisqu'il n'a pas réclamé l'argent que je lui ai fait perdre. Ce n'est pas vraiment après mon argent qu'il en avait. Il voulait que j'écarte les cuisses pour ses films.

À ce propos, j'ai porté plainte contre Bruce Madden auprès du Comité de défense des acteurs de films adultes. Ça n'a rien changé. Il continue à recevoir des propositions et le comité n'a mené aucune enquête formelle. Tristement, les femmes ont du mal à se faire entendre dans le milieu. *Surprenant, hein ?* J'ai au moins fait mon devoir.

Logan aussi. Si c'est trop douloureux de regarder ses films avec d'autres femmes, il m'arrive de consulter son blog et les dernières infos sur « Prédestinés ». Un jour, un mois après notre rupture, il a publié un article sur Bruce et son comportement sur les tournages. Apparemment, je ne suis pas la seule victime. Logan a fait des recherches et rédigé des révélations argumentées sur « la raclure », comme il l'appelle. Je ne fréquente plus les gens du milieu, mais d'après les commentaires, il semblerait que les grandes actrices ne veuillent plus collaborer avec Bruce. Pour être tout à fait honnête, je me sens blanchie.

Mais ce qu'a fait Logan me rend aussi sentimentale et mélancolique parce que A : tout ce qui le concerne me touche et B : il a pris ma défense. C'est la preuve qu'il m'aime vraiment, mais ça, je n'en ai jamais douté.

La vraie raison, c'est lui.

Si j'essayais de reprendre le porno, je m'exposerais à la même situation que le jour où je suis tombée amoureuse de lui. Même si je m'interdisais de sortir avec un acteur porno, je suis assez intelligente pour savoir qu'il n'est pas toujours possible de respecter ce genre de règles. De plus, ce serait hypocrite de m'en tenir au lait écrémé alors que ça ne me fait plus envie. Avant, c'était très bien. Mais plus maintenant. Pas pour moi. Maintenant je veux vivre une vraie histoire. Alors je me réserve pour le lait entier.

Quant à Logan…

Je n'avouerai jamais à ma mère qu'il m'arrive de rêver qu'il a changé d'avis, et qu'il a opté pour le lait entier lui aussi. Mais ce ne serait pas juste de lui imposer ce rêve. Il se pourrait qu'il aime le lait écrémé. Ou même qu'il ne sache pas faire la différence. Je ne peux pas passer mon temps à espérer qu'il ait une révélation et frappe à ma porte un beau jour avec une boîte de chocolats et un bouquet de roses. Ce n'est peut-être pas son destin.

Mais le mien, ce sont les étoiles. En somme, je n'ai pas vraiment cessé d'*espérer*.

* * *

Après une matinée de cours consécutifs, j'ai quatre programmes à réviser, cinq chapitres à lire, une dissertation à rédiger, et une page de problèmes de maths à résoudre.

C'est exaltant et fascinant.

Je n'ai pas été aussi heureuse depuis… eh bien, Logan.

Les études sont le meilleur remède au chagrin d'amour. Ça et un planning bien rempli. J'ai hâte de m'atteler à mes devoirs mais je me réjouis aussi d'avoir mon job administratif pour m'occuper à l'extérieur. Je travaille trois heures les lundi, mercredi et vendredi, mais avec tous mes cours de maths et de sciences, je ne pourrais pas faire plus d'heures.

Le boulot est simple heureusement, et c'est mon premier jour à l'accueil. Au bout d'une heure et demie, mon supérieur me félicite déjà.

– Tu t'en sors très bien, Devi. Tu crois que tu pourrais tenir l'accueil sans moi pendant que je traite les acomptes. Sans problème.

C'est d'autant plus facile que Jake est un excellent formateur.

Il est également bel homme – grand, brun, musclé et cent pour cent homo. Drôle et intelligent, il aime blaguer et comme il n'y a aucune tension sexuelle, je le taquine sans retenue. Nous ne nous connaissons que depuis deux jours et nous sommes déjà amis.

– Super. Je fais vite. Crie si tu as besoin de quelque chose. Je ne suis pas loin.

Je n'ai besoin de rien mais alors qu'il s'éloigne, je hurle.

– Hé, Jake ! (Il revient au trot.) Je faisais juste un essai.

Il rit.

– Quelle vilaine fille ! *S'il savait.* Son expression s'assombrit. Oh, désolée, je ne vous avais pas vu entrer, dit-il à quelqu'un derrière moi. Devi va s'occuper de vous.

Jake disparaît, et j'affiche un sourire jovial en pivotant vers le nouvel arrivant.

– Que puis-je…

Ma voix se brise et j'inspire d'un coup sec.

Logan.

Mon corps réagit instantanément, vibrant et picotant. Comme si nous étions sur le plateau de *Campus Porno* et que dans le scénario, il était écrit que nous devions nous sauter dessus au bout de deux minutes. Je suis prête à me dépouiller de mes vêtements et à enjamber la banque d'accueil.

Mais nous ne sommes pas sur un tournage. C'est la vraie vie, et si je suis ravie de le voir, je suis aussi sur des charbons ardents.

Il plante les yeux dans les miens, l'ombre d'émotions familières se reflétant dans sa façon de me scruter.

– J'arrive trop tard ? demande-t-il.

– Quoi ?

Je l'ai entendu. Peut-être même que j'ai compris le sens de sa question, mais la stupéfaction me fait perdre mes mots.

– J'arrive trop tard ?

Il lance un regard vers le bureau de Jake.

Non ! Sérieusement ?

Il est bien là. Devant moi.

L'euphorie me donne des papillons dans le ventre, et je dois déglutir avant de pouvoir répondre.

– Tu veux dire, trop tard pour moi ? Je viens d'arriver à Austin et tu crois que je suis déjà tombée amoureuse de mon responsable ? Primo, il est gay.

– Il est *gay* ?

Sous son faux air surpris, il est manifestement soulagé.

– Mouais.

Je m'appuie au comptoir pour me rapprocher de lui, mais aussi parce que je tremble comme une feuille. Il m'imite, les coudes plantés sur la banque d'accueil. Il est si près que je sens le parfum familier de sa peau.

– Et deuxio, c'est quoi ?

Deuxio, je suis toujours folle amoureuse de toi.

Ça m'échappe presque. Nous flirtons naturellement, comme si nous nous étions quittés la veille. Mais je reste sur mes gardes parce que : *Que fait-il ici ?*

– Deuxio, je ne donne pas mon cœur à tous mes collègues.

Et mon cœur me martèle tant la poitrine qu'il doit l'entendre.

Il me fixe de nouveau, d'un regard intense et pénétrant.

– Je le sais bien. J'aime ça chez toi.

C'est amusant que, après les centaines de choses merveilleuses qu'il m'a dites et faites, je me liquéfie en une simple phrase. Peut-être parce qu'une partie de moi redoutait qu'il m'en veuille de l'avoir quitté. Qu'il n'apprécie plus aucune de mes qualités.

Mais il ne me déteste pas. Et il est là. Et il m'a tellement manqué que le voir m'emplit de joie. Toutefois, si rien n'a changé depuis la dernière fois…

– Que fais-tu là, Logan ? dis-je sur un ton exigeant, teinté de désespoir. Tu as fait tout ce chemin, je vais me faire des idées. Aurais-je une bonne raison de m'emballer ?

Il baisse les yeux. Serait-il nerveux ? Il plonge la main dans sa poche arrière.

– Je ne sais pas si tu dois te faire des idées, mais en ce qui concerne ma présence (il ouvre son portefeuille), je suis venu régler des frais de scolarité.

Mon cœur se froisse sous le poids de la tristesse.

– Je n'ai pas besoin que tu finances mes études. Merci mais je m'en sors très bien toute seule.

A-t-il parlé à ma mère, ou pris cette décision seul, sur un coup de tête ? Je ne sais pas ce qui lui a fait croire que j'apprécierais mais c'est trop dominateur à mon goût. Je ne suis pas sa prostituée. J'enrage tant que les larmes me brûlent les yeux. Comment peut-il me blesser autant ?

– Pas tes frais de scolarité, reine Cass. Les miens, dit-il.

– Quoi ? dis-je la gorge sèche.

Il se passe la main dans les cheveux, et je dois me mordre la lèvre pour résister à l'envie de le rudoyer en public.

– Oui, tu sais, il m'a fallu un moment pour régler tous les détails mais je suis libéré de mes engagements. J'ai même vendu une partie de mon studio de production à Vida. Et depuis trois petits jours, je suis officiellement étudiant à l'université d'Austin.

Son expression est à la fois effrontée et juvénile.

– Autrement dit, tu as en face de toi un acteur porno à la retraite.

Oubliant mes bonnes manières, je rampe sur le comptoir pour sauter dans ses bras.

Nous nous embrassons fougueusement, nous dévorant maladroitement sous le coup de l'impatience. Assise sur la banque d'accueil, j'enroule les jambes autour de sa taille tandis que ses mains possessives se perdent dans mes cheveux. J'éprouve un sentiment si *immense* et dévorant qu'il court-circuite toute pensée.

– Tu pleures, susurre-t-il en reprenant son souffle.

– C'est plus fort que moi. Tu t'es inscrit à la fac pour moi.

Trop émue pour soutenir son regard, je regarde mon pouce caresser sa joue.

Il redresse mon menton du bout des doigts.

– Hé, je me suis inscrit pour *moi*. J'ai mis ma maison en location et je vis dans un deux-pièces au Texas pour *toi*. D'accord ?

Encore mieux. Je souris de toutes mes dents mais je me contrôle pour répondre le plus sérieusement possible.

– D'accord.

Il sèche mes larmes puis passe la main dans ma nuque.

– Il se trouve que ton école propose un assez bon cursus d'études de cinéma. Pratique, non ?

– Oui, pratique. C'est donc ça.

J'aime l'idée de destin et tout ça mais il me faut du solide. Alors j'ai donné un petit coup de pouce à l'univers. Qui pourrait me le reprocher?

– Tu savais que je te suivrais, pas vrai?

Je repense à l'Étoile du jeu de tarot, la carte que je garde sur moi depuis des mois.

– Je ne le savais pas. Je l'espérais.

Logan me scrute.

– Pourquoi n'as-tu pas dit que c'est ce que tu voulais?

– Je ne pouvais pas te demander de changer de vie pour moi. Tu m'en aurais voulu. Ce choix te revenait.

Je suis fière qu'il se soit remis en question et qu'il soit resté fidèle à son cœur tout en planifiant logiquement un changement bon pour lui et son avenir.

– Le Pendu doit se pendre lui-même?

Je l'aime tant.

– Tu as tout compris.

Je dois m'assurer que son choix est définitif et qu'il lui convient.

– Alors tu as complètement arrêté le porno?

– Pas complètement. (Il me dévisage comme s'il cherchait mon approbation.) Je continue à produire à distance. Tanner dirige la maison. Je lui donnerai des conseils de temps en temps.

– Mais tu ne joueras plus?

Il secoue la tête.

– J'arrête de jouer, dit-il comme une promesse.

Je suis soulagée. Mais pas seulement.

– Les films de Logan O'Toole, c'est fini? C'est presque décevant.

Son petit rire résonne en moi.

– Même si j'ai pris ma retraite, je peux encore faire un ou deux films. Mais avec une seule partenaire. (Sa voix devient intime et grave.) Je ne tournerai plus qu'avec toi, Devi.

Comblée, je l'embrasse avidement. Mais il s'écarte et se renfrogne.

– Je suis désolé. Sincèrement désolé. J'aurais dû arrêter plus tôt. Je sais que ça t'a fait souffrir…

Il s'interrompt, probablement parce qu'il a du mal à s'excuser.

Je sais qu'il a besoin de le dire mais je veux l'aider.

– Je comprends. Tu ne voulais pas me faire de mal. Tu faisais juste ton boulot. Un travail que tu aimais.

– Je ne l'aimais plus après ton départ.

Mon bas-ventre est en ébullition. Sa sensibilité est irrésistible.

Il pose la main sur ma joue.

– Ça m'a aussi fait souffrir, tu sais. J'étais amoureux de toi. Je savais que t'aimer changeait la donne, avant même que tu partes. Il *fallait* que ça change. À chaque fois que j'étais avec une autre fille, je trahissais cette émotion, je dénigrais les moments que nous avions partagés avec ces pâles imitations. Je te promets que je l'ai rapidement compris après ton départ. Je suis désolé que ça ne soit pas arrivé plus tôt.

Moi qui croyais ne plus pleurer, je suis en larmes.

– Je ne vais pas te mentir, dis-je en reniflant. J'étais malheureuse sans toi. Mais l'attente en valait la peine.

Il me répond d'un baiser qui retentit entre mes cuisses. Nous nous caressons sans vergogne et sans le raclement poli derrière moi, nos manifestations affectueuses auraient été classées X.

Au moins.

Comme dans la galerie, nous nous immobilisons lorsque Jake ouvre un tiroir.

– Ne faites pas attention à moi. Je suis juste venu chercher un formulaire.

Je souris d'un air ennuyé. À son regard, je comprends que je vais devoir tout lui raconter. Il retourne dans le bureau et nous rions.

– J'aimerais bien continuer à t'embrasser mais je travaille. Ici, je ne suis pas payée à fricoter avec mes collègues.

– Tant mieux. Je serais horriblement jaloux sinon. (Il me donne un baiser chaste et me tapote les fesses.) Retourne de l'autre côté du comptoir, que je me calme avant de sortir. Je dois encore payer mes frais d'inscription.

– Ah, oui. Allons-y, dis-je en reprenant ma place. Tu as un avis de paiement ?

– Je ne l'ai pas sur moi. Tu pourrais le retrouver ?

– Bien sûr.

Je m'apprête à entrer son nom quand je me rends compte que je ne le connais pas.

Mais il me devance.

– Nom de famille, Johnson.

– Johnson ? Mais c'est…

… un excellent nom d'acteur porno.

– Prénom, Dwayne.

J'ai toujours cru que je serais respectueuse au moment où je découvrirais son vrai nom. Mais c'est plus fort que moi. J'éclate de rire.

– Tu t'appelles Dwayne Johnson. Comme « The Rock », le catcheur ?

– Je vais faire modifier mon état civil.

– Dois-je t'appeler Dwayne maintenant ? (Toujours en riant, j'ouvre son dossier.) Je ne sais pas si je peux. (Je dois m'arrêter le temps de me calmer.) Je suis désolée. Pardon. (Pas vraiment. Pas du tout.) Je vais m'habituer. Promis.

– Tu peux continuer à m'appeler Logan. Merci quand même.

– Nous verrons.

C'est trop cocasse pour ne pas m'en resservir. Et j'ai l'impression que ça va m'amuser un certain temps.

En quelques minutes, j'ai enregistré le paiement et tamponné le reçu d'un *Intégralement payé.* Je lui tends le document, sans manquer d'effleurer sa main. L'électricité qui passe entre nous me fait frissonner.

Nous ne sommes plus acteurs porno, mais l'alchimie est toujours là.

Logan plie la feuille et la range dans sa poche.

– Tu termines à quelle heure ?

– Quatre heures et demie.

Encore une heure.

Logan/Dwayne hoche la tête.

Après un instant de silence, je vois qu'il est aussi indécis que moi sur la suite. Et aussi réticent à l'idée de s'éloigner.

– On dîne ensemble ? finit-il par proposer.

– Nous connaissons aussi bien l'un que l'autre le vrai sens de ta question. La réponse est oui.

Il recule sans me quitter des yeux.

– J'espère que tu as faim. Parce que j'ai un grand appétit.

– Je me souviens. J'y pense même assez souvent.

Il grogne.

– Tu me tues, Cass. (Il s'arrête devant la porte pour s'ajuster.) Je t'aime, articule-t-il silencieusement.

Je sais qu'il m'aime. Peut-être autant que je l'aime. Mais je ne suis pas Cass. Je ne suis pas Laylà, et il n'est pas Majnûn. Nous ne sommes pas des amoureux prédestinés, séparés par le destin qui se languissent dans le ciel. Je suis

Devi, et il est Logan (euh, Dwayne) et notre histoire est réelle et solide.

Je lui envoie un baiser, et si le voir partir me chagrine, je sais que nous rattraperons le temps perdu.

Jake apparaît aussitôt.

– Qui est ce mâle appétissant ?

– Mon petit ami, dis-je comme si c'était normal que je fréquente l'homme le plus merveilleux du monde. Il s'appelle Dwayne.

Cette fois, je réussis à ne pas rire.

– Tu en as de la chance ! soupire rêveusement Jake, puis il se penche pour murmurer : Ne le prends pas mal, mais Dwayne ressemble à un acteur porno. Et ne me juge pas si je connais Logan O'Toole. Il est renversant. Sexy à mourir.

Je ravale un sourire.

– C'est vrai ?

– Tu imagines comment ça doit être de sortir avec un acteur porno ? Tous ces trucs qu'il doit savoir faire ! s'emballe-t-il.

Je hausse les épaules.

– Sûrement des tas de trucs géniaux.

Je me retiens de répondre que je n'ai pas besoin de l'imaginer. Ou que sortir avec un acteur porno n'est exaltant qu'au tout début. Et que Logan O'Toole est beaucoup plus qu'un sex-symbol, qu'une profession ou qu'un « mâle appétissant ».

Je lui laisse son fantasme. Lui et le reste du monde peuvent avoir Logan O'Toole. Moi, j'ai le vrai de vrai.

ÉPILOGUE

QUATRE ANS PLUS TARD

– Dwayne, non ! On va nous voir.

– Ne m'oblige pas à te rappeler que je m'appelle officiellement Logan maintenant, dis-je en pressant Devi contre le mur du Frank Erwin Center.

– Je pensais que Dwayne attirerait mieux ton attention.

Distraite, elle marmonne pendant que je glisse les mains sous sa toge de jeune diplômée et pince ses seins à travers sa robe. Les hivers ne sont pas glaciaux à Austin, mais il fait plus froid qu'à L.A., comme l'attestent la chair de poule et les mamelons dressés de Devi.

Je suis bien décidé à la réchauffer.

– Logan, arrête, glousse-t-elle quand je la mordille dans le cou.

Derrière nous, les gens quittent la cérémonie et partent retrouver leurs voitures, mais je m'en fiche. J'attends de la toucher depuis ce matin, et j'ai dû endurer deux remises de diplômes. Maintenant que nous avons enfin échappé à la foule et à nos parents, je ne patienterai pas une minute de plus.

– Je ne peux pas. Tu es trop excitante, je souffle à son oreille.

– Dans cette immense toge noire ?

– N'oublie pas la coiffe, Cass.

Elle parvient à abaisser mes mains, créant suffisamment d'espace pour redresser son chapeau et lisser sa toge.

– Attends d'être à la maison, gronde-t-elle. Nous avons été admis en troisième cycle ici, tu te souviens ? À la rentrée, nous devrons regarder ces professeurs dans les yeux, et ça ferait bizarre s'ils nous surprenaient juste après la remise de diplômes.

Je soupire.

– Très bien.

L'entrejambe douloureux, je l'aide à rajuster sa tenue. Toutefois je la prends dans mes bras et gronde à son oreille.

– Tu ferais bien d'être prête dès qu'on sera chez nous. J'ai déjà trop attendu.

Après un bref coup d'œil alentour, elle guide ma main sous sa toge. Pas de sous-vêtements, et elle est si trempée que je râle rien qu'en m'imaginant la pénétrer.

– Tu vois, je suis prête. Je te laisserais bien faire mais je crains que mon conseiller pédagogique nous voie.

– Comme s'il ne regardait pas notre série !

À contrecœur, je cesse d'aguicher ses lèvres et m'écarte, ravi de porter une toge pour cacher mon érection.

– À la maison, Cass. Et que ça saute.

***

Par chance, le trajet jusqu'à notre maisonnette de Travis Heights se déroule sans encombre, et en un rien de temps, j'entraîne Devi contre la porte d'entrée. Je souris en repensant à toutes les fois où, depuis quatre ans, nous sommes rentrés dans cet état, nous dépouillant de nos vêtements avant même de franchir le seuil.

Surtout la première année – la transition entre des journées saturées de sexe et un quotidien rempli de cours magistraux sur la physique et la littérature américaine était un supplice. La plupart du temps, je bombardais Devi de SMS et la cherchais sur tout le campus pour la coincer dans les toilettes ou dans un coin isolé de la bibliothèque. Mais même après cette phase d'adaptation, j'ai continué de la désirer en permanence. J'ai arrêté le porno pour être avec elle, mais j'avais du mal à me passer d'elle, plus que jamais. Accaparés par les cours et les devoirs, nous manquions de moments de liberté pour caler les marathons sensuels. J'ai rapidement compris que le seul remède consistait à faire l'amour une bonne partie de la nuit.

Ce que nous faisions avec beaucoup de bonheur.

Cette nouvelle vie ne manquait pas d'étrangetés. Tout d'abord, même si mes camarades de classe avaient dix ans de moins que moi, je ne m'attendais pas à ce qu'ils reconnaissent Logan O'Toole. Il arrive encore que les garçons me tapent dans la main, que les filles me fassent les yeux doux, et au moins une fois par jour, on me demande des conseils sexuels, un autographe ou un rendez-vous. Le plus problématique, ce sont les rendez-vous. Pas parce que je suis tenté mais parce que je ne le suis tellement pas que ça en devient risible. Comment faire comprendre à ces filles que ça ne m'intéresse pas ? Elles sont sûrement sympas et intelligentes, mais j'ai tourné la page sur un monde peuplé des filles les plus mignonnes et coquines du monde pour Devi ; ce n'est pas une licenciée en psycho du Dakota du Nord qui va me corrompre.

Le truc, c'est qu'en tombant amoureux de Devi, j'ai appris à lever le nez vers les étoiles, et une fois qu'on a découvert ça, on ne peut plus les ignorer, ni se remettre à regarder ses pieds. Devi me dit la même chose parfois, je crois – elle parle de sortes de lait – mais la morale est la même. Un déclic se produit lorsqu'on rencontre quelqu'un qu'on aime, une alchimie, un chaos, et c'est merveilleux. Ça n'a pas été facile pour autant – nous avons franchi certaines étapes dans la douleur, notamment au moment d'arrêter le porno. Nous avons essuyé quelques disputes sur l'argent, le sexe et la jalousie. À certains moments, l'amour – se choisir mutuellement pour l'éternité – a imposé des sacrifices et quelques souffrances.

Toutefois, ce qu'on y gagne en vaut largement la peine.

Comme en cet instant, alors que Devi sème des baisers ardents le long de ma joue, que j'arrive enfin à ouvrir la porte et que nous entrons en titubant. Elle me regarde avec une lueur suggestive dans les yeux.

– Tu veux aller chercher la caméra ?

– Plutôt deux fois qu'une, je grogne en m'arrachant à elle pour attraper l'appareil portatif.

En quittant L.A., je savais que je ne jouerais plus sans Devi, mais j'ignorais si elle accepterait de nouveau la présence de la caméra. Le soir de nos retrouvailles, elle m'a imploré de prendre des photos érotiques d'elle. Ensuite, « Prédestinés » a connu un tel succès que Vida a réclamé d'autres images. Et cela a débouché sur une série patronnée par Vida, qui dure depuis plusieurs saisons. Elle s'avère être parmi les productions les plus lucratives et acclamées de ma carrière. Par un étrange coup du destin, Devi et moi sommes plus connus qu'à l'époque où nous étions immergés dans le monde du porno. Le public recherche sûrement ce que nous leur offrons – une réelle alchimie, un vrai plaisir, une sincère affection et du respect. Parfois, nous mettons en ligne des scènes éditées et homogènes, parfois des séquences brutes, et d'autres fois nous nous exhibons en direct. Mais il n'y a toujours que nous deux.

C'est exactement ce qui nous plaît.

Et dans les moments de nostalgie, lorsque j'entends parler des bons projets cinématographiques de Tanner, ou que Raven accumule les récompenses, je me rappelle mes derniers jours en Californie, quand j'étais tellement malheureux et mal dans ma peau que je ne supportais plus ma vie. Je suis enchanté pour Tanner, et aussi, étrangement, pour Raven parce que malgré tout, elle travaille dur et mérite son succès. Mais je sais que cette vie, ce monde, ne m'aurait pas rendu heureux à long terme, pas comme eux.

Mon bonheur se trouve devant moi, et m'aguiche en déboutonnant sa toge. Impatient, je pose la caméra sur le trépied, branche rapidement quelques câbles et appuie sur quelques boutons. Le film est transféré sur notre site, visible en direct par tous ceux qui sont connectés, et archivé pour les autres.

J'ouvre ma toge, et pendant que j'y suis, je libère ma verge, qui après cette longue matinée, est gorgée de désir. Je m'installe sur une chaise face à la caméra et tapote ma cuisse d'une main en me caressant de l'autre.

– Viens voir Logan, bébé.

Sans hésiter, elle baisse sa toge sur ses épaules et l'enlève en se rapprochant. En talons aiguilles et coiffe d'étudiante, elle incarne mon fantasme de lycéen. Je ne peux que prier pour me retenir le temps de lui rendre justice.

Avec grâce, Devi me chevauche et s'abaisse lentement sur moi. Elle est humide mais toujours aussi serrée.

Ses lèvres s'entrouvrent dès que mon gland franchit l'orée de sa chatte.

– Regarde comme tu la prends bien. Quelle bonne fille.

Le fard typique de l'excitation empourpre ses joues et ses lèvres. Le désir dilate ses pupilles. Elle s'abaisse encore un peu, et mes orteils se recourbent dans mes chaussures tant elle me comprime. Avec un petit cri étouffé, elle s'empale sur moi.

Je m'adosse à la chaise, admirant son petit clitoris charnu qui se frotte contre moi, sa vulve avide qui me stimule à la perfection. Nous observons un instant notre intimité, la partie où la base épaisse de ma verge étire ses plis.

– Rebondis dessus. Donne-nous du plaisir, lui dis-je.

Elle obéit, enserrant mes cuisses entre ses genoux, remontant et s'abaissant à un rythme accéléré. Ma tête retombe contre le dossier, et ma coiffe tombe sur le sol. Les mains croisées derrière la tête, j'admire Devi, ses seins qui remuent et son ventre crispé. Les yeux fermés, elle baigne dans le bien-être. Et quand mes parties se contractent, je la prends par les hanches pour l'immobiliser. Je l'oblige à ralentir la cadence, tout en ondulant car je sais que ça la fait décoller. En quelques secondes, elle est sur le point de jouir. Sa tête part en avant, le pompon de sa coiffe se balançant dans le vide, et son corps tremble.

– C'est ça. Donne-moi tout, je murmure.

Et elle donne tout, ses ongles s'enfonçant dans mes bras à mesure que son vagin se resserre et enfin, l'orgasme la submerge. Quand elle redescend, je rue sous elle, mais elle m'arrête en souriant, la main sur mon torse.

– Une minute. J'ai un cadeau pour ton diplôme.

Je râle.

– J'aime les cadeaux mais tu es sûre que c'est le bon moment ?

Elle se lève déjà, se dirige vers la cuisine, me laissant seul avec mon érection. Elle revient avec un tube, et je souris largement. Du lubrifiant. Je devine la suite, et j'adore la remise des diplômes ! Je devrais en décrocher plus souvent.

Elle se mord la lèvre avec un air espiègle qui me donne envie de la dévorer, et étale du gel sur mon sexe. C'est froid et je frissonne jusqu'à ce qu'elle me caresse à pleines mains.

– Mon Dieu, je t'adore, dis-je la voix rauque.

– Je t'aime aussi. Allez, donne tes doigts.

Ce serait nos vœux si nous nous mariions sur-le-champ.

Je recueille un peu de lubrifiant avec mon majeur et titille son anus, massant et pressant pour l'amener à s'ouvrir. Une fois que j'arrive à enfoncer un second doigt, elle se positionne au-dessus de mon gland. J'observe son visage pendant qu'elle guide mon érection entre ses fesses, son intense concentration alors que je franchis sa barrière, le plaisir intense mêlé de douleur tandis qu'elle s'abaisse lentement. Le passage est étroit et brûlant, et lorsqu'elle m'accueille entièrement, ses fesses parfaites reposant sur mes cuisses, je suis au paradis.

Elle rouvre les yeux. Elle a la chair de poule, et la sueur perle sur son visage et sa poitrine. Il nous est arrivé de pratiquer la sodomie pour la série et à l'occasion, dans le privé, mais c'est trop rare pour que Devi soit experte. Elle se trémousse et grogne en cherchant le bon angle. Elle transpire et frémit dès qu'elle remonte sur mon sexe. C'est une négociation constante entre le plaisir et la douleur, et quand la jouissance l'emporte, elle irradie, belle et sauvage.

Je caresse son visage, puis ôte les épingles qui retiennent sa coiffe. Je l'enlève et la jette sur le sol. (Les talons, elle peut les garder pour des raisons évidentes.)

Je la caresse partout, avec des gestes tendres et apaisants, massant ses cuisses tendues et ses seins humides, tenant son visage empourpré en coupe.

– Logan, souffle-t-elle comme une prière.

– Devi, réponds-je dans un murmure. Viens là.

Je l'aide à se pencher vers moi, à appuyer son buste nu sur ma chemise blanche, et je redresse sa tête pour l'embrasser. Je masse son dos, caresse ses cheveux, ses bras et ses jambes. J'explore langoureusement sa bouche, la couvre de baisers patients et généreux, comme ma reine Cass le mérite.

Et parmi tout ce que nous faisons d'immoral et de brutal, c'est ce que je préfère. Le sexe à la fois obscène, intense et passionné. Ça paraît contradictoire, et même impossible, que le sexe anal puisse être romantique mais cela exige beaucoup de patience et de communication. Il faut savoir prendre son temps, regarder son partenaire dans les yeux, à l'affût de ses sensations, de ses pensées. Pour que ce soit bon, il faut une énorme dose de confiance, et qu'y a-t-il de plus romantique que ça ?

Mes lèvres glissent vers les siennes, et nos langues se chahutent. Nos respirations se mêlent et nos cœurs battent au même rythme accéléré. Nous bougeons à l'unisson, nous soulevant et retombant ensemble. Ma main se faufile entre nous pour que mon pouce pétrisse son clitoris. Nous jouissons ainsi, en même temps, en nous embrassant, pantelant. Et quand l'orgasme me transperce les testicules comme une lame chauffée à blanc, quand elle se crispe autour de ma verge, je resserre mon étreinte et souffle son nom sur ses lèvres.

Devi.

Devi.

Devi,

Jusqu'à ce que nous redescendions l'un et l'autre, jusqu'à ce que son corps se détende contre moi, jusqu'à ce que les pulsations de ma bite se tarissent. Je la soulève pour me retirer, et la rassois sur mes genoux. Je vais devoir changer de pantalon pour le dîner, mais tant pis.

– C'est un magnifique cadeau, Cass, je murmure dans ses cheveux.

Son visage est pressé contre mon torse, et je sens le ronron du bonheur dans le fond de sa gorge.

– Tu ronronnes, petit chaton ?

Elle hoche paresseusement la tête.

Je vérifie l'heure – cinq heures. Nous avons rendez-vous à sept heures pour le grand dîner familial. C'est là que j'ai prévu d'offrir à Devi son cadeau de fin d'année. Mais le cadeau qu'elle m'a fait est sublime et honnêtement, je donnerais tout à ma déesse nue lovée sur mes genoux.

– J'ai quelque chose d'autre qui te fera ronronner, dis-je en me levant, et en la reposant dans le fauteuil. Elle est parfaite avec ses cheveux emmêlés et ses lèvres irritées, nue avec ses talons. Je me reboutonne et me dirige vers la petite alcôve qui fait office de bureau. Je sors une petite boîte du meuble-classeur, cachée derrière les dossiers.

Je laisse tourner la caméra. J'attends ce moment depuis des années, et je tiens à en immortaliser chaque seconde.

Mes mains se mettent à trembler et mon pouls s'emballe. Je me sens oppressé. Malgré la nervosité, je retourne jusqu'au fauteuil et lui tends la boîte le plus naturellement possible.

Elle me regarde en souriant.

– Logan, j'espère pour toi que ce n'est pas un cadeau hors de prix.

– J'ai dû mettre la moitié de tes sex toys au clou pour le payer, mais c'est rien du tout.

Elle rit et examine le paquet, une petite boîte carrée avec un énorme nœud sur le dessus. Elle dénoue le ruban de soie qui frisotte sur ses genoux. Puis elle soulève le couvercle.

Dès qu'elle comprend que cet écrin renferme une bague, elle lève les yeux mais je pose déjà un genou sur le sol.

– Devi Daryani, dis-je d'une voix tremblotante. Je t'aime plus que Majnûn n'aimait Laylà. Je t'aime plus que tout. Je sais que tu préférerais que nous terminions nos études avant de franchir ce pas, mais Devi, je ne peux pas attendre une seconde de plus. Je veux être ton mari. Je veux que tu deviennes ma femme. Je veux t'aimer et te faire jouir jusqu'à ce que tu sois trop frêle pour quitter notre lit, dans la maison de retraite.

Ses cils papillonnent de plus en plus vite, les larmes scintillant dans ses yeux noisette.

– Veux-tu m'épouser? j'ajoute en me rendant compte que j'ai oublié l'essentiel. Acceptes-tu de me prendre pour époux?

Elle inspire profondément, et ouvre la boîte. Le diamant se reflète dans ses yeux. Pour la première fois, mes vagues peurs se cristallisent en une terreur concrète et soudaine: et si elle refusait? Si elle préférait attendre ou ne jamais se marier ou, pire, si elle ne m'aimait pas assez pour s'engager?

– S'il te plaît, épouse-moi, Devi, je supplie anxieusement. Dis oui, s'il te plaît.

Elle s'empare de la bague et me dévisage, les joues baignées de larmes.

– Oui, murmure-t-elle. Je veux t'épouser.

Ce fameux sentiment d'immensité explose dans ma poitrine. Soulagé, je m'effondre, ma tête retombant sur ses genoux.

– Ouf, je marmonne sur ses cuisses soyeuses. Je serais mort si tu avais refusé.

Elle passe la main dans mes cheveux.

– Comme si on pouvait te refuser quoi que ce soit.

– Tu m'as rejeté une fois, je lui rappelle en frottant le nez sur ses cuisses.

Elle écarte les jambes, poussée par l'instinct et le désir.

– Tu devais pourtant savoir que j'étais toujours à toi, même quand je t'ai quitté, observe-t-elle.

Je sème des baisers le long de sa cuisse, et aspire son clitoris entre mes lèvres.

– Non, je croyais que je t'avais définitivement perdue, dis-je en la savourant entre deux mots.

– Je crois que j'ai été à toi dès le premier instant, admet-elle, frissonnant alors que ma langue survole un point sensible. C'est pour ça que je voulais que tu sois tout à moi.

– Pour toujours, dis-je en me reculant.

Je lui passe la bague vintage au doigt. L'or rose et le diamant princesse brillent joliment sur sa peau. Ma main remonte dans sa nuque pour l'attirer à moi. En harmonie, nos lèvres s'unissent dans un long baiser, la bague scintillant à sa main. Le monde est fabuleux – magnifique, mystérieux et immense.

Immense et réel.

De sa main parée, elle tâte la bosse sous mon pantalon.

– Baise-moi comme une star du porno, Logan O'Toole.

Par-dessus mon épaule, j'adresse un clin d'œil à la caméra.

Au boulot !

REMERCIEMENTS

Merci à Rebecca Friedman notre agent (et amie, supportrice et guérisseuse de l'âme), et à toute l'équipe de Rebecca Friedman Literary, en particulier Kimberly Brower. Et à nos agents à l'étranger, Bookcase Literary Agency, Flavia Viotti et Meire Deis.Merci à notre attachée de presse, Jenn Watson (comment fais-tu pour nous supporter ?) et à toute l'équipe de Social Butterly PR, et plus spécialement à Shannon de Shanoff Formats et Hilary Suppes. Merci à Kylie McDermott d'avoir déniché la couverture et à Shayna Snyder chez Shayna's Spicy Reads d'avoir déniché la citation.

Merci à Sara Eirew pour la couverture que nous couvrons d'éloges, et à Nancy Smayqui a trouvé toutes nos erreurs et les a corrigées.

Merci à nos assistantes : Mélissa Gaston, Candi Kane et Sarah Piechuta. Nous ne serions littéralement arrivées à rien (sur Internet) sans vous.

Merci à Kayti McGee et Melanie Harlow pour leur amour, leurs pets coincés et tout ça. À Julie Murphy qui partage notre passion (et notre frustration) pour le porno. Aux femmes de l'Order.

Merci aux auteurs de notre groupe qui nous inspire et nous encourage, en particulier Lola Darling, Lauren Blakely, Katy Evans, Vi Keeland, Penelope Ward, C.D. Reiss, Kristy Bromberg.

Merci aux premières lectrices qui ont rencontré Devi et Logan, et aidé à étoffer leur histoire : Jen McCoy, Liz Nerry, Vox Libris, Roxie Madar, Jodie Marie Maliszewski.

Aux lectrices qui ont défendu ce livre comme les précédents, et plus spécialement Laurelin's Lovelies, le groupe de lecture de Sierra Simone, et Hudson Pierce ! Fixed Trilogy group. Nos univers seraient vains sans personne pour les lire. Nous écrivons pour vous.

À nos maris et à nos familles. Nous sommes toujours émerveillées de survivre à la naissance d'un livre et encore davantage de vous trouver toujours présents quand nous écrivons le mot « fin ». En réalité, nous vous aimons encore plus que nos personnages. Merci de l'avoir compris même quand nous ne le montrons pas.

Merci à notre Créateur – pour les dons et les talents. Nous espérons continuer à faire de notre mieux pour être à la hauteur de tout ce que Vous nous avez donné.